KB110629

잠수 한계 시간

모던 클래식
068

Nullzeit
Juli Zeh

잠수 한계 시간

율리 체
남정애 옮김

민음사

NULLZEIT
by Juli Zeh

Copyright © 2012 by Schöffling & Co. Verlagsbuchhandlung GmbH, Frankfurt am Main
All rights reserved.

Korean Translation Copyright © 2014 by Minumsa

Korean translation edition is published by arrangement with
Schöffling & Co. Verlagsbuchhandlung GmbH
through Shinwon Agency.

이 책의 한국어 판 저작권은 신원 에이전시를 통해
Schöffling & Co. Verlagsbuchhandlung GmbH와 독점 계약한 (주)민음사 에 있습니다.

저작권법에 의해 한국 내에서 보호를 받는 저작물이므로
무단 전재와 무단 복제를 금합니다.

넬슨을 위하여

차례

1

우리는 바람 방향과 파도 상태에 관하여 이야기했고, 11월은 어떻게 흘러갈 것인지 이런저런 추측을 해 보았다. 섬에도 계절은 있었는데, 그저 좀 더 세심하게 바라보기만 하면 알 수 있었다. 낮에는 기온이 20도 이하로 내려가는 일이 드물었다. 그다음으로는 경제적 상황이 화제에 올랐다. 스코틀랜드인인 버니는 그리스에 대해 규정대로 파산선고를 내리는 것에 찬성했다. 스위스에서 온 라우라는 작은 나라들을 원조해 주어야 한다고 생각했다. 나는 정치에는 관심이 없었다. 온종일 인터넷에서 뉴스를 읽기 위해서라면 나는 굳이 이민을 오지 않아도 되었을 것이다. 독일이 유럽의 새로운 경제경찰이고, 강력하지만 사랑받지는 못한다는 점에 대해서는 라우라와 버니가 의견 일치를 보았다. 그들은 내가 무슨 말을 할지 기대에 차서 나를 쳐다보았다. 외국에서는 모든 독일인이 앙겔라 메르켈[1]의 공

---

1) 독일 총리.

보관이다.

나는 말했다. "우리에게 위기는 이미 오래전 일이야."

독일인들과 영국인들은 다시 휴가로 여행을 떠났다. 우리 사정은 더 나아졌고, 어떤 이들은 심지어 일이 잘 풀렸다.

우리는 마분지로 만든 푯말을 겨드랑이에 꼈다. 버니의 푯말에는 '에번 가족'과 '노리스 가족'이라고 적혀 있었다. 라우라의 푯말에는 '아네테, 프랑크, 바스티, 주자네'라고 적혀 있었다. 이날 나의 푯말에는 두 이름만 있었다. '테오도르 하스트' 그리고 '욜란테 아우구스타 조피 폰 데어 팔렌'. 그 긴 이름은 푯말에 다 들어가기도 어려웠다. 푯말은 언제든지 재킷 안에 감출 수 있을 정도로 작은 크기라야만 했던 것이다. 택시 기사를 보호하기 위해 제정된 법 때문에 공항에 고객을 마중 나오는 일은 금지되었다. 그러다가 잡히면 300유로를 벌금으로 물었다. 도착하는 승객을 기다리는 대합실의 유리문 앞에는 택시 기사들이 서서 우리를 주시했다. 그들 때문에 우리는 마치 오랜 친구라도 되는 것처럼 고객을 껴안았고, 영문을 모르는 고객은 어리둥절해하곤 했다. 머리 위 전광판이 넘어갔다. '20minutes delayed.'[2] 버니가 의견을 묻는 듯 눈썹을 치켰다. 우리는 고개를 끄덕였다.

"위드 머치 밀크.(우유를 많이 넣어 줘.)"라고 나는 말했다.

"라츠 오브."라고 라우라가 고쳐 주었다.

수년째 라우라는 나에게 영어를 가르쳐 보려고 하고 있다. 스페인어도 제대로 배우지 못하고 있는 나에게 말이다. 버니에게는 내가

---

2) '20분 연착.'

무슨 말을 하는 건지 이해만 된다면 나의 형편없는 영어쯤이야 아무래도 상관이 없었다. 그는 반바지 주머니에 손을 집어넣은 채 커피를 파는 곳으로 어슬렁어슬렁 걸어갔다. 닷새 동안 깎지 않은 수염과 건들거리는 걸음새 때문에 그는 항상 배 갑판 위에 있는 것처럼 보였다.

우리가 커피를 다 마셨을 때, 차단해 놓은 입국장을 승객들이 빠져나오기 시작했다. 한 가족이 버니를 둘러쌌다. 다섯 명. 그 정도면 일해 볼 만하다. 나는 고상한 중년 여인과 그녀의 동행자인 백발 신사가, 서로 조화를 이루는 색상의 여행 가방들이 쌓아 올려진 수하물 카트를 밀고 나오기를 고대하며 바라보았다. 내 생각에 테오도르와 욜란테는 바로 그런 사람들임에 틀림없을 것 같았다. 다른 고객은 받지 않고 오직 그들만을 전적으로 담당하겠다는 계약을 했는데, 그 대가로 합의한 금액은 인생의 상당 부분을 이미 지나온 사람만이 지불할 수 있는 액수였다.

공항에 새 고객을 마중 나가는 것은 항상 흥미진진한 일이었다. 과연 어떤 사람이 잠수를 한번 해 봐야겠다고 생각하게 된 것인지 전혀 알 수가 없었다. 사무적인 일은 안톄가 처리했기 때문에, 대부분의 경우 나는 사전에 전화 통화도 한 번 하지 않았다. 어떻게 생겼을까, 나이는 어떻게 되고, 어떤 것을 특히 좋아하고, 직업이 뭐고, 어떤 삶을 살았을까? 바닷가에서는 사람들이, 마치 기차 안에서와 비슷하게, 아주 짧은 시간에 놀라울 만큼 서로를 잘 알게 된다. 나는 상대방에 대해 어떤 판단도 내리지 않는 데 익숙했고, 그래서 어떤 이들과도 아무런 문제 없이 잘 지낼 수가 있었다.

베를린 항공의 승객들 사이로 마드리드에서 온 비행기에서 내린 승객들이 섞여 들었다. 그들은 키가 더 작았고, 옷을 좀 더 가볍게 입었으며, 그렇게 창백하지도 않았다. 나는 국적을 알아맞히는 데는 숙달되어 있었다. 독일인은 거의 100퍼센트 확률로 알아보았다. 남녀 한 쌍이 나를 향해 걸어왔다. 아버지와 딸이로군이라고 나는 잠깐 생각했고, 나의 눈길은 그들을 그냥 지나쳐 테오도르와 욜란테를 찾고 있었다. 그들이 내 앞에 와서 멈추어 설 때까지. 여자가 내 손에 들린 푯말을 가리켰을 때에야 비로소 나의 고객이 나를 찾아냈음을 깨달았다.

"욜란테, h는 빼고요."[3]라고 그녀가 말했다.

"피들러 씨 되시나요?"라고 남자가 물었다.

어느 택시 기사가 회전문 쪽에서 우리를 관찰하고 있었다. 나는 팔을 벌려 테오도르 하스트를 끌어안았다.

"스벤이라고 합니다."라고 나는 말했다. "섬에 오신 것을 환영합니다."

내가 그의 얼굴 좌우로 입 맞추는 흉내를 내며 인사를 하는 동안 테오도르의 몸은 뻣뻣하게 경직되었다. 그에게서 라벤더와 적포도주 냄새가 살짝 풍겼다. 그다음 나는 여자를 껴안았다. 그녀는 마치 헝겊으로 만든 인형처럼 부드럽게 휘었다. 그녀를 놓으면 바닥에 쓰러지지 않을까 하는 생각이 잠깐 스쳤다.

"이런."이라고 테오도르가 말했다. "이렇게까지 환영해 주시다니."

이 요란스러운 환영 인사에 대해서는 이따가 차 안에서 설명해

3) 독일어 원문을 보면 푯말에 Jolanthe라고 적혀 있다. 여자는 h를 뺀 Jolante가 정확한 이름임을 지적한 것이다.

줄 것이다.

“제 차가 밖에 있습니다.”라고 나는 말했다.

버니는 두 번째 가족에게 둘러싸였고, 라우라는 젊은 독일인 그룹 한가운데에 서 있었다. 모두가 아무 말도 하지 않고 우리를 건너다보았다. 나는 그 시선에다 대고 왜냐고 묻는 듯 어깨를 으쓱 들어 올렸다. 안톄라면 그런 나를 놀려 대며 “머리가 둔하다.”라고 또다시 주장했을 것이다. 테오도르와 욜란테는 트렁크를 잡아끌면서 출구 쪽을 향해 천천히 걸어갔다. 테오도르는 셔츠와 넥타이 없이 맞춤 양복을 입고 있었고, 단추를 풀어 젖힌 상의 안 밝은색 티셔츠가 드러났다. 욜란테는 군화 스타일 부츠를 신고, 회색 마 원피스를 입고 있었는데, 그 민소매 원피스는 무릎까지 내려왔다. 그녀 등 뒤로 드리운 검은 머리칼은 까마귀 깃털처럼 윤기가 흘렀다. 그들은 어깨를 맞대고서 뭔가에 관해 웃음을 터뜨렸다. 멈춰 서더니 나를 향해 몸을 돌렸다. 그러자 이제 내 눈에도 보였다. 그들이 휴가차 여행 온 사람들 같지가 않다는 것이. 차라리 휴가를 오라고 선전하는 광고물에 나올 법한 모델들 같았다. 어쩐지 그들이 낯설지가 않았다. 대합실에 있는 사람들 반이 그들을 응시했다. ‘최상품’이라는 말이 내 머리에 떠올랐다.

“그럼 즐겁게 지내.”라고 말하는 라우라의 시선은 폰 데어 팔렌 부인의 다리를 향했다.

내가 버니 곁을 지나갈 때 그는 비죽 웃으며 “카나야.”라고 말했고, 내 어깨를 툭 쳤다. 나에게 악당 녀석이라고 한 것이다. 그가 맡은 가족들은 빨간 머리였다. 그런 사람들은 뙤약볕에 나가 있는 걸 좋아하니 버니는 여차하면 햇볕에 화상을 입게 될 것이다. 또한 빨간 머리 아이들은 신경질적이다.

바깥 주차장에서 나는 고객들에게 폭스바겐 미니버스의 옆문을 열어 주었다. 하지만 그들은 나와 함께 앞자리에 앉는 편이 더 재미있을 것 같다고 여겼다. 버스 앞자리에는 세 명이 앉을 수 있었다. 테오도르가 가운데로 몸을 밀어 넣었다. 반바지를 입어 맨살이 훤히 드러난 내 다리가 그의 양복바지 옆에 있으니 뭔가 어울리지 않는 듯했다. 기어를 넣다가 내 손이 그의 왼쪽 허벅지를 스쳤다. 차를 타고 가는 동안 내내 그는 무릎을 모으고 있었다.

"우리 이제 말을 놓읍시다. 당신들만 괜찮다면."

"테오라고 해."

"난 욜라."

우리는 악수를 했다. 내 손 안에 있는 테오 손가락은 따뜻했지만 힘없이 처져 있었다. 욜라 손은 남자처럼 느껴질 정도로 힘이 들어갔지만 놀랄 만큼 차갑게 느껴졌다. 그녀는 창문을 조금 내리더니 바람 속으로 코를 내밀었다. 선글라스를 낀 그녀 얼굴이 곤충 같아 보였다. 하지만 그 곤충 같아 보이는 얼굴이 귀엽고 사랑스럽다는 것은 인정할 수밖에 없었다.

아레시페[4]는 불쾌한 것들이 집중된 곳이다. 관청, 법정, 경찰서, 호텔, 병원. 문제가 있을 때만 가는 곳이라고 안테는 말하곤 했다. 이날 나는 내게도 문제가 생겼음을 아직 알지 못했다. 즐거운 마음으로 그 도시를 떠나며 가속페달을 밟았고, 시외로 빠지는 간선도

---

4) 카나리아 제도 란사로테 섬의 정치적, 경제적 중심 도시.

로에서는 빠른 속도로 내달렸다. 풍경이 펼쳐졌다. 길가에는 몇 그루 야자수들이 가지를 뻗은 채 서 있었고, 그 뒤로는 지평선에 이르기까지 모든 것이 새까맸다. 섬은 고전적인 의미의 아름다움을 보여 주지는 않았다. 비행기에서 내려다보면 섬은 자갈로 만들어진 거대한 작품과도 같았다. 회갈색 언덕의 움푹 파인 구덩이들은 마치 녹지 않고 남아 있는 눈처럼 보였다. 착륙을 하느라 고도가 낮아지면 밝은 얼룩들이 사실은 하얀 집들이 모인 곳임을 사람들은 알아차렸다. 이렇다 할 만한 식물들이 없는 풍경은 입을 옷이 없는 여인과도 같았다. 자랑할 것이 없어 허영심이 없다는 점, 바로 그 때문에 나는 처음부터 이 섬을 사랑하게 되었다.

비행은 어땠어, 독일 날씨는 어때?

섬은 얼마나 크고, 여기에는 얼마나 많은 사람들이 살고 있어?

나는 포도 재배지를 통과해 가는 경로를 택했다. 깔때기 모양의 수많은 분지들은 포도나무가 비바람을 피하고 풍성한 결실을 맺는 땅이 되어 주었다. 식물을 하나씩 심기 위해 용암층에 크기가 1미터나 되는 구멍들을 파고, 작은 돌들을 쌓아 올려 주변에 담벼락을 치고, 이런 식으로 5000헥타르나 되는 땅에 마치 스위스 치즈처럼 구멍을 내 놓은 사람들이 있다는 사실은 매번 매혹적으로 느껴졌다. 저 멀리 티만파야[5]의 분화구들이 화산암을 뒤덮은 지의류[6] 때문에 불그스름한 색, 노란색, 보라색 그리고 초록색으로 빛났다. 그 지역

---

5) 1974년에 국립공원으로 지정된 곳으로, 화산지형과 그 생태계가 그대로 보존되어 있다.

6) 나무껍질이나 바위에 붙어서 자라는 균류와 조류의 공생체. 열대, 온대, 남북극, 고산지대까지 널리 분포한다.

에서 유일하게 자라는 식물은 버섯이었다. 나는 누가 먼저 "마치 달 표면 같아."라고 말하게 될지 기다렸다.

"마치 달 표면 같아."라고 욜라가 말했다.

"장관이군."이라고 테오가 말했다.

안테와 내가 십사 년 전 이 섬에 도착했을 때, 티만파야를 보고 "마치 달 표면 같아."라고 말했던 사람은 안테였다. 그 당시 우리가 지닌 것은 배낭 두 개와 우리의 미래를 가능한 한 오랫동안 이 섬에서 보내겠다는 계획뿐이었다. 비록 반드시 둘이 함께하지는 않는다 하더라도. 나도 "장관이군."과 같은 것을 생각했지만, 그에 대한 적당한 말을 찾지 못했었다.

"돌멩이들을 좋아한다면."이라고 욜라가 말했다.

"당신은 척박함의 미학에 대해서는 전혀 감이 없지."라고 테오가 대꾸했다.

"당신은 단단한 땅 위에 있다는 것만으로 그냥 그렇게 기쁜 거지."

욜라는 부츠와 스타킹을 벗었고, 맨발을 방풍 유리에 갖다 대기 전에 동의를 구하는 듯 나를 바라보았다. 나는 고개를 끄덕여 동의해 주었다. 고객들이 가능한 한 빨리 긴장을 풀면 나는 기분이 좋았다. 그들이 독일에서와 같이 느껴서는 안 되니까 말이다.

"당신도 비행기 타는 걸 안 좋아해?"라고 나는 테오에게 물었다.

그의 눈길은 내 질문을 완전히 무시했다.

"자는 척하는 거야."라고 욜라가 말했다. 그녀는 전화기를 꺼내 문자를 보냈다. "겁먹은 남자들이 다 그렇듯이."

"나라면 가능한 한 빨리 취해 버리지."라고 나는 말했다.

"그거라면 테오는 그전에 벌써 했고."

휴대 전화에서 삐 소리가 났다. 테오가 윗도리 안주머니에 손을 넣었다. 읽고서 답장을 보냈다.

"독일에는 자주 가?"라고 욜라가 물었다.

"안 갈 수만 있으면 안 가지."라고 나는 말했다.

욜라의 휴대 전화에서 삐 소리가 났다. 그녀가 읽고 나서 테오를 옆으로 밀쳤다. 웃을 때 그녀는 작은 소녀처럼 코를 찡그렸다. 테오는 창밖을 보았다.

"풍경이 마음에 드는군."이라고 그가 말했다. "저 풍경은 사람을 귀찮게 하지 않고 그냥 내버려 두잖아. 사람들이 계속해서 눈을 크게 뜨고 감탄하기를 원하지 않는 거지."

그가 말하고자 하는 것을 나는 정확하게 이해했다.

"앞으로 두 주 동안 내가 관심이 있는 건 물속에 있는 것뿐이야."라고 욜라가 말했다. "물 밖의 세상은 어떻게 되든 상관없어."

그 말 또한 나는 이해가 되었다.

우리는 티나호에 이르렀다. 평평한 지붕 모퉁이에 동양의 영향을 받았을 것이라 추측되는 작은 탑이 있는 하얀 집들로 이루어진 작은 도시다. 재건축을 한 후에 문을 닫아 버린 것처럼 보이는 서점에서 우리는 왼쪽으로 꺾어 들었다. 그 후 몇백 미터를 달리며 본 앞뜰들이 사람이 가꾼 마지막 정원들이었다. 테라스 형태의 들판이 이어졌고, 그 너머로는 암석 파편들이 널린 허허벌판이 보였다. 여기저기 검은 흙 위에 호박들이 몇 개 놓여 있었다. 줄에 묶인 양치기 개 한 마리가 지붕 위 땡볕 아래 서 있는 평평한 헛간이 문명의 마지막 표시였다. 도로는 자갈길로 바뀌었고, 백색 도료를 칠한 돌들로 표시된 그 길은 화산 지대를 구불구불 가로질렀다. 이 지점에 이르면 고객들 대부분은 흥분했다. 그들은 농담조로 "우리를 어디로 데려가는 거예요?" 그리고 "이거야 원 세상의 끝이로군!" 같은 말을 크게 내뱉었다.

욜라가 말했다. "와우."

테오는 말했다. "죽이는군."

나는 역사와 지질학에 관해 관광객들에게 흔히 들려주는 이야기는 하지 않았다. 육 년에 걸쳐 섬의 한 구역을 묻어 버렸던 화산 폭발에 관해서도 말하지 않았다. 나는 입을 다물고 그들이 놀라도록 내버려 두었다. 사방에 보이는 것은 오직 기괴한 형태의 돌뿐이었다. 돌들의 침묵. 새 한 마리조차 보이지 않았다. 바람이 마치 안으로 들어오겠다는 듯 차를 흔들어 댔다.

원뿔 모양인 마지막 화산을 돌아서자 갑자기 대서양이 모습을 드러냈다. 가장자리에 레이스가 달린 것처럼 하얀 거품이 이는 검푸른 바다가 그토록 많은 돌들 다음에 나타난다는 것은 쉽게 믿을 수가 없는 일이었다. 해안가 절벽에서는 파도가 부딪혀 높이 치솟으며 구름 모양을 이루었다. 마치 슬로모션 장면을 보는 듯했다. 바다가 그대로 이어져 하늘이 되었는데, 다만 그 소재가 바다와는 다를 뿐이었다. 청회색과 흰색을 띤 하늘에 바람이 불어 댔다.

"아, 세상에."라고 욜라가 말했다.

"당신들 그 이야기 알아?"라고 테오가 물었다. "두 작가가 해변을 산책한 이야기 말이야. 한 작가는 좋은 책은 이미 모두 쓰여 버렸다고 불평하지. 그때 다른 작가가 '저기 좀 봐.'라고 소리치며 바다를 가리키는데, 마지막 파도가 밀려오고 있는 거야!"

욜라는 짧게 웃었고, 나는 전혀 웃지 않았다. 돌 같은 침묵은 항상 승리하는 법이라 웃음은 금방 사라져 버렸다. 몇 분 더 달려서 우리는 라호라에 이르렀다. 그곳 초입에는 짓다 만 건물이 폐허가 된 채 놓여 있었다. 자연석 토대 위에 지어 올린 네모난 콘크리트 건물의 뚫린 창문은 바다를 향했다. 자갈길은 미끄러운 모랫길로 바뀌었고, 아래쪽 마을로 가파르게 이어졌다. '마을'이라는 말이 사람이 살지 않는 집 서른 채가 모인 곳에 대한 적당한 표현이라면 말이다.

라호라를 어떻게 하면 가장 잘 묘사할 수 있을까 곰곰이 생각하는 동안 나는 섬에 관해 그리고 섬에 존재하는 모든 것에 관해 과거형으로 말하고 있다는 사실을 깨닫게 된다. 테오와 욜라를 태우고 처음으로 라호라를 향해 차를 달렸던 것이 세 달도 채 되지 않았는데 말이다. 늘 그랬던 것처럼, 고객이 전망을 즐길 수 있도록 나는 그곳 맨 위 절벽에 정차했다. 많은 여행 가이드들이 주장하는 것과는 달리, 라호라는 결코 오래된 어촌이 아니라고 나는 설명했다. 오히려 이곳은 부유한 스페인 사람들에 의해 지어진 주말 별장들이 모여 있는 곳이다. 그들은 티나호에 이미 멋진 집들을 소유했는데, 다만 거기에서는 바다가 보이지 않았던 것이다. 섬의 행정 부서가 개발 따위는 신경 쓰지도 않은 채 가장 큰 화산 지역들 중 하나를 건설 부지로 내주었다고 나는 이어서 설명했다. 라호라에는 건축 설계도가 없다. 도로명도 없다. 하수도 시설도 없다. 엄밀한 의미에서 라호라 주민은 나와 안테뿐이라고 말했다. 나는 라호라가 폐허와 유령 도시의 혼합이고, '아직 완성되지 않았음'과 '벌써 다시 무너지고 있음' 사이의 불분명한 경계 위에 놓인 변형이라고 표현했다.

사실 스페인 사람들은 반쯤 지어진 집들을 마저 완성해 올리는 일을 이미 오래전에 중단했다. 그 대신 그들은 목재로 둘러친 테라스에 앉아 있었고, 그러는 동안 소금기를 머금은 바람은 벽에 칠해 놓은 석회를 조금씩 벗겨 냈다. 나무로 만들어진 케이블 드럼은 탁자로 사용되었고, 쌓아 올린 건축용 받침대는 의자로 사용되었다. 라호라는 종점이었다. 정지된 장소였다. 가구들은 다른 곳에서라면 벌써 쓰레기장으로 들어갔을 물건들이었다. 세상의 끝이었다.

우리는 차 안에 앉아서 물탱크와 태양전지 그리고 위성방송 안테나가 모여 있는 평평한 지붕들을 거쳐 만조가 되면 물이 거의 발까지 들어차는 맨 앞쪽 집들이 있는 저 아래쪽까지 바라보았다. 이곳에서 그들이 독특한 평온을 발견하게 될 것이라고 나는 약속했다. 집주인들이 혹시 다녀가는 일이 있다 하더라도, 주말뿐이었다.

나는 이곳에 머무는 동안 지켜야 할 두 가지 규칙을 분명히 말해 두는 것으로 짧은 연설을 끝맺었다. 수영하지 말 것 그리고 산책하지 말 것. 작은 만(灣)은 어떤 날씨에도 요동을 칠 수 있고, 충고를 받아들이지 않고 산책을 나서는 이들은 화산 지대에서 발목이 부러지곤 했다고 말했다. 라호라에서는 앉아서 바다를 바라보고, 북쪽에 모인 섬들을 관찰할 수 있다고 말해 주었다. 그 섬들은 안개가 끼면 물과 하늘 사이에서 마치 잠자는 동물처럼 웅크리고 있었다. 게다가 당신들은 어쨌든 잠수를 하러 여기에 온 것이라고 말했다. 우리는 매일 섬에서 잠수하기 가장 좋은 곳으로 갈 것이고, 추가로 당신들이 관광을 하고자 한다면 계약한 대로 내가 운전기사이자 여행 가이드 역할을 수행할 것이라고 말해 주었다.

그들은 전혀 귀담아듣지 않았다. 서로 손을 잡은 채 마을과 바다를 쳐다보았는데, 완전히 푹 빠져 버린 것처럼 보였다. 그들은 다른 고객들처럼 나에게 왜 이렇게 멀리 떨어진 곳에 정착하게 되었느냐고 물어보지도 않았다. 이전에 잠수를 하며 겪었던 모험에 관해 수다를 늘어놓지도 않았다. 욜라가 나를 향해 얼굴을 돌리고 선글라스를 벗었을 때, 그녀의 눈은 젖어 있었다. 나는 열어 둔 창문으로 들어온 바람 때문에 그런 거라고 생각했다.

"여긴 정말 아름다워."라고 그녀가 말했다.

나는 한기를 느꼈고, 시동을 걸었다.

지금 나에게는 그 첫 만남이 마치 까마득한 옛날에, 다른 세기에 혹은 낯선 우주에서 일어난 일처럼 여겨진다. 이 글을 쓰는 동안에도 창을 통해 여전히 대서양이 눈에 들어오지만, 이 섬에는 더 이상 현재란 존재하지 않는다. 나는 말 그대로 짐을 싸 놓은 채 살고 있다. 아레시페의 항구에는 나의 모든 장비를 실은 컨테이너가 태국으로 운송되기를 기다리고 있다. 그곳에서는 슈투트가르트 출신인 어떤 독일인이 하얀 모래사장이 펼쳐지는 야자수 섬에서 잠수 베이스캠프를 세우려고 한다. 개인 물건들을 실은 두 번째 컨테이너는 거의 텅 비어 있다. 독일에서 무엇이 필요할까 곰곰이 생각해 보았지만, 아무것도 떠오르지 않았다. 반바지, 샌들, 가라앉은 배에서 가져온 둥근 창문 그리고 직접 잡아서 해부한 황새치가 루르 지방에 도대체 무슨 볼일이 있단 말인가? 이 모든 것에 유일하게 어울리는 장소는 과거이다.

우리는 경사진 길을 천천히 내려왔고, 대서양과 육지를 감히 나누어 놓고 있는 작은 담벼락에 이르러 왼쪽으로 꺾어 들었다. 나의 거주지는 그 지역 맨 끝에 위치했다. 집 두 채가 모래밭 위에, 님어지면 코 닿을 듯 가까운 거리에 비스듬하게 마주 보고 서 있었다. 커다란 지붕 테라스를 갖춘 2층짜리 '레시덴시아'에는 나와 안테가 함께 살았다. 크기가 좀 작은 '카사 라야'는 휴가객을 위한 거처였다. 두 건물은 검은 해안가 절벽으로 쑥 들어가 자리 잡고 있었다. 그것들은 자연석 주추나 마찬가지인 절벽 위에 서 있었는데, 파도의 물거품이 그 높은 곳까지는 아무런 해도 끼칠 수가 없었다. 나는 두 건물을 저렴하게 구입했고 많은 돈을 들여 수리했으며, 안테는 집을 빙 둘러싼 정원에 그야말로 기적을 이루어 냈다. 그녀는 얼마나 흙을 파내야 하는지를 두고 건축업자와 며칠씩이나 실랑이를 벌였고, 관개시설의 설계도를 그렸으며, 특별한 바닥을 갖춘 진입로를 고집했다. 얼마나 많은 바람을 견딜 수 있어야 하는지, 햇볕은 얼마나 드는지, 뿌리는 어떤 방향으로 뻗어 나가는지를 성실하게 조사했다. 돌만 있던 황폐한 땅의 가장자리에 세월이 흐르면서 오아시스가 생겨났고, 그 오아시스에 물을 대는 관개시설을 마련하기 위해 엄청난 돈이 들어갔다. 화염목, 히비스커스 그리고 협죽도가 일 년 내내 꽃을 피웠다. 부겐빌레아 무더기는 마치 색이 화려한 폭포처럼 담벼락에 드리웠고, 그 위로는 노포크 소나무의 손가락 굵기만 한 침엽이 부채꼴로 뻗어 있었다. 라호라 가장 끝에서 화려한 꽃들이 삭막한 경관 속에 구멍 하나를 만들며 타올랐다.

"이런 데가 다 있다니."라고 테오가 말했고, 자기 눈을 믿을 수 없다는 듯 고개를 저으며 작게 소리 내 웃었다. 욜라는 선글라스를 다시 쓰고 아무 말도 하지 않았다.

라호라를 싫어하는 고객은 있었지만, 카사 라야가 마음에 안 든다는 사람은 하나도 없었다. 파란색 덧창이 달린 단순하고 네모난 하얀색 건물에는 방 하나, 욕실 하나 그리고 작은 조리대가 갖춰진 거실 하나밖에 없었다. 하지만 작은 크기에도 불구하고 건물 자체에는 어떤 당당함이 있었다. 현관문으로 올라가는 계단의 아래쪽에서는 용암 절벽을 향해 대서양의 파도가 밀려왔다. 노도(怒濤)라기보다는 일상이 되어 버린 파도였다. 수만 년을 그래 왔으니까. 만(灣)에서 요동치는 물결은 이 분마다 한 번씩 아주 크게 일어 20미터 높이의 분수를 하늘을 향해 쏘아 올렸다. 그 정도 볼거리가 우리 인간하고 전혀 무관하게 일어난다는 것이 믿기지 않았다. 카사에 머물다 간 손님들이 보낸 편지에는 독일에서도 이 신화적인 노도 소리가 하루 종일 들린다고 적혀 있었다. 도저히 떨쳐 버릴 수가 없는 소리인 것이다.

안톄는 벌써 카사로 가는 계단에 앉아 기다리고 있었다. 그녀의 흰색 시트로엥 보닛 위에서는 그녀가 기르는 코커스패니얼 개 토드가 자고 있었다. 햇볕이 내리쬐는 뜨거운 금속판 위에 자발적으로 누워 있는 개는 우주를 다 뒤져도 토드 하나밖에 없을 것이다. 이런 방식으로 그 개가 사람들이 자신을 버려두고 떠나지 못하도록 하려는 거라고 안톄는 생각했다. 우리가 오는 것이 보이자 그녀는 벌떡 일어나 손을 흔들었다. 그녀의 옷이 빛을 발하는 얼룩 같았다. 그녀에게는 색상이 화려한 면 원피스들이 잔뜩 있었는데, 모두 무늬가 달랐다. 거기에다가 옷 각각에 어울리는 색상의 플립플롭 샌들 역시 죽 늘어놓을 수 있을 정도로 많이 있었다. 이날 그녀의 몸 위에서는 녹색 말이 빨간 바탕 위를 내달리고 있었다. 그녀가 욜라와 악수를 할 때, 그 모습은 마치 서로 다른 영화에서 두 여인을 잘라 내 트릭 사진으로 합성해 놓은 것처럼 보였다. 테오는 두 손을 바지 주머니에 꽂은 채 바다를 응시했다.

나는 푸석한 흙 위에 짐을 내려놓았다. 안톄는 고맙다고 손을 들어 보였다. 우리는 서로 제대로 인사도 나누지 않았다. 나는 다른 사람들이 있을 때 그녀가 내 몸에 손대는 것을 좋아하지 않았다. 수년째 함께 살면서도, 우리가 커플이라는 것이 늘 어색했다. 특히 사람들 앞에서는 항상 그랬다.

내가 오전에 사용한 공기통을 레시덴시아 주차장에 있는 충전소로 끌고 가는 동안, 안톄는 우리 손님을 카사 라야로 안내했다. 고객 숙소와 관계된 일은 그녀 소관이었다. 푸에르토델카르멘에는 카사 외에도 휴가객들을 위한 집이 몇 채 있었는데, 안톄는 소유주들을 대신해서 그 집들도 관리했다. 그녀의 손님들 대부분은 나에게 잠수를 배우러 온 사람들이었다. 안톄는 예약을 받고, 열쇠를 넘겨주고, 정산을 하고, 청소를 하고, 정원을 돌보고, 수공업자들을 감독했다. 그 밖에도 그녀는 내 잠수 강습 사무실을 관리했고, 홈페이지 내용을 업데이트했으며, 잠수협회에서 보낸 서류 나부랭이들을 처리했다. 섬에 도착하고 난 후 이 년이 채 되기도 전에 그녀는 자신을 없어서는 안 될 존재로 만들었다. 심지어 그녀는 섬에 사는 스페인 사람들의 '오늘 못 하면 내일 하지.'라는 성향과도 아무런 문제를 일으키지 않고 일을 잘해 나갔다.

나는 사용한 잠수복을 정원에 있는 수돗가에 던져 놓고 집 안으로 들어갔다. 갑자기 아페리티프[7]가 마시고 싶어졌다. 얼음을 넣은 캄파리.[8] 보통 나는 술은 마시지 않을 수 없을 때만 마셨다. 비행

---

7) 식욕을 돋우기 위해 식사 전에 마시는 술.

8) 이탈리아에서 주로 아페리티프로 많이 마시는 술.

기에서, 결혼식에서, 혹은 한 해의 마지막 날 파티에서. 그런데 지금 이 캄파리는 어쩐지 욜라와 테오 때문에 생각난 것 같았다. 안톄가 집에 그 술을 사다 놓았는지 알지도 못하면서, 벌써 그 술 냄새가 나는 것 같고, 그 맛이 느껴지는 것 같았다. 냉장고에서 캄파리 한 병을 발견했고, 잔에다 술을 넉넉히 부었다. 탁탁거리며 갈라지는 얼음 소리가 기분 좋았다. 나는 잔을 들고 아래층 테라스로 나갔다. 의자를 난간에 완전히 붙여 놓으면, 모래밭을 가로질러 카사의 거실 창 안을 들여다볼 수 있었다. 마침 막 커튼이 젖혀졌다. 유리창 너머로 안톄의 알록달록한 원피스가 나타났다. 그 뒤로 욜라와 테오가 걱정스러운 듯 주방 시설을 살펴보는 것이 보였다. 아마도 그들은 더 좋은 것에 익숙한 모양이었다. 혹은 껌을 파는 자동판매기조차 없는 라호라에서 도대체 무엇을 요리해야 하는지 생각하는 건지도 모른다. 첫날인 오늘 저녁에는 안톄가 그들을 식사에 초대할 것이고, 내일은 잠수가 끝난 후 그녀가 그들과 함께 장을 보러 갈 것이다. 우리는 카사에 머무는 손님들과 항상 그렇게 해 왔다.

건너편에서 안톄는 전기레인지, 전자레인지, 세탁기에 관해 설명했다. 테오가 귀담아듣는 것처럼 보이는 반면, 욜라는 소파 위에 털썩 앉았다. 창문에서 그녀 머리가 올라왔다 내려갔다 했다. 소파 스프링을 시험해 보는 듯했다. 나는 테오가 그녀를 식탁 위에 눕히고, 그녀의 원피스를 걷어 올리는 상상을 하다가 곧 그 상상을 다시 지워 버렸다. 여자 고객은 금기였다. 나는 수영복이 작업복인 업종에서 일하고 있었다.

욜라의 일기, 첫째 날 11월 12일 토요일. 오후.

믿기지 않는 장소다. 덧창이 닫힌 하얀 건물 전면. 내리쬐는 햇볕과 검은 모래. 금방이라도 조로가 모퉁이를 돌아 나올 것만 같다. 당장이라도 결투가 벌어질 것만 같다. 공기에서는 짠맛이 난다. 나는 여기가 정말 독특하다고 생각하지만, 테오 역시 이곳을 마음에 들어 하니까, 당연히 그 정반대를 주장할 수밖에 없다. 척박함의 장엄한 미학이라! 잘 알겠다고, 노인네야. 그냥 긴장 좀 풀라고. 당신이 시를 들이붓는다고 해서 세상이 더 아름다워지지는 않잖아. 더 위대해지거나 더 중요해지거나 더 나아지지도 않지. 당신은 그냥 세상에 부딪혀 튕겨 나올 뿐이야. 마치 바다가 절벽에 부딪혀 튕겨 나가는 것처럼, 당신 말들도 그렇게 튕겨 나가 당신 자신 안으로 되돌아가지. 만 년 정도 그렇게 한다면 작은 모서리 하나쯤은 둥글게 만들 수 있을지도 모르지만, 당신이 그렇게 오래 살 수는 없잖아. 오래 사는 것하고 가장 거리가 먼 사람이 당신인걸.

하지만 나는 입을 다문다. 문학에 대해서 그리고 죽음에 대해서 아무 말도 하지 않는다. 우리는 노력 중이다. 멋진 휴가가 될 것이다. 나는 그를 도발하지 않을 것이고, 그는 자신이 도발당하도록 내버려 두지 않을 것이다. 휴전 상태.

휴가라고, 글쎄. 사실 나는 그 역할을 원하기 때문에 여기 온 것이다. 내겐 그 역할이 필요하다. 로테는 내게 마지막 기회다. 로테 사진을 책에서 찢어 내 침실의 침대 위 벽에 핀으로 꽂아 놓았다. 하루 종일이라도 그녀를 바라볼 수 있을 것만 같다. 해저 소녀. 빨간 수영복을 입고 구식 잠수 장비를 걸친 채 난파선을 꼭 붙들고 있는 그녀 모습. 잠수 안경 너머로 보이는 진하게 화장한 두 눈. 긴 머리칼이 마치 해초처럼 그녀 머리 주위에 떠 있다. 그녀는 너무나도 아름답다. 그리고 강하다. 여자 투사. 부엌 아궁이와 아이들이 그녀에게는 충분하지 않았던 것이다. 그녀는 위험을 찾아다녔다. 그 일기는 범죄소설처럼 흥미진진하다. 1950년대에 잠수는 스포츠가 아니라 선구적인 일이었다. 그것은 남자에 대한 담력 시험이었고, 그렇기 때문에 여자에게는 해당 사항이 없었다. 로테는 물고기들과 함께 헤엄치겠다고 고집한 첫 번째 여자였다. 테오는 침대 위에 붙여 놓은 사진을 발견하고 입술을 깨물었다.

스벤은 항상 환한 표정을 짓는 사람이다. 테오보다 겨우 두 살 아래지만, 몸이 전혀 다르다. 발가락 사이에는 물갈퀴가, 귀 뒤에는 아가미가 있다. 그는 나를 바라보지 않는다. 그에게는 내가 전혀 보이지 않는다. 내가 물고기가 아니라서 그런 것 같다. 하긴 그가 이제 나를 물고기로 만들어야 하는 거지. 그러라고 돈을 지불하는 거니까, 그것도 적잖이.

스벤에게는 그의 — 뭐라고 했던가? — 안톄라고 하는 여자가 있다. 조수? 아내? 여동생? 비서? 그녀는 자신을 그저 "그 안톄"[9]라고 소개했다. 마치 직업과 가족 관계가 하나인 것처럼. 그때 스벤은 허공을 바라보았다. 그에게는 안톄가 난처한 존재인 것 같다. 그녀는 사람을 똑바로 응시하고, 말이 많고, 니베아 냄새를 풍긴다. 스웨덴 여자와 같은 금발이다. 그녀는 물속에 들어가지 않는다. 그것을 그녀는 처음부터 분명히 해 두었다. 물은 스벤의 "응집 상태"란다. 아

---

9) 독일어 원문을 보면 die Antje라고 이름 앞에 정관사가 붙어 있다. 독일어에서는 예외적인 경우를 제외하고 사람 이름 앞에 관사를 쓰지 않는 것이 원칙이다.

마 본래의 활동 영역 혹은 직업이라는 말을 하고 싶었던 거겠지. 노인네는 이런 것을 극도로 불쾌하게 여긴다. 제대로 말할 수 없는 자는 입을 다물라, 이것이 그의 모토이다. 그는 소개할 때 자신의 이름 앞에 관사를 붙이는 사람들을 전혀 참아 내지 못한다. 나는 그 안톄이고, 그는 그 스벤이라고 하다니. 어린애들이나 그렇게 말하는 법이다. 하지만 그럼에도 불구하고 안톄를 바라보는 테오의 기분은 좋아 보인다.

라호라. 학교 다닐 때 배운 스페인어 책에는 이상한 예문들이 있었다. 나의 개들이 침대 아래에 있다. 나의 비명 소리가 들린다. 테예고 라 오라.(Te llegó la hora.) 번역하면 '너에게는 최후를 알리는 종소리가 울린다.'이다. 사방으로 아무도 없다. 보닛 위에 개가 앉아 있는 안톄의 자동차를 제외하면 차도 찾아볼 수 없다. 차 없이는 아무도 여기에 올 수가 없다. 달리 표현하자면, 우리를 제외하면 이곳은 텅 비어 있다. 노인네도 그 점을 마음에 들어 했다. "여기서는 어떤 이야기가 펼쳐지도록 해야만 하겠는걸." 제발 그래 보라지. 이야기가 펼쳐지도록 해 보라고. 뭘 좀 써 봐라, 항상 말만 하지 말고. 하지만 나는 그에게 아무 얘기도 하지 않았다.

노인네는 스웨덴 여자 것 같은 안톄의 가슴에 시선을 고정한 채 주의 깊게 경청했다. 사용한 화장지는 배수관이 막히지 않도록 변기에 넣지 말고 그 옆에 놓인 휴지통에 넣으라고 했다. 집을 나설 때는 전기 코드를 뽑으라고 했다. 따뜻한 물을 쓰려면 연달아 샤워하지 말라고 했다. 수돗물을 그대로 마시지 말라고 했다. 관개용 호스 위에 정원 가구를 올려놓지 말라고 했다. 인터넷을 하려면 스벤이 위성안테나를 조정할 수 있도록 미리 얘기하라고 했다. 수영하지 말고, 산책하지 말고. 그건 이미 알고 있었다.

그다음 나는 오랫동안 정원에 서서 바다가 혼자 어떤 유희를 벌이는지 바라보았다. 갑자기 노인네가 내 뒤에 와 있었는데, 손에는 적포도주 한 잔을 들고 있었다. 그가 내 어깨 위에 팔을 올리더니 나를 끌어당겨 안고는 머리에 입을 맞추었다.

"사랑스러운 욜라."라고 그가 말했고, 더 이상 아무 말도 하지 않았다.

나의 눈이 젖어 들었다. 나는 그를 꼭 붙들었다. 마음만 먹으면 그는 이렇게 좋은 느낌을 줄 수도 있는데. 늘 그런 법이다. 좀 불편하게 자면서 자기 자신을 더 잘 이해하기 위해 사람들은 아주 먼 곳으로 떠나는 법이다.

2

전형적인 저녁이었다. 창문은 모두 열려 있었다. 따뜻한 바람이 집 안으로 들어와 안과 밖이 구분되지 않았다. 부엌에서는 안테가 냄비를 가지고 달그락거리는 소리가 들려왔다. 마치 천막 위에 떨어지는 빗방울 소리처럼 아늑했다. 그녀가 전기레인지 옆에서 일하는 동안, 나는 작은 작업실에 있는 컴퓨터 앞에 기분 좋게 앉아 있었다.

구글 검색 결과 38만 4000개. 충격이었다. 그것이 왜 내게 그렇게 충격이었는지 알 수는 없었지만. 구글 사이트 화면 뒤에서는 잠수 컴퓨터를 선택하기 위한 소프트웨어가 돌아가고 있었다. 안테가 문턱에 나타난다면 나는 재빨리 화면을 바꿀 수 있었다. 구글에서 무엇을 하고 있는지 그리고 왜 하고 있는지 설명하고 싶지 않았다. 고객을 구글에서 검색하는 것은 원래 내 방식이 아니었다.

검색 결과의 반은 욜라에 관한 것이었다. 위키피디아 등록 내용, 팬 사이트, 페이스북 프로필, 트위터, 언론 보도, 유튜브. 사진 수백 개. 한 사람이 얼마나 많은 얼굴을 지닐 수 있단 말인가. 점점 더 오래 바라볼수록 그 얼굴 수가 점점 더 빨리 늘어나는 것만 같았다. 사이트에서 사이트로, 링크에서 링크로. 매혹적이었다. 그리고 동시에 어쩐지 거부감이 들기도 했다.

"욜란테 아우구스타 조피 폰 데어 팔렌, 예명 욜라 팔렌, 1981년 10월 5일 하노버 출생, 독일 여배우. 폰 데어 팔렌이라는 성은 발트해의 귀족 가문에서 유래했다. 열한 살에 동요를 담은 시디를 녹음했고, 하노버 국립극장에서 공연된 「보이체크」에서 성악 부분을 맡았다. 1995년부터 1997년까지 슈퍼 RTL 채널 어린이 프로그램 「토고」에 출연하며 처음으로 텔레비전 경험을 쌓았다. 2003년 12월 4일 이후 폰 데어 팔렌은 SAT.1 채널의 연속극 「위아래로」에서 벨라 슈바이크 역할을 맡고 있다. 폰 데어 팔렌은 작가 테오도르 하스트와 함께 살고 있다.—인터넷 영화 데이터베이스의 독일어 버전과 영어 버전에서 욜라 팔렌."

천장에서 지지직거리는 소리가 났다. 도마뱀붙이가 커튼 봉 뒤쪽에 있는 자신의 잠자리에서 나와 곤충 사냥 준비를 했다. 삼 년 전 처음 보았을 때, 그 도마뱀붙이는 3센티미터 길이에, 몸은 거의 투명했으며, 살아가는 방법에 대해서는 아무것도 알지 못했다. 그사이에 도마뱀붙이는 내 집게손가락보다 더 길어졌고, 나를 두려워할 필요가 없다는 것을 알게 되었다. 나는 도마뱀붙이에게 에밀이라는 이름을 붙여 주었다. 안톄가 그것이 암컷이라고 말했지만 말이다.[10] 그녀는 이 도마뱀붙이 종에는 수컷이 없다고 주장했다. 암컷이 자기 복제를 통해 번식한다고 했다. 그러면서 그녀는 나를 향해 입꼬리를

---

10) 에밀은 남자 이름이다.

올리며 미소 지었다. 마치 그 번식 방식이 자연의 페미니즘적 전략이라도 되는 것처럼. 그렇거나 말거나 나는 신경 쓰지 않았다. 나는 에밀을 좋아했다. 에밀은 발이 매우 아름다웠고, 머리를 아래로 드리운 채 나노 기술을 발휘하며 천장을 따라 기어 다녔다.

"팔렌 씨, 당신은 귀족 집안 출신입니다. 그 점이 당신에게 어느 정도로 영향을 끼쳤나요?"

"누구나 자신의 출신으로부터 영향을 받기 마련이지요. 저는 가족으로부터 아름다운 것들을 보존하는 법을 배웠습니다. 누군가가 비더마이어 양식[11] 탁자 위에 잔 받침도 없이 물잔을 그냥 올려놓는 것을 보면, 제 몸이 벌써 고통을 느껴요. 부주의는 아름다움의 가장 나쁜 적이지요."

"당신 아버지는 성공한 영화 제작자입니다. 당신 가족은 부유합니다. 당신은 때때로 스스로의 힘으로 뭔가 해내기를 갈망합니까?"

"제가 하는 모든 일은 저 자신의 힘으로부터 나온 거예요. 「위아래로」를 찍을 때 카메라 앞에 서 있는 사람은 제 아버지도 저의 가족도 아닙니다. 그건 바로 저예요."

"하지만 당신 아버지가 「위아래로」의 그 역할을 당신에게 주었다고들 하는데요?"

"성공이란 항상 행운과 땀 그리고 재능이 합쳐져 이루어지는 법이지요."

"팔렌 씨, 당신은 지난주에 서른 살이 되었습니다. 「위아래로」를 그만둘 때도 되지 않았습니까?"

---

11) 19세기 전반기 독일을 중심으로 나타난 문화·예술 양식으로, 공예·건축·가구 분야에서는 단순하면서도 우아하고 실용적인 특징을 보인다.

"왜요? 서른 살이 연속극을 찍기에는 너무 많은 나이라고 생각하시나요?"

"연속극을 찍기에는 그렇지 않겠지만 제대로 된 극영화의 역할을 맡기에는 어쩌면 그럴 수도 있겠죠."

"전 이미 구체적인 계획을 세우고 있어요."

"그렇다면 행운을 빕니다, 팔렌 씨."

총총거리며 걷는 하얀 발. 에밀이 작은 파리들이 꼬여 든 모니터 위에 나타났다. 에밀은 욜라 얼굴 한가운데에 앉아 있었다. 단추같이 생긴 까만 눈으로 나를 바라보았고, 혀를 내밀었다. 영화를 보면 초상화에 파충류가 앉아 있는 사람들은 결말에서 미쳐 버린다.

테오도르 하스트는 구글에서 검색 결과가 1만 2400개 나왔다. 그중 대부분은 욜라 팔렌과의 관계에 관한 것이었다. 위키피디아에는 사진도 없이 두 줄 내용이 기재되어 있었다.

"1969년 로이트링겐 출생 독일 작가. 데뷔작 『날아다니는 건축물』은 2001년에 출판되었다. 베를린, 슈투트가르트, 뉴욕 등지에서 살고 있다."

세 곳에 걸친 거주지는 불쾌한 기억을 깨웠다. 법대를 다니던 시절, 우리는 전공 서적을 인용할 때 출판사가 위치한 도시를 함께 적는 법을 배웠다. '폴커 슐뢴, 『유가증권법, 유가증권거래법을 중심으로』, 베를린, 하이델베르크, 뉴욕, 6판.' 이런 책은 시중에서 가격이 129마르크나 되었고, 유가증권법과 관계되는 리포트를 써야 할 때면 대학 도서관에서 모두 대출되어 손에 넣기 힘든 것으로 악명이 높았다. 테오의 경우에는 세 장소에 동시에 살고 있다고 하는 것이 그의 책이 아니라 그 자신이기는 했지만 말이다.

"당황스러운 걸작."

"미래에 나타날 독창적 행보에 대한 분명한 예고."

"나를 좋아하는 사람들은 많지만 나와 함께 살아야만 하는 사람은 단 하나다. 그건 바로 나 자신이다.(테오도르 하스트, 『날아다니는 건축물』, 23쪽)"

출판사 홈페이지에 올라온 소개문에 따르면 마르틴이라는 이름의 주인공과 정체성 찾기에 관한 이야기였다. 뭔가 복잡해 보였다. 그 사이트는 소개문 외에도 미리 보기 한 쪽을 제공했다.

"신이 세상을 엿새 동안 창조하고, 일곱 번째 날에는 쉬는 일이 어떻게 가능했을까 하고 그는 스스로에게 물었다. 지구가 태양 주위를 스물네 시간 주기로 돌기 전에 이미 하루라는 것이 도대체 있었단 말인가? 그리고 신은 왜 일주일은 일곱 날로 이루어진다는 시간개념을 준수했던 것일까? 그건 신이 어딘가에 고용되어 있었음을 의미하는 것임에 틀림없다. 누구에게 고용되어 있었던 것인지 마르틴은 정말 알고 싶었다. 그는 잔을 옆으로 치우고 위를 올려다보았다. 구름이 흩어져 있는 하늘은 마치 급하게 처리해야 할 일이라도 있는 것처럼 동쪽을 향해 서둘러 가고 있었다. 이 땅을 떠나자 하고 그는 생각했다. 하지만 이는 우리가 도피해서 가는 나라가 늘 우리 자신이 아닐 때에만 의미가 있을 것이다."

안테는 책을 엄청나게 많이 읽었다. 나는 소설을 손에 쥐면 읽다가 잠이 들었다.

프라이팬에서 지글거리는 소리. 토끼 고기 냄새가 났다. 컴퓨터를 그냥 켜 두었다. 에밀에게는 모니터가 환상적인 사냥터였다.

안테는 4인분 식사를 준비했다. 한 사람당 잔 둘을 마련했는데,

하나는 물 잔이었고, 또 하나는 포도주 잔이었다. 그 잔들이 티크 목재 식탁 위에 그냥 놓인 것이 내 눈에 띄었다. 나는 잔 받침을 찾느라 찬장 서랍을 뒤졌다.

욜라는 말이 많았다. 그녀 손이 마치 곤충들을 쫓으려는 듯 허공을 날아다녔다. 긴 머리칼이 그녀에게 걸리적거리는 것처럼 보였다. 그녀는 계속해서 머리칼을 한쪽에서 다른 쪽으로 넘겼다. 안톄가 소금물에 껍질째 삶은 카나리아 제도 감자, 올리브유에 담긴 양송이버섯 그리고 서로 다른 세 가지 모호 소스[12]를 가지고 왔다. 대화 주제는 그 영화였다. 욜라는 로테 하스에 관한 책을 읽는 중이었고, 잠수 모험에 관하여 상상의 나래를 펼쳤다. 세련된 수영복을 입고 물속으로 뛰어들고, 공기통이 비도록 빠르게 호흡하고, 고래상어와 눈 맞추는 일을 그려 보는 것이었다. 테오는 감자를 먹었다. 하나씩 하나씩, 한결같은 속도로, 마치 정기적으로 반복되는 일을 수행하는 것처럼.

나는 규정을 엄격하게 지키며 수업할 것이라고 말했다. 신중함과 안전이 어떤 상황에서도 최우선이라고 했다. 중요한 것은 모험이 아니라 전문 지식을 익히고, 기술에 정통해지는 일이라고 말해 줬다.

욜라는 아랫입술을 쑥 내밀며 꼬마 여자애처럼 굴었다. 자신이 고래상어와 친해질 수 없다는 말이냐고 물었다.

나는 우리가 전자리상어를 보게 될 것이라 말했다. 기껏해야 2미터 길이에, 대부분의 시간을 바닥에 납작하게 누워 있는. 그러자 그

---

12) 카나리아 제도의 진통 소스로, 소금물에 삶은 감자와 함께 내놓거나 생선이나 고기 요리에 곁들인다.

꼬마 여자애가 전략가로 변신하면서 눈을 가늘게 뜨고 위험한 미소를 지었다.

"가장 중요한 건 캐스팅에서 내가 고래를 잘 안다고 말할 수 있는 거야."

나는 그녀가 그렇게 말할 필요가 전혀 없다는 생각이 들었다. 그녀 앞니 사이에는 작고 귀여운 틈이 있어서 나는 그녀 입에서 눈을 뗄 수가 없었다. 갑자기 그녀 손이 내 팔 위에 놓였다. 그녀가 눈을 크게 뜨는 모양이 연습의 결과임을 알 수 있었다. 그녀는 내게 자신이 로테 역을 잘 해낼 것이라고 믿지 않는지 물었다.

테오가 접시에서 눈을 들어 바라보았다.

"정신 차려."라고 그가 말했다.

그 말은 마치 따귀를 때리는 것처럼 들렸다. 안테는 그것이 자기한테 하는 말이라도 되는 것처럼 움찔했다. 열어 둔 창문으로 바람이 들어와 커튼이 흔들렸고, 약간 선선해졌다. 벽에 걸린 시계는 7시가 되기 직전을 가리켰다. 벌써 밤이 방구석으로부터 슬슬 기어들었다. 나는 불을 켜고 창문을 닫기 위해 일어섰다.

"감자 안 좋아해?"라고 안테가 물었다.

"좋아해."라고 대답하면서 욜라는 그릇에 담긴 감자들 중 가장 작은 것을 얼른 집어 입안에 밀어 넣었다. "하지만 배가 별로 안 고파."

"식이장애야."라고 테오가 설명했고, 두 잔째인 포도주를 비우더니 다시 채웠다. "그렇지 않아도 욜라는 그 역할을 맡기에 나이가 너무 많아. 살까지 찐다면 기회는 전혀 없다고 봐야겠지."

그는 마치 농담이 통했을 때처럼 웃었다. 안테는 토끼 고기를 가지러 부엌으로 사라졌다. 욜라는 건드리지도 않은 그녀 접시를 응시했다. 고객은 마치 가족과도 같다. 고를 수 있는 것이 아니다. 주요리를 기다리는 동안, 나는 어색한 침묵을 깨고 우리가 서로에게 어떤 것을 기대하는지 확인했다. 그들이 원하는 것은 두 주 동안 스물네 시간 돌봐주는 것, 무제한으로 잠수하는 것, '어드밴스드 오픈 워터 다이버'[13]를 따고 나이트록스[14] 다이버 인증서를 발급받는 것, 거기에다가 카사 라야에서의 숙박, 장비 대여, 잠수 지점과 섬의 볼거리가 있는 곳으로 그들을 차로 이동시켜 주는 것이었다. 나는 1만 4000유로를 원했다. 평소에 나는 고객 몇 명을 한 그룹으로 묶어서 받았는데, 욜라와 테오는 앞으로 십사 일 동안 내가 다른 고객을 받지 않는다는 것을 전제로 그 돈을 지불하기로 했다. 싸지는 않았지만, 그 대가로 나는 오직 그들만을 위해 일하는 것이었다. 우리는 악수를 했다. 욜라 전화기에서 삐 소리가 났다. 그녀는 전화기를 보고 미소를 짓더니 답을 보냈다. 안톄가 김이 나는 스튜용 냄비를 수건 두 장으로 감싸 쥔 채 돌아왔다.

"살모레호 소스[15]로 요리한 토끼 고기야."라고 그녀가 말했다.

스튜 위로 뼈가 삐죽 올라와 있었다. 테오 전화기에서 삐 소리가 났다. 그가 미소를 짓더니 욜라 허벅지 위에 손을 올려놓았다. 그들은 같은 공간에 있으면서 서로에게 실제로 문자를 보내고 있었다.

---

13) 초급인 '오픈 워터 다이버' 다음 단계의 자격증이다. 잠수에 관한 보다 심화된 기술과 지식을 익히고, 잠수 경험을 쌓은 후 취득하게 된다.

14) 질소와 산소의 혼합기체로, 일반 공기보다 산소 비중을 높여 질소가 체내에 쌓여 유발되는 잠수병의 위험을 줄인다.

15) 물, 식초, 올리브유, 소금 및 후추로 만드는 소스.

안테의 개 토드가 자신이 숭배하는 아궁이가 있는 부엌에서 방으로 들어와 상황을 살피더니 욜라 옆에 자리를 잡았다. 사슬의 가장 약한 고리가 욜라라고 간주한 것이 분명했다. 나는 맛을 보았고, 음식이 맛있다고 칭찬했다. 그리고 나의 유일한 조건을 상기시켰다. 다음다음 주 수요일인 11월 23일 하루는 자유 시간을 갖겠다는 것이었다. 왜 그날은 내가 그들을 위해 일할 수 없는지 테오는 알고 싶어 했다. 그는 토끼 고기를 맛있게 먹었다. 포도주도 맛있게 마셨는데, 사실 포도주를 마시는 사람은 테오 하나뿐이었다. 안테가 포도주를 한 병 더 가져오려는 것을 내가 얼른 눈짓해 말렸다. 우리의 눈길이 오가는 것을 알아차리고 욜라가 웃었다. 이날 저녁 처음으로 그녀는 전혀 가식적이지 않게 웃었다.

"뭐야?"라고 테오가 물었다.

"아무것도 아냐."라고 욜라가 말했다.

당신들은 서로 어울리지 않아라는 생각이 들었지만 나는 바로 그 생각을 떨쳐 버렸다. 고객의 사생활은 나와 아무 관계가 없었다. 나는 11월 23일에 무슨 일이 있는지 설명했다. 늦여름에 먼바다로 낚시를 나갔다가 음파탐지기가 매우 강한 신호를 받았다. 그 물체는 족히 수심 100미터 아래에 있었고, 길이는 80미터가 넘었다. 어쩌면 그저 이상한 모양을 이룬 돌무더기일 수도 있었다. 혹은 세간의 이목을 끌게 될 발견일 수도 있었다. 지난 몇 년 동안 세계를 통틀어 새로 발견된 난파선은 거의 없었다. 더욱이 잠수가 가능한 영역에서는 전혀 없었다. 그곳 좌표를 나는 GPS 장치에 표시해 두었다. 그 장소를 다시 찾아내는 데 문제가 없어야 하니까. 하지만 수심 100미터에 놓인 난파선에 처음으로 잠수해 들어가는 것은 결코 사소한 일이 아니었다, 특히나 혼자서는. 몇 주 동안 나는 그 일을 준비했고, 가스 혼합을 계산했고, 어떻게 하면 해저에 머무는 시간을 이십 분 더 연장하면서도 물 밖으로 나오기 전 감압을 위해 세 시간 이상 물속에서 기다리지 않을 수 있을지 생각하느라 골머리를 앓았다. 그 외에도 나는 방수 장갑을 특수 제작해 달라고 주문했고, 내 잠수복에 발열 시스템을 장착하는 중이었다. 버니는 자신의 절친한 친구인, 스코틀랜드 출신 데이브와 함께 애버딘 호를 물 위에 떠 있는 기지로 만들어 주겠다고 약속했다. 이 모든 것은 프로 수준의 일을 시도하는 데 필요한 프로 수준의 조건들이었다.

욜라는 마치 내 입에서 신의 말씀이 나오고 있기라도 하는 듯 경청했다. 그녀의 큰 눈에 나 자신의 열정이 투영되기 시작했다. 이야기를 끝맺기가 힘들었다.

11월 23일에 나는 마흔 살이 되며, 내 생일을 수심 100미터 심연에서 축하하고 싶었다. 혼자서. 더 정확하게 표현하자면, 칠십 년 전 사라져 버린, 2차 세계 대전 시기의 화물선과 더불어.

"나도 같이 갈 거야."라고 욜라가 말했다. "내가 승무원 전력을 강화할 수 있을 것 같은데."

"이건 탐험이야, 소풍이 아니라."라고 나는 말했다. "일 하나하나를 다 능숙하게 해낼 수 있어야만 해."

그녀는 집요한 눈빛으로 나를 바라보았다.

"난 배 위에서 컸어."

"그녀 아버지한테 베네티 클래식[16]이 있지."라고 테오가 말했다.

---

16) 유럽 최대 조선소를 보유하고 최고급 대형 요트를 생산하는 이탈리아 기업 아지무트-베네티의 호화 요트 시리즈 중 하나이다.

이 정보를 나는 일단 마음속에서 한 번 삭혀야만 했다. 베네티라면 중고라고 해도 호화 펜트하우스 한 채 값이 나갔다. 그것도 맨해튼에 있는 걸로.

"그래도."라고 나는 말했다. "유감이지만 안 돼."

"아니면 당신이 나를 그 깊이에 들어갈 수 있도록 훈련시키고, 내가 당신과 함께 잠수하면 되겠네. 로테라면 이 생각을 마음에 들어하겠다."

본의 아니게 나는 웃음을 터뜨리고 말았다.

"제발!"이라고 욜라가 소리쳤다. "우리한테는 두 주가 통째로 있잖아!"

"적어도 이 년은 필요할 거야."라고 나는 말했다. "당신을 그 아래로 데려가려고 시도한다면, 난 아마 감옥에 가게 될걸."

"얼마 동안이나?"라고 테오가 욜라의 애원하는 표정에서 눈을 떼지 않은 채 물었다.

"평생."이라고 나는 말했다. "살인죄로."

"그만하지."라고 안테가 말했다. 우리 대화가 그녀에게 탐탁지가 않았던 것이다. "프로 잠수부만이 그런 탐험에서 살아남을 수 있어. 선인장 열매로 만든 셔벗 먹을 사람?"

"나라면 몇 년 정도는 기꺼이 감옥에 갈 것 같은데."라고 테오가 주제를 바꾸려는 듯한 어조로 말했다. "그곳이라면 드디어 글을 쓸 수 있을 정도로 평온할 테니까."

안테가 그의 빈 접시를 향해 뻗었던 손을 다시 거두어들였다.

"하지만 그러기 위해서는 당신이 누군가에게 상해를 입혀야만 하는걸."

"그건 장점이지, 안 그래?" 테오가 포도주병을 돌리더니 마지막 한 방울까지 자기 잔에 부어 넣었다. "어차피 감옥에 가려는 자라면 총알 하나는 남겨 두는 법이잖아. 누구를 맞힐 건지만 결정하면 되지."

욜라는 나이프의 등을 이용해 토끼 고기 조각을 접시 가장자리로 밀었다. 그것이 바닥에 떨어지기 전에 토드가 낚아챘다.

"테오가 하는 말은 귀담아듣지 마."라고 욜라가 말했다. "충격을 주는 일은 그의 직업에 속하니까. 하지만 유감스럽게도 최근에 그는 그 일을 컴퓨터 앞에 앉아 있을 때보다 식탁에 앉아 있을 때 더 자주 하네."

"그래도 그게 훨씬 낫지."라고 테오가 말했다. "카메라 앞에서 난처한 말을 하는 바람에 창피를 당하는 것보다는."

갑자기 욜라가 벌떡 일어나 창가로 갔다.

"나의 난처한 말이."라고 그녀는 우리에게 등을 돌린 채 말했다. "우리 집세를 지불하는 거야."

벽에 붙은 전등에서 나방이 윙윙거리고 지지직거리며 타 죽었다. 이 사이에 끼인 토끼 고기의 섬유질 때문에 나는 온몸이 편치가 않았다. 안톄가 고개를 들어 동정하듯 테오를 바라보았다.

"당신은 왜 더 이상 아무것도 쓰지 않아?"

가끔씩 나는 그녀를 죽여 버릴 수도 있을 것만 같다.

욜라의 일기, 첫째 날 11월 12일 토요일. 밤.

둘 다 정말 친절하다. 금발에, 상냥하고, 현실적이다. 그녀의 작고 하얀 집에서 감자와 토끼 고기를 함께 먹었다. 정상적이고 그리고…… 그래, 어쩐지 건강한 것 같다. 그럼 우리는 어떨까? 비정상적이고 병적인가? 식사에 대해 제대로 고마움을 표하지도 못했다. 그런데 노인네가 갑자기 서둘러 숙소로 돌아와야만 했다. 후식을 먹기도 전에. 선인장 열매 셔벗. 난이도: 어려움. 작업 시간: 두 시간. 아이폰에 그렇게 나온다. 불쌍한 안테. 지금 나는 노인네가 잠들기를 기다린다. 그는 자려고 하는데 내가 옆에 와서 눕는 걸 싫어한다. 나는 잘 자는데, 그는 그렇지가 않다. 잠이 들면 넌 시체로 바뀌지라고 그는 말한다. 죽은 사람이 옆에 있는데 내가 어떻게 긴장이 풀리겠니라고 말한다.

나는 그에게 문자를 보낸다. "잘 자, 테오. 사랑해."

침실에 있는 그의 휴대 전화에서 삐 소리가 난다. 얇은 벽을 통해 그 소리가 들린다. 답은 오지 않는다. 밖은 완전히 깜깜하다. 가끔씩 개가 짖어 댄다. 첫날 저녁부터 당장 혼자서 거실 소파에 있게 되다니. 모든 것을 정상으로 되돌리려는, 우리의 진짜 마지막 시도가 이렇게 시작된다.

3

“저 사람들 어쩐지 이상해.”

나는 이런 걸 ‘도마 위에 올리다’라고 표현한다. 어떤 이가 그 공간을 떠나자마자, 부재하는 사람에 대한 토론이 열렬히 불타오른다. 사람들은 서로 평가를 맞춰 보고, 서로의 판단을 세부적인 사항에 이르기까지 교정하며, 그저 추측에 불과한 것을 논리적이며 심리학적인 인격 연구로 변화시킨다. 안테와 그녀 친구들은 이런 분야에 있어서는 전문가들이었다. 그와 반대로 나는 이런 일에 있어서는 그야말로 가장 나쁜 파트너였다. 그럼에도 안테가 누군가를 도마 위에 올리고자 한다면, 당장 이야기하지 않으면 안 되는 일임에 틀림없었다.

나는 싱크대에 붙어 서서 접시에 묻은 음식을 긁어냈고, 나를 뚫어져라 바라보는 토드를 무시해 보려고 애썼다. 그 개가 내 부모님의 죽은 개와 이름뿐만 아니라 생긴 것도 똑같다는 점이 나에게는 처음부터 섬뜩하게 여겨졌다. 그 첫 번째 토드를 독일에 내버려 두고 왔기 때문에 결국은 우리가 그 개를 죽인 것이라고 안테는 칠석

같이 믿었다. 두 번째 토드가 첫 번째 토드의 환생이라고, 자기가 똑같은 이름을 붙여 줌으로써 그 개에게 다시 생명을 준 것이라고 그녀가 또 철석같이 믿을까 봐 겁이 났다.

"그렇게 생각하지 않아?"

나는 그녀와 개한테서 등을 돌렸다. 서로에 관해 평가를 내리는 일이 나는 아주 싫었다. 그건 중독이다. 저주다. 누구도 피해 갈 수 없는, 서로에 관해 내린 평가로 이루어진 그물망 속에서 살아가는 삶을 더 이상 견딜 수 없었기 때문에 나는 독일을 떠났다. 평가를 내리는 자와 평가를 받는 자가 영원한 전쟁 상태에 있고, 각자가 상황에 따라 이 두 가지 중 한 역할을 수행한다. 나의 고객들이 독일에 관해 이야기한 모든 것은 평가의 전쟁에 관한 보고였다. 그들이 상사를 어떻게 생각하는지. 동료들이 그들을 어떻게 생각하는지. 그들이 총리를 어떻게 여기는지. 그들이 다른 잠수부들에 대해 어떻게 생각하는지. 또한 저녁에 맥주가 세 잔 들어가고 나면, 자신들의 아내가 섹스를 할 때 벌이는 퍼포먼스에 대해 어떻게 생각하는지도. 그리고 휴가가 끝나면 그들은 tauchernet.de 사이트에다 나를 어떻게 생각하는지 메모를 남겼다. 마치 평가를 내리지 않고 영원히 침묵해야 하는 것이 두려운 듯.

"가끔씩 욜라는 그냥 눈앞을 멍하니 바라보고만 있어."라고 안테가 말했다. "정신이 나간 것처럼. 그리고 그녀는 아무것도 먹지 않아. 당신도 눈치챘어?"

평가를 내리는 일에 대한 나의 혐오에는 이유가 있었다. 1997년의 마지막 날에 독일을 떠나오기 전, 나는 오 년 동안 법학을 전공했다. 나는 고등학교 시절이 끝나지 않기를 원했던 세대에 속했다. 우리에게는 아비투어[17] 합격이 기쁜 일이 아니었다. 그건 우리에게 두려움을 안겨 주었다. 우리들 대부분은 살면서 무엇을 해야 할지 아무것도 몰랐다. 고등학교 때까지는 모든 것이 단순했다. 그때까지는 어떻게 하면 일을 제대로 해낼 수 있고, 어느 정도의 반항이 허용되는지 알았다. 뭔가 잘못되면, 누구 탓인지 확실히 알 수 없는 상황에서는 선생님에게 그 책임이 돌아갔다. 나는 군 복무를 일 년 더 연장하며 공병대 잠수부로 지냈고, 그 후 대학에서 법학을 전공하기로 결심했다. 사람들이 말하듯이, 그러면 일단 모든 가능성을 열어 둘 수 있기 때문이었다. 전공을 좋아하기까지는 그리 오래 걸리지 않았다. 내가 모든 일을 제대로 해낼 수 있는 뭔가를 다시 발견했던 것이다. 강의에 들어가 필기를 하고, 일주일에 사흘을 도서관에서 보내는 동안, 나는 내가 안정된 쪽에 서 있다는 안락한 기분을 즐겼다. 필기시험을 보면 보통 9점 이상 점수를 받았다. 학우들의 부러움은 내가 뭔가 잘못하고 있는 건 아닌지 회의를 품을 필요가 없음을 확인해 주었다.

나는 오 년 동안 법학을 전공한 후 졸업 필기시험에서 우수한 성적을 거두었고, 따라서 구두시험은 그저 형식적인 것에 불과했다. 나는 신발 한 켤레를 샀고, 괜찮은 면도용 화장수를 골랐으며, 미용실에 갔다. 시험 날 신경이 살짝 예민해지기는 했지만, 승리를 기뻐할 수 있을 것이라 느끼며 법무부로 향했다.

긴 탁자에 교수 네 명이 앉아 있었다. 그들 앞에는 나와 또 한 명

---

17) 독일의 고등학교 졸업 시험이자 대학입학자격시험.

의 수험생이 있었는데, 그는 자신의 졸업 필기시험 성적이 나쁘다는 기색을 역력하게 드러냈다. 교수들이 점점 더 오래 그를 압박해 갈수록, 나는 점점 더 가만있지 못하고 의자에서 이리저리 몸을 뒤틀었다. 실수로, 마치 독일어 수업 시간에 공붓벌레가 하듯, 손을 번쩍 들지 않기 위해 나는 손을 엉덩이 밑에 깔고 앉았다. 시험관들과 시선을 맞추려 했고, 눈썹을 일그러뜨림으로써 모든 질문에 대답할 수 있다는 신호를 보냈다. 한마디로 나는 진짜 얼간이처럼 행동했다.

헌법학자인 브룬스베르크가 마침내 나에게 말을 걸었다. 그는 입 냄새로 유명했다. 들리는 얘기에 의하면, 그는 일부러 학생들 얼굴 바로 앞에다 대고 말을 했고, 학생들이 나쁜 성적을 받을까 봐 두려워서 고개를 돌리지 못하는 것을 보고는 기분 좋아 한다고 했다.

"피들러 씨."라고 브룬스베르크 교수가 말했다. "당신은 아는 게 많으니까 몽테스키외라는 이름도 분명히 알 겁니다."

마치 스위치라도 누른 것처럼 갑자기 땀이 흘러내렸다. 정치 이론은 전체 법학 전공에서 전혀 중요하지가 않았다. 우리가 배워야 했던 것은 허용구성요건착오[18]였다. 죽은 철학자들이 국가의 기능에 관해 한 이야기가 아니라. 하지만 내게는 천천히 고개를 끄덕이는 것 외에 다른 방도가 없었다.

"좋아요, 피들러 씨. 그렇다면 그 철자를 한번 말해 보세요."

"뭐라고요?"

"내 말이 알아듣기 힘든가요? 몽테스키외의 철자를 말해 보세요."

나의 머릿속에서 일련의 철자들이 가물가물 나타났다. Q, U는 하

---

18) 행위자가 객관적으로 존재하지 않는 위법성 조각사유의 객관적 전제사실이 존재한다고 잘못 믿고 정당방위, 긴급피난, 자살 행위 등의 조치를 취한 경우.

나, E는 여러 개. 나는 시작했다. Montes는 힘들지 않게 나왔고, 그 다음에는 qu가 이어졌고, 그 뒤 모든 것은 신의 뜻에 맡겼다.

"Montes-q-u-e-u-e."라고 나는 말했다.

브룬스베르크는 만족감에 손바닥으로 책상을 탕 하고 쳤다.

"당구 칠 때의 큐, 그런가요, 피들러 씨? 그게 당신이 그동안 했던 일이란 말입니까? 당구 치는 것?"

그가 나를 괴롭히려 한다는 것은 분명해졌다. 나를 밟아 뭉개 버리려는 것이었다.

"다시 한 번 기회를 드리겠습니다, 피들러 씨. 우리가 그렇게 비인간적이지는 않으니까요."

재킷 속 셔츠가 등에 달라붙었다. 엉덩이 한 부분이 견딜 수 없을 정도로 가려워서 나는 이성을 잃고 말았다. Montesquieu와는 더 이상 관계가 없는 철자들을 뒤죽박죽으로 뱉어 냈다. 브룬스베르크의 기분이 갑자기 확 나빠졌다. 그의 동료들은 지루하다는 듯 창밖을 바라보았다. 바깥에서는 참새 한 쌍이 처마 박공의 가장 좋은 자리를 차지하려고 서로 싸우고 있었다.

"좋아요, 피들러 씨. 아니, 안 좋다고 해야 옳겠군요. 어쨌든 두 번째 질문입니다. 당신은 이 시험에서 나머지 반이라도 확실하게 해두고 싶을 겁니다, 그렇지 않나요? 그렇다면 국법학의 성스러운 아버지의 성(姓) 말고 그 이름을 빨리 말해 보십시오."

나는 시간을 끌었다. 열네 가지 서로 다른 소송 형식에서 나올 시험 도식을 암기했었다. 연방헌법재판소의 마스트리히트 판결[19]도

19) 1993년 독일연방헌법재판소가 유럽연합의 마스트리히트 조약과 독일 기본법이 서로 배치(背馳)되지 않는다고 내린 판결.

알고 있었다. 참새들이 티격태격하는 소리가 점점 더 커지는 동안, 이상하게도 볼테르 역시 몽테스키외처럼 성(姓)만 가진 것처럼 여겨졌다. 토머스 홉스나 존 로크의 경우 이름이 너무나도 당연하게 같이 붙어 있는 데 말이다.

나는 크고 분명한 목소리로 태연하게 "프리드리히."라고 말했다. 그것은 브룬스베르크의 이름이었다. 그 후 시험이 어떻게 되었는지는 안갯속으로 가라앉았다.

시험 결과를 듣기 위해 두 시간 후 우리가 다시 그 방으로 불려 들어갔을 때, 나는 이전과는 다른 사람이 되어 있었다. 그동안의 나 자신을 더 이상 이해할 수가 없었다. 복습 교재를 사기 위해 정말로 4000마르크나 썼으며, 매일 여덟 시간을 도서관에서 보냈고, 매주 여섯 시간이나 걸리는 모의시험을 연습했단 말인가, 겨우 이 얼간이들의 클럽에 받아들여지기 위해서? 브룬스베르크 같은 사람들이 전권을 쥐고 있는 분야에 내 나머지 삶이 속하게 된다고 상상하자 토할 것만 같았다.

그들이 그 비참한 시험에 대한 대가로 전체 성적의 반을 날려 버렸더라면, 내 삶은 어쩌면 그냥 그렇게 계속되었을지도 모른다. 화가 나서 두 번째 국가고시를 더 잘 보고, 어떤 사무국에서 제대로 된 직업을 가지게 되었을지도 모른다. 하지만 내 점수는 오히려 약간 더 좋아져 있었다. 하필이면 브룬스베르크가 나에게 거의 만점에 가까운 점수를 주었던 것이다. 나와 악수할 때, 그는 기분이 좋아서 이를 드러내며 웃었다.

"당신은 좋은 법률가입니다, 피들러 씨."라고 그가 말했다. "법학의 철학적 배경에 관해 조금만 더 파악한다면, 당신은 더 좋은 법률가가 될 겁니다."

그가 이 말을 좋은 의미로 한 것 같다는 사실에 내 머릿속이 갑자기 환해졌다. 내 안 모든 것이 새로운 인식으로 빛을 발했다. 친구들이 축하해 주기 위해 나를 빙 둘러쌌다. 또 다른 수험생은 떨어졌고, 창가에 홀로 서서 흐느꼈다. 내 귀에는 사람들이 하는 이야기가 더 이상 들리지 않았다. 정신적으로 나는 이미 그 나라를 떠나 있었다.

샤를 루이 드 스콩다, 몽테스키외 라 브레드 남작. 이 공식으로 풀리지 않는 문제는 그 후 더 이상 없었다. '몽테스키외'는 내가 다른 사람들을 평가하고, 그 사람들 삶에 개입하고, 혹은 그저 좋은 의도에서 충고하는 일을 막았다. 나는 그 후로 내가 '전쟁터'라고 부르는 독일과 더 이상 아무 관계도 맺고 싶지 않았다. 얼마 후 섬에서 새로운 삶을 시작했을 때, 나의 세계관은 '개입하지 않음'이라는 토대 위에 세워졌다.

"어쩌면 그녀는 마약 중독일지도 몰라."라고 안톄가 말했다. "많은 여배우들에게 마약 문제가 있잖아."

나는 식기세척기 문을 쾅 하고 닫았고, 걸리적거리는 토드의 앞발을 밟았다.

"쓸데없는 소리 하지 마."라고 나는 말했다.

의도했던 것보다 더 차가운 말투가 나오고 말았다. 내가 어조를 잘못 잡았다는 것을 드러내지 않기 위해서 그다음 문장도 마찬가지로 차가울 수밖에 없었다.

"마약을 하는 사람은 잠수를 해서는 안 돼. 만약 그렇다면 그녀에게는 나한테 그걸 말해 줄 의무가 있어."

토드처럼 안톄에게도 혼이 날 때면 진심 어린 눈길로 바라보는 습관이 있었다.

"내가 생각하는 게 뭔지 알아?"라고 그녀가 물었다. "욜라 같은 여자한테는 아이가 생기면 좋을 거야. 루이자를 한번 생각해 봐. 아니면 발렌티나를. 그들이 얼마나 신경과민이었는지. 그리고 아이들을 통해 그들이 얼마나 평온해졌는지."

안톄한테는 그녀의 금발을 부러워하는 많은 스페인 친구들이 있었는데, 모두 아이가 있거나 아이가 태어날 예정이거나 혹은 두 경우가 다 해당되었다. 아이를 갖고 싶다는 자신의 소망을 나에게 간접적으로 표현할 수 있는 기회를 안톄가 결코 놓치는 법이 없다는 사실에 나는 몹시 화가 났다.

"아이가 있는 게 그녀에게 잘 어울릴 것 같다고 생각되지 않아?"

나는 말했다. "내가 아이를 원치 않는다는 걸 넌 잘 알잖아. 그러니 쓸데없는 소리 좀 그만하라고."

안톄가 고개를 떨구었다. 나는 그녀를 식기세척기 옆에 내버려 두고 자러 갔다. 하지만 기분이 나쁜 탓에 잠들지 못했다. 안톄가 조용히 침대 속으로 기어들었을 때, 나는 눈을 꼭 감고 벽 쪽으로 돌아누웠다.

4

바다는 조용했다. 대기는 안정되어 있었고, 아침 8시치고는 이상할 정도로 따뜻했다. 바람 한 점 없는 고요함이 나를 불안하게 했다. 그렇게 침묵하는 자는 은밀하게 뭔가 나쁜 일을 꾸미는 법이다.

나는 지붕 테라스에 샌들과 수건 두 장을 가지러 갔다가 그 두 사람을 보았다. 그들은 카사 라야 앞에 서서 나를 기다리고 있었다. 테오가 한 손을 욜라에게로 뻗었다. 그는 두 손가락으로 욜라 팔뚝 아랫부분의 부드러운 피부를 쥐었다. 욜라가 몸을 빼려고 하자, 그는 더 세게 쥐었다. 그녀 얼굴에서 고통을 읽어 낼 수 있었다. 그는 팔뚝 아래 피부를 더 세게 쥐면서 다른 손으로는 욜라 뺨을 쓰다듬었고, 그녀에게 집요하게 무슨 말을 했다. 그의 목소리가 들리기는 했지만, 무슨 말을 하는 건지 알아들을 수는 없었다.

언젠가 안테가 욕실 거울 앞에서 팔을 들어 올린 채 서서 언짢아하며 삼두근을 관찰하고 있을 때 내가 욕실로 들어가는 바람에 그녀가 깜짝 놀란 적이 있었다. 그곳이 그녀에게는 문제가 되는 부분이었던 것이다.

테오는 욜라의 팔을 놓아주더니, 그 대신 좌골 위쪽 살을 움켜쥐었다. 병적으로 비쩍 마른 여자가 아니라면 모든 여자들에게서 작은 지방이 발견되는 부분이다. 그는 그곳을 두 번 힘껏 쥐었고, 그런 다음 담뱃불을 붙이기 위해 그녀를 놓아주었다.

차 안에서 나는 무감압 잠수 한계 시간이 무엇인지 질문을 던졌다. 욜라는 무감압 잠수 한계 시간이란 사람이 물속에서 보낼 수 있는 시간이라고 대답했다. 테오는 질소와 관계가 있다고 보충했다.

첫 잠수에 앞서 늘 그러했듯이, 안테는 아침 식사를 하며 새로운 고객에게 얼마만큼의 경험이 있는지 알려 주었다. 테오와 욜라는 몇 년 전 베트남을 여행하는 도중 코스에 참가했고, '오픈 워터 다이버'[20] 자격증을 땄다. 그게 전부였다. 그들의 잠수 일지에는 열 번을 넘지 않는 잠수가 기록되어 있었다. 그렇다면 이론을 약간 하는 것도 나쁘지 않을 것이다. 기본적으로 잠수는, 몇 가지 규칙만 명심한다면, 전혀 위험한 스포츠가 아니다. 초보자들 대부분은 잠수 자격증을 취득하기 위한 시험을 보려고 몇 가지 원칙과 규정을 외웠다가 금방 다시 잊어버렸다. 어쩌면 그들은 무감압 잠수 한계 시간이란 수면 위로 바로 돌아가더라도 건강에 해를 입지 않으면서 특정한 수심에서 잠수할 수 있는 시간이라고 인용은 할 수 있을지도 모른다. 하지만 그렇게 인용하면서 뭔가를 구체적으로 상상할 수 있는 사람은 얼마 되지 않는다. 특히 사람들 대부분은 자신들의 목숨이

---

20) 잠수 강습의 초보자 과정에 해당하는 단계다.

무감압 잠수 한계 시간을 계산하는 일에 달려 있을 수 있다는 사실을 인정하려 들지 않는다. 나는 이런 점을 사실대로 다 이야기해 주는 양심적인 강사가 되는 것을 중요하게 여긴다.

푸에르토델카르멘 방향으로 가는 동안 나는 기본적인 설명을 시작했다. 물속의 높은 압력 때문에 질소가 몸속에 저장된다고 말해 주었다. 혈액 속에, 조직 속에 그리고 뼛속에. 마치 탄산수병 안에 든 탄산과 비슷하다고 상상하면 된다고 말했다. 뚜껑이 닫힌 채 압력을 받는 동안은 병에 아무 문제가 없다. 하지만 그 병을 너무 빨리 열면 어떤 일이 일어날까? 만약 무감압 잠수 한계 시간을 넘기고 너무 빨리 물 밖으로 나온다면 그와 비슷한 일이 몸에도 일어나게 된다고 말해 주었다. 좋지 않은 일이라고 말했다.

갑자기 욜라가 소리를 질렀다. "멈춰!"

나는 급하게 브레이크를 밟았다. 욜라가 조수석에서 몸을 거의 반쯤 일으켰다.

"길 위에 있던 거 봤어?"

나는 열린 창문으로 몸을 쑥 빼낸 채 뒤를 돌아보았다.

"아무도 없잖아!"라고 나는 소리쳤다.

"모든 것이 의지다."라고 욜라가 말했다. "그 문장이 아스팔트 위를 가로질러 커다랗게 적혀 있었어."

나는 숨을 내쉬고, 손을 핸들 위에 올려놓고, 어깨에 들어간 힘을 빼려고 애썼다.

"제정신이야? 사람을 이렇게 놀라게 하다니!"

차 한 대가 경적을 울리며 우리를 추월했다.

"메시지였어."라고 욜라가 말했다. "나에게 전하는. 공교롭게도 독일어로!"

"매우 독일적인 생각 같은데." 테오는 무릎 위에 수첩을 펼쳐 놓고 적었다. "좋은 제목이야."

"난 로테 역을 해낼 수 있을 거야."라고 욜라가 말했다. "그저 의지의 문제일 뿐이야."

"일단 먼저 무감압 잠수 한계 시간이 뭔지 알아야지."라고 나는 말했다. "푸에르토델카르멘까지 가는 동안 당신들은 그게 뭔지 이해하게 될 거야."

나는 기어를 넣고, 가속기를 밟았다.

우리는 일단 장비 없이 치카 해변으로 가는 길을 걸어 내려갔다. 나는 그들에게 해변에서 약 70미터 떨어진 곳 물속에 놓인 부표를 가리켜 보였다.

"그냥 갔다가 오면 되는 거야?"라고 욜라가 물었다.

"편안한 속도로."라고 나는 말했다.

"우린 벌써 잠수 경험이 있는데."라고 테오가 이의를 제기했다.

"난 그저 당신들 몸 상태가 어떤지 한번 보려는 것뿐이야."라고 나는 말했다.

욜라는 벌써 민소매 옷을 벗어던지고, 청바지도 벗고, 비키니 차림으로 서 있었다. 테오는 주위를 둘러보았다. 시종이라도 찾는 듯. 혹은 하다못해 탈의실이라도. 나는 마로 지은, 그의 양복 상의를 벗겼다.

그가 바지를 벗기 위해 한쪽 다리로 서서 비틀거리는 동안, 나는 그의 여자 친구를 관찰했다. 나의 직업은 육체와 관계가 많다. 고객들 대부분은 나의 폭스바겐 미니버스 뒷부분으로 가 몸을 제대로 다 가리지도 못한 채 옷을 갈아입었다. 회색 양말을 신고, 낡아 늘어진 팬티를 입은 채 서 있었다. 자신들 몸의 튀어나오고, 들어가고, 주름진 곳들이 창피해서 바닥을 쳐다보았다. 그와 반대로 욜라는 숨지 않았다. 그녀는 부두 한복판에 서서 눈을 가늘게 뜨고 수평선을 바라보았다. 그녀는 완벽했고, 살아 있는 조각상이었다. 잘 단련된 몸이었음에도 유연했다. 이는 단언컨대 내가 주관적으로 내린 판단이 아니었다. 그냥 사실이었다. 저런 몸을 가지려면 어떤 대가를 치러야 하는지 나는 안다. 시간과 돈 그리고 규율뿐만 아니라 사물의 제대로 된 비율에 대한 감각 또한 있어야 한다. 아름다움이란 극단이 아닌 균형 속에서 찾을 수 있다는 인식 또한 있어야 한다. 마치 예술가의 솜씨인 듯 욜라는 자기 몸의 형태를 만들어 놓았다. 솔직히 내게는 그 결과가 감탄스러웠다. 그녀를 칭찬하고 싶은 마음이 간절했는데, 물론 전문가가 전문가에게 하는 그런 칭찬이지만, 그러나 오해의 소지가 너무나 컸다.

"햇볕 아래에 있지 마."라고 테오가 욜라에게 말했다. "사람들한테 당신의 빨갛게 익은 피부를 보여 주게 생겼네."

욜라는 무릎을 굽히더니 머리를 아래로 해서 부두 안벽으로부터 뛰어내렸다. 내가 그녀에게 규칙을 지키라고 경고할 새도 없이. 나는 연습을 중단하고, 안전에 관해 강연이라도 해야 하나 생각했다. 욜라는 보트를 몰아 본 사람이니 어쩌면 부두 앞 물이 얼마나 깊은지 어림잡을 수 있었을지도 모르겠다. 하지만 물에 뛰어들기 전에 수심을 살펴보는 것은 항상 하는 일이었다. 하지만 나는 야단치지 않기로 결정했다. 오늘이 그녀에게는 첫 번째 날이니까. 테오는 한 손으로 난간을 잡고서 바다로 이어지는 계단을 한 걸음 한 걸음 내려갔다.

욜라가 유유히 팔을 저으며 자유형을 하는 동안, 테오는 평영과 배영을 번갈아 가며 했다. 테오가 막 부표에 이르렀을 때, 욜라는 부표를 돌아 이미 돌아오는 코스의 반 정도까지 헤엄쳐 왔다. 그녀는 테오를 기다리기 위하여 몸을 돌려 등이 아래로 향하는 자세를 취했다.

"이런, 뻣뻣한 오리 같으니."라고 그녀가 소리쳤고, 물장구를 쳐서 그의 얼굴에 물을 튀겼다. 그러더니 그녀는 웃으면서 달아났는데, 부두로 돌아오는 것이 아니라 해변 쪽으로 더 멀리 가 버렸다. 물이 얕은 곳에 이르러서야 그가 그녀를 따라잡았다. 그녀는 붙잡히지 않으려고 기를 썼고, 날카로운 소리를 질렀으며, 주먹질을 해 댔다. 그는 그녀 허리를 휘감아 잡았다. 나는 끼어들지 않았다. 그들은 마치 드잡이하는 아이들 같아 보였다. 그들의 웃음소리가 들린다고 생각했다. 그런데 이어서 테오가 여자 친구를 높이 쳐들어 그대로 던져 버렸다. 욜라가 비명을 질렀다. 얕은 바닷속에는 바위들이 있었고, 그 바위들에는 성게가 촘촘히 붙어 있었다. 테오가 물 밖으로 나왔고, 젖은 상태 그대로 양복 상의를 입더니 해안 산책로를 가로질러 공중화장실로 갔다.

욜라가 절뚝거리는 것을 보았을 때 나는 깜짝 놀랐다. 그녀는 나를 향해 걸어오면서 안심시키려는 듯 손을 들어 보였다. 우리는 부두 안벽 옆에 놓인 의자에 앉았고, 나는 그녀 발을 내 무릎 위에 올려놓았다. 성게 가시가 발바닥에 박힌 채 부러져 있었다. 나는 주머니칼을 꺼냈고, 그녀 발을 마치 무슨 물건이라도 되는 듯 꽉 붙잡으려고 애썼다. 내가 가시를 잡아 빼냈을 때, 그녀는 내 얼굴을 똑바로 바라보고 있었다.

"지금부터는 더 이상 멍청한 짓은 하지 마."라고 나는 말했다. "그러다간 이런 일이 쉽게 일어날 수 있으니까."

"내 말을 믿어." 그녀는 발을 문질렀다. "이건 고의적이었어."

치카 해변 주위의 주차장들은 암묵적인 원칙에 의해 나누어졌다. '원더 다이브'라고 쓰인, 버니의 흰색 트랜싯[21]은 해안 산책로로 가는 계단 곁의 정차 금지 구역에 주차되어 있었다. 버니와 그의 일행은 벌써 물속에 있었다. 내 차는 늘 그랬듯이 어느 스페인 노인의 집 진입로에 서 있었다. 그 노인은 하루에 한 번 집 밖으로 나왔는데, 내가 그 집 울타리를 상하게 하면 자신이 나에게 무슨 일을 할 것인지를 알려 주기 위해서였다. 테오는 내 폭스바겐 미니버스에 기대어 기다리고 있었다. 그가 욜라 이마에 입을 맞추기 위해 입에서 담배를 빼자 욜라는 그에게 부드럽게 몸을 기댔다. 지금부터 장난은 끝이다라고 나는 선언했다. 두 사람은 이해한다는 듯 고개를 끄덕였다. 나는 커다란 덮개를 바닥에 펼쳤고, 습식 잠수복, 부력 재킷, 공기통, 오리발, 잠수 마스크를 나눠 주었다. 그리고 반바지를 벗고, 샌들을 신었다. 욜라의 눈길이 재빠르게 나의 수영복 바지 위를 훑고 지나갔다.

"저것 좀 봐."라고 그녀가 테오에게 말했다. "저게 바로 장비지."

그녀가 "저게"를 강조해 말한 방식은 남자의 에고인 그것을 그만

21) 포드가 생산하는 승합차.

죽게 했다. 하지만 테오는 그냥 계속해서 이마를 찌푸리며 호흡기와 인플레이터 호스[22]를 바라보았고, 그것들의 기능이 무엇이었는지를 기억해 내려 했다. 그는 배 아래쪽 모든 것을 감추어 줄 만큼 폭이 넓은 수영복을 걸치고 있었는데, 그런 차림으로는 네오프렌[23] 재질 잠수복을 입기가 힘들 것 같았다.

그들의 지식을 되살리기 위하여 나는 초보자 프로그램 전체를 이수시켜 주었다. 인플레이터 호스로 부력 재킷에 어떻게 공기를 주입하고 다시 빼낼 수 있는지를 그들에게 보여 주었다. 그들이 호흡하는 데 사용하게 될 그리고 주변 압력에 맞추어 공기통으로부터 공기를 가져오게 될 호흡기를 어떻게 연결하는지 보여 주었다. 공기통을 부력 재킷에 어떻게 연결하고, 그 전체를 어떻게 들어 올려 짊어지는지 보여 주었다. 내가 특히 가치를 두는 것은 신중함, 예견 능력 그리고 잠수 파트너 사이의 협동이라고 말했다. 그들은 경청했고 질문을 했으며 장비를 착용할 때는 서로를 도와주었다.

한 시간 후, 공기를 주입한 부력 재킷을 입은 그들은 마치 코르크 두 개처럼 물에 떠 있었다. 나는 그들에게 수신호를 설명해 주었고, 압력계를 보고 공기통에 공기가 얼마나 찼는지 읽어 보라고 했으며, 잠수 마스크에서 물을 빼내도록 시켜 보았다. 우리는 위급 상황에서 서로 공기를 공급해 주는 법을 연습했다. 이를 위해서는 이른바 옥토퍼스[24]라는 걸 서로에게 건네게 되는데, 이 두 번째 호흡기를 통해 잠수 파트너의 공기통으로 숨을 쉴 수 있다. 그들은 잘 해냈다. 우리

22) 부력 재킷에 공기를 주입하거나 그것으로부터 공기를 배출하기 위한 호스.
23) 합성고무의 일종으로 신축성이 뛰어나고, 잠수복을 만드는 데 주로 사용된다.
24) 주 호흡기에 이상이 있을 때 공기를 공급하는 역할을 하는 보조 호흡기.

는 만(灣) 쪽으로 더 헤엄쳐 나갔다. 나는 엄지와 검지로 동그라미를 만들어 보였다. 오케이 사인이었다. 그들은 모든 것이 정상이라는 표시로 나의 수신호를 따라 했다. 우리는 아래로 내려갔다.

수심 3미터가 채 못 되는 곳에서 우리는 바닥에 무릎을 꿇었다. 그들 둘은 약간 너무 급하다 싶을 정도로 숨을 쉬었고, 호흡기를 손으로 붙들고 있었다. 마치 그렇게 하지 않으면 호흡기가 입에서 빠져 버릴 수도 있는 것처럼. 하지만 그런 건 초보자에게는 흔히 있는 일이었다. 고객 대부분은 처음으로 물속에서 호흡하게 되면 작은 충격을 경험했다. 그런 다음 사람들의 성향은 나누어졌다. 어떤 사람들은 믿을 수 없는 쾌감을, 일종의 정신적 오르가슴을 겪었다. 기술의 도움으로 위험한 원소를 조롱할 수 있게 되었다는 사실로부터 유발된 감정이었다. 완전히 물에 둘러싸여 있는데, 그럼에도 불구하고 물고기처럼 자유롭게 숨을 쉰다는 사실. 낯선 우주의 손님이 되었다는 사실. 그러나 또 다른 사람들은 불편함을 느꼈다. 그들은 자신들이 이 세계에 속하지 않음을 감지했고, 자신들에게 산소를 공급하는 장치를 믿지 못했으며, 당장 수면 위로 돌아가야만 한다는 압박감에 시달렸다. 그런 사람들은 물속에서 평온함을 유지하지 못했다. 그들이 좋은 잠수부가 되기 위해서는 매우 많이 연습하는 수밖에 없었다.

두 사람 중 누가 어떤 범주에 속하는지는 금방 확실해졌다. 잠수 마스크를 썼음에도 테오가 얼굴에 환한 미소를 짓고 있음을 나는 알아차렸다. 그의 무릎은 바닥에 살짝만 닿았는데, 벌써 무중력 상태에 자신을 맡기려는 것이었다. 그의 눈길은 비늘돔 한 마리를 좇고 있었다. 물고기는 천천히 다가와서 우리를 훑어보았고, 다시 한 번 테오의 물안경을 검사하듯 들여다보더니 마침내 굳어진 용암류가 있는 방향으로 멀어져 갔다. 테오가 어떤 느낌이었을지 나는 안다. 그의 삶에서 가장 행복한 순간들 중 하나였을 것이다.

그와 반대로 욜라는 마치 어느 방향에서라도 공격이 가해질 수 있는 것처럼 이리저리 분망하게 고개를 돌렸다. 그녀의 오리발이 모래를 휘저어 소용돌이를 일으켰고, 그 때문에 시야가 흐려졌다. 그녀는 한 손으로 호흡기를 꼭 쥐었고, 다른 한 손으로는 균형을 유지하기 위해 물을 저었다. 나는 그녀에게 가까이 다가가 오케이 신호를 해 보였다. 그녀는 무슨 뜻인지 이해하지 못한 듯 몇 초 동안 나를 바라본 후 비로소 나의 신호에 응답했다. 나는 그녀 관심을 다른 곳으로 돌리기 위하여 그녀에게 작은 과제를 내 주었다. 몇 미터를 헤엄치고, 인플레이터를 사용해 보고, 압력계와 측심기를 읽어 보게 했다. 의식적으로 숨을 들이쉬고 내쉼으로써 어떻게 물속에서 균형을 잡을 수 있는지 시범을 보여 주었다. 우리로부터 조금 떨어진 곳에서 마치 번쩍거리는 번개처럼 물속을 쏜살같이 움직이는 정어리들을 가리켜 보였다. 눈치채지 못하는 사이에 우리는 더 깊이 내려갔다. 마침내 그녀가 미소를 지었고 고개를 끄덕였다.

나는 테오에게 손짓해서 그를 훈련에 동참시켰다. 우리는 호버링, 즉 가능한 한 아무런 움직임 없이 일 분 혹은 더 오랫동안 물속에 가만히 떠 있는 동작을 연습하기 시작했다. 그들은 서로 바짝 붙어서 누웠고, 팔짱을 꼈으며, 폐 속 공기량이 자신들을 떠오르거나 가라앉게 하지 않을 정도로 조용히 호흡하는 일에 집중했다. 예정했던 시간이 되었는지 확인하기 위해 내가 시계를 들여다보았을 때, 갑자기 테오가 호흡기를 움켜쥐더니 거세게 몸을 몇 번 뒤틀었다.

그는 옥토퍼스를 고정 장치에서 낚아채 입으로 가져갔다가 바로 다시 내던졌다. 잠수 훈련은 아직 정확한 신호를 보낼 수 있을 정도까지 진행되지 않은 상태였고, 내가 보기에 그는 두 호흡기 모두에서 공기를 공급받지 못하는 것 같았다. 위급 상황을 대비해 이미 얘기했던 것처럼, 나는 내 옥토퍼스를 건네주기 위해 그에게로 향했다. 그러나 내가 채 가까이 가기도 전에 그는 바닥을 박차고 그대로 쏜살같이 수면 위로 올라가 버렸다. 나에게는 그를 붙들 기회도 없었다. 수심 8미터 깊이에서는 그런 행동이 별문제가 되지는 않는다. 하지만 더 깊은 곳이었다면 최악의 경우 목숨을 잃을 수도 있는 행동이었다.

나는 서둘러 수면으로 뒤따라갔고, 욜라에게도 위로 올라가라는 신호를 보냈다. 기침을 하느라 더 많은 물을 삼키는 테오를 겨우 진정시켰다. 벨트에 8킬로그램짜리 납을 매단 그를 내 팔 안에 붙들고 있으려니 마치 콘크리트 기둥을 붙들고 있는 느낌이었다. 그의 부력 재킷에 공기를 채우려고 했으나 실패했을 때, 나는 무슨 일이 일어난 건지 감을 잡았다. 웃으며 고개를 젓고 있는 욜라를 보니 더 이상의 설명이 불필요했다. 그녀가 호버링을 할 때 테오 뒤로 손을 뻗어 밸브를 잠가 버렸던 것이다.

해변에 닿을 때까지 나는 점점 더 분노가 치솟아 소리를 지르지 않기 위해 이를 꽉 물어야만 했다. 해안가에 닿자마자 그 분노가 나에게서 터져 나왔다. 이제 나는 다음과 같은 사항을 단 한 번만 말해 두겠다. 지금부터 당신들에게는 마지막 기회가 주어진다. 당신들 중 누군가가 그토록 유치한, 게다가 위험하기까지 한 바보짓을 감히 또 한 번 하려 든다면, 나는 당신들과 하는 잠수 훈련을 중단하겠다.

당신들이 누구든, 당신들이 스스로를 어떻게 생각하든 그리고 당신들이 얼마를 지불하든 전혀 상관없다. 땅에서는 당신들이 치고받고 싸울 수도 있지만, 물속에서는 나의 규칙이 통용된다. 그곳에서 당신들은 어른답게 행동해야만 한다. 물속에서 당신들은 서로의 손에 삶과 죽음을 맡긴 파트너들이다.

그들은 당혹스러워하며 아무 말도 하지 못했다. 테오도 놀란 눈치였다. 내가 그렇게까지 화를 내는 것이 그들에게는 믿기지 않는 것처럼 보였다. 나는 커피를 마시러 가겠다고 말했다. 그사이에 그들은 규칙을 지킬 것인지 혹은 이 훈련을 당장 그만둘 것인지 생각할 수 있을 것이라 말해 주었다. 그 말과 함께 나는 그들을 그냥 내버려 두고 그 자리를 떠났다. 분더 바 카페에는 독일식 치즈 케이크가 있었다. 내게는 가끔씩 그 케이크가 필요했다. 분노는 겨우 서서히 가라앉았다.

욜라의 일기, 둘째 날 11월 13일 일요일. 오후.

그는 자제력을 잃었다. 들어와서 가방을 내려놓고 젖은 수건을 걸자마자 내 팔을 붙잡더니 그대로 나를 내동댕이쳤다. 밸브를 잠근 일 때문이 아니었다. 스벤의 그것을 장비라고 말한 것 때문도 아니었다. 수영할 때 내가 그를 웃음거리로 만들었기 때문이란다. 그럼 내가 어떻게 해야 했는데, 노인네야? 일부러 천천히 헤엄쳐야 했다고? 그래서 당신이 뻣뻣한 오리처럼 보이지 않도록? 그를 웃음거리로 만들 수 있는 기회라면 내가 놓치는 법이 없다는 것은 이미 우리 둘 다 아는 일이라고 한다. 내가 사과해야 한단다. 그렇지 않으면 따귀를 때리겠단다. 나는 말한다, 당신은 어차피 따귀를 때릴 거라고, 지금이든 나중이든. 그가 내 머리칼을 움켜쥔다. 머리칼이 어떻게 될까 봐 나는 겁이 난다. 머리칼은 내가 가진 자본의 일부분이다. 나는 말한다, 잘못했어. 그는 나를 놓아주지만, 그 눈길은 여전하다.

휴가가 뭔가 바꿔 놓을 수 있을지도 모른다고 믿다니, 정말 멍청하다. 이미 몇 년 전에 노인네는 다음과 같은 말을 써 놓았다. "이 땅을 떠나다. 하지만 이는 우리가 도피해서 가는 나라가 우리 자신이 아닐 때에만 의미가 있을 것이다." 이런 문장을 쓰는 그를 내가 얼마나 사랑하는지. 바로 그렇기 때문에 그는 나로 하여금 더 이상 아무것도 읽지 못하도록 한다. 그런 식으로 그는 나에게서 그 자신을 빼앗아 간다. 그는 작업하지 않는 척한다. 자신이 쓴 것들을 지운다. 그것들을 감춘다. 아무것도 출판하지 않는다. 나에게 거짓말을 한다. 작가와 함께하는 삶을 나에게 베풀어 주기 싫기 때문이다. 나에게 마땅한 사람은 실패자이다. 그 이상은 아니다.

여기는 너무나도 조용하다. 라호라에 인적이 없는 것은 마치 물속에서 숨을 쉬는 것과도 같은 느낌이다. 좋기는 하지만 약간 으스스하기도 하다. 여기서 벗어날 차 한 대도 내게는 없다. 릴케의 말을 빌리자면, '내가 비명을 지르면 도대체 누가 듣는단 말인가……?' 그 대답은 기껏해야 스벤이다. 나는 그가 항상 가까이 있도록 애쓸 것이다. 그가 우리 때문에 그렇게 흥분할 수밖에 없었을 때, 나는 그에게 정말 미안했다. 그는 자신의 잠수 강습이라는 작은 세계의 폐허 한가운데에 서서 분노로 치를 떨었다. 그의 당혹스러움에 나는 당혹스러웠다. 그가 우리를 이해하지 못했다는 것을 내가 이해했기 때문이다. 스벤은 다른 이의 공기 밸브를 잠그는 짓은 결코 하지 않을 사람이다. 그런 짓을 하는 사람이 있다는 것조차 그는 전혀 알지 못했다. 갑자기 나는 일종의 동경을 느꼈다. 나는 노력할 것이다, 그를 위해. 그리고 로테를 위해. 물속에서 나는 그녀에게 그토록 가까워졌다. 마치 한 마리 물고기처럼 깨어 있었고, 생동했다. 테오의 움직임이 물속에 빠진 감자 자루와 같았던 반면에.

우리가 여기서 꼭 휴가를 보내야만 하는 것은 아니다. 노인네는 이 섬에 관한 책을 쓰겠다고 계획할 수도 있을 것이다. 나는 로테 역할을 위해 훈련을 받는다고 생각할 수도 있을 것이다. 그런 것이 예술적인 직업에 있어 좋은 점이다. 모든 것이 일이 될 수도 있고, 아무런 실망도 없이 그 일이 쓸데없는 짓이라고 생각할 수도 있으니까.

5

랍스터스 파라다이스 레스토랑은 사람들이 잘 알지 못하는 숨은 명소였다. 며칠 전에 미리 예약을 해야만 자리를 얻을 수 있는 곳이었다. 제프리의 친구가 아니라면 반드시 그랬다. 제프리는 북아일랜드 출신인데, 언젠가부터 전쟁에 진저리가 났다고 했다. 그의 반려자인 사샤는 이십 년 전 유고슬라비아 남자 국가대표팀의 프로 핸드볼 선수였다. 그곳에서도 전쟁이 발발하자 사샤는 어느 스페인 클럽과 영입 계약을 맺었던 것이다. 그동안 그는 낮에는 파마라 근처에서 패러글라이딩 강습을 했고, 저녁에는 레스토랑에서 일을 도왔다. 섬의 반이 이민자들에 의해 돌아갔다. 우리 이민자들 대부분은 단결이 잘 되었고, 그 덕분에 나는 랍스터스에서 언제라도 자리를 얻을 수 있었다.

제프리는 구상을 잘한 덕에 돈을 많이 벌었다. 랍스터스는 외진 곳에, 그러니까 파마라 산맥 주변의 갈라진 화산암 한가운데에 자리 잡고 있었다. 간판도 없었다. 랍스터스에 이르는 마지막 300미터는 걸어서 가야만 했다. 가게 안은 늘 너무 꽉 차 있었고, 너무 더웠다. 내놓는 음식은 바닷가재와 토끼 고기 두 가지였다. 토끼 고기를 주문하는 사람은 아무도 없었다.

그들은 나에게 저녁을 사겠다고 고집했다. 오전에 일어난 그 사건 후 나는 그들과 함께 외출하고 싶은 마음이 없었다. 하지만 하루 스물네 시간에 걸쳐 강습 외 활동도 돌봐 주는 것은 이미 우리가 계약한 내용이었다. 그들을 차에 태우고 가서 랍스터스 입구까지 데려다 주자, 나 혼자 밖에서 기다리기는 어려운 상황이 되어 버렸다.

그들은 노력했다. 테오는 문을 열어 주었고, 욜라는 의자를 빼 주었다. 그녀는 파란색 머리띠를 둘렀는데, 그것이 친절하면서도 약간 복고적인 인상을 주었다. 포도주 메뉴에 관해 테오와 전문가 수준의 이야기를 할 수 있다는 점에 감격한 제프리는 주문한 것 외에 또 다른 포도주 한 병을 마셔 보라고 가져다주었다. 내가 사양했음에도 테오는 내 잔을 채웠고, 그 포도주 맛이 훌륭하다는 것은 인정할 수밖에 없었다.

그다음 그들은 독일에서의 일에 관해 이야기했다. 더 정확하게 말하자면, 테오가 이야기를 했고, 욜라는 잘 교육받은 아내처럼 두 손을 탁자 위에 올려놓은 채 그를 주의 깊게 바라보았다. 그녀의 눈길과 포도주로 인해 테오는 점점 더 열을 올렸고, 많은 말을 마구 쏟아 냈다.

작가로서 자신은 엄밀하게 보자면 일종의 대기업가라고 그는 말했다. 자신의 일이 사람들 수천 명을 먹여 살린다고 했다. 출판사 협력 업체 사람들, 서점상들, 도서관 사서들, 편집인들, 비평가들, 번역가들, 인쇄공들, 텔레비전과 라디오의 문화부 편집자들, 그 외에도 배우와 연극 평론가, 연출가와 무대 기술자를 모두 포함하는 연극업계 전체와 영화업계 전체, 이 모든 것이 텍스트를 매각하기 위해서만 존재한다는 것이었다. 그런데 작가는 누구인가라고 그가 물었다. 아무것도 아니라고 했다. 먹이사슬의 가장 약한 고리라고 했다. 멸시받고, 조소당하고, 아주 드물게 축하받기도 하지만 대부분은 무시당한다고 했다. 밤마다 책상에 앉아 스스로를 고통스럽게 쥐어짜지만 결국에는 예술적 불능의 끝에서 무능한 인간으로 욕이나 먹게 되는 이름 없는 존재라고 했다.

욜라가 그의 팔에 손을 올려놓고, 많은 비평가들이 그를 무능한 인간이 아니라 기대주로 칭했다고 언급했다.

테오는 문제가 되는 것은 원칙이라고 주장했다. 예술적인 성과물이라고는 아무것도 내놓지 못하는 인간에게 다른 이의 작업을 평가할 권리가 도대체 어디서 나오느냐고 물었다. 칭찬을 하는 비평가조차 자신이 평가하는 작가보다 스스로를 더 중요하게 여긴다고 했다. 이 전도된 세계는 존재 형식이란 섬뜩함이라고 가르친다 했다.

나는 그 느낌을 알고 있었다. 작동 중인 거대한 평가 기계 속에 든 하나의 톱니바퀴와도 같은 테오의 삶을 머릿속에 그려 보자, 내 목덜미의 털이 곤두섰다.

원칙적으로는 테오가 옳다고 욜라는 말했다. 그녀의 경우도 비슷하다고 했다. 무대 위에 올라가게 될까 두려워하는 멍청이들, 카바레 공연을 보러 가면 맨 뒤쪽에나 앉는 멍청이들 모두가 인터넷에서는 그녀의 능력을 논평할 권리가 있는 것처럼 느낀다는 거다.

"우리에게는 법이 필요해!"라고 테오가 큰 소리로 말했다. "스스로를 비판에 내맡기지 않으면서 다른 이를 비판하는 자는 이 년 이상 발언 금지에 처한다.”

그들은 같은 의견이라는 미소를 교환했다. 나는 고객들이 독일을 욕할 때면 기꺼이 귀를 기울였다. 나에게 그들은 마치 전쟁터로부터 보고를 올리는, 전선의 군인처럼 여겨졌다. 그들은 내가 무엇으로부터 도피해 왔는지를 상기시켜 주었다. 지금 내가 하고 있는 일이 옳다는 느낌을 나에게 주었다. 테오가 내 술잔을 채워 주려고 했을 때, 나는 손으로 술잔을 덮어 막았고, 물 잔으로 건배했다. 음식이 나왔다. 우리는 주요리 외에 다른 음식은 거절했다. 바닷가재 즙으로 팔꿈치까지 흠뻑 젖어 버렸다.

왜 내가 독일을 떠나왔는지 욜라가 물었다. 나는 브룬스베르크와 몽테스키외에 관해 이야기해 주었다. 그들은 배를 잡고 웃었다. 더 이상 여배우가 아니라 그냥 생기발랄한 젊은 여자로 보이는 욜라를 바라보는 동안 오전의 일이 생각났다. 밸브를 잠가 버린 일이 갑자기 그다지 극적인 사건으로 여겨지지 않았다.

나는 여전히 웃으면서 물었다. 왜 당신들은 무의미한 스트레스와 나쁜 날씨를 더 이상 견디며 살고 싶지 않은 모든 이들처럼 그렇게 그냥 섬에 눌러앉지 않는지. 테오가 레몬수에 손을 담그면서 진지하게 대답했다. 자기는 내가 부럽기도 하고 동시에 불쌍하기도 하다고. 그는 바닷가재 꼬리를 두들겨 벌렸고, 내장을 떼어 냈으며, 가운데에 있는 가장 좋은 조각을 욜라에게 건넸다.

“그녀 가족의 돈으로라면 욜라는 호화 별장을 살 수도 있을 거야.”라고 테오가 말했다. “가장 아름다운 현무암 언덕 위에 있는 걸로. 보트도 포함해서.”

욜라가 얼굴을 찌푸렸다. 그녀 기분이 확 바뀌는 것을 몸으로 느낄 수 있었다.

"나와 내 가족은 별개야."라고 그녀가 말했다.

"그녀가 나를 베를린에서 먹여 살리든 여기에서 먹여 살리든 내겐 아무 상관 없어. 어쩌면 여기가 나한테는 좀 덜 모욕적일 수도 있겠지." 농담이라는 티를 내기 위해 테오는 웃음을 터뜨렸다. 그가 욜라에게 입을 맞추려고 하자 그녀는 그를 밀쳐 냈다. 첫 번째 백포도주 병이 비었다.

"하지만 난 싸워 보지도 않고 그 전쟁터를 떠날 수는 없어."라고 테오가 말했다. "욜라와 나, 우리는 투사 기질을 타고났거든, 그렇지?"

욜라는 다른 쪽을 쳐다보았다. 제프리가 우리들의 침묵을 깨면서, 시키지도 않았는데 포도주 한 병을 또 가져다주었고, 미국의 채무 정책에 관해 어떻게 생각하는지 묻더니 누군가 채 대답하기도 전에 그냥 가 버렸다. 그는 항상 그랬다. 욜라는 미국에 관해 이야기하기 시작했다. 뉴욕에서 있었던 어느 연극 워크숍 이후 그녀는 미국에 관해 잘 안다고 생각했다. 난 사람들을 구해 줄 수 없는 상황에 이미 익숙해져 있었다. 등을 뒤로 기대고 귀를 기울였다. 결국 그냥 이 상태가 낫다. 세상의 반이 이주해 온다면, 낙원은 더 이상 낙원이 아니다. 그 낙원이 섬이라면 더욱 그러하다.

식사를 마쳤을 때 폭풍이 일었다. 어쩐지 아침에 바람 한 점 없이 유난히 고요하더라니. 세찬 폭풍에 바지 자락이 날리고, 얼굴이 에이는 듯했다. 우리는 웃으면서 바람을 버텨 냈다. 테오는 걸어가며 욜라 허리를 감쌌다.

"당신이 날아가지 않도록!"이라며 그가 소리쳤고, 그녀 머리칼에 입을 맞추었다.

그들은 미라도르를 꼭 보고 싶어 했다. 전망대를 갖춘 유명한 카페로, 이 섬의 예술가인 만리케가 파마라 산맥의 가장 높은 지점에 있는 절벽 위에 지은 것이었다. 안톄는 만리케를 가난한 자들을 위한 훈데르트바서[25]라고 불렀다. 섬 전체는 그가 만든 대형 쓰레기들로 가득 차 있었다. 하지만 관광객들은 그가 그린 소박한 인물들을 좋아했고, 그의 건물들 앞에 길게 줄을 섰다. 그리고 성기가 너무 크게 표현된, 남자 화장실 표시에 쓰이는 인물이 그려진 기념엽서를 샀다. 섬 전체를 하나의 예술 작품으로 바꿔 버리기 전에 만리케가 죽었으니 다행이었다.

저녁 10시면 미라도르에는 볼 것이 하나도 없다고, 카페는 문을 닫고, 사방으로 담벼락이 둘러쳐져 있다고 반대하는 내 말이 그들에게는 하나도 먹혀들지 않았다. 그렇다면 이참에 소화도 시킬 겸 산책이나 해 보자는 생각이 들었다. 그들이 두 주 동안 나를 돈 주고 산 셈이니 나야 동의할 수밖에 없었지만, 그래도 욜라는 제발, 제발 하는 표정을 지으면서 마치 돈 때문이 아닌 것처럼 굴었다.

우리는 가파른 해안을 따라 위쪽으로 길을 걸어갔는데, 옆으로는 무릎 높이로 쌓아 올린 담벼락이 이어졌다. 그 뒤에는 흙이 그대로 드러난 부분이 있었고, 이어서 절벽이 나왔다. 수직으로 500미터 깎아지른 암벽, 그 아래에는 성난 바다가 있었다. 하늘에는 하얀 빛 달무리 한가운데에 반달이 떠 있었다. 검은 구름 조각들이 빠른 속도로 흘러가서 마치 지구가 우주를 통과해 질주하는 것을 보는 듯했

---

25) 프리덴스라이히 훈데르트바서. 오스트리아에서 화가, 건축가, 환경 운동가로 활동했다. 자연주의 사상을 바탕으로 한 예술 작품과 건축물로 유명하다.

다. 그 광경을 보고 있으니 가슴이 두근거렸다. 갑자기 욜라가 내게로 손을 뻗더니 나를 끌어당겼다. 우리 셋은 꼭 껴안은 채 걸어갔다. 욜라는 가운데 끼여 따뜻했고 안전했다. 그녀는 우리를 번갈아 가며 올려다보았다. 나는 허리 위에 놓인 그녀 손가락을 느꼈고, 내 팔이 테오 팔에 닿는 것을 피할 수가 없었다. 부조리하면서도 매우 아름다운 순간이었다.

그런데 내 전화기가 울렸다. 안테가 걸었다는 걸 나는 알았다. 저녁 시간은 어땠는지, 우리가 언제 집으로 올 것인지, 내일 아침 준비해야 할 것이 있는지 물어보려는 것이다. 굳이 내 동의를 구해야 할 필요가 있는 일이든 아니든 전혀 상관없이, 낮 동안 내게 여러 번 전화를 걸어 대는 것은 그녀의 습관이었다. 평소에 나는 그녀가 그렇게 전화해 대는 것에 반감을 품지는 않았다. 어쨌든 우리는 숙박비용이 많은 비중을 차지하는 사업을 하고 있으니까. 하지만 이 순간에는 그녀 전화가 마치 의도적인 방해처럼 여겨졌다. 나는 욜라에게서 떨어져, 미라도르의 닫힌 문 곁에 바람이 치지 않는 곳을 찾아서 이미 왔던 길을 조금 되돌아 걸어 내려왔다. 나는 전화기에 대고 아무 문제도 없으며, 곧 집으로 출발할 거라고 소리쳤다. 안테가 하는 말은 거의 알아들을 수가 없었다.

내가 다시 길 위로 올라왔을 때 테오와 욜라는 사라지고 없었다. 잠시 동안 나는 이리저리 뛰어다녔고, 마치 새끼들을 잃어버린 양처럼 당황해서 그들의 이름을 불렀다. 그러고는 멈춰 서서 곰곰이 생각해 보았다. 달빛 속에서 나는 몇백 미터 떨어진 곳에 있는 경사진 모퉁이를 바라보았다. 기껏해야 이 분 정도 통화를 했고, 따라서 그들은 그렇게 멀리 있지는 않을 것이었다. 그 지역은 사방이 평지였고, 뭔가를 식별하기에 좋았다. 미라도르가 있는 곳에 이르기까지.

나는 도로 경계선을 껑충 뛰어넘어 미라도르의 바깥쪽 담벼락을 따라 절벽 가장자리까지 갔다. 담벼락 끝에 있는 닫힌 철창문을 통해 카페 테라스를 볼 수 있었다. 낮이면 그 테라스 난간에서 슈바벤 사람들이 능력에 부치는 요구를 받으며 하이테크 장비로 아내의 사진을 찍었다. "역광으로 말고, 로베르트!"라고 말하는 아내 뒤에는 이웃 섬인 그라시오사를 향하는, 사람을 압도하는 전망이 배경으로 펼쳐졌다.

그들이 바로 눈에 들어왔다. 그들은 철창문을 기어올라 넘어갔고, 테라스 위에 있었다. 아니, 더 정확하게 표현하자면 테라스 난간 위에 있었다. 줄 타는 곡예사처럼 두 팔을 벌린 채 그들은 앞뒤로 나란히 난간 위를 걸어가고 있었다. 그들 왼쪽에는 500미터 낭떠러지가 깎아질렀다. 육지를 향해 부는 바람은 늘 그랬듯이 속임수를 썼고, 바람이 강하게 육지 쪽으로 밀어 대다가 갑자기 약해지면 난간 위 몸은 비틀거렸다. 나는 문을 기어올라 그들에게 달려가는 일은 하지 않기로 했다. 그들을 깜짝 놀라게 할 위험이 너무 컸기 때문이다. 그들을 큰 소리로 부를 엄두도 나지 않았다. 랍스터스에서 마신 포도주가 생각났다. 팔이 덜덜 떨렸다. 나는 문에 붙어 반쯤 기어올랐고, 두 손으로 쇠창살을 꼭 붙잡았다. 테오는 난간 끝에서 욜라를 붙잡아 당겼다. 그는 두 팔로 그녀를 감싸 안았다. 나는 처음에는 그들이 입을 맞춘다고 생각했는데, 곧 그들이 서로 엉켜 싸우고 있음을 알아차렸다. 고함 소리를 들었다고 생각한 순간, 고함을 지른 것이 나 자신임을 깨달았다. 욜라가 내 고함 소리를 들었다. 그녀 몸이 빙글 돌더니 테오를 함께 붙들었고, 잠시 그들이 어느 쪽으로 넘어질지 분명치가 않았다. 그러더니 그들은 거의 동시에 전망대의 타일 바닥 위로 떨어졌다.

나는 그들이 몸을 일으킬 때까지 기다리지 않았다. 혼자서 어둠을 뚫고 차로 돌아왔다. 차 안에서야 비로소 내 몸이 완전히 젖었다는 것을 알아차렸다. 그사이 비가 내리기 시작했고, 달은 사라졌으며, 고원에는 마치 화가가 손으로 그린 듯 가는 선들로 비스듬하게 음영이 드리워 있었다. 그냥 차를 몰아 떠나 버리고 싶은 마음이 간절했다. 그러나 나는 미동도 하지 않고 운전석에 앉아 추위로 온몸이 얼어붙은 채 욜라와 테오가 차로 달려올 때까지 빗속을 응시했다. 그들은 옆문을 힘껏 열어젖히더니 뒷좌석에 올라탔다. 나는 한마디 말도 없이 시동을 걸었다.

운전을 하는 동안 백미러를 보지 않으려고 애썼다. 뒷좌석에서 욜라와 테오는 마치 굶주린 이들처럼 키스해 댔다. 그들 손이 무엇을 하는지 알고 싶지 않았다. 나는 길을 응시하면서 앞으로 도대체 어떻게 해야 되나 곰곰이 생각해 보았다. 차고에 있는 나이트록스 압축기[26]는 아직 할부금이 남았고, 카사 라야에는 새 창문이 급하게 필요하다. 그렇다고 이렇게까지 하면서 나 자신을 꼭 팔아야만 하는가? 보통은 잠수를 배우러 온 사람들을 믿을 수 있나 없나를 두고 내가 걱정할 필요가 없었다. 대서양이 그들에게 존경심을 불어넣어 주었으니까. 보통은 말이다. 그들이 보통의 경우에 상응하는 사람들이기를 바라는 것은 내가 당연히 요구할 수 있는 최소한의 것이라고 난 혼잣말을 했다. 죽는 사람이 없도록 주의하는 것이 내 직업에

---

26) 공기통에 고압 기체를 충전하는 장비.

속하는 일이기는 하다. 하지만 그건 물속에서 해당되는 말이다. 육지에서 그들은 치고받고 싸워도 된다. 그건 이미 내가 그들에게 직접 한 얘기였다. 그들이 물 밖에서 하는 일은 내게 아무 상관도 없다. 개입하지 않는다. 마음이 편안하게 가라앉는 것이 느껴졌다.

와이퍼가 쏟아져 내리는 물을 닦느라 열심히 움직였다. 전조등 불빛이 채 5미터에도 이르지 못했다. 길가에 흠뻑 젖은 여우 한 마리가 웅크리고 있었다. 불쌍해 보였다. 내가 아는 한 섬에는 여우가 없는데.

욜라의 일기, 셋째 날 11월 14일 월요일. 새벽 2시.

밖으로 나가야만 했다. 안에서는 더 이상 숨을 쉴 수가 없었다. 폭풍우가 하늘을 갈가리 찢어 놓았고, 비는 더 이상 내리지 않았다. 우리가 처음 만난 이후 칠 년이 지났다. 별장에서 열린 전통 여름 축제. 300명의 손님들, 그중에는 독일에서 최상위에 속하는 배우들의 익숙한 얼굴들도 있다. 두 팔을 벌려 환영 인사를 하느라 아버지는 근육통을 얻을 지경이다. 아버지의 미소는 건물 동쪽 날개에서부터 서쪽 날개에까지 이른다. 아버지가 나에게 드라마 「위아래로」의 배역을 마련해 주었고, 나는 열심히 하겠다고 약속했다. 첫 번째 시리즈를 성공적으로 마쳤고, 나는 그것이 빛나는 경력의 시작이라 여긴다. 나는 스물세 살이고, 목까지 올라오는 표범 무늬 옷을 입고 있다. 다른 여배우들의 시선이 와 닿아 뒷덜미가 간질거린다. 그날 저녁 내가 얼마나 아름다웠는지는 오늘도 느낄 수가 있다.

아버지가 정원에 놓인 무대 위에 팔을 펼친 채 서 있고, 데뷔를 축하하는 무슨 말을 한다. 한 작가가 무대로 발을 들여놓는다. 잘생긴 남자는 아니다. 그는 연단 뒤에 어색하게 서서 왼쪽, 오른쪽으로 무게 중심을 옮긴다. 그가 낭독한다. 신경독소와도 같은 문장들. 나는 그 자리에 서서 더 이상 움직일 수가 없다.

"모든 물음에 나 자신의 이름으로 답하고 싶은 그런 날들이 있다."

"나는 온몸으로 덧없음을 느낀다."

오늘날까지도 나는 이 문장들을 좋아한다. 그걸 쓴 자가 얼마나 더러운 놈이든 전혀 상관없이.

나의 감탄을 그 작가는 찡그린 표정으로 받아들인다. 그는 스탠딩 테이블에 기대 서서 사람들이 춤추는 것을 바라보기만 하지 함께 춤추지는 않는다. 어떤 것에도 전혀 참여하지 않는다. 그는 나보다 열두 살이 더 많다. 그가 나에게 설명한다. 배우들은 멍청해야만 한다고, 그래야 그들의 텅 빈 머릿속에 맡은 배역을 위한 정체성이 들어갈 자리가 있을 수 있다고. 배우들은 근본적으로 작가에게 감탄할 수밖에 없다고, 자신들이 뜻도 모르면서 매일 주워섬기는 텍스트가 바로 작가에게서 나오기 때문이라고. 나는 「위아래로」에 함께 출연하는 몇몇 동료들과 춤을 추고 여기저기 어슬렁거리며 돌아다니다가, 스탠딩 테이블에 기대 선 그 작가에게로 계속 되돌아온다. 마치 그가 항성이라도 되는 것처럼, 그의 궤도에 내가 들어서게 된 것처럼. 그는 자신이 발기부전이라고 주장한다. 출판사가 규칙적으로 전화를 걸어 새 원고가 얼마나 진행되었는지 물어보기 시작한 이후로 그렇게 되었다고 한다. 새벽 2시에 우리는 부모님의 욕실에서 섹스를 한다. 그러다가 향수병 하나가 깨지는 바람에 우리에게서는 그 밤 내내 어머니의 샤넬 No.5 냄새가 나게 된다.

그리고 칠 년 후 우리는 바닷가재와 뫼르소 프리미에 크뤼 포도주를 놓고 함께 앉아서 악의적인 세계 때문에 눈물을 흘리고, 이주를 꿈꾼다. 베를린에 있는, 지붕 테라스가 갖춰진 펜트하우스가 완전한 악몽이기 때문에. 머리에는 챙이 넓은 모자를 쓰고, 손톱 사이에 정원 흙이 끼어 있다면 훨씬 더 행복할 것 같기 때문에. 노인네는 소박한 나무 의자에 앉아 햇볕을 받아 따뜻해진 벽에 등을 기대고 하루 종일 생각에 잠길 것이다. 나는 점토로 항아리를 만들고, 그는 그 항아리에 담긴 포도주를 마시게 될 것이다. 우리는 일 분에 한 번씩 서로를 바라보고 미소를 지어 줄 것이다. 아침부터 저녁까지 우리는 서로를 상냥하게 대할 것이다. 그는 재미로 나를 절벽에서 밀어 버리는 일 따위는 절대로 다시는 하지 않을 것이다.

나는 그가 사과하고 싶을 것이라 생각했다. 모든 것을 포도주 탓으로 돌리겠지. 자기 마음속에 도대체 무슨 생각이 스쳐 간 것인지 모르겠다고, 우리 둘 다 죽을 뻔했다고 말하겠지. 그가 아주 조용히 소파로 다가왔다. 나는 눈을 감은 채 그의 따뜻한 손가락이 내 뺨을 쓰다듬는 것을 즐긴다. 그가 이런 애무를 해 주는 일은 정말이지 드물다. 폭풍우 때문에 덧창이 덜컹거린다. 우리가 나가 있는 동안 안톄가 덧창을 닫아 놓았다. 눈을 떠 보니 그건 손가락이 아니라 그의 페니스였다.

로테라면 어떻게 했을까? 내가 몸을 일으키려고 하자 그는 손으로 내 목을 누른다. 나는 놓으라고 말한다. 그는 자기 것을 내 입안으로 밀어 넣으려고 한다. 나는 이를 꽉 문다. 그가 내 후두를 누른다. 내 입술이 벌어지고, 나는 가쁜 숨을 쉰다. 마치 그가 공기로 내 귀까지 막아 버리는 것만 같다. 바람 소리가 더 이상 들리지 않는다. 완전한 정적. 방은 어둡다. 그의 얼굴이 아주 멀리 있는 것처럼 보인다. 그의 입이 움직인다. 그는 계속해서 나를 응시하고 있다. 지금 토하게 된다면 질식해서 죽을지도 모른다는 생각이 든다. 얼마나 오래 걸릴지 생각해 본다. 금방이라도 눈앞이 캄캄해질 것만 같다. 그러더니 정말 눈앞이 캄캄해진다.

로테와 나를 이어 주는 것은 우리 둘 다 많은 걸 참아 낼 수 있다는 점이다. 수단의 바닷가에서, 한스 하스가 즉흥적으로 탐험대 배로 쓰기를 결정한, 백 년이나 된 아라비아 진주잡이 어선인 '샤드라'에서 로테가 어떻게 거주했는지 나는 항상 생각한다. 그녀는 해충들이 우글거리는 갑판 위 비좁은 공간에서 남자 열 명과 함께 지냈다. 열기로 잠을 못 이루는 밤이면 그녀가 어떻게 일기를 써 내려갔을지를 생각한다. "8월 12일. 극장에서는 사람들이 푹신한 안락의자에 기대앉아 서로에게 사탕을 건네며 '아, 정말 좋다! 나도 저런 배 한번 타 보고 싶다. 얼마나 낭만적인가!'라고 생각하겠지. 하지만 나는 앞으로 탐험 영화를 전혀 다른 눈으로 보게 될 것 같다. 우리 영화를 보며 나는 '저게 정말 나란 말인가?'라고 스스로에게 묻게 될 것이다."

나는 그의 품속에 몸을 누인다. 그는 늘 그랬듯 나를 꼭 끌어안는다. 그는 나의 등, 머리카락, 얼굴을 쓰다듬는다. 나는 이제 다시 소리를 들을 수 있다. 그는 울고 있다. 그는 내가 얼마나 용감하고 착한지 모른다고 말한다. 자신이 나를 얼마나 사랑하는지 모른다고 말한다. 미치도록, 세상 모든 것을 다 합친 것보다 더 많이 사랑한단다. 자신이 얼마나 나쁜 인간인지 모른다고 말한다. 그럼에도 내가 그를 떠나서는 안 된다고 한다. 그에게는 내가 필요하니까. 내가 그의 천사이니까. 그의 울음이 격해진다. 나는 그의 이런 살가움을 마치 마약처럼 빨아들인다. 턱이 아프다. 나는 그를 위로하기 시작한다. 모든 것이 잘될 거라 말해 준다. 우리가 조금 더 많이 노력해야 한다고 말한다. 그는 마치 어린아이처럼 내게 매달린다. 내가 그의 목숨이라도 구해 준 것처럼 나에게 고마워한다. 나는 미소를 짓는다. 우리가 해낼 수 있을 것이라 나는 완전히 확신한다. 나는 그를 침대로 데려간다.

잠시 후 반쯤 열어 놓은 방문을 통해 그의 코 고는 소리가 들린다. 나는 공책을 들고 집 앞에 나와 앉아, 배 갑판 위에 있는 나를 상상하고, 내가 잠 못 드는 것은 열기 때문이라고 상상한다.

6

그녀는 자고 있다. 그녀 입술이 살짝 벌어져서 앞니 사이 귀여운 틈이 보인다. 그녀 머리를 쓰다듬고 싶은 마음이 간절하지만, 내가 감히 그래도 되는지 생각해 본다. 내 손가락이 그녀 이마에 닿자 그녀가 눈을 뜬다. 나는 그녀 이름을 부른다. 욜라. 일 초 동안 우리는 서로를 응시하고, 그런 다음 그녀가 아가리를 쫙 벌린다. 그녀 목구멍에서 알락곰치처럼 두 번째 턱이 쓱 나온다. 그녀는 육식어의 이빨로 내 손가락을 낚아채 간다.

나는 소스라치게 놀라 몸을 벌떡 일으켜 침대 위에 앉았다. 완전히 캄캄했고, 알람 시계의 디지털 숫자는 새벽 4시를 가리켰다. 나는 내 곁의 여자가 욜라가 아니라 안테임을 차츰 깨달았다. 그녀는 등을 대고 바로 누워 두 팔을 벌리고 머리는 옆으로 돌려 푹 숙인 채 십자가에 매달린 자세로 자고 있었다.

쿵쾅거리던 심장이 서서히 진정되었다. 이제 나는 지나치게 캄캄한 이유를 알게 되었다. 안테가 덧창을 닫아 두었기 때문이다. 비록 몇 시간 전처럼 사납게 불어 대지는 않았지만, 아직도 바람이 집 귀퉁이를 돌아 들이쳤다. 나는 꿈을 싫어했다. 꿈은 심리학자에 의해 고안된 것처럼 여겨졌다. 어떻게 잠이 들었는지 더 이상 아무것도 생각나지 않았다. 나는 멀쩡히 잘 일어나 작업장으로 갔다.

나는 집 앞에서 잠시 멈춰 서서 짙은 그림자 한가운데에 밝은 얼룩처럼 놓인 카사 라야를 건너다보았다. 잠깐이었지만 머리칼이 긴 사람의 형상이 정원 담벼락에 웅크리고 있는 것을 본 듯했다. 그러나 그건 가지들이 바람에 흔들리는 무화과 선인장일 뿐이었다.

소포는 어제 낮에 도착했고, 안테가 작업장 의자 위에 그것을 놓아두었다. 처음으로 나는 난방 시스템이 갖춰진 건식 잠수복을 장만하려고 결심했던 것이다. 수심 100미터에서 물은 차가웠다. 혼합기체에 든 헬륨은 냉각하기에는 좋았지만 감압하는 데 시간이 오래 걸렸다. 소포에는 의자를 난방할 때 사용하는 것과 같은 20미터짜리 단극 열선이 들어 있었고, 난방 장치와 전선 그리고 E/O 코드 몇 개와 12볼트 배터리가 들어 있었다. 나는 잠수복 속에 입는 옷을 탁자 위에 펼쳐 놓았고, 바늘에 실을 꿰는 순간 주변에 있는 모든 것을 잊어버렸다. 안테가 나를 데리러 왔을 때, 밖은 환했고 벌써 출발할 시각이 되었다.

날씨가 선선해졌다. 테오는 마 재킷 대신 청바지와 점퍼를 걸쳤는데, 그렇게 입으니 더 호감 가는 인상을 주었다. 바람은 잦아들었지만, 경험상 바다는 저녁 무렵이 되어야 잔잔해질 것이다. 육지에서 관광하며 하루를 보내자는 나의 제안은 받아들여지지 않았다. 입수하기에는 파도가 거칠다고, 물속에 들어가도 시야가 나쁠 것이라고 이야기해 주었지만 어떤 말도 먹혀들지 않았다. 나는 "어려운 조건들"과 "발생하는 위험은 자기 책임" 같은 말들을 했다. 욜라는 나에게 미소를 짓고 차에 올라탔다. 그녀 이가 멀쩡한 걸 보니 기뻤다. 바람이 들이치지 않는 곳에서 잠수를 시도하기 위해 우리는 섬을 가로질러 달리기 시작했다.

이날 아침 그 두 사람이 어쩐지 이상하다 싶었다. 테기세에 이르렀을 때 갑자기 그 이유가 생각났다. 그들은 그냥 완전히 정상적으로 행동했던 것이다. "자기, 배낭에서 물 좀 꺼내 줄 수 있을까?"라고 테오가 물었다. "기꺼이."라고 욜라가 대답했고 그에게 물을 건넸다. 그들은 앞자리에 앉았고, 폭스바겐 미니버스의 움직임에 따라 가볍게 흔들렸으며, 손은 무릎 위에 올려놓고 있었다. 휴대 전화의 삐 소리가 들렸는데, 내 것이었다. 욜라가 보낸 문자였다. "잠수를 하게 되어서 기뻐, J."[27)]

말라 근교에 있는 잠수 장소는 외딴곳이었고, 거기까지 이르기는 쉽지 않았다. 평평하게 닦아 놓은 접근로는 없었다. 맨발로, 무거운 공기통을 지고, 오리발과 마스크는 팔에 낀 채 미끄러운 돌들 위를 기어 내려가서는 절벽에서 만(灣)으로 뛰어내려야만 했다. 차는 자갈길가에 세워 두었다. 우리는 검은 모래 위에서 이동했다. 욜라와 테오는 천천히, 한 발 한 발, 힘든 곳에서는 서로 손을 건네면서 내려갔다. 파도 상태는 바랐던 것보다 더 거칠었다. 그들이 파도를 너무 오래 내려다보지 않도록 나는 서둘러 입수하기로 결심했다. 한

27) 욜라(Jola)의 첫 철자.

손은 납 벨트에 대고, 다른 한 손은 얼굴 앞에 둔 채 어떻게 물속으로 뛰어들어야 하는지 빨리 시범을 보였다. 테오는 욜라 어깨를 쓰다듬더니 물속으로 뛰어내렸다. 내 옆 수면 위로 그가 떠올랐고, 오케이 신호를 해 보였다.

욜라는 아직도 절벽 위에 서 있었고, 그녀의 자세는 그녀에게서 벌어지는 투쟁을 여실히 드러냈다. 그녀는 자신의 다리에게 분명히 명령을 내리지만, 다리는 그 명령을 실행하길 거부했다. 마침내 그녀가 약간은 너무 급하게 앞으로 몸을 던졌고, 정확하게 내가 있는 쪽으로 떨어졌다. 나는 그녀의 충격을 완화해 주었고, 그녀를 꼭 붙들었으며, 그녀의 부력 재킷에 공기를 완전히 불어넣어 주었고, 그녀가 고개를 물 밖에 내놓도록 해 주었다. 그녀는 호흡기를 놓치는 바람에 기침해 댔다. 나는 가능한 한 빨리 아래로 내려갈 생각이었다. 절벽 근처는 안전하지가 않았다. 저 아래는 평온할 것이다. 나는 잠수하라는 신호를 보냈고, 우리는 물속으로 내려갔다.

일순간 정적이 우리를 감쌌다. 바다만의 특별한 침묵. 움직임은 느려지고, 의사소통은 손짓과 몸짓으로 이루어진 안무가 되었다. 물속에서는 관계는 단순했고, 욕구는 분명했으며, 반응은 단호했다. 수심 10미터로 잠수하는 자는 동시에 진화 역사의 10만 년을 거슬러 여행하는 것이며, 자기 자신의 전기(傳記)가 시작된 곳으로 거슬러 가는 것이기도 하다. 생명이 시작된 곳으로 가며 물속에서 부유하고 침묵한다. 언어가 없으면 개념이 없다. 개념이 없으면 논거가 없고, 논거가 없으면 전쟁이 없다. 전쟁이 없으면 공포가 없다. 물고기조차 우리를 두려워하지 않았다. 몇 마리가 호기심에 차 다가왔고, 어느 정도 거리를 우리와 함께 헤엄쳤다. 우리가 가만히 있으면,

그 물고기들은 우리의 잠수 안경 속을 뚫어져라 들여다보았다. 물속의 이국적인 세계에서는 관광객이 동시에 관광거리가 되기도 했다. 물속 평화가 나를 사로잡았다. 그 평화 속에서 사냥꾼과 먹잇감이 함께 살아가고, 서로 정중하게 비켜 갔다. 배가 몹시 고프면 그 평화는 잠시 중단되지만, 그것은 배신이 아니라 선택의 과정이었고, 그 과정은 보편적으로 받아들여질 수 있었다.

거친 파도에도 불구하고 시야는 놀랄 만큼 좋았다. 우리 눈앞에는 섬에서 가장 아름다운 잠수 장소 중 하나가 펼쳐졌다. 기괴한 화산 풍경이 물속으로 이어졌고, 탑과 기둥 그리고 아치형 대문과 지붕이 있는, 돌로 된 도시를 이루었다. 위쪽에서 해가 구름을 뚫고 나왔을 때 우리는 위로 올라가는 물방울과 빛으로 이루어진 돔 한가운데에서 부유하고 있었다. 나는 갑자기 숨이 막힐 듯한 행복을 느꼈다. 내 옆에서는 테오가 물속에 누워 마찬가지로 위를 올려다보고 있었다.

욜라에게는 뭔가 문제가 있는 것 같았다. 멀리 바닷속까지 이어진 용암류를 한번 빙 돌아보기 위해 나는 두 사람을 암초 가장자리로 이끌었다. 그곳에서 암초는 수직으로 깎여 내려갔다. 성인 남자 키만큼이나 긴 능성어 두 마리가 전망을 즐기기라도 하듯 암초 끝자락에 누워 있었다. 욜라는 암초 너머까지 헤엄쳐 가 버렸고, 너무나도 많은 공기 방울을 내뿜었다. 마치 자신이 진짜 날 수 있는지 확신하지 못하는 새처럼 욜라는 심해를 응시했다. 고소공포증은 물속에서 심각한 문제를 일으킨다. 나는 몇 번 발을 휘저어 그녀 곁으로 갔고 그녀 팔을 붙들었다. 그녀가 기겁했다. 순간 나는 그녀가 나를 칠지도 모른다고 생각했다.

지난 세월 동안 내게는 자동반응과도 같은 것이 발달되어서, 같이 잠수한 사람이 불안해하고 거칠어질수록 나는 저절로 더욱더 차분해졌다. 나의 움직임은 점점 더 느려져서 내가 무슨 행동을 하는지 아니면 그저 그렇게 존재하기만 하는지 알 수 없을 정도에까지 이른다. 욜라는 잠수 안경 뒤 크게 뜬 눈으로 나를 응시했다. 그녀 가슴은 부풀었다 가라앉기를 너무 빨리 반복했는데, 이는 그녀가 벌써 과다호흡을 하고 있음을 의미했다. 나는 그녀 관심을 나에게로 돌리기 위해 그녀 팔을 잡은 손에 여러 번 힘을 주었다. 그녀 눈꺼풀이 더 이상 떨리지 않고 그녀가 나에게 집중하기 시작했을 때, 나는 그녀에게 칭찬하듯 고개를 끄덕여 주었다. '잘했어.' 나는 입에서 천천히 손을 떼어 내는 동작을 해 보였고, 그러면서 눈을 감았다. '숨을 내쉬고. 기다리고.' 나는 눈을 떴다. '이제 당신 차례야.' 그녀는 숨을 내쉬는가 하더니 바로 다시 폐로 공기를 들이마셨고, 공포에 사로잡혀 좌우를 살폈다가, 그냥 올라가 버릴까 생각하며 위를 올려다보았다. 나는 그녀 팔을 잡은 손에 힘을 주었고, 고개를 분명히 저었다. '안 돼. 나를 봐. 숨을 내쉬고. 기다리고. 천천히 숨을 들이쉬고.' 이제는 그녀가 동작을 따라 했다. 눈은 여전히 크게 뜨고 있었다. 우리는 같이 리듬을 타며 호흡했다. 숨을 내쉬고. 기다리고. 천천히 숨을 들이쉬고. 그녀가 진정되었다. 나는 그녀 팔을 놓았고, 그녀 손을 잡고는 흔들었다. '축하해, 잘 해냈어.' 나의 오케이 신호에 그녀는 수줍어했다. 내가 그녀로부터 떨어지려고 했을 때, 그녀가 나에게 매달렸다. '가지 마!' 마스크 뒤로 그녀가 우는 게 보였다. 숨이 막혀 죽을 듯한 느낌은 인간이 경험할 수 있는 일 중 최악의 것에 속한다. 그 순간 세상에서 욜라에게 필요한 것은 단 하나밖에 없었다. 바로 나였다.

압력계 눈금이 100바 이하로 내려가 있었다. 그녀는 이 분 동안 공기통 절반을 호흡해 비워 버렸다. 나에게는 규정대로 계속 잠수를 진행하는 것이 중요했다. 초보자가 알아야 할 주요 사항들 중 하나는 바로 잠수하면서 생긴 문제는 물속에서 해결해야만 한다는 인식이다. 비상 상황이라 올라간다는 것은 선택 사항이 아니었다. 나는 내 공기를 그녀와 함께 나눌 것이라는 신호를 그녀에게 보냈다. 물위에서 우리는 공기통 하나로 두 사람이 호흡하는 법을 연습했었다. 나는 그녀에게 내 옥토퍼스를 보여 주었고, 그녀는 무슨 뜻인지 이해했다. '숨을 들이쉰다. 자신의 호흡기를 입에서 빼고, 옥토퍼스로 바꾼다. 이어서 호흡한다.' 그녀는 잘 해냈다.

우리는 손을 잡았다. 이제부터 우리는 동일한 공기를 공급하는 두 호스를 통해 마치 샴쌍둥이처럼 하나로 연결되었다. 우리는 천천히 헤엄치기 시작했다. 나는 그녀가 떠는 것을, 과다호흡에 뒤따르는 혈액순환부전증을 감지했다. 추측컨대 그녀는 얼어붙기 직전의 느낌일 것이다. 나는 장비를 장착한 상태에서 할 수 있는 한, 한 팔로 그녀 허리를 감아 내 쪽으로 끌어당겼다. 물론 물속에서 그녀 몸을 따뜻하게 해 주는 건 불가능했다. 하지만 얼어붙는다는 것은, 삶에서도 대부분 그러하듯, 우선은 기분 문제이니까.

테오는 이 광경을 흥미롭게 관찰하고 있었다. 그는 가오리가 오기를 고대하며 바라보는 대신 우리에게서 눈을 떼지 않았다. 마치 우리가 대서양의 매혹적인 수중 생물이라도 되는 것처럼. 나는 욜라를 해안 절벽으로 이끌었고, 그녀에게 샛노란 달팽이와 돌 틈에 숨은 새우를 보여 주었는데, 그 새우는 긴 더듬이로 우리를 더듬었다.

나는 손전등으로 불가사리를 비추어 그 빨간색이 드러나도록 했다. 욜라가 고개를 돌려 나에게 미소 지었을 때, 내 마음속에서 어떤 일이 일어났다. 내가 그녀를 품에 안고 있고 싶어한 사실을 갑자기 깨달았다. 그녀를 놓아주고 싶지 않았다. 그녀와 함께 여기 아래에 머물고, 함께 바다 생물을 관찰하고 싶었다. 최후의 심판이 닥칠 때까지. 그런 생각에 내가 깜짝 놀라자, 욜라는 그것을 감지하고는 내게 더 꼭 달라붙었다. 나는 그녀를 부드럽게 밀어냈고, 위로 다시 올라가기 전에 그녀 호흡기로 바꾸어야 한다고 신호를 보냈다. 그녀는 아무 문제 없이 자신의 호흡기로 돌아갔다. 우리는 서로 떨어졌다. 마치 절단이라도 당하는 느낌이었다.

그날 저녁 테오와 욜라를 식당에 데려가기 위해 카사 라야의 문을 두드렸을 때 욜라는 함께 가려고 하지 않았다. 그녀는 나이트록스 자격증을 따기 위해 공부해야 한다고 주장했다. 그녀는 눈길을 옆으로 돌린 채 손가락으로 탁자 위를 톡톡 쳤다. 나는 괜찮다고 말했다. 성공적이지 않았던 잠수가 끝난 후 수건으로 몸을 감싼 채 옆으로 멀찌감치 떨어져서 화산의 파노라마를 배경으로 서 있던 그녀 모습이 아직도 내 눈에 선했다. 그녀는 가여울 정도로 얼어붙어 있었고, 마치 물의 냉기가 그녀를 쪼그라들게 한 것처럼 작아 보였다. 어깨는 잔뜩 움츠러들었고, 입술은 파랬으며, 젖은 머리칼이 그녀 뺨과 목에 달라붙어 있었다. 테오가 그녀의 장비를 들어 차로 날랐고, 걱정스럽고도 새삼스러운 눈길로 나를 바라보았다.

우리는 욜라를 카사 라야에 남겨 두었다. 테오와 함께 티나호 방향으로 자갈길을 덜컹거리며 달릴 때, 나는 스스로를 책망했다. 말라 근교에서의 어려운 입수를 욜라에게 요구하지 말았어야 했다. 날씨가 나쁘니 하루 쉬자고 주장했어야 했다. 하다못해 욜라가 암초 끝으로 다가가는 일만은 막았어야 했다. 테오와 달리 그녀가 부유 상태에 몸을 믿고 맡기지 못한다는 것을 난 이미 알고 있었는데 말이다. 그리고 뭔가 회의적인 상황에서는 스스로로 하여금 오히려 잘못된 결정을 내리게 하는 강한 의지가 그녀에게 있다는 것도 이미 알고 있었는데 말이다. 그녀는 암초 끝에 공포를 느꼈고, 바로 그 때문에 암초 너머까지 헤엄쳐 갔던 것 같다. 그건 그녀 잘못이 아니었다. 고객에게 어느 정도를 기대할 수 있는가 평가하는 일은 내 직무에 해당했다. 내가 착각했다면, 그 책임은 오직 나에게 있다.

사람들 상당수는 그런 공황을 겪고 나면 다시는 잠수하려 들지 않았다. 그러므로 어느 정도 스스로를 추스르는 것이 중요했다. 그런 일은 누구에게나 일어날 수 있다고 욜라에게 말해 주고 싶었다. 숙련된 잠수부임에도 어느 날 돌연 과다호흡을 하게 된 사람들도 나는 안다. 여자들이 잠수를 더 힘들어한다는 내 이론을 두고 이야기를 나누어 볼 수도 있었을 것이다. 내 생각에 여자들은 남자들과 달리 기계장비에 목숨을 맡기는 일을 탐탁지 않게 여긴다. 여자들은 통제권을 지니고 있으려 한다. 마찬가지 이유로 여자들은 자동차, 컴퓨터, 비행기 등을 믿지 못한다. 그리고 나는 특히 그녀가 잠수를 훌륭하게 해낼 수 있으리라고, 로테 역 정도를 위한 것치고는 탁월하게 해낼 수 있으리라고 정말 그녀에게 말해 주고 싶었다. 공포를 느끼지 않는 것보다 공포를 억누르는 것이 본래 더 힘든 일이다. 이렇게나 많은 이야기를 우리가 나눌 수도 있었을 텐데. 그녀가 나를 보고 싶어 하지 않는다면, 이는 그녀가 화가 났음을 의미하는 것 같았다.

이 지점에서 나는 생각에 골몰하는 일을 억지로 그만두었다. 다른 사람들에 관한 생각에 빠지는 것은 내 방식이 아니었다. 나는 다른 사람들의 행동을 그냥 있는 그대로 받아들였고, 그럼으로써 다른 사람들과 별문제 없이 잘 지낼 수 있었다. 이제 중요한 것은 잠수를 배우러 온 한 사람의 신뢰를 회복하는 일이었다. 나는 길가에 차를 세웠고, 테오에게 잠깐만 실례하겠다고 말한 후 차에서 내렸다. 마치 소변이라도 봐야 하는 것처럼 절벽에 선 채 나는 주머니에서 휴대 전화를 꺼내 문자를 보냈다. "공부 잘하기를. 우리는 당신을 생각하고 있어. S."[28] 나는 평소에 문자를 거의 보내지 않기 때문에, 몇 마디 안 되는 내용을 쓰는 데도 오래 걸렸다. 바로 답장이 오는 바람에 나는 화들짝 놀랐다. 답장은 짧았고 마치 손바닥이 내게 직접 와 닿는 느낌이었는데, 그것이 나의 따귀를 때리는 것인지 혹은 내 뺨을 쓰다듬는 것인지는 알 수가 없었다. "당신 때문이 아니야. J."

지젤은 독특한 생선 수프를 끓였다. 그녀의 증조할머니에게서 내려온 요리법이었다. 지젤은 프랑스계 캐나다인이었고 그녀 남편은 콩고 출신이었다. 그녀의 작은 식당 벽에는 퀘벡의 노트르담 성당 사진 옆에 아프리카 가면들이 걸려 있었다. 손님은 우리밖에 없었다. 테오는 내가 이야기하도록 내버려 두었고, 나는 쉬지 않고 말해 댔다. 한 잠수부 이야기에 이어 또 다른 잠수부 이야기를 했다. 거대 가오리, 돌고래, 고래상어에 관해 이야기했다. 다음 주에 내가 잠수

28) 스벤(Sven)의 첫 철자.

해 갈 예정인, 이 분야에서 나를 유명하게 해 줄 난파선에 관해 이야기했다. 나는 중간중간 욜라와 테오의 재능을 칭찬했고, 이성적인 사람들과 잠수하는 것이 나에게 즐거운 일임을 강조했다.

그가 물었다. "우리를 이성적이라고 생각하는 거야?"

그는 이 질문 외에는 아무 말도 하지 않았고, 신중하게 미소를 지었으며, 사과 주스를 마셨다. 식사 후 그는 산책하자고 제안했다.

평상시 티나호의 거리는 활기에 넘쳤지만 기온이 15도였던 이날 저녁은 이상하리만큼 선선했다. 사람이 거의 눈에 띄지 않았다. 테오는 두 팔을 흔들고 발을 쳐다보며 길 한가운데를 걸어갔다. 내가 있다는 사실을 잠시 잊은 듯 보였다. 마을 광장에 이르러 우리는 작은 교회 근처에 놓인 하얀 벤치들 중 하나에 앉았다. 용혈수가 가로등 불빛을 가렸다. 테오 얼굴 앞에서 담배 끝 부분이 규칙적인 간격으로 점점 타 들어갔다. 뭔가 할 말이 있는 게 분명했다. 나는 참을성 있게 기다렸다. 너무 오래 끄는 것 같아지자 식사 후 바로 차로 갈걸 하는 생각이 들었다.

그가 말했다. "당신은 그녀를 좋아해. 그렇지?"

나는 뭔가 대꾸하려고 했지만, 그가 관두라고 손짓했다. "그냥 내버려 둬. 그녀는 항상 해내니까. 그런 건 그녀한테 마치 중독과도 같아." 그는 나에게 담배 한 개비를 건넸고, 나는 거절했다. "실은 당신한테 경고해 주려고."

그날 저녁 그가 술을 마셨더라면, 그가 하는 말에 귀 기울여 주는 일이 나에게는 더 쉬웠을 것이다. 유감스럽게도 나는 그가 그날 술을 단 한 방울도 마시지 않았다는 걸 알고 있었다.

"욜라는 오래된 집안 출신이지. 그들은 다른 사람들을 착취해서

부자가 되었고, 두 번에 걸친 세계 대전에서도 재산을 지켜 냈어. 욜라 같은 여자는 무언가를 위해 일한다는 것이 무슨 의미인지 몰라. 그녀는 자신이 원하는 것을 사람들이 줄 거라 기대하지. 그런 그녀가 지금까지 단 한 번도 받아 본 적 없는 것이 다른 사람들로부터의 인정이야. 그리고 바로 그 점 때문에 그녀는 위험하지."

그가 이야기하는 것 중 어느 한 가지도 나와는 상관이 없었다. 그럼에도 문득 나는 그가 계속 이야기해 주기를 원했다.

"사실 그녀는 여전히 아버지로부터 존중받으려고 투쟁하는 어린 소녀나 마찬가지야. 하르트무트 폰 데어 팔렌. 이 이름을 들으니 뭐 생각나는 게 없나?"

나는 고개를 저었다.

"영화 제작자. 그 분야에서 가장 중요한 인물들 중 한 사람. 더러운 놈. 뭐, 그렇거나 말거나."

테오는 담배를 눌러 껐고 새 담배에 불을 붙였다.

"나는 욜라에게 아버지를 대신하는 사람이고, 그녀는 내게서 아버지의 사랑을 찾으려고 애쓰지. 내가 그 사랑을 그녀에게 주지 않는 한, 그녀는 내 곁에 머물 거야. 그리고 매일 수도 없이 복수해 대는 거지."

"외동딸인가?"

나는 입술을 깨물었다. 말을 들어 주는 것도 충분히 난감했지만, 질문하는 건 더욱 난감했다. 평소 같았으면 나는 그런 상황에서 주제를 바꾸었을 것이다.

"오빠가 둘 있어. 한 명은 의사, 또 한 명은 은행가. 욜라 아버지는 두 아들의 성공에 지치지도 않고 열광하지. 뭐, 그렇거나 말거나."

스쿠터 한 대가 지나갔다. 함께 탄 젊은 여자가 운전자 귀에 대고 뭐라고 소리쳤다. 둘은 웃음을 터뜨렸다.

"욜라가 어떻게 성장했는지 당신이 이해하도록 이야기를 하나 들려줄게."라고 테오가 말했다. "어릴 때 그녀는 애완동물을 간절히 바랐어. 모르모트나 토끼 혹은 좋아할 만한 어떤 것을. 크리스마스에 작은 고양이를 갖게 되었을 때 그녀는 너무나도 기뻤지. 밤낮으로 그 동물을 돌보았고 어딜 가든 함께 끌고 다녔지. 두 주가 지났을 때 그만 집 난방이 꺼져 버린 거야. 욜라는 춥지 않도록 고양이를 침대로 데려갔고, 그녀 베개로 덮어 주었지. 다음 날 아침 그녀가 베개 아래에서 발견한 건 나무토막처럼 뻣뻣하고 차갑게 식어 버린 고양이였어. 욜라 어머니는 죽은 고양이를 쓰레기통에 던져 넣었고, 파티에 가서 재미 삼아 그 에피소드를 떠벌렸어. 그러면서 그녀는 욜라의 땋은 머리를 잡아당기고 웃으면서 '꼬마 살인자'라고 말했지." 테오는 눈을 가늘게 뜬 채 광장 건너를 바라보았다. "뭐, 그렇거나 말거나." 이 마지막 말은 그가 가장 좋아하는 표현이 된 것 같았다. 우리는 한동안 침묵했다.

"어쩌면 당신은 내가 도대체 왜 그녀와 함께하는 걸까 싶을지도 모르겠군." 하고 마침내 테오가 입을 뗐다. "이유는 지극히 간단해. 난 그녀를 사랑하니까. 게다가 난 다른 여자들하고는 발기가 되질 않아. 시험해 보았다니까. 극단의 보조 연출자와, 낭독회가 끝난 후 문화원 여자와, 길가 매춘부와도 해 보았어. 끔찍했지."

그가 내게로 몸을 돌렸고, 그의 검지는 내 코끝을 향했다.

"폰 데어 팔렌 부인과 사귈 때 첫 번째 규칙. 그녀가 하는 말을 절대로 믿지 말라. 특히 나와 관계된 얘기는. 그녀는 내가 고서 빈둥거리며 허송세월을 보낸다고 사방에 떠벌리고 다니지. 나는 거창한 사회소설을 쓰려고 작업 중인데도 말이야. 세 권짜리가 될지 네 권짜리가 될지는 아직 확실하지 않아."

그는 잠시 말을 중단했고, 마치 우리가 힘든 일을 앞두고 있어 준비라도 하는 것처럼 등을 쭉 폈다.

"몇 년째 나는 동료들을 관찰하고 있어. 그들이 어떻게 자신들이 빠져 있는 진흙탕을 통과해 나오는지, 그 진창으로부터 조각품 하나를 만들어 내느라 얼마나 진이 다 빠지도록 노력하는지. 난 그렇게는 안 할 거야. 내게 중요한 건 위대하고 완전한 작품이야. 난 기다릴 수 있어. 욜라는 그걸 글쓰기의 위기라고 하지만, 난 그걸 인내라고 말하지."

그는 마치 피아노를 연주하듯 허공에다 손가락을 움직여 보였다.

"중간중간에 단편도 쓰고 있어. 손가락 연습하는 셈 치고." 그는 나를 곁눈질했다. "한번 읽어 볼래?"

나는 헛기침을 했다. "유감스럽게도 문학에 대해서는 아는 게 전혀 없어서."

"그럴수록 더 좋지. 문학에 적대적인 사람이 가장 좋은 독자거든. 기회가 되면 당신에게 읽을거리를 주기로 한 걸 좀 상기시켜 줘."

그는 일어섰고, 우리가 쓰레기 위에 앉아 있기라도 했던 것처럼 바지를 털었다.

"내가 진짜 말하고 싶은 건 이거야. 당신이 욜라한테 달아올랐다 하더라도 나한테는 아무 문제가 되지 않는다. 충고를 하나 하자면, 조심하라는 거지. 지금 나는 그녀가 무엇을 계획하는지 모르겠어. 하지만 그녀는 틀림없이 뭔가를 계획하고 있어. 오늘 잠수할 때 했던 행동들은 그녀가 뭔가 일을 꾸밀 때 전형적으로 보이는 것들이지."

나는 그의 말에 웃음이 나올 것 같아 얼른 하품하는 척했다. '모든 행동 뒤에는 어두운 계획이 숨어 있다.' 바로 이 전쟁 지역의 논리 자체가 무엇보다 전형적이지 않은가. 사람들이 많은 질문을 던져서 얻게 된 답이 그들에게 형벌이 되는 법이다. 테오는 세 번 재채기를 했고, 차로 가면서 또다시 새 담배에 불을 붙였다.

"빌어먹을."이라고 그가 말했다. "어제 암초에서 뭔가 걸려 온 것 같은데."

카사 라야의 닫힌 덧창 틈으로 빛이 새어 나왔다. 아마도 욜라가 아직 나이트록스 자료들을 가지고 앉아 있는 것 같았다. 테오와 나는 서로 작별 인사를 나누었다. 난 그가 좋았다. 그는 불신으로 차 있었지만, 스스로 원해서 그렇게 된 것은 아니었다. 전쟁터에 사는 모든 사람들이 그런 법이니까. 불신은 그들 삶의 양식이 낳은 자연스러운 결과였다. 나는 만족스러웠다. 대화를 통해 우리 세 사람이 남은 시간 동안 서로 잘 지내게 될 것이라는 점이 내게는 분명해졌다. 나는 돈을 많이 벌 것이고, 그들은 잠수를 배울 것이며, 게다가 어쩌면 심지어 그들 둘의 관계도 정상으로 회복될 것이다. 무엇이 문제인지를 물속에서야 비로소 파악하게 되는 이들이 그들이 처음은 아닐 것이다.

안톄는 복도에 서 있었고, 저녁 시간 절반 동안 나를 기다리고 있었던 것처럼 보였다. 나는 그녀 이마에 입을 맞추며 어깨를 붙들었다. 그녀가 나에게 달라붙지 못하도록.

"어땠어?"라고 그녀가 물었다.
"좋았어."라고 나는 말했다. "정말 아주 좋았어."
"우리 한잔할까?"
"안 하는 게 낫겠는데."
"삼십 분만. 해야 할 얘기가 있어."
"힘든 하루였다고."
"이제 겨우 10시야."

내가 10시를 넘겨 잠자리에 드는 걸 싫어한다는 사실을 그녀는 잘 알았다. 두 시간 동안 잠들지 못하고 누워 있더라도, 남은 여섯 시간은 잘 수 있다는 느낌이 내겐 필요했다. 일단 자정을 넘기게 되면, 잠들지 못해 화가 났고 더 이상 눈을 붙일 수가 없었다.

"제발."이라고 안톄가 말했다. "딱 십오 분만. 제발!"

나는 안톄가 태어나기도 전에 그녀를 이미 알고 있었다. 베르거 부부는 우리 집에서 두 골목 더 지난 곳에 살았다. 안톄의 아버지가 될 사람은 주말이면 잔디를 깎으러 왔고, 어머니가 될 사람은 목요일마다 우리 집 욕실을 청소했다. 내가 열 살이 될 무렵, 베르거 아주머니의 배가 불러 오기 시작했다. 그때부터 나는 그녀가 청소할 때면 열쇠 구멍으로 들여다보곤 했다. 어느 날 그녀가 더 이상 오지 않을 때까지. 몇 주 후, 안톄 아버지가 잔디 깎는 기계를 가지고 집 주변을 도는 동안, 보리수나무 그늘에는 유모차 한 대가 서 있었다. 베르거 아주머니의 배 속에 들어 있던 내용물에 대한 나의 관심은 사라졌다.

열세 살이 되었을 때 나는 부모님에게 개를 사 달라고 조르기 시작했다. 나중에는 애걸하기에 이르렀다. 사랑에는 실패했고 운동도 못했던 나에게 친구가 절실하게 필요했던 것이다. 부모님은 화를 내며 거부했다. 내가 얼마 되지도 않아 개에 대한 흥미를 잃어버릴 것이고, 그렇게 되면 자신들이 모든 일을 떠맡게 될 것이라 주장했다. 나는 나에 대한 그들의 생각이 부당하다고 맹세했다.

열네 살 생일에 나는 토드를 선물받았다. 눈이 부드럽고 귀가 긴, 갈색 코커스패니얼이었다. 우리는 한시도 떨어지지 않았다. 하루 세 번 나는 토드와 함께 산책했다. 나 이외에는 아무도 토드에게 먹이를 주어서는 안 되었다. 한번은 토드를 학교에 데리고 간 적이 있었는데, 모든 여학생들이 토드에 열광했고 그날 나는 반에서 가장 인기 있는 남학생이 되었다.

이 년 후 마라이케와 사귀게 된 나는 왜 내게 그토록 개가 필요했었는지 더 이상 알 수 없었다. 토드는 귀여웠고 충실하게 순종했다. 그리고 귀찮았다. 나는 부모님에게 승리를 안겨 주고 싶지 않았기 때문에 이를 악물고 내 의무인 산책시키기를 계속했지만, 산책 시간은 하루하루 점점 더 짧아졌다. 한번은 토드를 마치 물건처럼 질질 끌면서 동네를 돌고 와서는 내 방에서 내쫓아 버렸다. 토드가 태어나 처음 이 년 동안 내 발치에서 만족스럽게 잠을 잤던 그 방에서 말이다. 개는 나를 슬프게 바라보았지만 결코 원망하는 눈길은 아니었다. 양심의 가책과 함께 증오가 자라났다.

그런 나에 대한 구원은 꼬마 안테라는 형상으로 나타났다. 어느 날 갑자기 그녀가 문 앞에 서서 토드를 데리고 골목에 나가도 되느냐고 물었다. 바로 그 순간부터 토드는 세상에서 가장 행복한 개가 되었다. 그 개는 안테를 사랑했고, 안테도 그 개를 사랑했다. 그 둘은 오후 내내 시 소유 숲에서 시간을 보냈다. 안톄가 조금 더 컸을 때, 그 둘은 함께 버스를 타고 나가 네안더탈의 숲을 돌아다녔다. 어머니가 그녀에게 그 대가로 용돈을 준 것은 안톄가 돈을 바랐기 때문이 아니라 베르거 가족에게 수고해 준 대가로 늘 보수를 주던 습관 때문이었다.

대학 진학을 위해 내가 쾰른으로 떠난 후, 안톄는 날씨가 나쁠 때면 토드와 함께 내 방 바닥에 누워 내 음악을 들었고 내 책을 읽었으며 나이가 들기를 기다렸다. 내가 방학 때 집으로 내려와 법학 숙제의 수수께끼를 푸느라 책상에 고개를 파묻고 있을 때면, 토드와 안톄는 긴 양모로 짠 양탄자 위에서 젤리 한 봉지를 나눠 먹었다. 화장실에 가려면 그 둘을 넘어가야 했다. 안톄는 나에게 방해가 되지 않았다. 그녀가 있으면 마음이 진정되었다. 비가 많이 내리던 어느 오후 내가 실수로 그만 그녀와 자게 되었을 때, 그녀는 열여섯 살이었다. 그 일이 우리 둘 중 어느 누구에게도 아무 해가 되지 않았기 때문에, 우리는 그 공동의 여가 활동을 가끔씩 반복했다.

나중에 안톄는 자신이 어릴 때 토드가 아니라 나에게 사랑에 빠졌다고 주장했다. 하지만 일곱 살짜리가 열일곱 살짜리한테 다가갈 수는 없었다고 했다. 열두 살짜리일 때에도 대학생에게서 어떤 기회를 얻어 내기란 불가능했다고 말했다. 열여섯 살 소녀가 되고서야 비로소 스물여섯 살짜리에게 자신을 각인시킬 수 있는 처지가 되었다고, 그 때문에 그녀의 계획은 우선 오랜 기다림으로 이루어질 수밖에 없었다고 말했다. 그녀는 네안더탈을 가로지르는 긴 산책길에서도 마음속으로 나와 이야기를 나누었다고 했다. 내 방에 있는 책들에서는 내 냄새를 맡았다고 했다. 자위를 하기 위해 내 옷장 속으로 기어들어 갔다고 했다. 그녀가 하는 말을 믿지 않는 것은 무례한 일 같았다. 재판에서 나는 사람들이 스스로 발전시킨 모형에 맞추어 과거를 만들어 내는 것을 경험했다. 그들은 신성할 정도로 확신에 차서 말도 안 되는 이야기를 늘어놓았다. 어쩌면 내가 받은 법학 실습 교육에서 가장 중요한 인식은 '진실을 말하지 않았다고 해서 거짓말을 한 것은 아니다.'라는 것일지도 모른다. 내 눈에는 안테가 바로 그 경우였다.

내가 섬에서 필요할 몇 가지 물건을 가지러 부모님 집에 갔던 날, 안테는 내 침대에 누워 가로세로 낱말 퀴즈를 풀고 있었다. 어머니는 문턱에 서서 목소리를 높였다. 대학 부속 병원의 주임 의사였던 아버지는 병원을 비우고 집으로 와서 그런 어머니를 거들었다. 그가 내 학비를 대 주었으니, 나는 그에게 내 인생을 빚진 것이다. 이것이 그의 입장이었다. 내가 몇 주 안에 좌절해서 내 모험을 끝내고 수치스럽게 다시 돌아오더라도 부모로부터 어떤 지원도 기대하지 않기로 우리는 의견 일치를 보았다. 나는 군 복무 시절 사용했던 선원용 배낭을 어깨에 짊어진 채 집에서 도망쳤다.

안테는 나를 따라왔다. 기차역까지, 기차 안까지 그리고 쾰른에 있는 내 집까지. 그녀는 내게서 떨어지기를 무작정 거부했다. 나는 완전히 지쳐 버렸고, 1997년 12월 31일 나와 같은 시각에 그녀가 공항에 오는 것을 더 이상 말릴 수 없었다. 토드를 돌보면서 그녀가 받은 용돈을 다 모으니 비행기 표를 사기에는 충분했다.

나는 공병대 잠수부로 군 복무를 했었고, 방학 때 독일생명구조협회에서 잠수 강사 자격증을 취득했다. 우리가 섬에 도착했을 때, 나의 잠수 일지에는 오백 회 이상 잠수가 기록되어 있었고, 나는 섬에 도착하자마자 돈을 벌 수 있었다. 안톄는 학교에서 스페인어를 배웠고, 그 밖에도 그녀에게는 일을 조직하는 재능이 있었다. 잠수 강습을 개설하는 데에는 물 밖에서 처리해야 하는 일들도 많았다. 안톄는 숙소 제공, 관청, 부기와 관련된 모든 일들과 장비를 손질하는 일까지 도맡아 주었고, 그래서 나는 처음부터 잠수에만 집중할 수 있었다. 우리가 좋은 팀이라는 것에는 이론의 여지가 없었다.

토드는 우리가 독일에서 사라지고 얼마 되지 않아 죽었다. 그 당시 토드가 거의 열세 살이나 되었다는 사실이 안톄한테는 먹혀들지 않았다. 그녀는 나와 함께하기 위해 자신의 가장 친한 친구를 죽여 버렸다고 확신했다. 잠수 강습이 잘되어 라호라에 있는 집을 살 수 있게 되었을 때 그녀는 동일한 사육자로부터 아이펠 출신의 똑같은 개를 사려고 갖은 애를 썼다. 새로 온 토드는 정말이지 예전의 토드와 혼동될 정도로 똑같아 보였다. 그 개는 안톄를 사랑했고, 안톄도 그 개를 사랑했다. 그녀가 자신의 죄의식을 그토록 간단한 속임수로 침묵시켜 버릴 수 있다는 것이 내게는 기이하게 느껴졌다.

"네나드의 포도주를 한 병 땄어." 네나드는 슬로베니아인이었고 라헤리아 지역에서 이십 년째 포도를 재배하고 있었다. "긴장이 좀 풀리도록 한잔할래?"

"잘 자." 나는 가려고 몸을 돌렸다.

"욜라가 왔었어."라고 안톄가 말했다.

나는 멈춰 섰다. 고객에 관한 일이라면 얘기가 달랐다. 우리가 소파에 앉았을 때, 토드는 그 앞에 누워 꼬리로 바닥을 쳤다. 안톄는 또 다른 잔에 포도주를 채워 나에게 건넸으며, 건배를 하자고 자신의 잔을 들어 올려 보였다. 그녀는 계속해서 내가 "긴장을 풀어야" 한다는 의견을 말했다. 필요한 만큼 긴장을 풀어야만 서로 이야기를 나눌 수 있다고 굳게 믿는 것처럼 보였다.

"테오는 무슨 얘기를 했는데?"라고 그녀가 물었다.

"욜라가 여기 왜 왔는지 나한테 말해 주려는 거였잖아."

안테는 창밖을 바라보았는데, 그곳에는 캄캄한 밤 이외에는 볼 것이 없었다. 그녀는 몸을 숙여 토드 머리를 쓰다듬었고 소파 등받이에 붙은 보풀을 떼어 냈다. 욜라의 방문은 날 자러 가지 못하게 하려고 그녀가 지어낸 얘기일 거라는 생각이 머리를 스쳤다. 그런데 그녀가 말하기 시작했다.

어쩌다 보니 욜라는 공부하는 것이 지겨워졌고, 어쩌다 보니 잠시 건너오게 되었으며, 안테가 마침 참치 샐러드를 준비했기 때문에, 어쩌다 보니 욜라도 함께 식탁에 앉게 되었다고 했다. 네나드의 포도주를 한 병 땄고, 어쩌다 보니 아주 즐겁게 대화를 나누었다고 했다.

나는 그녀에게 "어쩌다 보니"라는 단어를 그만 좀 쓰라고 했다.

우선 욜라는 잠수하는 것이 얼마나 마음에 드는지, '해저 소녀'가 되는 것이 자신에게 얼마나 중요한지 이야기했다고 했다. 전체적으로 그녀는 로테-하스-틱 장애에 몹시 시달리는 것처럼 보였는데, 그 원인은 일종의 직업적 불안 증세에 있는 것 같다고 했다. 이 역할을 얻지 못하면 나는 배우로서 영원히 끝이다, 이것이 그녀의 모토라고 했다. 그 정도로 성공했고 자의식이 강해 보이는 욜라 같은 여자가 실제로는 그토록 고통스러워한다는 것이 안테는 흥미로웠다고 했다. 구글에서 검색 결과가 38만 4000개 나올 정도임에도 불구하고 욜라는 엄청난 공포와 싸우고 있음이 분명하다고 말했다.

나는 구글에서 욜라 이름을 검색한 사람이 나만이 아니었다는 점을 기억해 두면서 물었다. "그게 뭐가 어때서?"

안톄의 이야기는 계속되었다. 어쩐지 욜라는 자신의 삶에 대한 전체 구상에 회의를 느끼는 것처럼 보였다고 했다. 욜라는 인간의 결정과 행동이 마치 삶 속에 들여놓는 가구와도 같다는 말로 이야기를 꺼내기 시작했다고 했다. 그래서 나쁜 일을 하는 인간은 절대 아름다운 삶으로 돌아갈 수 없다고 했단다. 아무리 부유해지고, 유명해지고, 성공을 거두더라도 말이다. 같은 이유로 선행 역시 결코 이웃 사랑에서 비롯되는 것이 아니라 항상 자기애로부터만 비롯된다고 했단다. 그렇기 때문에 어떤 삶을 사느냐는 도덕적인 문제가 아니라 미학적인 문제라고 했단다. 그리고 아름다운 것보다는 추한 것에서 더 편안함을 느끼는 사람들이 있다고 했단다. 완전히 미친 게 아니고서야 누가 실수로 나쁜 짓을 하겠느냐고 말했단다. 이런 이야기가 한참 계속되었다고 했다. 욜라가 이상한 이야기를 많이 했다고 안톄는 말했다.

나는 첫째로 욜라의 생각을 이상하다고 여기지 않았고, 둘째로 내가 왜 여기 앉아서 무해하기만 한 대화의 요약에 귀를 기울이고 있는지 알 수 없었다. 나는 바로 이 두 가지를 안톄한테 말했다.

잠시 망설인 후 그녀는 욜라가 뭔가 정상적이지 않았다고 설명했다. 욜라가 마치 방에 보이지 않는 위협이 도사리고 있기라도 한 듯 계속해서 주변을 살폈고, 울음을 터뜨릴 것처럼 보였던 적도 한 번은 넘는다고 말했다.

그러니까 이제 안톄는 구체적인 사실에 의존하지 않기 위해 여자의 직관을 요구하는 부분으로 넘어간 것이다. 내키지 않는 마음으로 듣던 나는 화가 나기 시작했다. 내가 일어서려고 하자 안테는 내 팔을 잡았다.

"이해 못 하겠어?" 그녀가 말했다. "욜라는 두려워했다고."

"뭐를?"

안테는 심리학자와 같은 표정을 지었고, 완곡하게 표현하자면 내내 문제가 된 것은 테오였다고 분석했다. 욜라가 자신의 삶을 나쁜 짓이라는 가구로 채워 놓은 사람을 언급했을 때 그 사람은 다름 아닌 테오를 의미했다는 것이다.

나는 테오 이름이 나왔는지 물어보았다.

아니라고 했다. 하지만 어쩌다 보니 그 대화가 테오와 연관되었다는 점이 분명해졌다고 했다.

"헛소리 같으니."라고 나는 말했다.

안테는 집요했다. 욜라가 도움이 필요하다고 암시했다는 것이다.

나는 욜라가 "도움"이라는 말을 썼는지 물었다.

그것도 아니라고 했다. 하지만 욜라가 갑자기 안테 손을 잡고 정확하게 다음과 같이 말했다고 했다. "당신은 스벤이 있다는 것에 대해 하늘에 감사해야 해요."

여자들의 심리 분석 경향은 지금까지 내게 항상 문젯거리였다. 안테는 포도주 한 병의 힘을 빌려 자신의 해석으로부터 하나의 세계를 만들어 냈고, 그것은 마치 뮤지컬과도 같이 극적이면서 눈부시게 빛을 발했다. 그리고 안테는 그 결과를 현실과 착각했다. 여자들만이 지난밤에 남편에 대한 나쁜 꿈을 꾸었다는 이유로 남편에게 화를 낼 수 있는 법이다.

욜라가 테오 때문에 도움을 청했다는 것은 내게는 생각할 수도 없는 일이었다. 위험한 장난을 즐기려는 경향으로 따지자면 욜라도 테오보다 나을 것이 없었다. 나는 일어섰다.

"알았어."라고 나는 말했다. "잘 자."

안톄도 소파에서 벌떡 일어섰다.

"그녀가 덧붙였어. 스벤은 당신한테 결코 무슨 짓을 하지는 않을 거예요라고."

나는 그녀 이마에 입을 맞추었다.

"좋네, 당신들이 서로를 그렇게 잘 이해한다니."

"하지만."이라고 안톄가 말했다.

각자에게 자신의 세계관을 지닐 권리가 있는 상황은 삶을 편안하게 해 준다. 나는 내 견해를 가지고 자러 갔다. 내일은 두 고객과 함께 잠수하러 가는, 완전히 평범한 날이 될 것이다. 이 인식 뒤편에 뭔가 더 고려해야 할 것은 아무것도 없었다.

욜라의 일기, 셋째 날 11월 14일 월요일. 저녁.

질식할 것 같다. 이 느낌을 떨쳐 버릴 수가 없다. 공기를 들이켤 수가 없다. 목에 뭔가 걸려 있는 느낌이다. 마치 뭔가가 넘어가지 않고 목에 남아 있는 것만 같다. 숨이 막힌다. 경련이 일어난다. 공부하는 대신, 나는 삼 분마다 벌떡 일어나 창가로 달려간다. 창문을 열어젖힌다. 공기를 억지로 폐 안으로 밀어 넣는다. 스스로에게 말한다. "이게 산소야! 네 몸이 산소를 들이켜고 있어, 저절로! 넌 죽지 않을 거야." 심장이 질주하니 고통스럽다. 스스로를 진정시키려고 해 본다. 공황을 제압하려 해 본다. 천천히 숨 쉬려고 해 본다, 스벤이 나에게 보여 주었던 것처럼. 그가 여기 있다면. 그가 내 손을 잡아 준다면. 내가 호흡하도록 그가 자신의 공기를 나누어 준다면. 육지에서도 내겐 잠수 강사가 필요하다. 이 고약한 삶에 질식해 죽지 않도록 가르쳐 줄 누군가가 필요하다.

노인네가 젖은 수건을 어깨에 걸치고 얼굴에는 특유의 표정을 지으며 욕실에서 나올 때 난 벌써 공기가 사라지는 것을 느낀다. 내 몸이 차가워지면서 마음속 목소리가 부르짖는다. '마음 단단히 먹어! 넌 견뎌 낼 수 있어! 살해당하지 않을 거야! 뭔가 다른 걸 생각하면서 꾹 참아. 그럼 더 빨리 지나갈 거야!'

노인네가 내 목덜미에 손을 올리며 친절하게 묻는다. 정말 티나호의 작은 식당에 함께 가지 않을 건지. 나는 서둘러 잠수 교본을 집어 든다. 이 교본이 얇은 방어선이다. 스벤이 왔고, 내가 집에 머물고 싶다니까 당황스러워하며 바라본다. 나는 벽에 걸린 시계만 바라본다. 시계는 한 시간이 빠르다. 여행객들이 독일 텔레비전 프로그램을 놓치지 않도록.

이론은 의미가 없다. 수학 공식들과 장비에 관해 여러 쪽에 걸쳐 길게 늘어놓은 설명들. 마치 실습에 대비해 이론적으로 자기 자신을 안전하게 해 둘 수 있을 것처럼. 마치 우리 뒤통수를 칠 수단과 방법이 세상에 없는 것처럼. 게다가 계속해서 언급되는 '버디.'[29] 당신은 당신의 버디를 믿을 수 있어야 합니다. 당신의 버디와 소통하는

29) 친구 혹은 파트너.

법을 훈련하십시오. 당신 자신과 당신의 버디에게 위험하지 않도록 행동하십시오. 그 개념 자체에 벌써 속이 안 좋아진다.

테오가 나를 사랑한다는 것은 안다. 그가 그렇게 말하기 때문이 아니다. 그의 눈에서 그게 보인다. 그가 나를 안는 방식에서 그걸 깨닫는다. 그는 나를 위로해 준다. 나를 자기 자신으로부터 보호하려 한다. 그가 얼마나 노력하는지. 다른 사람이 되려고 그가 얼마나 진심으로 애쓰는지. 나는 충분히 자주 그를 도발한다. 해 보라니까. 따귀를 때려 봐. 당신의 그걸 뒤에다 밀어 넣어 보라고. 강간하는 역할을 하면 안 된다니, 그러면 당신은 누구도 흥분시킬 수가 없어. 그가 내 목을 움켜쥐고 내가 더 이상 아무 말도 못 하게 할 때까지 나는 그를 도발한다. 도발한다는 것은 통제력을 지녔다는 뜻이다. 적어도 스스로 죄인이 되어 주는 것이 가장 큰 자비가 되는 상황들이 있다.

정반대인 인간이 있을 수 있을까? 만약 있다면, 스벤이 그 노인네와 정반대되는 인간일 것이다. 스벤은 나에게 주의를 기울인다. 그가 암초 끝에 있는 내 곁으로 얼마나 빨리 와 주었던가! 내가 그만 스스로를 제어할 수 없게 되었음을 그가 얼마나 빨리 알아차렸던가! 나 자신도 아직 알아차리지 못했는데 말이다. 잠수 안경 뒤 그의 눈길. 나를 도울 수 있다는 강한 확신. 그의 평온함이 어떻게 내게로 옮겨 왔는지! 그는 나를 결코 떼어 놓아서는 안 되었다. 우리는 그냥 물속에 머물렀어야 했다, 영원히.

방금 그가 나에게 문자를 보냈다. "우리는 당신을 생각하고 있어." 그는 계속해서 걱정한다. 내가 아는 사람 중에 이렇게 걱정을 많이 하는 사람은 없다. 그의 이마 뒤에서 바퀴가 돌아가는 것이 분명히 보이는 듯하다. 심사숙고하는 바퀴가, 걱정하는 바퀴가. 때때로 그가 생각을 멈출 때까지 안아 주고, 그에게 이렇게 말하고 싶어진다. "당신은 좋은 사람이야."

스벤이 그 노인네를 죽이는 상상을 해 본다. 그가 노인네 목을 움켜쥐고, 그를 물속으로 짓누른다. 나는 잠수 안경을 쓰고 바닥에 앉아 응시한다. 테오 얼굴에 나타난 죽음의 공포를. 그가 자신이 너무 지나쳤음을 갑작스럽게 깨닫는 것을. 익사는 추한 죽음이다. 그런 죽음에는 코엔의 영화에서처럼 카터 버웰의 음악이 어울릴 것이다. 나는 정지 단추를 누른다.

모든 것이 아주 멋질 수도 있을 텐데. 우리는 섬에 있고, 우리에게는 돈이 있고, 우리는 건강한데. 하지만 이건 추하다. 내가 추한 것을 더 많이 생각하고 행할수록, 내 삶은 더 추해진다. 이 얼마나 멋진 집인가. 몰취미한 것들로 꾸며 놓은 이 집 말이다. 이런 것들을 매일 봐야 하는 게 고역이다. 이 안에서는 견디지 못하겠다. 창문을 열어 놓아도 더 이상 소용이 없다. 여기서 나가야겠다.

7

다음 날 아침 악천후는 완전히 물러갔다. 푸른 하늘, 빛나는 태양, 쾌적하게 불어오는 미풍. 욜라는 카사 라야의 계단 위에 앉아 있었고, 아래를 잘라 낸 청바지와 가느다란 끈을 목에 둘러 가슴을 지탱하는 상의를 입고 있었다. 그 그림 속에 뭔가가 빠져 있었다. 욜라는 혼자였다. 테오가 없었다. 사소한 것을 깜박 잊어버리는 바람에 다시 잠깐 안으로 들어간 게 아님을 나는 금방 알아차렸다. 그는 카사에서 아예 나오지 않았던 것이다. 욜라를 보니 테오가 오늘 아침 우리와 함께 잠수하러 가지 않을 것임을 알 수 있었다. 그녀는 마치 나를 처음 보는 사람인 듯 바라보았다.

나는 그녀 앞에 서서 그동안 우리가 어떻게 인사했는지 곰곰이 생각했다. 악수를 했던가? 서로 어깨에 손을 올려놓았나? 얼른 손을 흔들며 '안녕.'이라고 말했나? 혹은 벌써 껴안을 정도로 친해졌던가? 나는 거의 모르는 사이나 마찬가지인 사람들이 서로 뺨에 입을 맞추며 인사하는 방식을 좋아하지 않았다. 대학 시절, 껴안으며 인사를 하는 것이 유행했을 때 나는 더 이상 파티에 가지 않기로 결심했다. 어쨌든 한 가지는 확실했다. 내가 욜라를 껴안을 수는 없다는 것. 그녀가 저런 상의를 입고 있는 한은 그럴 수가 없었다. 그동안은 내가 차를 집 앞에 대고 그냥 운전석에 앉아 있으면, 욜라와 테오가 가방을 뒷좌석에 던져 넣고 내 옆 조수석에 올라탔다는 사실이 떠올랐다. 이날 아침은 왜 내가 차에서 내렸는지 설명할 길이 없었다.

"무슨 문제라도?"라고 욜라가 물었다.

"테오는 어디 있어?"

그녀 표정이 어두워졌다.

"당신에게 수업료를 내는 건 나야."

"그가 오늘은 내키지 않는 건가?"

"그 노인네가 당신의 충실한 팬이긴 하지만 코감기 때문에 침대에 누워 있어."

"내일은 다시 상태가 좋아지도록 안테가 그에게 뭘 좀 가져다주어야겠군."

"하지만 당신은 테오 없이도 나와 함께 잠수하러 갈 용의가 있고, 또 실제로 그렇게 할 수 있는 거지?"

나는 거수경례를 하며 말했다. "네, 부인."

차에서 그녀는 창가 쪽에 앉았고, 그래서 우리 사이에는 빈자리가 생겼다. 내가 고개를 돌렸을 때 그녀는 자신만의 독특한 미소를 지었고, 그러자 앞니의 틈이 드러났다. 그게 나에게는 마치 그녀가 다리를 벌리는 것같이 느껴졌다. 우리는 아무 말도 하지 않았다. 나는 시선을 억지로 길 위에 고정했다.

모든 것이 의지다.

육지에서의 침묵은 물속에서의 침묵과는 뭔가 다르다. 그건 정상이 아니라 좌절이 만들어 내는 침묵의 사운드트랙이다. 십오 분 후 나는 더 이상 침묵을 견딜 수가 없었다.

"이론은 어느 정도 진전을 봤어?"

"빌어먹을 이론."

그녀는 이론이라는 말을 강하게 발음했다. 마치 '이론'이 '테오'와 뭔가 관계라도 있는 것처럼.[30] 그다음 우리는 다시 침묵했다.

마침내 차는 말라 근교의 잠수 장소로 이어지는 자갈길 위로 덜컹거리며 들어섰다. 나는 욜라가 공황을 경험했던 곳에서 다시 한 번 잠수하는 것이 중요하다고 생각했다. 그것은 마치 기수가 추락 후에 바로 다시 말 위에 올라타는 일과 같다. 오늘 잠수를 말라 근교에서 다시 하자고 미리 합의를 본 것은 아니었다. 그녀는 우리가 어디로 가는지 묻지 않았고, 이날 아침 나는 내가 하고 싶은 얘기를 어떻게 시작해야 할지 몰라 아무 말도 하지 않았다.

욜라는 차에서 내려 등을 한 번 쭉 폈고, 수평선에 이르기까지 마치 포일처럼 매끄럽게 펼쳐진 바다를 바라보았다. 나는 차 트렁크를 열었고, 장비를 보는 순간 고마운 마음이 들었다. 공기통을 내리고, 부력 재킷을 준비하고, 납 벨트를 찾아냈다. 옷을 갈아입을 덮개를 펼치는 일을 욜라가 거들었다. 그녀가 상의를 머리 위로 벗으려고 팔을 교차시켰을 때, 나는 차 쪽으로 몸을 돌렸고, 조수석 아래에 내 마스크가 있나 찾아보았다.

"여기서는 어디에 오줌을 누는 거지?"라고 그녀가 말했다. 그건

30) 독일어로 '이론'은 Theorie인데, 단어 앞부분이 테오 이름(Theo)과 동일하다.

질문이 아니라 경고였다. 반경 5킬로미터 안에는 수풀도, 나무도 없었다. 우리 차를 세워 놓은 자갈길밖에 없었다. 그 너머로는 돌과 검은 모래뿐이었다.

욜라는 차를 빙 돌아 왼쪽 앞바퀴 옆에 웅크리고 앉았다. 나는 계속해서 조수석 위로 몸을 숙이고 마스크 찾는 일에 몰두하는 척했다. 몸을 일으키면 반쯤 열린 차 문을 통해 그녀를 보게 될까 겁이 났기 때문이다. 소변 줄기가 단단한 바닥에 닿았다. 나는 소변이 그녀 발에 튀는 것을 분명히 느낄 수 있었다. 점점 더 시간이 오래 걸릴수록, 그 상황은 더욱더 참기가 힘들어졌다. 오줌 소리는 욜라의 속에 관하여 점점 더 자세하고, 점점 더 뻔뻔스러운 이야기를 들려주는 것처럼 여겨졌다. 멈출 것 같지가 않았다. 나는 내 발아래 먼지를 응시했다.

조수석 문 아래 바닥에 가느다란 물줄기가 생겨났을 때, 쏴 하는 소리가 서서히 졸졸거리는 소리로 바뀌었다. 물줄기는 바닥으로 스며들지 않았다. 그 대신 바퀴가 있는 부분에서 먼지를 함께 끌어모았고, 흘러가지 않은 채 먼지와 뒤범벅되었다. 물줄기가 내 발가락을 향해 다가왔다. 나는 발을 치우지 않았다. 갑자기 욜라가 내 옆에 와 서 있었다. 그녀는 내가 아닌 바닥을 바라보았다. 내 왼발 아래 젖은 발자국을 바라보았다.

"그럼 이제 해 볼까."라고 나는 말했다. 나의 명랑한 어조는 그녀의 비웃는 듯한 미소에 대한 반항이었다.

절벽을 넘어가는 힘든 길에서 그녀는 발을 헛디뎌 비틀거렸다. 나는 본능적으로 그녀에게 손을 건넸고, 그녀는 그 손을 붙잡더니 더 이상 놓지 않았다. 나는 무거운 장비들을 가지고 위험한 길을 갈 때 그녀를 도와주는 일은 내 의무라고 속으로 생각했다. 그녀 손은 남자를 유혹하는 느낌이 아니라 거의 남자 손과 같을 정도로 단단하면서 따뜻한 느낌이었다. 그녀와 손을 잡고 걷는 것이 완전히 당연한 일 같았다.

입수하는 곳에서 나는 그녀에게 마스크와 호흡기를 안전하게 잡는 법을 다시 한 번 보여 주었다. 그녀의 부력 재킷에 공기를 불어넣어 주었고, 그녀 장비에 붙은 끈들을 전부 검사했다. 안전을 체크하는 나의 잠수복 위를 그녀 손가락이 더듬고 지나갈 때, 나는 눈을 감았다. 그다음 나는 몸을 돌려 뛰어내렸다.

정적. 물속에서 욜라는 며칠 전보다 훨씬 더 침착했다. 마치 테오의 부재가 그녀의 긴장을 풀어 놓은 것처럼. 그녀는 천천히 아래쪽으로 내려갔고, 압력을 조정하기 위해 한 손을 코에 갖다 대고 있었다. 그녀 머리칼은 살아 있는 존재처럼 그녀 주변을 부유했다. 그녀는 엎드린 채 팔과 다리를 뻗었고, 그 자리에 떠서는 자신의 숨결에 따라 부드럽게 위로 올랐다 아래로 가라앉았다를 반복했다. 그녀는 몸을 돌려 등을 아래로 하고 누웠고, 자신의 입에서 나와 마치 반짝이는 해파리처럼 태양을 향해 솟아오르는 공기 방울을 바라보았다. 나는 바닥에 무릎을 꿇은 채 그녀에게서 눈을 떼지 못했다. 우리는 여기에 함께 있는 것이다. 슬로모션의 세계 속에 있는 슬로모션의 두 존재. 나는 십사 년 동안 고객들 수백 명과 함께했지만 이런 연대감은 결코 생겨난 적이 없었다. 욜라가 내게로 와서 내 바로 앞에 무릎을 꿇었다. 우리는 잠시 동안 마치 서로를 숭배하는 것과 같이 그대로 있었다. 작은 오징어 한 마리가 헤엄쳐 와서 이상하다는 듯 우리를 바라보았다. 오징어는 우리가 수컷인지 암컷인지 알아내기 위해, 얼룩무늬 위장을 교미할 때의 줄무늬로 바꾸었다. 마침내 욜라가 엄지와 검지를 들어 오케이 신호를 해 보였다. 나는 '그래, 오케이.'라는 신호로 응답했다.

우리 둘 중 누가 먼저 손을 내밀었는지는 더 이상 생각나지 않는다. 내가 그녀 어깨를 잡아 내 품으로 당겼고, 그녀 역시 포옹에 바로 응했다는 것은 생각난다. 호흡기를 입에 물고 있어야만 했기 때문에 우리는 키스할 수는 없었다. 0.5센티미터 두께 네오프렌이 피부를 덮고 있고 장비들이 사방을 막고 있어서, 우리는 서로를 쓰다듬을 수도 없었다. 나에게 남은 것은 그녀 손과 뒷머리였다. 네오프렌 잠수복 아래 납작하게 눌린 그녀 가슴이라도 만져 보려고 나는 한 손을 그녀가 입은 부력 재킷의 소매 부분 안으로 집어넣었다. 나는 욜라를 돌려세웠고, 잠수복을 입은 그녀의 엉덩이에 내 몸을 문지르기 위해 그녀 몸을 앞쪽으로 숙였다. 나는 감히 한번 그녀를 벗겨 볼까 생각해 보았다. 한 손으로 그녀의 납 벨트를 붙잡고, 다른 손으로는 조심스럽게 그녀의 부력 재킷을 벗겨 낸다. 공기통을 바닥에 내려놓는다. 그녀는 떠내려가지 않도록 두 팔로 공기통을 부여잡으면 될 것이다. 아마도 그녀의 잠수복을 반쯤 벗겨 내는 데 성공할지도 모른다. 지퍼를 열고 그녀 가슴을 드러내는 동안 그녀가 배를 바닥에 깔고 누워, 마치 갓난아기처럼 속수무책으로, 호스로 공기통에 매달려 있으리라고 상상하는 것만으로도 나는 벌써 이성을 잃어버렸다.

물론 그런 짓을 하지는 않았다. 우리는 수심 20미터에 있었고, 그녀에게는 이번이 겨우 열다섯 번째 잠수였으며, 나는 책임을 떠맡은, 그녀의 트레이너였다. 지루해진 오징어는 가 버렸다. 나비가오리 세 마리가 우리와 좀 떨어진 곳 바닥에 거의 붙어서 헤엄쳐 지나 갔다. 테오라면 감탄했을 것이다.

반평생을 살아오는 동안 나는 스스로를 애정 능력이 별로 없는 인간이라고 간주했다. 가끔씩 안톄 얼굴을 유심히 살펴보고, 그녀가 정말 귀엽게 생겼다고 생각하기도 했다. 그러면 그녀가 내 곁에 있다는 사실이 기분 좋았다. 그 짧은 순간들이 감정의 최고조였다. 가족을 모두 불행에 빠뜨리고, 전쟁을 획책하고, 혹은 사랑으로 인해 병든 사람을 자살로 몰아대는 그런 사랑을 나는 그저 영화를 통해서만 알고 있었다. 그런 사랑이 있다는 생각 자체가 나에게는 낯설었다. 마치 그런 사랑을 생산해 내는 기관이 나에게는 결여된 것 같았다. 그래서 오랫동안 나는 내게 어떤 문제가 있다고 믿었다. 대학 시절 나는 사랑에 빠져 보려고 갖은 애를 써 보았다. 그리고 이는 섹스로 이어졌다. 하지만 나는 정욕을 사랑과 혼동하기에는 너무 정직했다.

안톄와 함께 산 지 벌써 몇 년이 흐른 어느 날, 나는 「매드 맨」이라는 텔레비전 시리즈에 광고 전문가 도널드 드레이퍼가 나와 어떤 여자에게 다음과 같이 말하는 것을 들었다. “당신이 사랑이라고 칭하는 것은 나 같은 사람들이 나일론 스타킹을 팔기 위해 고안해 낸 겁니다.” 그때부터는 지내기가 더 수월해졌다. 이후로 나는 더 이상 스스로에게 결함이 있다고 느끼지 않았다. 나는 사랑이란 사회적 협정과 심신적 반응이 서로 혼합된 것이라고 간주해 버렸다. 사랑을 느껴야만 한다고 사방에서 이야기들을 해 대니까 안톄와 같은 사람들이 사랑을 느끼는 것이라 생각했다. 우리가 잠자리를 같이한 첫날부터 안테는 나에게 "사랑해."라고 말했다. 오랫동안 기능해 온 우리의 동지애를 그냥 "사랑"이라 부르기로 결심했을 때, 마침내 나는 그녀에게 "나도."라고 말할 수 있었다. 나는 안테나 나나 결국은 같은 것을 가리켜 말하는 것이라 꽤 확신에 차 있었다.

네오프렌 잠수복에 둘러싸인, 조각과도 같은 욜라를 대서양 바닥에서 껴안은 그 순간까지는 말이다. 나에게 꼭 매달린 그녀. 한 손을 내 허벅지 사이로 집어넣어 움켜쥐고는 잠수복이라는 장애물을 힘으로 극복해 보려는 그녀. 그녀에게서는 소녀 같은 수줍음이라고는 흔적조차 찾아볼 수 없었다. 일주일에 한 번씩 내 목덜미를 쓰다듬기 시작할 때 안테는 그런 수줍음을 보여 주곤 했다. 내가 소파나 컴퓨터 앞에 앉아 있으면, 그녀는 내 뒤로 다가와 애걸하듯 귀를 간질이곤 했다. 그냥 순전히 자기방어를 위해 내가 그녀 손목을 꼭 잡고 그녀에게 키스할 때까지. 키스할 때면 그녀는 입을 제대로 벌리는 대신에 그저 혀끝을 이 사이로 밀어 넣었고 내 입술을 핥았다. 그녀는 킥킥거리며 나보다 앞서 침실로 가면서 일부러 슬리퍼를 바닥에 세게 부딪쳐 큰 소리가 나도록 했다. 그녀는 항상 등을 바닥에 대고 바로 눕기를 원했다. 그렇지 않으면 오르가슴에 도달할 수 없었으니까.

욜라로 인해, 내가 지금까지 안테를 떠나지 않았던 것은 사랑을 믿지 않았기 때문이라는 사실이 갑자기 확실해진 듯했다. 안테는 우리가 레시덴시아로 이사 올 때 싸게 사서 들여놓은 실용적인 옷장과도 같았다. 유용성은 입증되었고 폐기 처분해야 할 직접적인 이유는 없어서 일 년이 지난 후에도 여전히 그 자리에 놓여 있는, 임시

방편에 불과한 옷장. 폐기 처분해야 할 이유를 만들지 않는 데 있어서 안톄는 대가처럼 탁월했다.

이와 반대로 욜라의 경우, 나는 거의 정신을 차리지 못할 정도로 그녀를 원했다. 심지어 대서양의 차가운 물속에서도 나는 그녀에게서 나오는 온기를 느낀 것만 같았다. 마치 그녀 몸이 뜨거운 액체로 채워진 것처럼. 그녀는 내 머리를 끌어당기더니 엄지손가락으로 위를 가리켰다. 나는 고개를 끄덕였다. 비록 위로 올라가고 싶은 마음은 전혀 없었지만. 인간을 위해 창조된 것이 아닌 그 세계에 우리가 함께 속해 있었으니 인간의 세계로 다시 올라가고 싶지는 않았던 것이다.

보수적인 잠수부인 나는 물 위로 올라가는 데 원칙대로 팔 분 동안 시간을 끌었다. 나는 욜라가 물 밖으로 기어 나오는 것을 도와주었고, 장비를 곧장 차로 가져가라고 시켰다. 우리는 앞뒤로 나란히 절벽의 가파른 오르막길을 올라갔다. 바다 쪽으로 부는 바람 덕분에 약간 더 기운을 낼 수 있었다. 욜라 얼굴에는 잠수 안경 때문에 생긴 빨간 자국이 남아 있었다. 우리가 폭스바겐 미니버스에 이르렀을 때, 그녀는 나를 차 옆쪽에 대고 밀었고, 동시에 내 등 뒤 지퍼를 열려고 했다. 나는 그녀를 밀쳐 냈다. 그렇게 해서 잠수복에서 빠져나오기는 불가능했다. 우리는 나란히 서서 몸에서 네오프렌 잠수복을 벗겨 냈다. 욜라는 서두르느라 한쪽 다리로 서서 깡충거리다가 거의 넘어질 뻔했다. 그리고 그녀는 알몸이 되었다. 그녀는 두 손을 차에 대 버티고 선 채 엉덩이를 내 쪽으로 돌렸다. 나는 그녀 허리를 잡았다. 그녀 가슴이 흔들렸고, 젖은 머리칼이 그녀 등에 달라붙어 있었다.

됐다. 아니, 될 뻔했다. 뭔가 문제가 있었다. 문제는 바로 욜라가 나를 향해 몸을 돌리는 방식이었다. '뭘 더 기다리는 거야.'라고 묻는 듯한 그녀의 눈길. 음탕하고 자극적이었다. 그런데 그런 그녀가 배우처럼 보였다. 나는 내 것을 그녀 허벅지 사이에 넣고 문질렀다. 그녀는 그리 젖지 않았음에도 바로 고개를 뒤로 젖혔다. 그리고 내 움직임에 맞춰 신음 소리를 냈다. 마치 우리가 휴가지에서 찍는 포르노의 주인공을 연기하기라도 하는 것처럼. 나는 그녀 몸 안으로 들어가 격렬하게 일을 완수할 수도 있었고, 그러면 일 분 후에는 모든 게 끝난 상태였을 것이다. 하지만 무엇 때문에?

어쩌면 우리가 물 밖에서는 인간이라는 사실 때문일지도 모르겠다. 내 마음속에는 죽음과도 같은 정적이 감돌았다. 방금 전의 격렬한 느낌은 갑자기 사라졌다. 나는 마치 바깥에 서 있는 사람의 눈으로 우리를 보는 느낌이었다. 그런 눈으로 폭스바겐 미니버스를, 바닥에 흩어진 장비들을 보았다. 여자 관광객과 그녀의 잠수 강사. 잠수 강사는 자신의 원칙을 막 깨뜨리려는 찰나에 있었다. 섹스는 강한 형태의 개입이다. 재빨리 섹스하고 난 후 모든 것으로부터 빠져나올 수 있을 것이라는 착각 때문에 이미 충분히 많은 남자들이 나보다 앞서 그만 무릎을 꿇지 않았던가.

나는 뒤로 물러났고, 욜라 엉덩이를 쓰다듬으며 미안하다고 중얼거렸다. 그러고는 청바지를 입고 차에 장비들을 싣기 시작했다. 말라 근교의 그 잠수 장소가 당시 좋지 않은 기운으로 가득 차 있었던 게 분명한 것 같다. 내가 운전석에 앉았을 때, 욜라는 벌써 조수석에 기대앉아 있었다. 그녀는 화난 것 같아 보이지는 않았다. 오히려 약간 다른 데에 정신을 파는 듯했다. 그녀는 지금 막 뭔가 중요한 생각이라도 떠오른 것처럼 앞쪽을 멍하니 응시했다. 나는 잠시 그녀 무릎 위에 한 손을 올려놓았다. 그리고 그 손으로 기어를 넣었다.

남자는 살아가면서 여자들이, 몇 안 되는 예외를 제외하고는, 자신과 자고 싶어 하지 않는다는 데 익숙해진다. 이와 반대로 여자는 이론적으로 모든 남자가 자신과 자고 싶어 한다고 전제한다. 오늘 나는 욜라 같은 여자에게는 거절당했다는 것이 어떤 의미일 수밖에 없을까 생각해 본다. 그때 그 순간 운명이 나에게 요구했던 것은 정말 끝까지 가는 거였을까? 답을 찾을 수 없는 질문은 기껏해야 그저 자꾸만 다시 던져질 뿐이다.

욜라의 일기, 넷째 날.(페이지들이 찢겨 나갔다가 다시 붙여졌다.) 11월 15일 화요일. 오후.

해초는 우리 산소 중 80퍼센트를 생산한다. 내 아이폰에 그렇게 나와 있다. 그리고 모든 산맥은 몇백만 년 전에 수생동물의 석회로부터 형성되었다고 한다. 그걸로 인간은 콘크리트를 만든다. 달팽이집과 조개껍질로 도시를 세운다니. 이런 건 노인네가 좋아할 만한 상상이다. 어쩌면 그는 이런 상상을 이야기 속에 써먹을 수 있을지도 모른다.

좋은 기분이나 나쁜 기분이나 공통점이 하나 있다. 바로 그 기분을 누군가에게 풀어 놓아야만 한다는 점이다. 다른 사람이 없으니 노인네가 그걸 누리게 된다. 그는 소파 위에 누워 휴지로 코를 푼다.

나는 그에게 차를 끓여 주고, 쿠션을 두드려 부풀려 주며, 그의 고생을 우주에서 가장 비극적인 것으로 인정해 준다. 그에게 인터넷에 나오는 격언을 읽어 준다. 이렇게 한 사람에게 있어 행복은 다른 사람에 대한 애정으로 변한다. 그러나 양심의 가책 때문이 아니라 행복해서 그러는 것임을 명심하라.

노인네에게 정말 해 주고 싶은 이야기는 사실 전혀 다른 것이다. 평소 같으면 예정된 잠수를 설명하고, 섬에 있는 몇 안 되는 볼거리를 강조하고, 물속에서 자신이 겪은 일화를 오락거리로 들려주는 등 차에서 계속 말을 이어 가던 스벤이 갑자기 더 이상 단 한 마디도 입 밖에 내지 않았다는 것을, 말하는 대신 나를 바라보려고 이십 초마다 고개를 돌렸다는 것을 노인네에게 자세하게 이야기해 주고 싶다. 왜 내가 그에게 그걸 이야기하지 않는 걸까? 왜냐하면 그가 그만 자제력을 잃어 나를 두들겨 패고, 어쩌면 날 죽일지도 모르니까. 실수로. 그에게는 행복에 관한 이야기를 들을 자격이 없다. 입을 닫고 있는 것 역시 적어도 이야기하는 것만큼이나 재미는 있다. 그래서 나는 침실 침대 위에 앉아 혼자서 웃곤 한다.

뭐가 그렇게 우스워라고 노인네가 소파에서 소리친다.

오징어가 짝짓기 할 때 색깔이 변하는 거 알아?라고 내가 되받아 소리친다.

육지에서는 스벤을 진지하게 여기는 일이 내겐 힘들다. 두꺼운 팔과 충직한 눈길. 100퍼센트의 태양과 0퍼센트의 진짜 삶을 보장하는 영원한 유치원으로 달아나 버린 실패한 법학도. 하지만 물속에서 그는 다른 사람이다. 아니, 다른 존재이다. 충직함은 자의식이 되고, 열정은 최고의 집중력이 된다. 그렇게나 굳은 확신은 본래 인간에게서 찾아볼 수 있는 것이 전혀 아니다. 그런 확신은 동물들만 아는 것이다. 나는 그를 바라보고, 그의 평온함이 어떻게 나를 채우는지 느낀다. 나는 투쟁을 멈춘다. 그의 곁에 머물고 싶을 뿐이다.

오늘은 겁이 나지 않았다. 물이 나를 실어 날랐고, 마치 천천히 비행하는 것과 같았다. 스벤은 바닥에서 나를 기다렸다. 우리는 마치 사제들처럼 서로를 보며 무릎을 꿇었다. 자연이 아는 예배는 단 한 가지뿐이다.

1996년에 현대 상어와 가오리를 포괄하는 신연골어류가 그 형태학적 특징에 따라 두 가지 단계통군으로, 즉 갈레오모르피와 스쿠알레아로 분류되었다. 이에 따르면 상어는 측계통적이고 형태상 한 분류군이며, 가오리는 스쿠알로모르프 상어의 하위 그룹일 뿐이다.

나는 아이폰에 나온 이 내용을 테오에게 읽어 준다. 그가 나에게 뭣 때문에 웃느냐고 또다시 물어보기 때문이다.

나는 말한다. "오늘 우리는 가오리를 보았어."

그가 말한다. "운이 좋았군."

이보다 더 웃긴 대답은 없을 것이다. 운이 좋았다고, 정말 그랬다! 정신을 차려야만 한다. 그렇지 않으면 그의 의심을 사게 될 것이다.

슬로모션으로 촬영한 새처럼 가오리들이 물속을 미끄러져 갔다. 우리에게는 한 치 관심도 두지 않았다. 마치 우리가 그 자리에 없는 것처럼. 스벤 손이 부력 재킷 안 내 가슴 위에 놓여 있었다. 그가 얼마나 강인한지는 잠수복을 통해서도 느껴졌다. 천천히 물 위로 올라가는 일은 충분히 고통스러웠다. 1미터씩 수면에 가까워질수록 긴장은 고조되었다. 다이빙 강사와 사랑에 빠지다. 어차피 이렇게 된 것, 뭐라고 하든 상관없다. 다른 여자들은, 집에서 형편없는 취급을 당하니까, 스키 강사 혹은 테니스 강사와 섹스를 한다. 로테 하스는 탐험대 리더와 결혼하지 않았던가. 차로 가는 길에 우리는 거의 달리다시피 했다. 장비를 짊어졌음에도 불구하고 말이다. 내가 거부하려고 했다면 그는 강제로 나를 가졌을 것이다. 우리는 세상 누구보다도 더 빨리 잠수복을 벗었다. 손을 대고 있던 자동차 양철은 뜨거웠다. 그는 내 뒤에 섰고, 내 안으로 들어오기 위해 무릎을 살짝 굽혔다. 거친 짓은 하지 않았다. 그는 매우 따뜻했다. 그는 거의 의향을 물어보듯 내 몸에 부딪쳐 왔다. 조금 전까지만 해도 조급해서 거의 미칠 지경이었는데, 이제는 세상의 시간이 모두 우리 것이었다. 그리고 인류가 남자들을 보호하느라 앞으로도 백 년 동안 계속해서 '크기는 중요하지 않다.'라고 주장할지라도, 스벤은 나를 꽉 채울 능력이 되었다. 의지가 점점 더 사라져 가는 달콤한 느낌. 부서지는 파도 소리, 가벼운 바람, 검은 빛깔 풍경. 사방에 우리 말고는 살아 있는 존재라고는 없었다. 마치 생명은 우리가 방금 벗어나 온 바닷속에만 존재하는 것 같았다. 짝짓기를 완수하기 위해 육지로 올라온 두 마리 수중 생물. 테오와 할 때는, 비록 잘되더라도, 나는 딴생각을 한다. 스벤이 리듬을 탔다. 내 무릎에 힘이 빠져 그가 나를 꼭 붙들어야만 했다. 그는 아무리 만져도 충분치 않다는 듯이 내 가슴을 애무했다. 매번 이 이상은 느낄 수 없을 것이라 생각했지만, 느낌은 점점 더 고조되었다. 나는 흥분해서 바보 같은 말들을 더듬거렸다. 스벤은 내 이름을 부르기 시작했다. 끝이 났을 때, 그는 말 그대로 내 몸 위로 쓰러졌다. 선 채로 오르가슴을 느낀 건 처음이었다.

그는 돌바닥 위에 등을 대고 누워 나를 자기 몸 위로 끌어당겼다.

우리는 더러운 바닥에 함께 누워 있었다. 그는 내 머리칼을 빙빙 돌려 꼬았고 내 목덜미를 쓰다듬었다. 그가 말했다. "사랑해, 욜라." 난 그 말을 나쁘게 받아들이지 않았다. 그가 뭘 말하고 싶은지 이해했으니까. 완전한 평화의 순간이었다.

테오가 묻는다. "당신들 왜 잠수를 한 번만 하고 말았어?"

나는 말한다. "으응, 혹시 그거 알아? 당신이 없으면 재미가 반감된다는 거."

그가 웃는다. "깜찍한 거짓말이로군."

말라까지 자갈길을 달리는 동안 스벤은 나를 품 안에 안고 있었다. 그는 옷을 입은 상태에서도 느낌이 좋았다. 국도에 이르기 직전 우리는 자세를 바로 하고 앉았다. 섬에서는 사람들이 서로를 다 안다. 우리의 침묵은 이제 종류가 다른 것이 되었다. 우리는 미소를 많이 지었다. 그가 나를 내려 주면서 말했다. "내일 봐." 나는 말했다. "안테한테 인사 전해 줘." 그가 말했다. "그럴게." 그 말은 "모든 것이, 정말이지 모든 것이 좋다."라는 뜻이었다.

8

그것은 마치 데자뷔 같았다. 같은 시각 욜라는 카사의 계단 위 같은 장소에 앉아 나를 기다렸다. 혼자였다. 나는 폭스바겐 미니버스를 후진시켜 입구로 들어갔고, 차에서 내려 “안녕.”이라고 말했다. 똑같은 실수. 운전석에 그냥 앉아 있어야 했는데. 내가 그녀 앞에 서자, 그녀는 내 목덜미를 잡고 입에 키스했다.

“좋은 아침.”이라고 그녀가 말했다.

나는 혹시라도 안테나 테오가 작별 인사로 손을 흔들기 위해 창가로 오지나 않았을까 재빨리 살펴보았다. 다행히 아무도 없었다. 사람이라곤 찾아볼 수 없는 모래밭 위에는 아침 그늘이 드리우는 기하학적 무늬만이 장식처럼 있었다.

“차에 타.”라고 나는 말했다.

나는 파마라에 가기로 결정했다. 그곳에서는 모래 바닥의 경사가 매우 완만해서 부서지는 파도에 부유 물질이 소용돌이를 일으켰고, 평소 거의 대부분은 시야가 흐렸다. 그리고 어차피 너울거리는 해

초들과 황줄깜정이 물고기 떼 그리고 항상 같은 바위틈에 있는 늙은 지중해 알락곰치를 제외하고는 볼 것도 거의 없었다. 하지만 입수 장소가 옛 항구에 바로 붙어 있어서 항구 한가운데에서 옷을 갈아입어야 했다. 둘만 있지 않기에는 가장 좋은 장소였다.

차를 타고 가는 동안 나는 쉴 새 없이 말했다. 언어를 관장하는 뇌와 입은 내가 지시하지도 않은 프로그램을 실행했다. 어떤 이유에서인지 나는 테크니컬 다이빙에 관하여, 겨우 수심 100미터에 이르기 위한 장비를 마련하고 계획을 수립하는 데 엄청난 돈과 노력이 든다는 것에 관하여 장광설을 늘어놓았다. 100미터는 육지에서는 일 분이면 자신도 모르는 사이에 벌써 도달할 거리인데 말이다. 나는 물 아래로 내려갈 때와 물 위로 올라올 때의 믿을 수 없는 불균형을 내가 계획하고 있는 난파선 탐험을 예로 들어 설명했다. 몇 분 안에 나는 난파선이 있는 곳까지 내려갈 것이고, 이어서 이십 분 동안 난파선을 둘러보게 될 것이다. 그러나 내 목숨을 위태롭게 하지 않으려면, 물 위로 올라오는 데에는 두 시간 이상이 필요할 것이다. 나는 수심 6미터 마지막 정지 지점에서 한 시간을 꽉 채워서 머물러 있어야만 할 것이다. 빛, 공기, 배의 몸체가 바로 내 머리 위에 있는데도. 내 몸 안에서 용해되는 질소량 때문에 나는 그곳 수압에 머물러 있어야만 한다.[31)]

---

31) 수압이 증가하면 우리가 숨 쉬는 공기의 압력이 증가한다. 질소의 부분압 역시 증가하기 때문에 몸속에 녹아 들어가는 질소의 양도 증가한다. 잠수 후 물 위로 상승할 때는 수압이 낮아지면서 몸속의 질소 부분압이 외부보다 높은 상태가 되고, 그러면 질소는 혈액을 따라 폐로 들어간 후 호흡을 통해 서서히 방출된다. 그런데 수심이 깊은 곳에서 오랜 시간 잠수했다가 상승할 때는 몸 밖으로 빠져나가지 못하고 혈액 속에 용해되어 있던 질소가 급격한 압력 저하 때문에 과포화 상태에 이르고, 이로 인해 혈

지금까지 무감압 잠수만을 했을 게 거의 분명하지만, 그러면서도 아마 무감압 잠수 한계 시간이 무엇인지는 결코 제대로 이해하지 못했을 욜라가 창밖을 바라보았다. 그녀는 올리브그린 미니스커트를 입고 있었다. 나는 그 아래가 면도되어 있었다는 생각을 떠올리지 않으려고 애썼다. 반대쪽에서 버니가 트랜싯을 타고 지나쳐 가며 우리에게 인사했다. 나는 손을 들어 보였고 욜라도 따라 했다. 마치 우리가 벌써 수없이 많이 함께 차를 타고 그 구간을 지나다녔고, 수없이 함께 버니에게 인사했던 것처럼. 다음에 기회가 생기면 버니는 나에게 그녀에 관해 물어 올 것이다.

우리는 골목길에 주차했다. 늙은 어부 두 사람이 장기를 두다 멈추었다. 어느 스페인 여자가 집에서 나와 양동이에 든 구정물을 우리 발 앞에 쏟아부었다. 마당에는 셰퍼드 한 마리가 정비대 위에 세워 둔 조정 보트 아래에서 졸고 있었다. 검은 잠수복을 입고서 등에 공기통을 짊어진 우리는 마치 외계인처럼 인적 드문 골목길을 뒤뚱뒤뚱 걸어갔다. 오래된 집들이 늘어선 골목에는 아침인데도 벌써 온기가 쌓여 있었다. 힘들여 걷느라 욜라 얼굴이 빨개졌다. 물에 들어가기 전 그녀는 내 손을 잡으려고 했다. 나는 고개를 저어 거절했다. 어제 일이 그렇게까지 되었던 것 혹은 내가 결국 그녀를 가지지 않았던 것, 그 두 가지 중 무엇이 나에게 최악으로 여겨지는지 알 수가 없었다. 아마도 최악은 그 두 가지의 조합일 것이다.

시야는 나빴고 바다는 소변처럼 따뜻했다. 우리는 기껏해야 수심

액 속에서 갑작스럽게 많은 기포가 형성되어 통증을 유발하며, 심할 경우 목숨을 잃을 수도 있다. 이를 예방하기 위한 방법 중 하나가 물 위로 상승하는 도중 특정 수심에서 멈추어 질소가 배출되도록 기다리는 것이다.

9미터밖에 안 되는 탁한 구정물 속에서 파도에 밀려 이리저리 흔들렸다. 이런 상태라면 지중해 알락곰치조차도 여기 없을 것이다. 욕정이 극에 달했던 짧은 순간이었다고는 하지만, 어떻게 내가 욜라를 통해 나의 진정한 사랑을 만났다고 생각하게 되었는지 그저 당황스럽기만 했다. 그녀와 연관되었다가 문제가 생기는 게 싫었다. 십사 년째 내 삶은 나와 무관한 일에는 개입하지 않겠다는 현명한 결정을 토대로 하고 있다. '독일'이란 무엇이 누구에게 속하고, 누가 어디에 책임이 있느냐는 것만이 문제가 되는 시스템을 칭하는 말이다. 욜라가 바로 독일이었다. 욜라는 그곳에서 왔고, 그곳으로 돌아갈 것이다. 테오와 그녀가 전쟁터의 일부분을 섬으로 가지고 왔다. 가능한 한 최대한의 거리를 유지하는 대신, 나는 하마터면 그 한가운데로 추락해 들어갈 뻔했다. 이미 일어난 일을 되돌릴 수는 없다. 하지만 진로를 한 번 급하게 변경한 이후에도 원래 가던 방향을 계속 유지하는 것은 가능하다.

오늘 나는 다음과 같이 덧붙이고 싶다. '계속 운전할 수 있다는 것을 전제할 때만 그러하다. 급정거하거나 핸들을 갑자기 꺾는 것은 결코 옳은 전략이 아니다.'

"멋진 잠수야."라고 욜라는 소리쳤고, 오리발에 걸려 비틀거리다가 물속으로 넘어졌다.

나는 오리발을 끼고서는 뒤로 걸어야 한다고 도대체 몇 번이나 설명해 주어야만 하느냐고 그녀에게 물었다. 그리고 이제는 지그재그로 물속을 휘젓는 대신 균형을 잡고 똑바로 가는 법을 배워야 할 때라고 덧붙였다. 타고난 재능이 없는 걸 탓할 수는 없는 법이라고 나는 말했다. 하지만 이건 이 스포츠의 기본 원칙에 관한 문제라고 했다. 이게 너무 많은 걸 요구하는 거냐고 그녀에게 물었다.

욜라는 아무 말도 하지 않았다. 나는 수면 위에서 휴식하는 시간을 꼭 필요한 만큼으로 축소했고, 동일한 장소에서 두 번째 잠수를 실행할 것을 주장했다. 아직 능숙하지 못한 잠수부에게는 잔잔한 바다가 가장 좋기 때문이라고 말했다.

우리가 라호라에서 출발한 것은 8시를 조금 지났을 때였다. 그런데 두 번이나 잠수했지만 아직 12시도 되지 않았다. 내가 차에 짐을 싣는 동안, 욜라는 내 뒤에 서 있었다. 처음으로 가지고 온 하얀색 목욕 가운을 걸치고, 머리에는 수건을 두른 채. 그녀는 호화로운 욕실을 선전하는 카탈로그에 나오는 모델처럼 보였다. 두꺼운 가운 속에 있는 그녀 가슴은 틀림없이 근사한 느낌일 것이다.

"어디 다른 곳으로 가는 거야?"

"세 번째 잠수를 할 공기통은 가져오지 않았어."

"어제 우리가 갔던 곳 어때? 그냥 거기로 갈까?"

나는 그녀를 향해 몸을 돌렸다. "그 일을 마저 끝내려?"

그녀는 미소를 지으며 나에게 손을 내밀었다. "아마도 이제 겨우 시작인 것 같은데."

나는 그녀 손을 피했다. 소리를 지르지 않으려고 애쓰느라 목소리가 꽉 눌린 채 나왔다.

"아마도 기분 전환 삼아 천박한 여자처럼 굴고 싶은가 보지?"

그녀는 보도 모서리에 주저앉아 울기 시작했다. 쇼가 아니라 진짜로 소리 죽여 울었다. 그녀는 얼굴을 목욕 가운 속에 파묻었다.

빌어먹을 어부들. 빌어먹을 여자 같으니, 벌써 구정물을 가지고 다시 대문에 나타나다니. 어차피 그 지역 토착민들 중에는 나를 아는 사람이 거의 없었다. 심지어 파마라에서도 그랬으니까. 보트 아래에 있던 셰퍼드는 욜라에게 무슨 일이라도 생긴 건지 확인하려고 몸을 일으켰다. 나는 그녀 옆에 앉았고 그녀 어깨에 팔을 올렸다.

미안하다고 말했다.

그녀는 무슨 의미냐고 물었다.

나는 전날 내가 전문가답지 못한 행동을 했고, 그런 일은 다시는 일어나지 않을 거라고 말했다.

"스벤." 그녀가 얼굴을 들었다. 그녀 콧방울이 빨개졌고 약간 떨리는 것 같았다. "나는 당신을 사랑하게 되었어."

"말도 안 되는 소리." 나는 그녀로부터 좀 떨어졌다. "잠수 때문이야. 그건 한계 상황에서의 경험이지. 사고와 행동의 지침이 되는 사람이 바로 나라서 그런 거야. 그게 감정을 불러일으킨 거야."

그녀가 손가락을 뻗어 내 어깨를 만졌다.

"그러지 마. 제발." 나는 그녀 손가락을 꽉 잡았다. "당신에게는 테오가 있어. 내겐…… 여자 친구가 있고."

내가 아주 살짝 망설이자 그녀는 아주 살짝 미소 지으며 반응했다. "그래?"

대화 방향을 바꿀 필요가 있었다.

"열흘 후면 당신은 독일로 돌아가."

"난 여기에 머물 수도 있어. 안테가 하는 일을 넘겨받을 수도 있고."

나의 부기장을 처리하면서 다리를 고상하게 옆으로 꼰 채 서재 컴퓨터에 앉아 있는 욜라가 갑자기 내 눈에 보였다. 오븐 앞에 서 있는 그녀도 보였다. 그녀가 냄비를 젓는 동안 그녀 옷 안을 쓰다듬고 지나가는 내 손도 보였다. 그녀가 몸을 반쯤 나에게 돌리는데, 갑자기 그것은 안테의 얼굴이다. 그 얼굴이 욜라 목과 욜라 머리칼 사이에서 슬픈 눈으로 나를 바라본다. 나는 벌떡 일어섰다.

"우리가 여기서 도대체 무슨 얘길 하는 거야?"

"삶에 관한 얘기라고 생각하는데."

"테오는 당신을 사랑해, 욜라."

"당신이 그걸 어떻게 알아?"

"그가 나에게 말했어."

생각이 많아진 눈빛으로 그녀는 나를 올려다보았다. "정말?"

마음이 가벼워지면서 나는 더 박차를 가했다.

"우리가 식사하러 갔을 때였지. 당신 없이는 못 산다고 그가 말했어. 당신이 그가 가진 모든 것이라고 하더군." 정확하게는 기억나지 않았지만, 어쨌든 그런 방향의 이야기는 맞았다.

"그리고 당신이 원하면 나랑 섹스해도 된다고?"

"그런 건 물론 말하지 않았어." 나는 화가 난 어투로 말하려고 노력했다.

"당신이 나를 좋아해도 자기한테는 아무 문제가 없다고? 어차피 모두들 나를 좋아하고, 그는 그런 일에는 이미 익숙해졌으니까?"

나는 아무 말도 하지 않았다. 웃으면서 욜라도 일어섰다.

"당신은 정말 귀여워, 스벤." 그녀는 목욕 가운 주머니에 손을 집어넣었다. 어부들은 아무런 거리낌도 없이 우리를 건너다보았다. 나는 그들이 독일어를 알아듣지 못할 거라 생각했다.

"걱정하지 마."라고 욜라가 말을 이었다. "우리에겐 시간이 있어. 일이 어떻게 되어 갈지 그냥 기다리면 돼."

그녀는 목욕 가운을 입은 채, 속에 있는 젖은 비키니를 벗기 시작했다. 대화는 끝난 게 분명했다. 비록 우리가 어떤 결론에 도달한 것인지는 알 수 없었지만, 내 기분은 나아졌다. 마치 우리가 친구 사이로 머물기를 확실히 해 두기라도 한 것처럼.

잠시 후 그녀는 머리칼을 포니테일로 묶은 채 조수석에 앉아 있었고, 기분이 좋아 보였다.

"테기세에서 점심 먹자."라고 그녀가 말했다. "그다음엔 선인장 정원을 보면 좋겠어."

나는 운전석에 앉았다.

"난 라호라로 돌아가는 편이 더 좋겠는데."

그녀는 마치 내가 농담이라도 한 것처럼 웃었다.

"내가 무엇 때문에 당신한테 돈을 지불하는지 잊었어?" 웃음이 뚝 그쳤다. "모든 걸 다 돌봐 주는 것. 하루 스물네 시간 내내. 자, 출발해."

저녁 8시에 초인종이 울렸을 때, 안테는 텔레비전 앞에, 나는 컴퓨터 앞에 앉아 있었다. 평소에 우리 집 초인종을 누르는 사람은 없었다. 세상의 끝을 우연히 지나가다 잠깐 들르는 사람은 없으니까. 그래도 혹시 초인종이 울린다면, 안테의 스페인 친구들 중 하나이다. 쇼핑을 가려고 안테를 데리러 왔거나 껍질 벗긴 토끼 고기를 가져다주려고 왔거나. 나에게는 초인종 소리가 어떤 행동을 유발하는 자극이 되지 않았다. 평소 같았으면 나는 고개를 드는 일조차 없었다. 그런데 이번에는 '앉아 있어.'라고 생각은 하면서도 순전히 본능적으로 나가 보게 되었다.

밖에는 어둠 속에서 테오가 서 있었는데, 밀가루나 빌리려고 건너온 것처럼 보이지는 않았다. 그는 양복바지를 입고 있었고, 신발은 신지 않았으며, 셔츠 단추는 삐딱하게 잘못 채워져 있었다. 눈과 코가 빨갰다. 그에게서 술 냄새가 났다. 나는 집 밖으로 나와 등 뒤로 문을 닫았다.

"진심으로 축하해!" 화가 난 말투였다. "정말 축하한다고."

"테오."라고 나는 말했다. "몸은 좀 괜찮아졌어?"

"그렇게 빨리 일이 일어날 거라고 누가 생각이나 했겠어?"

그가 웃었다.

"누가 온 거야?"라고 안테가 안에서 소리쳤다.

"그냥 테오야!"라고 나는 닫힌 문을 향해 큰 소리로 대답했다.

"지금 당신 집에 좀 들어가도 될까?" 그가 집을 가리켰다. 안에 있는 안테한테 테오 목소리가 얼마나 잘 들릴지 나는 가늠할 수 없었다. 그의 목소리는 속삭이는 톤과 소리치는 톤 사이를 오갔다.

"내 말은, 당신 여자인 안테를 엮어 넣어야겠다는 거지."

테오가 비틀거렸다. 나는 그를 피해 옆으로 비켜섰다. 그가 이를 드러내 보였다.

"내가 겁나서 똥줄이 타는 모양이군."

물속에서는 어려운 상황에서 평정심을 유지하는 것이 내게 쉬운 일이다. 심지어 상황이 더 비관적일수록 내 신경조직은 더욱더 안정된다고 말할 수 있다. 그런데 유감스럽게도 육지에서는 해당되지 않는 일이다. 나는 테오를 패고 싶다는 거친 욕구를 느꼈다. 그렇게 비틀거리고 있으니 어린아이라도 그를 쓰러뜨릴 수 있을 것이다. 하지만 그는 내 고객이었다.

"똥줄이 핵심이야." 그는 콧구멍 하나를 막고 코를 풀었다. 콧물이 신발 매트 바로 옆에 떨어졌다. "당신은 아마 내가 약속을 지키지 못할 거라 생각했겠지? 그녀를 가져도 된다고 내가 말했잖아. 내가 여기 온 건 확실히 해 둘 게 있기 때문이야." 그가 검지를 들어 나를 가리켰다. "당신은 비겁한 좆같은 놈이야. 바로 그게 당신이야." 마치 이 말의 의미를 되씹는 듯 그는 천천히 머리를 끄덕였다.

"내 말 좀 들어 봐."라고 나는 말했다. "내일 마저 얘기하면 어떻겠어?"

"거봐!" 그의 목소리가 더 커졌다. "지금 다시 똥줄이 타는구먼. 안톄가 내 말을 들을까 봐 말이야. 당신은 비겁한 놈이야, 스벤. 그걸 말해 주려고 내가 일부러 여기 온 거라고."

"이제 그만 됐어."

"갑자기 됐다고? 당신에게 내 여자랑 붙어먹을 권리가 있다면, 내겐 당신한테 말이라도 좀 할 수 있는 권리가 있는 거잖아."

"난 당신 여자랑 붙어먹지 않았어."

"하아!" 그가 내뱉은 소리는 몇 초 후 웃음으로 바뀌어 터져 나왔다. "너무 약하잖아, 스벤! 이 빌어먹을 비겁한 놈! 적어도 인정할 건 하라고!"

갑자기 그의 얼굴이 환해졌다. 그의 눈, 그의 셔츠, 그의 전체 형상이 따뜻한 불빛 속에서 빛을 발했다. 내 등 뒤에서 문이 열렸다는 것을 파악하기까지 시간이 좀 걸렸다.

"괜찮은 거야?"라고 안톄가 물었다.

나는 상황을 더 이상 통제할 수 없다는 느낌을 증오했다. 상황을 통제할 수 있다는 것은 인간이 행하는 모든 노력의 목적이다. 통제력의 상실은 죽음을 의미한다. 나는 벌써 내 이마가 차가워지는 것을 느꼈다.

"부인!"이라고 테오가 기뻐하며 소리쳤다. "안녕하세요!"

안테가 의아스럽다는 듯 나를 바라보았다. 늘 그랬던 것처럼 그녀는 나를 통해 이 상황을 이해해 보려고 바로 시도했다. 다행스럽게도 내 몸은 어렵지 않게 어깨를 으쓱 치켜 보였고, 입을 비죽거리며 당황한 듯 찡그린 표정을 만들어 냈다.

테오가 안테를 향해 몸을 돌렸다. "오래 걸리지 않을 거야." 그러더니 그는 검지로 다시 나를 가리켰다. "당신이 잠수하는 건 물고기가 멋있어서가 아냐. 저기 아래에서는 안전하다고 느끼니까 잠수하는 거지."

그의 꼬였던 혀가 풀린 것 같았고, 그의 말은 이제 좀 덜 취한 듯 들렸다. 혹시 그가 내 앞에서 취한 척한 건 아닌지 의심스러웠다.

"당신은 스스로를 최고의 개인주의자로 간주하지. 멍청이들과 약자들의 게임을 더 이상 함께하지 않고 손을 뗄 정도로 충분히 용기가 있는 대단한 녀석이라고 말이야. 하지만 당신은 특별한 경우가 아냐. 그리고 당신은 전혀 손을 떼지도 않았어. 당신은 과도한 요구를 받은 21세기의, 과도한 요구를 받은 전형적인 인간일 뿐이지. 세기 전체가 과도하다니까! 지난 천 년의 결말이 어때 보였는지 아나? 거대한 기회, 거대한 자유. 모두가 그걸로부터 뭔가 만들어 내고자 했지. 그런데 갑자기 모든 게 너무 많은 거야. 너무 많은 세상, 너무 많은 정보, 너무 많은 가능성. 그래서 모두가 망명하는 거야, 나의 친애하는 좆같은 놈이여. 비더마이어로, 육지로, 취미로, 노스탤지어로 혹은 섬으로도. 모든 것에 퇴각 전투 신호가 내려졌고, 당신은 그 한가운데에 있어."

그가 땀을 훔쳐 냈다. 말하느라 지쳐 버린 것이다. 취기뿐만이 아니라 증오도 약해졌다. 그는 눈을 가늘게 뜬 채 잠시 밤하늘을 바라보았다. 마치 자신의 강연을 끝내는 것이 좋을지 숙고하는 것처럼.

"좋아."라고 마침내 그가 말했다. "내가 말하려는 건, 이제 당신 차례라는 거야. 당신의 사적인 행성에 관해, 그 위대한 독립에 관해 얼마든지 꿈꾸라고. 하지만 어느 날엔가 당신도 결국은 다른 모든 이들과 똑같은 것에 도달할 거야. 그러면 당신은 지금 내 말을 생각하게 되겠지. 잘 자."

그러면서 그는 돌아섰고 자갈길을 내려가 정원 문을 조심해서 닫았다. 그가 모래밭을 가로질러 카사 라야로 사라지는 것이 보였다.

"도대체 뭐였어?"라고 안톄가 물었다.

"몰라."라고 나는 말했다.

그녀가 어깨를 으쓱했다. "빅 메디나이트[32]와 네나드의 적포도주를 같이 마신 것 같은데."

"당신이 줬어?"

"그걸 한 번에 같이 다 마셔 버릴 줄 내가 알았나?"

웃을 수밖에 없었다. 나는 괜찮았다. 나는 그냥 서 있는 것 말고는 한 일이 없었지만, 그럼에도 불구하고 승자였다. 더 정확하게 표현하자면, 바로 그랬기 때문에 승자였다. 모든 것이 통제되고 있었다. 안톄가 나를 올려다보았다.

"그가 왜 당신을 좆같은 놈이라고 하지?"

---

32) 시럽 감기약.

나는 잠깐 그녀 머리칼을 쓰다듬었다. 우리는 같이 집 안으로 들어갔다.

욜라의 일기, 다섯째 날 11월 16일 수요일. 저녁.

입가의 축축한 것을 훔쳐 내 혹시 피인지 보고 있는데 휴대 전화가 울린다. 하르트무트 대제이다.

나는 "안녕하세요, 아빠."라고 말한다. 그는 늘 그랬던 것처럼 쉬지 않고 이야기한다. 그라면 번호를 잘못 눌러 놓고도 자신이 잘못 걸었다는 걸 전혀 알아차리지 못할지도 모른다는 생각이 들곤 한다. 대답을 들을 마음도 없으면서 이렇게 멋지게 질문을 던질 수 있는 사람은 아버지 말고는 아무도 없을 것이다. 하르트무트 대제는 상대방 대답은 기다리지도 않고 "어떻게 지내, 아, 잘 지내니 기쁘구나."를 한 문장으로 쭉 말해 버린다. 언젠가부터 나는 그의 말에 귀기울이는 일을 그만두었다. 그때부터 우리 관계는 힘들어졌다. 아마도 그는 이 사실을 전혀 눈치채지 못하는 것 같지만.

테오는 구석에 서서 손가락 마디를 주무르며 부들부들 떨고 있다. 나는 귀에 대고 있는 휴대 전화를 가리키며, 소리는 내지 않고 '아버지'라고 입 모양을 만든다.

하르트무트는 자신의 새로운 프로젝트 때문에 화가 난 이야기를 하고, WDR 방송국과 노르트라인베스트팔렌 영화 재단, 느려 터진 시나리오 작가, 스스로를 예술가로 여길 정도로 멍청해 빠진 젊은 연출가를 욕하고, 물론 괴팍한 여주인공도 욕한다.

나는 가끔씩 "흠, 흠." 그리고 "뭐, 그런 일이."라고 말해 준다. 로테 역에 관해서는 아버지에게 아무 얘기도 하지 않았다. 그라면 나에게 그 역할을 마련해 줄 수 있을 것이다. "뭐라고 말 좀 해 봐라, 얘야!" 아버지가 전화 한 통 해서 협박만 조금 하면 될 것이다. 하지만 그렇게 해서 얻어 낸 로테는 죽은 것이나 마찬가지다. 더 이상 나의 로테가 되지 못할 것이다. 그럼 나는 당장 아무 연출가에게나 펠라치오를 해 주고 그의 새 코미디에서 내가 조연을 연기하도록 할 수는 있겠지.

아직도 그 괴팍한 여주인공 얘기를 하고 있다. 그녀가 스스로를 어떻게 생각하는지. 그녀가 무슨 착각을 하는지. 그녀가 자신이 어떤 사람이다 믿는지.

마지막 말은 어쩌면 테오를 위한 것일지도 모르겠다. 어법이 틀리는 걸 참지 못하는 테오라면 "라고!"라며 소리 지를 것이다. "'그녀가 자신이 어떤 사람이라고 믿는지'란 말이야!"

나는 거의 웃음을 터뜨릴 뻔했다. 그에게서 따귀를 한 대 맞고 나면 이렇게 마음이 가벼워진다. 그러면 그는 내가 그를 비웃는다고 생각한다. 내가 그를 진지하게 여기지 않는다고 생각한다. 그게 그를 더 화나게 한다. 그러면 나는 겁이 난다. 테오가 내 영혼을 파괴했다. 파괴된 영혼만이 두들겨 맞을 때에도 웃는 법이다. 나는 이런 일이 정기적으로 일어나도록 한다. 적은 분량으로 충동을 분출시키도록 한다. 충동이 쌓이면 그는 언젠가는 그만 실수로 내 머리를 박살 낼 것이다. 그가 나를 건드리지 않을 때 가장 겁이 난다. 그렇게 보자면 오늘은 좋은 날이다. 피도 나지 않는다. 테오는 다음 날 사람들이 아무것도 눈치채지 못하도록 미리 주의하고 있다. 자제력을 잃고 광분하는 일, 그래, 좋다, 하지만 제발 부탁이니 좀 체계적으로.

그다음으로 아버지는 가족을 욕한다. 어머니가 벌써 또 머리 색을 바꾸었단다. 보톡스는 그녀에게 아무 효과도 없다. 가장 심한 건 아버지의 농담이다. "내가 전날 밤 그녀를 배신했다고 고백해. 그러면 그녀가 말하지. 하지만 하르트무트, 당신한테 손톱자국을 남긴 건 나란 말이야."

그의 수다에 마음의 상처를 받았던 건 얼마나 오래전 일인가? 아버지는 딸하고 얘기하고 있는 거라고, 아버지가 말하고 있는 여자는 내 어머니라고 소리치고 싶었다. '블라인드'라는 단어의 철자를 제대로 알기도 전에 이미 나는 블라인드를 내려 버렸던 것 같다. 테오에 대한 준비를 그때 벌써 했던 것이다. 서른 살이 되었을 때 필요한 능력을 어렸을 때 이미 그렇게 훈련했던 것이다. 어쩌면 나는 아버지에게 고마워해야 할 것 같다. 고마워요, 아버지, 사람들이 얼마나 형편없는지 그렇게 일찌감치 확실하게 알려 주어서. 그리고 당신은 정말이지 딱 제때 전화를 걸어 주었어요.

삼십 분도 채 지나지 않았을 때 테오가 갑자기 문간에 서 있었고, 그때 나는 침대에 앉아 글을 쓰고 있었다.

난 지금 알아야겠어, 당신이 거기 뭘 쓰고 있고, 왜 그렇게 바보같이 웃는지.

꺼져.

내놔.

절대 안 돼.

내놔, 안 그러면 당신 뼈를 몽땅 부러뜨려 놓을 테야.

싫어, 내놔, 싫어, 내놔, 마치 유치원 애들처럼. 결국은 먼저 폭력을 쓰는 사람이 이기는 법이다. 테오가 공책에서 몇 페이지를 낚아채 찢더니 나머지를 바닥에 내던졌다. 나는 침대 위에서 몸을 둥글게 말아 웅크리고 있고, 그는 공책을 읽었다. 끝도 없이. 자기 여자가 다른 남자와 섹스했다는 걸 알아차리는 데 도대체 얼마나 오랜 시간이 필요하단 말인가? 마침내 그가 종이를 구겨 떨어뜨렸다. 부분 부분 묘사가 아주 멋지다고 했다. 나보고 이제는 작가가 되려는 건지 물었다. 나는 대답하지 않았다. 그가 나를 움켜쥐기를 기다렸다. 그런데 그 대신 탄식이 시작되었다. 그는 내가 그에게 그런 짓을 해서는 안 되는 거라고 말했다. 나를 사랑한단다. 그가 나 때문에 죽는 꼴을 보고 싶은 건지 물었다. 그는 내가 그를 버려서는 안 된다고 말했다. 자신도 안다고 했다. 나를 얼마나 심하게 다루었는지, 자신이 나에게는 얼마나 자격이 없는 사람인지, 이미 얼마나 자주 바람을 피웠는지 혹은 적어도 바람을 피우려고 했는지. 그가 어쨌든 아직 그 일들을 기억할 수는 있나 보다. 나와 함께 있으면 뭔가 전혀 다르다고 말했다. 자신은 그렇지 않아도 나쁜 인간이고 악마인데, 나는 반대로 천사이기 때문이라고, 죄 없고 순수한 천사이기 때문이라고 했다. 그는 말하는 동안 술을 마시기 시작했다. 어제 남은 술을 병째로 들이켜더니, 새 병의 코르크 마개를 뽑았다. 그는 그의 꼬마 소녀인 내가 어떤 잡수부 얼간이에 의해 더러워져서는 안 된다고 말했다. 그놈이랑 하는 게 아무리 좋더라도 그래서는 안 된다고 했다. 그는 내가 더러운 창녀라고 말했다.

나는 생각했다. '이젠 좀 때려. 너무 오래 기다리지 말고.' 공포가 나를 옥죄었다. 내 얼굴이 경련을 일으키는데 어떻게 할 수가 없었다. 나는 마음속에서 부르짖었다. '정신 차려! 강해져야 해! 냉정해야 해! 그는 너에게 아무 짓도 할 수 없어! 그가 네 영혼을 가지지는 못할 거야!' 하지만 내 영혼은 이미 오래전에 그가 가져가 버렸고 내게 남은 건 육체뿐인데, 그 육체도 노인네가 흥분하는 동안에는 무방비 상태였다. 하필이면 섬의 그런 쓸모없는 놈하고, 여기서 떠들썩하게 일이나 벌이려고 독일에서 도망쳐 온 그런 완전한 실패자하고 붙어먹다니, 나같이 빌어먹을 인간에게는 도대체 자존심도 없냐고 물었다. 나에게 자존심을 가르쳐 주어야만 하는지, 내가 정말로 그렇게 해 달라고 구걸할 것인지 물었다. 나는 소리쳤다. "축 늘어져 힘도 못 쓰는 좆 주제에!" 그러자 그는 마침내 내 따귀를 때렸고, 그때 휴대 전화가 울렸던 것이다.

만약 내가 '미안해요, 아빠, 그만 끊어야겠어요. 테오가 너무 취해 몸도 못 가누기 전에 나를 강간하고 싶어 하네요.'라고 하면서 아버지의 이야기를 중단시킨다면, 그는 과연 무슨 말을 할까. 아마도 그는 지금 자신이 하는 말을 그대로 계속할 것이다. 우리가 섬을 마음에 들어 한다니 기쁘고, 사실 길게 얘기할 시간이 전혀 없지만 어떤 이유가 있어서 전화한 것인데, 바로 비트만이 다시 도싯 호를 타고 항해 중이고, 앞으로 언제가 푸에르토칼레로에 입항할 것이며, 그 배에는 비트만 자신과 추측컨대 연극에서 약간, 영화에서 약간, 문학에서 약간 끌어모은 흔하고 천박한 족속들이 함께 타고 있을 것이라는 이야기를 전해 주기 위해서라고 한다. 하여튼 비트만이 다음 주에 도싯 호에서 작은 만찬을 열 건데, 거기 가 보는 것도 나쁘지는 않을 거라고, 특히 나 같은 사람한테는 전혀 나쁠 것이 없다고 한다.

아버지가 전화를 끊는다. 하지만 나는 테오가 병을 다 비울 때까지 계속해서 "흠, 흠." 그리고 "뭐, 그런 걸."이라고 대꾸한다. 그런 다음 "알았어요, 아빠, 다음에 또 전화해요."라고 말하고 전화기를 치운다.

테오는 탁자에 앉아 손으로 고개를 받치고 있다. 그가 미안할 때 취하는 자세다. 그는 내가 그를 한 번 더 용서해 줄 수 있는지 묻는다. 자기같이 더러운 놈은 나한테 배신당해도 싸다고 한다. 나는 내게 잘해 주는 누군가를 얻을 자격이 있기 때문이란다. 그가 손을 뻗는다. 하지만 나는 애무할 기분이 아니다. 노인네는 이미 너무 많이 마셔서, 다음 병을 딸 수조차 없다. 그가 저렇게 앉아 있는 걸 볼 때면, 왜 잘됐다는 생각보다 슬픈 생각이 드는 걸까? 너무나도 늙어 보인다. 그리고 고독해 보인다. 그의 소설에 나오는 문장들 중에 내가 외울 수 있는 것이 있다. "남자는 연민을 느껴야 할 때 증오가 일어난다. 여자는 그 반대이다."

오늘 잠수하고 난 다음 스벤이 물었다. 혹시 섬으로 이주해 오는 걸 생각해 볼 수 있겠냐고. 그는 진지했다. 심사숙고했었던 것이다. 머리끝에서 발끝까지 진실한 의도라는 것을 알 수 있었다. 내가 이성적인 이야기들을 해 보아도 그는 들으려 하지 않았다. 마치 다음 주에 세상이 몰락할지도 모르는 것처럼! 열의로 그의 얼굴이 상기되었다. 나는 거의 웃음이 터질 뻔했다. 그런 식이면 나는, 비록 나에게 좋은 의미로 한 이야기일지라도, 기분이 상해 거부하게 된다. 스벤은 나에게 다시 한 번 말라로 가자고 졸랐다. 그는 손을 자기 자신한테 가만히 붙여 두질 못했다. 나는 그에게 시간을 달라고 부탁했다. 일들이 진행될 수 있도록 기회를 달라고 했다. 나의 어조는 달라이 라마와 같았고, 그의 어조는 젊은 베르테르와 같았다. 그가 나보다 열 살이나 많은데 말이다. 그럼에도 멋진 오후였다. 테기세에서의 점심 식사 그리고 선인장 정원에서 손을 잡고 있었던 일. 이제 막 사랑에 빠진 연인이라기보다 만족스러운 부부 한 쌍 같았다. 혼자 있을 노인네 따위는 안중에도 없었다.

하지만 지금은 그가 저기 탁자 위에 몸을 숙인 채 앉아 있다. 안톄가 그에게 술을 가져다준 모양이다. 그에게는 보급품이 떨어지지 않는다. 술을 퍼마시고 머리를 굴리고 있는 한, 그는 나를 그냥 내버려 둔다. 어쩌면 테오와 안톄가 사랑에 빠질 수도 있지 않을까. 그래서 동화 속 결말에서 하는 말처럼, 행복하게 오래오래 잘 살 수도 있지 않을까. 우리 넷 모두, 이웃으로.

9

나는 잠을 잘 수 없었다. 테오의 등장이 내 머릿속에서 자꾸만 맴돌았다. 독일을 떠나왔다는 이유만으로 어떻게 나를 비겁하다고 말한단 말인가? 비겁한 것은 오히려 테오와 같은 사람들이다. 게임을 꿰뚫어 보았으면서도 게임을 계속하는 사람들 말이다. 이에 관한 이야기는 내 고객들로부터 들어 충분히 안다. 그들은 능력주의 사회를 욕하면서 자식들을 중국어 수업에 보낸다. 성장 이데올로기를 거부하면서 다음번 임금 인상을 위해 거리로 나선다. 경영자들의 욕심을 비난하면서 인터넷에서 가장 좋은 수익률을 보이는 주식을 찾아다닌다. 그들은 출시된 지 얼마 되지 않는 신제품 평면 텔레비전으로 자본주의를 비판하는 토크쇼를 본다. 모두가 욕하면서 모두가 동참한다. 그것이 나에게는 역겹다. 그로부터 만들어지는 것은 결국 망가진 인간들뿐이다. 테오와 같은. 그는 그 부조리를 인식할 만큼 영리하므로 일은 더 악화되었다. 그가 나를 비겁하다고 말했을 때, 그것은 사실 그가 나를 부러워함을 의미할 뿐이다. 또 한 가지 의문은 욜라가 그에게 무슨 얘기를 했는가 하는 것이다. 전혀 아무것도 이야기하지 않았겠지. 그냥 그가 망상에 사로잡힌 것일 테지. 그냥 가만히 있는 것이 최선일 듯하다. 모든 문제 중 90퍼센트는 평정심을 잃지 않고 가만히 있으면 저절로 해결되는 법이다.

밤 12시가 막 지났다. 나는 일어나 부엌에서 물 한 잔을 마셨고, 냉장고에서 바로 올리브와 치즈 조각을 집어 먹었다. 잠이 드는 데는 별 도움이 안 될 것이다. 나는 작업실로 갔다. 에밀이 키보드 위에 앉아서 나를 바라보았다. 내가 손을 뻗자 에밀은 마치 계단인 것처럼 내 손가락을 밟고 올라 손목을 거쳐 팔오금까지 기어갔고 그곳에 자리를 잡았다. 11월 밤은 약간 서늘했다. 내 몸은 따뜻했고 어느 정도 스스로 온기를 낼 수 있었다. 에밀을 방해하지 않도록 나는 한 손으로 컴퓨터를 조작했고, 「위아래로」 홈페이지를 찾아 들어갔다. 지나간 시리즈를 모아 놓은 곳을 찾는 데 시간이 조금 걸렸다. 2010년 4월 16일 자 제목 '치명적인 거짓말'. 복도에서 테라코타 타일 위를 걸어오는 앞발 소리와 문턱에서 쿵쿵거리는 소리가 낮게 들렸다. 토드가 들어오더니 나를 발견하고는 좋아서 꼬리를 흔들었다. 나는 발로 토드를 다시 복도로 밀어내고는 문을 닫았다. 첩자는 필요 없었다.

카페를 배경으로 두 인물. 한 인물은 이십 대이고, 야구 모자를 썼으며, 수염을 사흘 동안 깎지 않았는데, 이 때문에 스포티하고 호감이 가는 인물로 보인다. 조금 더 나이가 들어 보이는 또 한 인물은 머리 모양이 단정하고 양복을 입었는데, 이는 바로 그가 호감을 주는 인물의 적수임을 입증해 주었다. 나는 비웃지 않을 수 없었다. 전형적이었다. 돈을 탐내는 얼간이가 만든 방송이 돈을 탐내는 얼간이를 악한으로 보여 준다. 자본주의는 자신의 가장 충실한 하인을 밀고한다.

그들은 호감 가는 인물의 카페에 관해 이야기를 나누었다. 양복을 입은 인물은 그 카페에 투자했고, 그래서 지금 자신의 수익이 어떻게 되나 확인해 보려는 반면, 호감이 가는 인물은 가게를 제대로 궤도에 올리기 위한 시간을 달라고 부탁했다. 양복을 입은 인물이 막 불쾌한 협박을 하려고 할 때, 금발 아가씨가 탁자로 다가와 호감 가는 인물에게 몸을 굽히는 바람에 선룸에서 갈색으로 태운 실리콘 가슴이 훤히 드러났다. 나는 앞으로 돌렸다. 내용 설명에는 벨라 슈바이크가 등장한다고 되어 있었다. 차가운 발이 내 팔오금에서 움직이는가 싶더니 에밀은 다시 조용히 앉아 있었다.

벨라는 어느 집 문 앞에 서서 입술을 깨물었다. 색깔이 선명하며, 약간 너무 소녀들 옷 같은 원피스를 입고 있었는데, 그 옷은 그녀 몸매를 적절히 잘 드러내 주었다. 마침내 내게는 방해받지 않고 그녀를 조용히 바라볼 수 있는 시간이 생겼다. 나는 앉아서 그녀 얼굴의 모든 세세한 부분과 그녀 몸의 모든 움직임을 관찰할 수 있었다. 그녀는 두 손으로 머리를 엉클어뜨렸다. 그리고 눈을 비비고 뺨을 꼬집었다. 카메라가 그녀를 다시 클로즈업했을 때, 그녀 화장은 엉망이었고, 눈물이 얼굴을 타고 내렸다. 그런 다음 그녀는 벨을 눌렀다. 나는 마법에 걸린 것처럼 앉아 있었다. 내 가슴이 고통으로 오그라들었다. 내가 착각했던 것이 아니었다. 물론 그녀는 내가 아는 어떤 여자보다 아름다웠다. 하지만 그 아름다움 저편에는 더 깊이 들어가는 무엇인가가 있었다. 내 마음을 건드리는 무엇인가가 있었다. 바로 사람들로 하여금 계속해서 그녀에게 '그런 짓을 해서는 안 돼.'

라고 소리치고 싶은 마음이 들게 한다는 사실이었다.

관자놀이에 흰머리가 나기 시작한 잘생긴 중년 남자가 문을 열었다. 그의 회색 니트 스웨터와 짙은 색 청바지가 내 마음에 들었다. 대화를 통해 그가 벨라의 전 남자 친구이며, 그녀를 안으로 들이지 않으려 한다는 사실이 드러났다. 하지만 그녀는 주체할 수 없을 정도로 울었고, 마침내 그의 품에 안겼다. 그녀는 그저 우연히 그 부근에 있다가 저 아래 길에서 끔찍한 교통사고를 목격했다고 말했다. 화물차 한 대가 자전거를 타고 가던 사람을 치었다고 했다. 사방이 피투성이였다고 했다. 그러더니 그녀는 정신을 잃었다.

내 생각에 그녀 연기는 훌륭했다. 그녀의 상대 배우가 카페에서 나온 두 멍청이보다 좀 더 이성적으로 보여서 기분이 좋았다.

그가 그녀를 소파로 안고 갔고, 그녀 발을 높여 주었다. 그는 의사인 것이 분명했다. 한 손으로는 그녀 이마를 짚었고, 다른 손으로는 그녀 배를 만졌다. 내 가슴속 고통이 강해졌다. 나는 컴퓨터를 껐고, 한동안 어둠 속에 앉아 있었다. 에밀은 내가 밀치지도 않았는데 내 팔을 떠나 낮게 지지직거리는 모니터 위로 기어올랐다.

휴대 전화에서 삐 소리가 났을 때, 나는 단숨에 창가로 갔고 커튼 사이로 내다보았다. 카사 라야는 완전한 어둠 속에 있었다. 덧문을 통해 새 나오는 빛은 전혀 없었고, 정원에는 아무런 움직임도 없었다. 나는 문자를 열어 보았다.

"나도 잠을 잘 수가 없어. 당신을 생각하고 있어. J."

오랫동안 나는 꼼짝 않고 서 있었다. 휴대 전화 디스플레이는 꺼졌다. 문 앞에서 토드가 헐떡이는 소리가 들렸다. 그다음 내가 할 수 있었던 일은 아무것도 없었다.

10

그 후 이어진 날들 동안 나는 마치 열이라도 나는 듯한 느낌이었다. 쇠약, 혼란, 불안한 행복감이 독특하게 뒤섞였다. 사실 불편한 느낌은 아니었다. 온 세상이 갑자기 한 걸음 뒤로 물러났다. 마치 자신이 주인공을 연기하는 영화를 바라보는 듯했다. 삶이 결말 없는 유쾌한 모험 같았다. 내 어머니는 그것을 '젠장 될 대로 되라는 분위기'라고 표현했다. 어머니는 말했다. "이 '젠장 될 대로 되라는 분위기'에서 집을 나가서는 안 된다. 침대에 누워 네가 다시 명확하게 생각할 수 있을 때까지 기다려라."

물론 정말로 열이 났던 것은 아니었다. 그럼에도 돌이켜보면 그 일들을 정확하게 묘사하기란 쉽지가 않다. 지금 생각해 보면 도싯 호에서의 저녁 식사에서 모든 결정이 내려졌는데, 그때까지 이어진 날들은 서로 엉켜들고, 그 순서를 분명하게 정할 수가 없으며, 시작도 끝도 없는 상태가 되어 버리고 마는 것 같다. 밤이면 나는 안테가 잠들 때까지 기다렸다가 「위아래로」를 몇 편 보려고 컴퓨터 앞에 앉았다. 나는 에밀을 팔 위에 올려놓았고, 반바지에서 페니스를 꺼내 놓았다. 벨라가 마침내 등장하기를 기다리는 일이 나는 좋았다. 세 편을 연달아 보았다. 끝났을 때는 시계 바늘이 1시를 넘어갔고, 잠을 잔다는 것은 더 이상 생각할 수 없었다. 나는 소파에 누워 「위아래로」에 대한 나의 새삼스러운 열정이 테오 및 욜라와 함께하는 일에 방해가 되지 않는지 곰곰이 생각했다. 깊이 생각해 본 후, 여가 시간에 내가 무엇을 하는지는 내 사업상 관계와는 무관하다는 결론에 이르렀다. 몸매가 좋은 여자 의뢰인에 대해 환상을 품는다는 이유만으로 의뢰받은 사건을 내려놓을 변호사는 없는 법이다.

핵심을 요약하자면 '물속에서만은 모든 것이 이전과 같았다.'라고 말할 수 있을 것이다. 테오가 다시 함께했다. 코감기에 걸렸음에도 그는 모든 잠수에 참여하겠다고 고집했다. 나는 그에게 그 경우 발생할 수도 있는 위험에 관해 설명했고, 코 스프레이 사용을 금지했다. 그는 고통스러울 정도로 오래 압력을 조정해야 했지만, 계획한 깊이까지 이르는 데 매번 성공했다. 수심 20미터 깊이라 할지라도 욜라와 나를 더 이상 시야에서 놓치지 않겠다고 결심이라도 한 것처럼 보였다. 우리는 셋이서 고요한 물속을 떠다녔고, 서로에게 전자리상어, 가오리, 능성어를 가리켜 보였다. 문어에게 성게를 먹이로 주었고, 사냥 중인 꼬치고기를 관찰했다.

이와 반대로 물 밖에서는 우리들 사이 공기가 진동하는 것처럼 여겨졌다. 마치 우리 셋 모두가 무슨 일이 일어나길 기다리고 있는 것만 같았다. 그리고 우리에게는 관객이 있었다. 우리가 함께 쇼핑을 갔던 어느 오후에 시작된 일이다. 나는 여자 점원들과 얘기하는 것을 좋아하지 않기 때문에 테오와 욜라를 데리고 치즈 판매대, 생선 판매대, 고기 판매대를 지나갔다. 직접 무게를 달 수 없는 과일과 채소 주변도 한 바퀴 빙 돌았다. 그러고 나서 테오는 포도주를 다시 샅샅이 훑어보았고, 욜라는 화장품들 사이로 사라져 버렸으며, 나는 올리브가 담긴 유리병들이 놓인 선반 앞에 서서 그 둘을 기다렸다. 욜라는 알록달록한 포장지로 싼 물건을 들고 돌아왔고, 나에게 매달려 그 물건을 내 코앞에다 들이댔다.

"어때?"

밀 같은 금발에 잔뜩 치장한 여자의 사진이 보였는데, 나는 그게 뭔지 알 수 없었다.

"탈색제야."라고 욜라가 설명했다. "로테가 금발이거든. 당신이 만약 누군가가 무슨 생각을 하는지 알고 싶다면 그 사람과 똑같은 헤어스타일을 해야 해."

나는 그녀가 붙잡은 팔을 빼려고 했다.

"나한테 어울릴 것 같아?" 그녀는 나에게 더 달라붙었다.

"나는 당신 머리칼이 좋아."라고 나는 말했다.

욜라가 웃었고 내 입에 키스했다. 이 사이로 그녀 혀를 느꼈을 때 나는 그만 자제력을 잃고 말았다. 내가 눈을 감고 손을 뻗쳐 그녀를 껴안은 것은 그저 짧은 순간이었다. 추락하는 느낌이었다. 내 동료인 라우라의 목소리가 들릴 때까지.

"당신들 「위아래로」의 한 장면을 찍고 있는 거야?"

나는 내 따귀라도 때리고 싶은 심정이었다. 슈퍼마켓은 해변으로 가는 길목에 있었다. 모두가 거기서 쇼핑을 했다. 라우라는 벌써 한참 동안 우리 옆에 서 있었던 것 같았다.

"아니면 인공호흡이 교육의 일부분인가?" 라우라 딴에는 농담이라고 던진 말이었다.

나는 깜짝 놀라 내게서 욜라를 밀쳐 냈고, 그녀는 올리브 선반에 기댄 채 노골적이고도 과시적으로 옷매무새를 가다듬었다. 나는 굳이 그럴 필요가 없었는데도 손까지 들며 인사했다.

"라우라. 일은 어떻게 돼 가?"

"바로 그걸 나도 지금 묻고 싶었어."라고 테오가 말했다. 그는 통로 다른 쪽 끝에 서서 욜라를 뚫어지게 바라보았다. "당장 무릎을 꿇고 입으로 해 주지그래?"

"그 모습을 보고 싶은 거야?"라고 욜라가 물었다.

"자, 그럼 안녕."이라고 말한 후 라우라는 사라졌다.

공황 상태에서 나는 라우라가 누구에게 이 장면에 관해 전부 얘기할 수 있을지 생각에 빠졌다. 그리고 동시에 테오에게 사과할 말을 생각했다. 그가 내 앞으로 왔다.

"애쓰지 마." 욜라에게서 눈을 떼지 않은 채 그가 말했다. "당신이 빌어먹을 정도로 자기중심적인 인간이 아니라면, 지금 문제가 되는 게 당신이 아니라는 것쯤은 파악하겠지."

나는 잡지가 있는 곳으로 가 버렸다. 십오 분 후 그들이 구입할 물건들을 함께 계산대 위에 올려놓았을 때, 그들은 서로 농담을 나누었다. 나는 꿈을 꾸었던 것인지 의아했다.

차 안에서 그들은 자리를 바꾸었다. 이제 욜라가 3인용 좌석의 가운데에 앉았고, 테오는 창문에 어깨를 기댔다. 욜라는 얘기를 하면서 자꾸만 손을 내 팔뚝이나 무릎 위에 올려놓았다. 내가 잠수에 관해 이야기를 들려주면, 그녀는 진지하게 경청하고 질문을 했다. 내가 농담을 하면, 그녀는 큰 소리로 웃었다. 저녁에는 그녀로부터 문자가 많이 와서 나는 전화기를 무음 상태로 해 놓아야 했다.

"멋진 하루 고마워! 당신의 여자 친구 J."

"당신이 그리워. 당신의 여자 친구 J."

"로테와 물고기 떼. 마치 눈 수천 개로 나를 관찰하는 거대한 힘을 마주하는 것 같았어. — 멋있지 않아 — 멋있다고 생각하는, 당신의 여자 친구 J."

"우리 바다로 내려갈까? 부서지는 파도 소리, 달빛, 우리 둘이서만? DFJ."[33]

내가 아직 소파에 누워 있는 아침에도 문자는 계속되었다. "좀 있다 만날 걸 생각하니 기뻐. 당신의 여자 친구 J."

나는 답장을 보내지 않았다. 욜라와 거리를 두려고 시도했다. 그럼에도 지인들이 그녀와 함께 있는 나를 발견하는 일이 자꾸만 일어났다. 그녀가 의도적으로 그런 상황을 만드는 것일 수도 있다는 의심이 들었다. 분더바 카페에서 그녀는, 버니가 카페 안으로 들어왔을 때, 장난인 것처럼 내 무릎 위에 앉았다. 마음 같아서는 당장 그녀를 무릎에서 밀어내고 싶었지만, 오히려 죄를 고백하는 듯 보일 수도 있을 것 같았다. 그래서 그녀는 그대로 앉아 있었고, 그 상태로 나는 계획된 탐험에 관해 버니와 짧게 이야기를 나누었다. 애버딘 호는 운항 준비가 되었고, 데이브는 탐험 준비에 관해 잘 알고 있었다. 날씨가 이대로 계속된다면, 23일에는 아무 문제가 없을 것이었다.

"애즈 이지 애즈 어 워크 인 더 파크.(공원에서 산책하는 것만큼

---

33) '당신의 여자 친구 욜라'의 독일어 표현인 Deine Freundin Jola에서 앞 철자만 딴 약자.

쉬울 거야.)"

버니는 테오에게 머리를 끄덕여 보였고, 초콜릿 케이크를 고르기 위해 카운터 쪽으로 갔다. 그는 마치 욜라가 보이지 않는 것처럼 행동했다.

또 한번은 욜라가 내 앞에 서서 자동차 열쇠를 찾느라 내 청바지 주머니 안으로 손을 넣었다. 내가 그녀 손을 미처 붙잡기도 전에 버니 친구인 데이브가 모퉁이를 돌아서 나왔다. 그는 다른 방향을 쳐다보며, 인사하지도 않고 그냥 가 버렸다. 푸에르테오델카르멘의 산책로에서 욜라가 내 팔에 매달려 있었을 때, 스페인 여자들 한 무리가 우리를 향해 걸어왔다. 그중에 안테 친구 두 명이 있는 것만 같았다. 알록달록한 옷과 커다란 코, 풍성한 검은 머리칼을 하고 있으면 정확하게 알아보기 힘들어 결코 장담할 수는 없었지만.

섬은 하나의 마을이었다. 사람들은 서로를 알고 있었다. 아무도 눈치채지 못하게 일어나는 일은 없었다. 더구나 기이한 것은 사람들이 원래 일어나지도 않은 일조차 눈치챈다는 사실이었다. 끊임없이 관찰당한다는 느낌이 시작되었다.

담배를 사러 간 테오를 기다리는 동안, 나는 욜라에게 그런 일을 그만두라고 분명하게 요구했다.

"정확하게 어떤 일?" 그녀가 내 손을 잡았다.

"정확하게 이런 일!" 나는 손을 뺐다.

"아마도 내가 당신보다 그저 약간 더 정직할 뿐이겠지." 그녀는 나의 다른 손을 잡고, 그 손을 자신의 엉덩이에 올려놓았다. "느낌이 좋지 않다고 어디 한번 말해 봐."

늘 똑같았다. 하필이면 바로 그 순산 은색 랜드로버 디펜더가 지나갔다. 섬에서 은색 디펜더는 한 대밖에 없었고, 그 차를 타는 사람은 랍스터스 레스토랑의 제프리였다. 욜라가 그걸 알 수 있었단 말인가? 그녀가 나보다 먼저 그를 볼 수 있었단 말인가? 혹은 내가 편집증적이란 말인가? 태양이 비친 욜라 눈은 녹색 유리 같았다. 그 눈을 들여다보는 것은 기분 좋은 일이었다. 또한 그녀 엉덩이의 느낌이 좋지 않다고 주장할 수도 없었다. 그 반대였다. 내가 그녀를 떼 놓기 직전에 테오가 가게에서 나왔다.

"개의치 말고 계속해, 한심한 놈."이라고 그는 말했다.

더욱 이상한 것은 이즈음 욜라가 너무나도 홀가분해 보였다는 점이다. 그녀는 많이 웃었다. 인간을 단순하게 인식하는 안테라면, 막 사랑에 빠졌으니까 하고 판단을 내렸을 것이다. 비록 아무런 의미도 없었지만, 그래도 나는 욜라의 환한 미소에 자부심을 느꼈다. 그녀 표정은 테오를 바라볼 때만 어두워졌다. 테오는 나를 칭할 때는 '한심한 놈'이라는 표현만 썼고, 기이하게도 그런 상황을 즐기는 것처럼 보였다. 우리 움직임 하나하나에 그의 시선이 따라다녔고, 욜라가 나를 만질 때면 그는 병적으로 미소 지었으며, 그다음에 과연 무슨 일이 일어날지 열렬히 기다리는 것이었다. 테오와 함께 있다는 것이 내 신경을 몹시도 건드렸다. 마치 유해한 방사 물질에 계속해서 노출되는 것만 같았다. 그가 내게서 무엇을 원하는지 알 수가 없었다. 욜라가 그에게 무슨 얘기를 했든, 그에게는 다른 잠수 강사를 찾거나 섬을 떠날 자유가 있었다. 내가 그를 위해 일해 주기를 그가 원하는 한, 내게는 맡은 일을 최대한 제대로 하는 것 외에 다른 선택의 여지가 없었다. 욜라를 내게서 떼 놓으려 애쓰는 나의 모습을 그가 못 보았을 리는 없다. 내가 그들의 전선(戰線)으로 밀고 들어간 것이 아니었다. 치근대는 사람은 욜라였다. 또한 우리 셋이 거의 항상 함께 있다가 잠잘 때만 떨어진다는 점이 내 잘못은 아니었다. 잠수하고 난 다음에도 그들은 둘 다 집으로 가려고 하지 않았다. 나는 그들을 차에 태우고 섬을 달렸고, 별 볼거리도 아닌 것들 중에서 가장 좋은 것을 골라내 보여 주려고 노력했다. 오마 샤리프의 예전 별장에서 우리는 오리고기를 먹었다. '엘골포' 분화구의 녹색 물을 들여다보았다. 섬의 예술가가 남긴 모든 것들을 차례차례 찾아다녔다. 한쪽에서는 욜라가 열띤 수다를 떨었고, 다른 쪽에서는 테오가 얼어붙은 침묵을 지켰다. 잠수 강습 몇 번에 대한 대가로 1만 4000유로를 벌어들인다고 기대할 수 있는 건 바보뿐이라고 나는 혼잣말을 했다. 휴가를 와서도 감독을 받아야만 한다는 걸 예감했던 두 신경증 환자를 상대하는 대가로 나는 그 돈을 받는 것이었다. 테오 추측과는 달리, 나는 나 자신이 문제라고 여길 만큼 멍청하지 않았다. 욜라가 사람들이 다 보는 곳에서 내 손을 잡는다 하더라도, 나는 그녀가 테오를 위해 그런 행동을 한다는 것을 알고 있었다.

이 무렵 나는 몇 년 전 안테와 함께 보았던 토크쇼를 자주 떠올렸다. 흰색 소파에 부부 한 쌍이 앉아서 가학 피학적 성욕의 성향에 관해 이야기했다. 두 사람은 사십 대 후반이었고, 옷차림이 서민적이었으며, 성인이 거의 다 된 자식 둘을 두고 있었다. 사랑은 복종 없이는 전혀 가능하지 않다고 남편이 말했다. 이와 다른 주장을 하는 사람은 자신의 정신 자세가 현대적임을 입증하는 것이 아니라 자신이 부정직함을 입증하는 것이라고 했다. 인간 사이의 평등이나 자유는 환상이라고 말했다. 가학 피학적 성관계를 갖는 사람과 보통 사람들 사이의 차이점이 지하에 고문실을 가지고 있느냐 없느냐의 여부가 아니라고 했다. 가학 피학적 성관계를 갖는 사람은 앞에서 말한 것을 철저하게 인식하고 있다는 사실이라고 했다. 시청자들은 한 번만이라도 자신들의 관계에 관해 숙고하는 노력을 기울여야 할 것이라고 말했다.

안테와 나는 꼼짝 않고 소파에 앉아 있었다. 그렇게 미동도 하지 않은 것은 뭔가 난처했기 때문이다. 우리는 마치 단순히 그 방송을 보고 있는 것이 아니라 서로 상대방을 보지 않기 위하여 꼼짝도 하지 않고 정면만 바라보고 있는 것 같았다.

자신의 성적 환상을 시청자들도 곧 함께할 수 있을 것이라는 의견을 아내가 피력했다. 자위를 하면서 부드러운 전희나 전도사와 같은 자세를 머릿속에 그리는 사람이 과연 있을지 회의적이라고 했다.

그럼 도대체 무엇을 머릿속에 그리나요? 하고 사회자가 물었다. 그는 그 부부의 이야기를 충분히 파렴치하다고 여기지 않은 것이다.

제대로 할 수 있는 젊은것들을 머릿속에 그리지요 하고 그녀가 말했다. 아들과 섹스하는 어머니를. 교사와 여학생을, 자진해서 몸을 파는 여자들을, 페니스가 긴 아프리카인들을 머릿속에 그린다고 말했다. 그녀는 시중에 접할 수 있는 포르노 사이트에 들어가 본 적이 전혀 없는지 사회자에게 물었다. 중요한 건 복종이다, 바로 이것이 모토라고 말했다.

삶에서 가장 중요한 것은 서로를 신뢰할 수 있는 거라고 남편이 설명했다. 그러기 위해서는 규칙이 필요하다고 했다. 그러면 누구나 자신이 무엇을 해야만 하는지 안다고 했다.

아내가 보충했다. 바로 상대방의 행위가 보호받는다는 느낌을 준다고.

그렇다면 밖에서 보기에는 지상의 지옥과도 같은 것이 마음속 행복이라는 말인가요? 하고 사회자가 물었다.

그렇게 표현하고 싶으시다면, 네, 그래요 하고 아내가 대답했다.

외적으로는 지옥 그리고 내적으로는 행복, 욜라 손이 내 허리띠의 버클을 쓰다듬었을 때 바로 이 표현이 기억났다. 나는 어떤 해명을 찾아보려고 애썼다. 욜라와 테오가 어떤 게임의 규칙을 따르고 있는데, 나는 그 규칙을 이해하지 못한다는 고통스러운 감정을 떨쳐 낼 수 없었다. 사실 지금까지도 그 규칙이 무엇인지 모르겠다. 그때를 돌이켜 생각해 보는 지금도 그 어떤 해명을 찾을 수 없다니 기이한 일이다. 해명이란 우리가 지나가는 시간을 참고 견뎌 낸 데 대해 마땅히 얻게 되는 대가라고 사람들은 생각할 것이다. 우리에겐 해명을 요구할 권리가 있다. 해명을 얻지 못한다면 우리는 미쳐 버릴 것이다.

욜라의 일기, 여덟번째 날 11월 19일 토요일. 이른 아침.

행복하다. 말 그대로. 내가 이런 문장을 쓰게 될 것이라고는 생각지도 못했다. 예전의 나를 찾아볼 수가 없다. 빛나는 눈으로 뭔가를 아는 듯 미소를 짓고 있는 낯선 여인. 행복은 항상 비밀이다. 행복은 항상 오롯이 한 사람만의 것이다. 행복에 관해 사람들은 온갖 소리를 늘어놓겠지만, 어쩐지 늘 틀린 얘기 같다. 우리 둘 다 행복에 대해서 아무것도 모른다는 점은 좋은 일이다. 나도 모르고, 스벤도 모른다. 그가 당황스러워하는 모습을 보면 알 수 있다. 내가 그를 만질 때 그가 나를 밀쳐 내는 것을 보면 알 수 있다. 계속해서 나를 피하려는 그의 모습이라니. 그는 인정하려 들지 않는다. 자신에게 그럴 자격이 있다는 것을 믿을 수가 없는 것이다. 그러다가도 갑자기 그는 나를 껴안는다. 내 입술을 세차게 빤다. 슈퍼마켓 한가운데서. 그의 동료 잠수 강사가 쳐다보고, 그녀 눈을 통해 섬 전체가 쳐다보는데 말이다. 우리는 행복에 대해서는 전혀 모른다. 스벤의 안톄와 나의 노인네는 그것을 가르치기에 좋은 스승이 아니었다. 우리는 스스로 배워 나가야 한다. 각자 자신의 방식으로. 스벤은 거부하고, 나는 앞으로 밀어붙인다. 그가 나보다 더 힘들 것이다. 잃을 게 더 많으니까. 그는 안톄처럼 사랑스러운 사람에게 상처를 주어야 한다. 나는? 그저 저 노인네한테만 상처를 줄 뿐이다. 여기서 '노인네한테만'이라는 말이 얼마나 잔인한지. 나는 테오에게 당장 베를린으로 돌아가는 비행기 표를 예약해 주겠다고 했다. 그리고 당분간은 베를린 집에 머물러도 된다고 말했다. 시험 삼아 떨어져 보자. 모든 것이 어떻게 진행되는지 조용히 두고 보자. 내게서. 스벤에게서. 그런 다음 상황을 한번 보자. 하지만 그는 그렇게 하려고 하지 않았다. 그는 이런 말들을 한다. "나는 그 한심한 놈에게 길을 터 주지는 않아. 내겐 당신한테 배신당할 권리가 있어. 나는 쓰디쓴 결말에 이를 때까지 머물겠어." 그리고 이런 말도 한다. "혹시 결말에 이르기까지 머물 수 없다 하더라도 적어도 나는 이 이야기를 글로 쓸 수는 있을 거야."

그거 멋지겠네 하고 나는 끼어든다. 그의 눈에서 불꽃이 번쩍 튄다. 하지만 그는 자제한다. 스스로를 통제한다. 그리고 말한다. "그래, 멋질 거야."

물론 나는 그가 돌아가지 않으리라는 것을 알고 있었다. 그렇다면 그저 그를 화나게 하려고 물어본 것이었나? 어쩌면 난 그가 머물기를 원하는 건 아닐까? 그가 관객으로서 필요한 것일까? 가끔씩 나의 행복이 테오를 위해서만 존재하는 것이 아닌지 생각해 본다. 그를 괴롭히기 위해서 내 행복이 존재하는 것이 아닌지. 테오가 없으면 스벤도 불가능한 것이 아닌지. 그렇다면 스벤이 테오 이야기의 끝은 아닐 것이다. 그저 다음 장(章)에 불과할 것이다. 질적으로 새로운 차원에 불과할 것이다. 이런 생각을 하자 나는 번뜩이는 공포에 사로잡힌다.

나는 소리를 지른다. "당신은 결코 다시는 내게 손을 대지 못할 거야. 내가 스벤에게 이야기하면, 그가 당신 몸에 있는 뼈를 몽땅 부숴 버릴 거야! 그가 당신을 죽여 버릴 거야!" 이 말은 마치 '그러면 나는 큰오빠를 데려올 거야.'라는 의미로 들린다. 그리고 그런 의미인 것 같기도 하다.

노인네가 말한다. "당신은 나를 사랑해. 나를 떠날 수가 없어. 약간의 바다와 태양 그리고 좋은 기분, 당신이 그런 걸 좋아할 타입은 아니지. 당신에겐 내가 필요해, 욜라. 난 그저 기다리기만 하면 돼. 그 한심한 놈이 당신을 행복하게 해 주지 않는다는 걸 당신이 인식할 때까지." 나는 그의 말이 옳을지도 모른다는 두려움에 떤다.

밤에 스벤이 창 앞에서 작은 소리로 부른다. 그는 안테가 잠들 때까지 기다렸다가 몰래 빠져나왔다. 그걸 보니 아직 그가 그녀에게 아무 얘기도 하지 않은 모양이다. 나는 어떤 부담도 주지 않는다. 노인네가 적어도 한 가지는 나에게 가르쳐 놓았다. '남자한테는 어떤 것도 강요할 수 없다.'라는 사실.

우리는 바다로 간다. 스벤이 절벽 위에 매트를 깐다. 밤이면 대서양은 낮보다 더 큰 소리로 울부짖는다. 우레 같은 소리가 우리 외침을 삼킨다. 완전히 깜깜하다. 베를린은 전혀 알지 못하는 그런 어둠이다. 설사 노인네가 우리로부터 몇 분 안 되는 거리에 서 있다 하더라도, 그는 우리 소리를 들을 수도, 우리를 볼 수도 없을 것이다.

섹스와 해양에 관해 조잡한 이야기를 많이 나누었다. 그 이야기가 모두 들어맞는 것 같아 염려스럽다. 대부분은 일이 빨리 끝난다. 우리는 담요 하나를 같이 감고서 삼십 분을 기다렸다가 다시 한 번 시작한다. 더 천천히, 다른 종류의 힘으로.

가끔씩 공황이 나를 덮친다. 중간중간에, 완전히 갑작스럽게. 뭔가 문제가 있다. 모든 것이 너무나도 사실 같지가 않다. 나는 통제력을 잃는다. 언제든지 스벤 얼굴이 찢겨 나가고, 그 뒤에 다른 누군가가 나타날 수 있을 것만 같다. 아버지. 혹은 노인네. 그리고 갑자기 증오가 욕망 속으로 섞여 든다. 나는 발을 끌어당겨 스벤 가슴을 차고 싶다. 그래서 그가 뒤쪽 부서지는 파도 속으로 추락하도록. 테오가 나를 두들겨 팰 때면 나는 적어도 그것이 현실임을 안다. 오해의 여지가 없는 것이다. 무의미하고 불공평하며 진부하다. 착각은 배제된다.

이러한 생각은 금방 다시 사라진다. 그냥 누군가가 나에게 잘해주는 일에 익숙하지 않아서 그런 것이겠지. 그래서 내가 두려움을 느끼는 것이겠지.

돌아오는 길에 우리는 서로의 몸에는 손도 대지 않고, 아무 말도 없이 헤어진다. 모래밭에서 각자 자신의 방향으로, 각자 자신의 집으로. 아침에 잠에서 깨어나며 돌연 행복감에 휩싸인다. 마치 크리스마스 아침의 어린아이처럼 나는 뭔가 멋진 일이 일어날 것임을 바로 알아차린다. 일어나서 나와 노인네를 위해 커피를 끓인다.

11

우리는 항구로 천천히 걸어갔다. 덥지도 춥지도 않은 저녁이었다. 섬에서는 이런 저녁이 일 년에 삼백 번은 되었지만, 이날 저녁은 뭔가 특별했다. 미풍이 너무나도 부드러워서 바람이 부는 건지 의심스러울 정도였다. 사람과 집의 윤곽선이 살짝 흐려져 경계가 분명하지 않아 보였다. 그 대신, 들리는 소리가 모두 어쩐지 더 날카로워진 것 같았다. 테오와 욜라도 무엇인가를 알아차렸다. 가파른 아스팔트 길을 내려갈 때, 그는 점점 더 그녀에게 다가갔다. 항구 산책길에서 그녀는 테오가 팔로 그녀를 감싸도록 허락했다. 그녀는 심지어 고개를 그의 어깨에 기대기까지 했다. 그 모습을 보자 마음이 가벼워졌다. 나는 몇 걸음 뒤떨어졌고, 우리가 일행이 아닌 것처럼 다른 방향을 바라보았다.

벌써 저 멀리 몇몇 사람들 무리가 눈에 띄었다. 그들은 20미터 이상인 요트들을 세워 둘 수 있는 장소가 시작되는 곳에 모여 서 있었는데, 레스토랑의 자리가 나기를 기다리는 사람들처럼 보이지는 않았다. 그들은 내항을 넘어 방파제 안쪽의 하선 교량을 건너다보고 있었다.

"저 얼간이들 좀 봐."라고 욜라가 말했다. "저 사람들 진짜로 그 멍청한 슈타들러를 기다리고 있네."

이베테 슈타들러는 유명한 독일 가수이자 배우인데, 나는 오늘 아침 처음 그녀에 관해 들었다. 안톄는 라디오 프로그램 '크로니카스'에서 스페인어로 수다를 떨며 전하는 소식을 알아들을 수 있었기 때문에, 아침을 먹으며 나에게 뉴스를 전해 주었다. 초저녁에 독일 단백질바 회사 상속자인 라르스 비트만이 세낸 범주용 요트 도싯 호를 타고 푸에르토칼레로의 요트 정박지에 들어올 것이라 했다. 그 배에 탄 사람들 중에 이미 말한 이베테 슈타들러가 있다고 했다. 그녀가 누구냐고 내가 묻자 안톄는 웃었다.

"그러지 말고 푸에르토칼레로에 가서 그녀를 한번 봐."

"미쳤어?"라고 나는 물었다. "내가 뭐하러?"

그런데 우리가 바로 그곳에 와 있었다. 지금까지 우리가 벌였던 모든 일들이 그랬듯, 이것 역시 욜라 아이디어였다. 그녀는 잠자리 모양 선글라스를 끼고 정교하게 직조된 터번을 쓰고 있었다. 그렇게 해서 "정체를 숨기려는 것"이라고 그녀는 말했다. 지옥에서라도 나는 이의 벌어진 틈만 보면 욜라임을 알아볼 수 있을 것 같은데.

"멍청한 얼굴들을 보게 된다니 기쁘네."라고 그녀가 말했다.

"생각 좀 해 봐, 스벤."이라고 테오가 덧붙였다. "저들은 두 시간이나 기다리고서 겨우 B급 유명 인사들이나 보게 되는 거야."

이틀 만에 처음으로 테오는 나를 "한심한 놈"이라고 부르지 않았다. 그의 눈은 기대에 찬 즐거움으로 빛났는데, 추측컨대 욜라의 선글라스 뒤에도 그런 즐거움이 숨겨져 있을 것 같았다. 도싯 호는 두 사람에게 뭔가 의미가 있는 것처럼 보였다.

"비트만은 늘 그렇게 해."라고 욜라가 설명했다. "문화 상류층들을 약간 끌어모아 배를 타고 지구의 반을 돌면서 자기 손님 명단을 팩스로 통신사들에 보내. 그런데 그 명단에서 가장 유명한 사람은 정작 그 배에 타고 있지 않은 거지."

나는 독일 유명 인사들을 생각하다가 그들이 도대체 나와 무슨 상관인가 싶어 기분이 나빠졌다. 섬 관광객들 몇 명이 보지도 못할 이베테 슈타들러를 기다린다는 것이 뭐가 그리 우스운지 나는 이해할 수 없었다. 하지만 테오와 욜라는 며칠 만에 처음으로 똑같은 이유로 기분이 좋았다. 기다리는 사람들 사이에서 나는 데이브를 발견했다. 그는 워낙 키가 커서 사람들 무리에서 머리 하나만큼 위로 쑥 올라왔다. 테오 팔은 여전히 욜라 어깨 위에 놓여 있었다. 사람들이 다 보는 앞에서 자신들을 보여 주기에 이보다 더 나은 모습은 없을 것이다. 어쩌면 심지어 우리에게는 이것이 하나의 전환점이 될지도 모른다. 어쩌면 욜라는 테오를 다시 얻기 위해 그동안 나를 이용했던 것뿐일지도 모른다. 여자들이란 그런 일도 하는 법이니까. 정상적인 상태로 곧장 되돌려 놓아 주는, 결국은 해로울 것 없는 속임수 말이다.

"데이브!"

그가 우리를 향해 몸을 돌렸고, 나는 그의 이성이 무엇을 어떤 순서로 기록하는지 알 수 있었다. 나를, 그다음은 욜라와 테오를, 그다음은 그들이 팔짱을 끼고 걸어가는 반면에 나는 바지 주머니에 손을 넣은 채 가벼운 마음으로 웃으며 그들 뒤를 천천히 따라 걷고 있다는 사실을.

"헤이.(이봐.)"라고 나는 말했고 데이브 어깨를 툭 쳤다. "왓 더 퍽 아 유 두잉 히어?(도대체 여기서 뭘 하는 거야?)"

"저스트 페잉 마이 리스펙츠 투 어 월드페이머스 뷰티.(세계적으로 유명한 미인에게 나의 존경을 표하려는 것뿐이야.)"

"이베테 슈타들러? 돈트 텔 미 유아 어 팬.(이베테 슈타들러? 네가 팬이라는 말은 하지 말아 줘.)"

"크리스트, 노.(맙소사, 아니야.)" 데이브가 웃었다. "아임 히어 포 더 보트.(보트 때문에 여기 온 거야.)"

"더 도싯 이즈 더 월즈 라지스트 개프 커터.(도싯 호는 세상에서 가장 큰 개프 커터[34]거든.)"라고 욜라가 나에게 설명했다. "빌트 인 나인틴트웬티, 머티컬러스리 리스토어드 앤드 리론치드 인 투타우전드식스. 세일스 언더 브리티시 플래그.(1920년에 만들어졌는데, 꼼꼼하게 복원해서 2006년 다시 진수했어. 영국 국기를 달고 항해하지.)"

그녀를 바라보는 데이브의 눈에는 깊은 놀라움이 담겨 있었다. 마치 욜라가 말하는 인형에서 진짜 사람으로 변하는 것을 바로 눈 앞에서 보기라도 한 것처럼.

"소 유 허드 오브 더 도싯?(그럼 당신은 도싯 호에 관해 들어 보았습니까?)"

"쉬즈 어 레전드! 쉬 헬드 허 오운 어게인스트 모던 보츠 앳 더 슈퍼요트컵 인 투타우전드세븐, 덴 툭 투 퍼스트 플레이시스 앳 더 생트로페 리개터 더 팔로잉 이어!(그 배는 전설이죠! 2007년 슈퍼요

34) gaff cutter. 한 개의 돛대 전후에 비교적 큰 세로 돛을 단 요트.

트컵에서 현대 보트들을 이겨 냈고, 그리고 그다음 해에는 생트로페 보트 경주에서 두 번이나 1등을 차지했어요!)"

몇 초안에 데이브가 그녀에게 프로포즈라도 하게 될 것만 같은 분위기였다.

"유아 세잉 쉬 캔 두 나인 노츠?(도싯 호가 9노트 속력을 낼 수 있다는 건가요?)"

아마도 유도 질문이었을 것이다. 당연히 9노트로는 어떤 보트 경주에서도 이길 수 없다. 입이 일그러지면서 욜라가 인상을 썼다.

"유브 갓 투 비 키딩! 비트만 세즈 쉬즈 던 세븐틴 오어 모어, 앤드 쉬 워즈 레코디드 애즈 익시딩 트웬티투 백 인 더 나인틴 트웬티스.(농담하시는군요. 비트만은 도싯 호가 17노트 혹은 그 이상을 낼 수 있다고 말해요. 과거 1920년대에는 22노트를 넘어섰던 것으로 기록되었어요.)"

데이브가 그만 사랑에 빠졌다. 한편으로는 관대하게 다른 한편으로는 체념한 듯, 테오는 자신의 여자 친구를 한 번 더 빌려 주기 위해 욜라 어깨에서 자기 팔을 내렸다.

"유 노 어 싱 오어 투 어바웃 보츠.(배에 대해서 좀 아시는군요.)"라고 데이브가 말했다.

"마이 대즈 올웨이즈 빈 인투 세일링.(아버지께서 늘 배를 타셨어요.)"이라고 대답하면서 욜라는 몇 걸음 옆으로 물러섰다. "아이 워즈 코스키퍼 바이 더 타임 아이 워즈 트웰브. 아이 뉴 이그잭틀리 웬 투 리프 더 세일즈 오어 스타트 디 엔진.(열두 살 때 난 부선장이었어요. 언제 돛의 크기를 줄여야 하는지 혹은 시동을 걸어야 하는지 정확하게 알았죠.)"

데이브의 자세가 표현하는 동경이 내 눈에 들어왔다. 그는 욜라 얼굴에 가능한 한 가까이 가기 위해 1미터 90센티미터나 되는 몸을 앞으로 약간 숙이고 있었다. 그녀가 말하는 동안 그는 그녀 입을 뚫어져라 바라보았다. 테오는 내 눈길을 뒤쫓았다. 그의 입술에는 익히 아는 비웃음이 서려 있었다.

"저런 암말을 소유하려는 자는 다른 수컷들이 그녀에게 킁킁거리는 것을 참아야만 하는 거야."라고 그가 말했다.

처음에는 내가 잘못 들었다고 생각했고, 그다음에는 무슨 대답을 해야 할지 몰랐다.

"날 좀 보라고." 그가 마치 마피아 대부처럼 두 팔을 벌렸다. "당신이 그녀와 그 난리를 치며 붙어먹어도 난 참잖아. 그러니 당신도 저 영국인이 그녀를 좀 뚫어져라 바라보더라도 참아야지."

"스코틀랜드인이야."라고 나는 말했다.

방파제 언저리 너머로 돛대 끝이 나타났다. 그 돛대가 달린 배는 아직 멀리 떨어져 있는 게 분명했다. 얼마 안 있어 톱 마스트의 돛이 보였고, 잠시 후 돛 상부의 가름대가 보였다. 돛대 높이는 40미터 정도 될 것 같았다. 도싯 호는 컸다. 그리고 빨랐다. 데이브가 이 배를 환영하기 위해 섬 절반을 가로질러 온 것이 놀랄 일도 아니었다. 비록 지금은 그의 눈이 욜라만을 향하고 있지만 말이다. 기다리던 사람들은 팔을 들어 검지로 서로에게 돛대 끝을 가리켜 보였다. 몇몇은 망원경을 가지고 있었다.

테오 손이 내 팔뚝 위에 놓여 있었다. 다시금 유리한 자세를 취한 것이다. 우리가 서로를 잘 이해함을 누구나 볼 수 있었다. 언제부터 내가 다른 사람들과 함께 있는 것을 두고 '자세를 취한다'는 말을 쓰게 되었는지에 대한 의문이 머릿속을 스쳐 지나갔다.

"한 가지 장점은."이라고 테오가 말했다. "내 곁에 항상 나와 똑같이 한심한 짓을 하는 자가 있다는 거지."

격려하는 듯 그는 내 어깨를 툭툭 쳤다.

"고맙군."이라고 나는 말했다. "하지만 다시 한 번 분명히 해 두겠는데, 나는 욜라와 그 난리를 치며 붙어먹지 않았어."

"알았다니까." 그는 눈을 가늘게 뜨고 입항지 너머를 바라보았다. "그럼 그냥 조용히 붙어먹은 걸로 해 두지."

도싯 호가 빠르게 다가왔다. 추측컨대 선장은 돛을 모두 다 올린 채 항구을 향해 가라는 지시를 받은 듯했다. 그러면 강렬한 인상을 준다는 점은 논란의 여지가 없었다.

"둘 다 아니야."라고 나는 말했다. "진짜야. 우리 사이에 정사(情事)라고 할 만한 건 없었다니까."

테오는 마치 뭔가에 물린 것처럼 몸을 이리저리 돌렸다. 그의 표정에서 친절함이라고는 싹 사라져 버렸다.

"명예가 뭔지 알아?"

나는 고개를 저었고, 그와 동시에 화가 났다. 물론 나는 명예가 무엇인지 알고 있었다. 다만 그가 궁극적으로 말하고자 하는 게 무엇인지 몰랐을 뿐이다. 게다가 우리가 취한 자세는 엄청나게 나빠지려 하는 찰나였다.

"그럴 거라고 생각했어." 테오가 웃었다. "그게 뭔지는 최근에 당신한테 벌써 설명해 주었는데. 그녀하고 붙어먹으라고. 그걸 즐겨. 하지만 내게 거짓말은 하지 마."

"좀 더 작게 얘기할 수 없겠어?"

"어른처럼 굴 수는 없겠어?"

"잘 들어, 테오." 나는 그에게 다가가서 목소리를 낮추었다. "욜라가 당신한테 무슨 얘기를 했는지 모르겠지만……."

"짜증 나!" 그의 목소리가 커졌다. 주변에 서 있던 몇몇 사람들이 우리를 쳐다보았다. 데이브와 욜라도 고개를 돌렸다. "당신이 알고. 내가 알고. 섬 전체가 알아. 당신들은 그걸 감추려는 노력 따위는 전혀 하지도 않았잖아. 그러니 부탁인데 헛소리는 집어치워."

"하지만 우리는……."

"테오!" 욜라가 소리쳤다.

그녀가 그의 생각을 읽을 정도로 그를 잘 알거나 혹은 지난 며칠 동안 나의 반응 능력이 혹사를 당해 무뎌진 것이리라. 나는 욜라가 왜 소리를 치는지 의아해하는데, 테오는 벌써 내 어깨를 움켜쥐었다. 나는 깜짝 놀란 나머지 저항도 하지 못했다. 사람들이 옆으로 비켜서는 것이 슬로모션처럼 보였다. 이미 내 몸은 선창 안벽의 가장자리를 넘어 그 뒤쪽으로 넘어가고 있었다. 그 와중에도 '교량 위에 떨어져서는 안 된다.'는 생각이 유리처럼 명료하게 내 의식을 스쳐 지나갔다. 발이 바닥에 닿기 전, 나는 힘을 주어 공중에서 몸을 반쯤 돌려 물속으로 잠수해 들어갔다. 다치지 않았다는 것을 바로 알아차렸다. 바닥에 바짝 붙어서 헤엄을 쳤다. 내항 바닷물은 의외로 따뜻했다. 작은 물고기들이 정박된 보트의 밑바닥을 쪼아 대고 있었다. '물 위로 떠오른다, 공기를 들이켠다, 기분 좋게 웃는다.' 이렇게 하리라 단단히 마음먹었다. 숨이 막혔다. 물 위로 올라갔다. 선창 안벽 위로 몸을 굽힌 스무 명의 걱정스러운 얼굴들이 보였다. 나는 웃어 주었다.

도싯 호의 입항이 막바지에 이르자 비로소 내가 내항으로 떨어진 일을 두고 웃으며 떠들던 소리도 멈추었다. 돛이 내려지는 동안, 나는 내 몸에서 물이 뚝뚝 떨어져 생긴 웅덩이에 서 있었다. 선장의 명령 소리가 들렸다. 신성하기까지 한 진지함이 관광객들을 사로잡았다. 모두가 갑자기 눈앞에 망원경을 갖다 댔다. 시동이 걸렸다. 도싯 호는 위풍당당하게 푸에르토칼레로의 항구로 들어왔다.

내 머릿속에 떠오르는 문장이 있었다. '나의 가슴은 사랑으로 불탄다.' 바로 그러한 감정을 나는 느꼈다. 도싯 호는 진정한 아름다움이란 힘과 우아함의 대칭이 아니라 그 둘의 결합임을 보여 주었다. 순전히 힘만 있으면 둔한 느낌을 주고, 그저 우아함만 있으면 허영으로 찬다. 그 둘이 만나야만 마음속 깊은 곳에서 감동을 일으킬 수 있는데, 나는 정확하게 바로 그런 감동을 받았다. 욜라는 몸을 곧추세운 채 부두 모퉁이에 서 있었으며, 데이브와 테오의 팔에 번갈아가며 몸을 지탱했다. 마치 그 배가 그녀 때문에 온 것 같아 보였다. 자부심이 세고 강하지만 폭풍우에는 아무런 저항도 하지 못한다. 뒷전에 서 있는 나는 고객이 재미로 물속에 던져 버린 웃긴 잠수 강사에 불과했다. 사랑과 고통과 슬픔이 느껴졌는데, 어쩌면 그 모두가 결국은 똑같은 것일지도 모른다는 생각이 들었다.

두 시간 뒤 폭스바겐 미니버스의 운전석에 앉은 나는 조금 전까지 기분이 나빴음에도 오히려 더 큰 소리로 웃었다. 그사이 내 옷은 다 말라 있었다. 진수식을 한 거냐, 명명식을 한 거냐, 날이 더워 열을 식히려 한 거냐 등등 생각할 수 있는 모든 농담들이 이미 부두에서 다 쏟아져 나왔다. 욜라는 여전히 최상의 상태를 유지하고 있었다. 그녀 터번은 구겨진 채 계기판 위에 놓여 있었고, 선글라스는 백미러에 걸려 있었다. 방풍 유리에 갖다 댄 그녀의 맨발이 남긴 자국은 몇 주가 지난 후에도 유리창에 김이 서리면 그대로 다시 나타났다. 그녀는 테오와 함께 도싯 호의 도착을 다시 한 번 그려 보았다. 중요한 건 배의 아름다움이 아니라 이미 예견한 것처럼 승객들 중에 "그 이베테"가 없었다는 사실이었다. 욜라는 비트만이 트랩 위에서 팔을 펼치던 모습을 흉내 냈다. "미안해요, 여러분." 그녀는 비트만의 어조를 거의 완벽하게 따라 했다. "이베테는 올 수가 없었어요." 그리고 모든 구경꾼이 독일인이 아닐 경우를 대비해 다시 한 번 영어로. "쏘리, 가이즈, 이베테 쿠든트 컴." 그다음으로 그녀는 다섯 승객을 패러디했다. 욜라의 패러디에서 그들은 실망한 관광객들이 흩어지던 바로 그 순간에 트랩에 들어섰고, 마치 미리 얘기해 두었는데 아직 마중을 나오지 않은 것처럼 그곳을 서성이며 누군가가 자신들을 알아봐 주길 바랐다. 내 눈에는 그저 배에서 내리는 다섯 사람일 뿐이었다. 나에게는 그들이 완전히 정상으로 보였는데, 욜라와 테오의 눈에는 코믹한 인물들처럼 보였나 보다. 욜라는 웃느라 몸을 반쯤 내 품으로 숙였다. 평소 같았으면 나는 그런 그녀를 밀쳐 냈을 것이다. 그런데 그들은 나에게 가만히 있어 달라고 했다. 기분 나쁜 어조로 내게 그냥 차나 몰라고 했다. 나는 그녀 머리 위에 손을 올리려고 했다. 그녀가 내 품에 그대로 있기를 원했다. 그런데 그녀가 금세 다시 테오에게 기대는 바람에 화가 났다. 나도 뭔가 말하고 싶었다. 하지만 나는 그들이 이야기하는 문학 비평가도, 연극 연출가도, 사진작가도 알지 못했다. 내가 할 수 있는 것은 그저 나도 함께 있음을 입증하기 위해 별로 즐겁지도 않으면서 웃음을 터뜨리는 일뿐이었다.

라호라에서 나는 주차한 후 잠시 동안 대문에 서서 욜라와 테오가 모래밭을 가로질러 카사 라야로 사라지는 것을 지켜보았다. 그들은 지젤의 가게에 생선 수프를 먹으러 가자는 나의 제안을 거절했다. 욜라가 요리를 하겠다고 했다. 나는 집 안으로 들어갔고, 테라스에서 책을 읽고 있는 안톄를 발견하고는 그녀를 침실로 잡아끌고 가 침대 위로 내동댕이쳤다. 영화에서는 섹스를 하면서 다른 여자 이름을 부르는 실수가 나오곤 하지만, 내게는 안톄 이름을 제대로 부르는 일이 어렵지 않았다.

욜라의 일기, 여덟 째 날. 여전히 11월 19일 토요일. 저녁.

어린 소녀는 자신을 말에 태우고 떠나 줄, 백마 탄 왕자를 기다린다. 성인이 된 여자는 이와 달리 계약을 맺는다. 우리는 또다시 협정을 맺었다. 그가 원할 때 내가 손으로 해 주면서 스벤에 관한 이야기를 들려준다면, 그는 나를 그냥 조용히 내버려 두겠다고 한다. 내 입과 목을 꽉 채워 거의 질식시킬 것만 같은, 스벤의 커다란 페니스에 관해. 내 손안에 놓인 스벤의 커다란 고환에 관해. 스벤이 어떻게 나를 움켜잡고 집어넣는지, 찢어질 것만 같아 내가 얼마나 겁이 나는지에 관해.

하지만 굴욕은 복잡한 거래다. 노인네는 소파에 앉아 있고, 내 손가락 사이에는 반쯤 빳빳해진 성기가 놓여 있다. 그는 나와 우리 잠수 강사에 관한 더러운 이야기에 귀를 기울이며 한 손으로 쿠션을 움켜쥐고, 다른 한 손으로 내 머리칼을 움켜쥔다. 지금 여기서 도대체 누가 누구에게 굴욕을 안겨 주고 있는가라는 질문도, 그 질문에 대한 대답도 해서는 안 된다. 그는 마흔두 살이고, 소설 단 한 편만 출판한 작가다. 벗어서 발목까지 내린 바지, 애쓰느라 벌게진 얼굴. 창피를 당하면서 동시에 스스로를 창피하게 만드는 불쌍한 인간.

이 말을 나는 그만 그에게 하고 말았다. 그걸로 우리 협약은 당장 무효가 되었다. 그는 바지를 끌어 올리고 욕실로 달려갔다. 이 승리의 달콤한 순간에 대해 나 자신은 더 이상 무사하지 못할 대가를 치러야만 한다. 테오 눈 속에서 뭔가 파괴되는 것을 보는 일이 나는 좋다. 하필이면 다른 사람도 아닌 내가 그에게 칼을 꽂았기 때문에 생긴 이 엄청난 상처. 굉장히 멋진 느낌이다. 그 몇 초 동안 나는 그가 나를 얼마나 사랑하는지 분명하게 안다, 아니, 분명하게 본다. 사람이 언제 사랑이란 걸 볼 수 있단 말인가? 그런 일은 드물고, 그래서 귀하다. 그 생각을 나는 계속하고 있을 것이다. 그가 돌아와서…….

12

안테가 잠들었을 때, 나는 다시 일어났다. 나는 완전히 진이 빠진 상태였고, 저녁을 먹지 않았으며, 안테와 연달아 두 번이나 했다. 두 번째 할 때 안테는 섹스를 한다기보다는 스포츠를 하느라 애쓰는 나에게 몸을 내어 주었고, 경기장과 관중이라는 두 역할을 겸했다. 무릎이 떨렸다. 나는 몇 분 동안 냉장고 문을 열어 놓은 채 서서, 안테가 먹다가 남긴, 셀로판지로 싸 놓은 타파스를 쳐다보았다. 토드의 비난 어린 눈길은 나를, 자신이 원하지 않는 것임에도 그걸 필요로 하는 자에게 절대 나누어 주지 않는 범죄자로 규정했다.

거실을 덧없이 서성거려 봤지만, 내가 컴퓨터에 끌린다는 사실을 더 이상 숨길 수가 없었다. 늘 그랬듯이 토드를 못 들어오게 막았다. 컴퓨터가 켜지는 동안, 오늘은 모습을 드러내지 않는 에밀이 어디에 있을까 살펴보았다. 그새 나는 줄거리를 따라가고, 인물들을 호감 가는 사람과 호감 가지 않는 사람으로 판단하고, 언제쯤 벨라가 다시 등장할지를 어느 정도 확신할 수 있을 정도로 그 시리즈를 잘 알게 되었다. 그녀가 전 남자 친구인 의사와 함께 지내게 된 이후로 그녀의 등장은 내게 특별히 더 많은 재미를 선사해 주었다. 간호사와의 관계를 청산하지 않을 것이 분명함에도 그 의사가 욜라와 키스하고, 속삭이고, 애무하는 장면이 훨씬 더 많아진 것이다. 한편 벨라의 경우 약물을 손에 넣기 위해 그 의사를 이용하려는 것이었다. 그녀는 그 약물을 가지고 자신에게 원하는 역할을 주지 않았던 연출가에게 복수하고자 했다. 벨라가 의사와 간호사가 함께 있는 현장을 막 덮치고 그를 비난하기 시작할 때, 음악 소리가 들렸다. 크게 울리는 음악 소리. 나는 일어나 커튼을 젖혔다. 방문 뒤 복도에서 토드가 짖기 시작했다.

나의 눈길은 바로 카사 라야의 거실로 향했다. 밤에 불이 켜지면, 그곳은 마치 무대처럼 보였다. 나는 보았다, 아니, 내가 무엇을 보았는지 정확하게 알 수 없었다. 신이 나서 춤을 추는 것 같은 두 사람을 보았다. 그들은 서로 껴안고, 비틀거리고, 원을 그리고, 부딪혔다. 한 사람의 모습이 넘어졌거나 그곳에서 나가 버린 것처럼 잠깐 동안 보이지 않았다. 그러더니 금방 그들은 다시 서로 엉겨 붙어 비틀거렸고, 바닥에 쓰러졌고, 다시 일어섰다.

저 자리에 함께하고 싶다는 소망 때문에 나의 몸은 유리창에 찰싹 달라붙었다. 내 삶에는 없는 에너지가 보였다. 그런 에너지가 없기 때문에 내 삶은 진정한 삶이 아니라는 사실이 돌연 분명해지는 것이었다. 나는 두 손바닥을 유리창에 대고, 눈을 크게 뜬 채 바라보았다. 내가 저 장면의 일부분이 될 수만 있다면 그 순간 모든 것을 다 희생했을 것이다. 통제 따위, 전략 따위, 도피 따위는 이미 넘어서 버린 곳. 춤을 추고 있는 것이 아님을 파악하게 된 후에도 여전히 함께하고 싶었다. 처음에는 내가 쫓겨난 느낌이었다. 이어서 건너편으로 달려가고 싶은 욕구가 점점 더 강해졌다. 하지만 나는 그대로 서 있었다. 창문에 댔던 손바닥은 어느새 주먹으로 바뀌었다. 나에게 중요한 것은 카사에서 일어나는 일을 막는 게 아니었다. 함께하고 싶다는 것, 그게 전부였다. 달려 들어간다. 시끄러운 음악에 대고 소리를 지른다. 더 이상 친절한 잠수 강사 스벤이 아니다. 내가 본 것과 나의 반응, 둘 중 어느 것이 더 경악스러웠는지 모르겠다. 건너편에서 한 인물의 형상이 어떤 물체를 머리 위로 들어 올렸다. 꽤 큰 물체를. 거실 의자였다. 친절한 잠수 강사라면 벌써 개입했을 것이다. 건너편에서 벌어지는 일이 무엇이든, 그는 그 일을 중단시켰을 것이다.

그 대신 뭔가를 시도한 것은 토드였다. 토드의 작은 몸이 자갈길을 건너 그 집 앞으로 질주했다. 개는 신경질적으로 짖어 대며 모래밭을 달려 건넜고, 카사로 향하는 계단을 올라갔으며, 문에다 자기 몸을 부딪쳤다. 음악이 멈추었고 불이 꺼졌다. 내 머릿속 논리 장치가 느릿느릿 작동했고, 누군가 저 개를 집 밖으로 내보낸 게 틀림없다는 생각에 이르렀다. 안테가 작업실 문턱에 서 있었다. 나는 재빨리 모니터를 쳐다보았다. 화면보호기가 벨라 얼굴을 감추었다. 안테가 내 시선을 뒤쫓았다.

"아, 스벤."이라고 그녀가 말했다. "걱정 마. 당신이 여기서 뭘 하는지 어차피 알아. 당신은 브라우저 기록을 지우지 않잖아."

나는 브라우저 기록이 뭔지 몰랐다. 그녀를 응시했다. 그녀의 금발이 헝클어져 있었는데, 섹스할 때 나도 거기에 한몫을 했다.

"저기 도대체 무슨 일이야?"라고 그녀가 물었다.

그 물음에는 나도 뭐라고 대꾸해야 할지 알 수 없었다. 나는 딸기가 그려진, 그녀의 잠옷 가운에서 눈을 뗄 수가 없었다. 왜 딸기일까 하고 마음속에서 의문이 들었다.

"당신 친구들이 슬슬 신경에 거슬리네, 알아?"

마침내 나는 입을 열었다.

"그들은 내 친구가 아냐."라고 나는 말했다. "우리 고객이지."

"그래, 뭐. 알았어, 스벤." 이렇게 말하고 안테는 다시 자러 갔다.

갑자기 혐오감이 느껴졌다. 카사에서는 더 이상 미동도 없었다. 나는 소파에 누워 아침이 되기를 기다렸다.

욜라의 일기, 아홉번째 날. 11월 20일 토요일. 아주 이른 아침.

벨라 슈바이크는 행실이 나쁜 여자다. 하지만 늘 피해자다. 결코 가해자가 아니다. 가해자가 되려는 사람이 누가 있겠는가? 아무도 없을 것이다. 아마도 범죄가 저질러지는 순간을 제외한다면. 하지만 범죄의 순간은 짧다. 범죄가 행해지고 나면 모든 호감이 피해자에게 향하는 시간이 영원히 계속된다. 피해자는 태어날 때부터 정해지는 법이다. 아주 작은 사내아이조차도 다른 애를 두들겨 패고 난 다음 "재가 먼저 시작했어!"라고 소리치지 않는가. 네 살짜리 여자아이들도 거울 앞에서 계속 연습하여 양처럼 온순하게 눈을 깜박거리는 일을 완벽하게 해낼 수 있게 된다. 그렇기 때문에 사람들은 서로 힘을 합쳐 커플을, 주거 공동체를, 연합을, 정당을 그리고 사회를 이룬다. 그래서 항상 모든 것에 대한 죄를 뒤집어씌울 수 있는 타인이 존재할 수 있도록. 상대역을 해 줄 적당한 파트너만 있다면, 피해자가 되는 것은 쉬운 기술이다. 검은 페터[35]를 뽑을 정도로 충분히 멍청한 자. 생각 없이 일단 덤벼들고 나중에 용서를 구하는 자. 그렇게 기꺼이 가해자가 되어 주는 사람 덕분에 죄없는 자들이 엄청난 득을 본다. 죄없는 자들이 늘어나고, 사람들은 노후를 대비해 죄를 짓지 않는다. 자신만의 가해자가 있는 사람은 결코 다시는 피해자 역할을 걱정하지 않아도 된다.

이토록 이익이 되는 관계로부터 자발적으로 벗어날 사람이 누가 있단 말인가? 그렇다. 그 정도로 미친년은 없을 것이다. 가해자는 약간 미소를 지으며 낮게 휘파람을 불고, 이성적인 피해자는 윈윈 상황으로 돌아간다. 자존감, 자기 보호 혹은 그저 자기방어에 대한 의지의 불꽃이라고? 아무것도 아니다. 그냥 있던 곳에 그대로 머물러 있으려는 것이다. 자기 자신의 고통 속에 편안하게. 마이 둠 이즈 마이 캐슬.(나의 불행이 나의 성이다.) 힘든 어린 시절을 보냈으니까, 파티가 열리지 않으면 결코 볼 수 없는 아버지를 뒀으니까, 시간의 흐름과 투쟁하느라 완전히 바쁜 어머니를 뒀으니까. 그 정도면 평생 피해자로 살기에 충분한 이유임이 분명하다. 코피를 좀 흘리는 것쯤은 아무렇지 않다. 그게 좋은 목적을 위해서라는 걸 아는 한. 비록 코피가 멈출 기색이 전혀 없어 보이더라도.

내일 노인네는 앉아 있는데 의자가 부서졌다고 스벤에게 말할 것

---

35) 카드를 한 장 뽑아 짝이 맞는 자신의 카드와 함께 내놓을 수 있으며, 손에 든 카드를 모두 내놓는 사람이 이기는 카드 게임에서 유일하게 짝이 없는 카드 한 장을 '검은 페터'라고 부른다. 이 카드를 손에 쥐고 있는 사람이 결국 게임에서 지게 된다.

이다. 그는 어떻게 자신이 의자에 앉은 채로 뒤로 젖혀져 쾅 하고 허공으로 넘어졌는지를 웃으면서 묘사할 것이다. 하하, 섬의 음식이 좋아서, 하하, 섬의 포도주가 좋아서! 그는 의자를 새로 사 주겠다고 인심 좋게 제안할 것이다. 내 돈으로 말이다. 하지만 우리는 좀스럽게 굴지는 않을 것이다. 어쩌면 말을 너무 많이 하다가 중요할 것도 없는 그 사건에 대해 이야기하게 될지도 모르지. 하지만 그야 작가니까 거짓말을 꾸미는 일에는 이미 익숙하지 않은가.

스벤은 그의 말을 믿을 것이다. 그는 거짓말에 대해서 경험이 없다. 항구에서 그가 바라보던 모습이라니! 그의 눈 속에 표현되던 끝없는 고독. 배가 올 것이지만, 그에게 오는 것은 아니다. 시간을 달라고 한 것은 스벤이다. 결코 서두르지 말아 달라고 했다. 사실을 말하지 말아 달라고 했다. 아직도 그는 안톄와 아무런 얘기도 하지 않았다. 하지만 나는 존중한다. 사랑이 충분하지 않아 그러는 게 아니니까. 남자들은 그냥 비겁하다. 그래서 그들은 가해자가 되기에 그토록 적당하다. 잠깐, 스벤은 가해자가 아니다. 스벤 자신이 피해자이다. 그의 이야기에 귀 기울이기만 한다면 알 수 있다. 그는 승리자가 아닌 패배자로 독일을 떠났다. 그리고 지금은 전쟁 상태라는 바보 같은 소리를 즐겨 늘어놓는다.

테오에게 돌아가는 건가? 하고 그의 눈길이 항구에서 나에게 물었다. 내가 도대체 언제 테오를 떠난 적이 있었나? 하고 나는 침묵 속에서 대답했다.

오늘 밤에는 스벤이 창 아래에서 나를 부르지 않았다. 그럼에도 나는 노인네가 잠들고 난 후 바다로 내려갔다. 우리의 자리로. 혼자라서 파도의 굉음에 무서운 마음이 들었다. 내가 앉아 있는 부분이 언제라도 절벽으로부터 떨어져 나갈 수 있을 것만 같았다.

오늘 내가 차에서 어떻게 행동했는지를 절대 생각해서는 안 된다. 연인과 반려자 사이에 앉아서 어떻게 아양을 떨었는지를 떠올려서는 안 된다. 비트만의 손님들에 관해 농담한 건 그저 노인네 마음에 들기 위해서였다. 그가 잠시 나에게 친절하게 대해 주었기 때문이다. 스벤을 물속으로 던져 넣으면서까지 그가 나를 얻기 위해 투쟁했기 때문이다. 그것은 피해자를 돌아오게 하는 가해자의 낮은 휘파람 소리였다. 바깥에서 그런 나를 관찰한다면, 나는 토할 것이 틀림없다. 역겨움에 나는 음악을 크게 틀 것이다. 그래서 사람들이 내 비명 소리를 듣지 않도록. 그리고 나는 내가 그저 빌어먹을 창녀일 뿐만 아니라 빌어먹을 아첨꾼이라는 사실에 대해 스스로를 벌할 것이다.

'나는 끝이다.' 진실을 표현하는 데는 그저 이 말만으로도 충분하다. 멋진 휴가를 함께 보내고, 로테로 변하고, 다른 사람과의 행복을 시도하고. 전부 다 헛소리다. 나는 거듭해서 테오에게 돌아갈 것이다. 그가 나를 없애 버릴 때까지. 내겐 도움이 필요하다. 스벤이 결정을 내려야만 한다. 이건 한 남자가 어느 여자가 더 좋은지 끝없이 숙고하고, 그러는 동안 두 여자와 모두 즐기는 그런 일반적인 경우가 아니다. 여기 이것은 예외적 상황이다. 스벤이 정말 나를 원한다면 그는 뭔가 해야만 한다.

13

“기다려, 스벤, 당신한테 고백할 게 있어.”라고 테오가 말했다. 내가 운전석에 앉아 차를 마당에 올리기 위해 막 기어를 넣으려고 할 때, 테오는 열린 운전석 문 옆에 와 서 있었다. 저녁 7시 30분쯤이었고, 이미 족히 한 시간 전부터 어둠이 내려 있었다. 테오가 내 몸 위로 몸을 쑥 들이밀더니 시동을 껐다.

아침에 욜라는 잠수하러 나타나지 않았다. 테오는 그녀가 생리 중이라고 설명했다. 두 번 잠수하고 난 다음 그는 세 번째 잠수를, 그리고 결국 네 번째 잠수까지 하자고 나를 설득했다. 너무 절실하게 얘기해서 어쩌면 그가 집에 가고 싶지 않은 것일지도 모른다는 의문이 들었다. 마지막 잠수를 끝내고 물 밖으로 올라왔을 때에는 이미 어둠이 내리고 있었다. 나는 무엇보다 저녁 식사 생각이 간절했다. 앞서 안테가 전화를 걸어 파에야를 준비한다고 알려 주었다.

“정말 미안한데, 멍청한 일이지, 당신이 생각하는 그런 건 아니고, 우리가 당신들의 카사 라야를 다 망가뜨리고 있네. 진짜 운이 나빴어, 어쩌면 섬의 음식이 너무 좋아서인가, 모르겠어, 어떻게 그런 일이 일어날 수 있었는지. 어쨌든 단 한 푼도 아끼지 않고 틀림없이 손실을 보상할게."

"도대체 뭐가 고장 났는데?"라고 나는 물었다.

"아, 내가 아직 무슨 일인지 말하지 않았던가?" 그가 웃었다.

나는 인상을 쓰지 않았다. 아침부터 계속해서 그 상황에 대해 깊이 생각해 보려고 애썼지만 조금도 진전이 없었다. '상황'이라는 것 자체가 없었을 수도 있지 않냐고 스스로를 납득시키려 해 보았다. 만약 뭔가 일어났다면 도대체 무슨 일일까 하는 물음에 대해 어떤 대답도 손에 잡히지 않았다. 나는 스스로가 창피했는데, 무엇 때문에 창피한 건지 그 이유를 전혀 알고 싶지 않았다. 욜라가 잠수하러 나타나지 않았다는 것이 심지어 어쩐지 기쁘기까지 했다. 내 머리는 작동하느라 뜨거워진 기계처럼 느껴졌다. 어쩌면 그저 내가 너무 지친 것일지도 모른다. 내게 필요한 건 안톄와 편안하게 저녁 식사를 하는 것이고, 거기다가 촛불을 켜 놓고 음악이 낮게 흐른다면 최상일 것이다. 작은 낙원일 것이다.

"그야말로 엄청나군." 테오가 고개를 뒤로 젖혔다. "저런 건 독일에는 전혀 없지. 저기 은하수 말이야, 우리 바로 위에. 별로 가득 찬 당신네 하늘은 예술 작품이로군."

마치 내가 그 하늘을 만들어 내기라도 한 것처럼 그는 경탄의 눈길로 나를 바라보았다.

"알았어, 테오."라고 나는 말했다. "잘 자."

"부디 상속받은 물건이 아니었기를."이라고 그가 말했다. "의자 말이야."

테오는 무슨 일이 일어났는지 질문을 받게 될 것이라 생각하는 게 분명했다. 나는 입술을 깨물었다. 하지만 결국 그 질문을 던지고 말았다.

"무슨 일이 있었는데?"

"모르겠어." 테오는 다시 위를 쳐다보았다. "어쩌면 내가 너무 세게 앉았던 것 같기도 하고. 그게 그냥 부서져 버리더라고. 훌륭해, 엄청나게 많은 별들이야."

"당신들…… 춤을 췄어?"

테오가 우주를 바라보던 시선을 거두었다. 한동안 그는 신중하게 나를 쳐다보았다.

"그날 저녁이 약간 격렬해졌었다고 해 두지."

"의자가…… 허공으로 날아가는 게 있을 수 있는 일이야?"

"화가 치밀어 내가 그걸 방에 내동댕이쳤어. 처음에는 꽤 아팠지. 내 허벅지에 퍼렇게 멍이 든 게 혹시 당신 눈에 띄었을지도 모르겠군."

테오 허벅지에 멍이 들지 않았다는 것은 거의 확실했다.

"하지만 걱정 마, 그 밖에는 아무것도 망가지지 않았어." 테오가 웃었다. "그다음에 우리는 개 짖는 소리를 들었고, 음악을 껐어. 우리가 소동을 피워서 당신들이 깬 게 아니길 바랄게."

"그렇지는 않았어."라고 나는 말했다.

"이제 그런 눈으로 보지 마."

그가 살짝 내 어깨를 쳤다. 나는 바로 그러지 말라는 손짓을 했다. 그가 내 몸에 손을 대는 게 싫었다.

"이젠 그녀와 재미를 보도록 허락해 주지 않는 건가? 그녀가 당신 소유물은 아니지, 알겠어?"

"그녀는 내 고객이지, 테오. 그 이상은 아니야."

"올바른 관점이로군." 그는 진지하게 고개를 끄덕였다. "휴가를 보내는 동안 당신이 그녀를 하나부터 열까지 철저하게 보살피는 대가로 그녀가 당신에게 돈을 지불하지."

"그녀는 잠수에 대한 대가로 내게 돈을 지불하는 거야."

"좋아." 그는 팔짱을 꼈다. "우리 어디 한번 이 일을 근본적으로 해명해 보자고. 우리들만 있고, 아무도 우리 얘기에 귀 기울이지 않아. 남자 대 남자로 얘기하는 거야. 어때?"

나는 고개를 끄덕였다. 근본적으로 해명해야 할 필요성은 나도 절실하게 느꼈다.

"나는 당신한테 허락해 주었지, 그녀에게 약간 기쁨을 선사해도 된다고."라고 테오가 말했다. "하지만 욜라와 나의 관계는 당신하고는 아무 상관이 없어."

내 생각도 정확하게 그러했다. 나는 긴장이 좀 풀렸다.

"그리고 마지막으로 하는 부탁인데, 안 했다고 부인하는 건 이제 그만 좀 하지. 그건 나쁜 방식이야."

"하지만 나는."이라고 나는 말을 꺼내다가 다시 입을 닫았다. 애써 봤자 소용없다. 내가 어떤 말을 하든 어차피 그는 내 말을 믿지 않을 것이다.

"그렇지, 그렇게 말을 잘 들어야지. 그냥 입 닥치고 있으라고." 테오가 담배에 불을 붙였다. "이 전부가 당신한테는 기이하게 여겨질 수도 있을 거야. 나라고 이런 게 좋은 것도 아니고. 하지만 욜라는 이곳을 떠나길 거부하고, 나는 그녀를 여기 혼자 남겨 두길 거부하지. 그러니 우리는 남은 엿새를 마저 머물 거야. 그 이후 당신이 우리를 볼 일은 전혀 없을 거야. 어쩌면 당신들 둘이 이메일을 몇 번 주고받을지도 모르겠지만, 열기는 빨리 식어 버리고 이곳에서의 일은 잊히겠지. 당신은 당신 삶을, 나는 내 삶을 계속해서 살아가는 거지."

내 마음이 단번에 가벼워졌다. 비록 잘못된 전제에서 출발하기는 했지만, 테오는 자신이 생각하는 걸 그대로 내게 말했다. 그리고 그의 말을 듣는 동안 나는 거의 그냥 내 생각을 듣는 것만 같았다. 이성적이고 명료했다. 지난 며칠 동안 전혀 필요하지 않았음에도 나를 힘들게 했던 혼란에서 벗어났다.

"남은 시간 동안 우리는 아주 잘 지낼 수 있을 거야."라고 그가 계속해서 말했다. "우리가 어른처럼 행동한다고 전제한다면."

그가 담배를 너무나도 깊게 그리고 만끽하며 빨아들여서 갑자기 나도 담배가 피우고 싶어졌다. 그는 마치 생각을 읽어 낼 줄 아는 것처럼 내 앞에 담뱃갑을 들이댔고 불을 주었다. 나는 담배를 빨아들였고 기침을 했으며 가벼운 현기증이 이는 것을 즐겼다.

"내가 아는 당신은 게임 같은 걸 하고 싶어 할 사람은 아니지만." 그가 손을 뻗었다. "페어플레이?"

내가 무엇을 약속하는 건지 아직 생각이 정리되지 않았는데, 내 손은 이미 그의 손 안에 놓여 있었다. 아마도 근본적으로 중요한 것은, 욜라와 내가 섹스를 했다는 그의 주장을 더 이상 반박하지 않는 일인 듯했다. 반박하지 않는다고 해서 내가 그것을 시인했음을 뜻하지는 않는다. 법률에서는 침묵은 의사표시가 아니라는 원칙이 적용된다. 침묵은 '예.'도 아니고, '아니오.'도 아니다. 전혀 아무것도 아니다. 법적으로 무효이다. 침묵한다고 해서 거짓말을 하는 것은 아니다. 나는 그의 손을 잡았다. 테오가 내 어깨를 힘주어 두드렸다.

"내 그럴 줄 알았어."라고 그가 말했다. "당신은 괜찮은 사람이야, 스벤."

이 모든 과정이 그에게는 매우 중요한 것 같았다. 우리는 담배꽁초를 내던졌다.

"우리가 이제 서로 이야기를 나눌 수 있다니 좋군."

그는 다시 별들을 올려다보았다. "당신도 가끔씩 욜라 머릿속이 아주 정상은 아니라는 인상을 받았어?"

나에게는 기습적인 질문이었다.

"모르겠는데."라고 나는 어물거렸다. "사실은 못 받았어. 어쩌면 내가 그녀와 아직 충분히 오래 알고 지낸 사이가 아니라서 그럴 수도 있겠지."

그는 마치 내가 농담이라도 한 것처럼 웃음을 터뜨렸다.

나는 말했다. "다른 사람에 대해 판단을 내리지 않는 게 내 원칙이야."

"판단을 내리지 않는다, 그래?" 테오가 생각에 잠기며 고개를 끄덕였다. "당신이 누리는 건 상당한 사치로군. 그렇다면 당신이 그녀를 예쁘다고 생각하는지도 말 못 하겠네?"

그에 관해서는 깊이 생각해 보았어야 했는데. 욜라가 아름답다는 건 의심할 여지가 없었다. 그것이 내게는 판단으로 여겨지지 않았다. 오히려 보통 사람이라면 누구나 확인해 줄 수 있는 엄연한 사실처럼 여겨졌다. 물론 사실을 확인하는 데에는 가치적 요소가 포함됨을 배제할 수는 없다. 하지만 난 그 점에 관해 상세히 논하고 싶은 기분이 아니었다. 게다가 욜라는 그의 여자 친구가 아닌가. 그런 그녀에 관해, 마치 우리가 요트 한 대를 함께 빌리기라도 한 것처럼, 자세한 이야기를 나누고 싶은 기분은 더더욱 아니었다.

"나는 들어가 뭘 좀 먹어야겠어."라고 나는 말했다.

"괜찮아."라고 테오가 말했다. "당신한테는 낯설겠지. 당신은 그런 일에는 익숙하지 않을 거야. 기본적으로 나는 당신의 신중함을 존중해. 잠깐만, 당신한테 줄 게 있어."

그는 바지 뒷주머니에서 종이 몇 장을 끄집어냈는데, 적어도 네 번은 접어서 작은 꾸러미 같았다. 그는 그것을 하루 종일 지니고 다녔던 것이 틀림없었다.

"당신은 내가 쓴 걸 좀 읽어 보려고 했지. 재미있기를 바랄게."

그가 그 뭉치를 내 손에 올려놓자 그것은 내 손 위에서 바로 펼쳐졌다. 타자기로 씌어 있었다. 나는 그것을 다시 뭉쳐 쥐었다.

"안톄한테 인사 전해 줘. 포도주가 거의 다 떨어졌다고 그녀한테 말 좀 해 줘. 당신네 하늘은 정말이지 미치도록 멋있어."

그는 벌써 카사 라야의 계단에 이르렀고, 거기서 다시 한 번 몸을 돌렸다.

"어제 내가 당신을 물속에 던진 일은 미안해. 그리고 그 의자에 대한 보상으로 뭘 받았으면 하는지 내게 말해 주는 것 잊지 마."

그의 등 뒤에서 문이 찰칵하는 소리를 내며 닫혔다. 안에서 불이 켜졌을 때에야 비로소 나는 카사가 어둠 속에 있었다는 생각이 떠올랐다. 이곳, 세상 끝에서는 자동차가 없으면 어디도 갈 수가 없는데. 바다 이외에는. 어쩌면 그녀는 자고 있을지도 모른다. 혹은 불을 끈 채로 식탁에 앉아 그저 허공을 바라보고 있을지도 모른다. 나는 파에야를 생각하려고 해 보았지만, 더 이상 배가 고프지 않았다.

밤에 나는 욜라가 나오는 꿈을 꾸었다. 그녀는 두 남자가 앉아 있는 강단 앞에서 춤을 추었다. 한 사람은 테오였고, 다른 한 사람은 누군지 알 수 없었다. 음악 소리는 들리지 않았고, 그래서 바닥에 닿는 욜라 발소리가 더 크게 울렸다. 그녀는 춤을 추어서 어떤 역할을 따내려고 했다. 그녀는 잠수 안경을 쓰고, 빨간 비키니를 입고 있었다. 두 남자는 그녀를 바라보며 탁자 아래에서 자위를 했다. 그들이 목표에 이르기도 전에 욜라는 자신의 춤을 끝마쳤다. 허리에 땅기는 듯한 통증이 느껴졌을 때, 나는 두 번째 남자가 바로 나 자신임에 틀림없음을 알았다.

욜라는 가쁜 숨을 몰아쉬며 우리 앞에 서 있었고, 테오가 그녀에게 말했다. "좋아요, 폰 데어 팔렌 부인, 이제 몽테스키외의 철자를 말해 보세요."

욜라는 더듬거렸고 테오는 웃었다. 나는 끼어들려고 했다. 벌떡 일어나 소리치려고 했다. 나는 판사가 아니고, 어떤 판결도 내리지 않으며, 이 모든 일과는 아무 관계가 없다고. 하지만 내 입은 너무나 말라붙어 어떤 소리도 낼 수가 없었고, 다리도 움직일 수가 없었다.

"그렇다면 실패한 것 같네요."라고 테오가 말했다.

욜라가 울었다. 이제 그녀는 도로에서 일어난 사고에 관해 전 남자 친구에게 보고하는 벨라 슈바이크의 옷차림이었다.

"어디 다른 곳에서 한번 시도해 보세요." 테오가 작은 카드에 뭔가를 긁적였고, 그것을 욜라에게 건넸다. '죽음은 계속해서 사람을 모집하는 회사이다.'

나의 손이 앞으로 빠르게 움직여 테오 목을 움켜쥐었다. 내가 목을 조르기 전에 욜라가 다가왔다. 그녀는 실제로는 그 공간에 있지 않았고, 커다란 화면 속에서 움직였다. 그녀가 미소를 지으며 카메라에 대고 말했다.

"우리를 끄지 마세요. 우리가 당신을 꺼 버릴 거예요."라고 했다.

나는 비명을 지르며 벌떡 몸을 일으켰다. 안톄가 몸을 돌려 희미한 어둠 속에서 나를 바라보았다.

"그거 참 잘됐다."라고 그녀가 말했고, 몸을 반대편으로 돌리고는 다시 잠들었다.

아침에 나는 거실에서 잠이 깼고, 정신을 차리는 데 시간이 좀 걸렸다. 내가 소파에 있다는 것을 서서히 파악했다. 안톄는 침실에 누워 있었고, 집은 완전히 조용했다. "그거 참 잘됐다."라는 말도 꿈을 꾼 것임에 틀림없는 듯했다. 소파 옆 바닥에는 테오의 이야기가 적힌 종이들이 놓여 있었다. 잠들기 전 무엇을 읽었는지 기억해 낼 수는 없었지만, 내 꿈이 그것과 관계있다는 것은 확실했다.

나는 소파 가장자리 위로 다리를 휙 들어 몸을 일으키고 똑바로 앉았다. 나흘 만에 몇 시간을 통째로 잤다. 몸이 아픈 것 같았다. 왜 그리고 뭘 위해 내가 살아 있는지 알 수 없었다. 나는 일어나 커피를 내리러 부엌으로 갔다.

14

처음에는 우연이라고, 나중에는 착각이라고 여겼다. 그리고 욜라와 테오를 알게 된 지 열흘이 되었을 때, 그것은 확신이 되었다. 나를 보면 사람들은 가던 길을 바꾸었다. 잠수하던 중간에 우리는 푸에르토델카르멘의 관광지에서 아이스크림을 사 먹었는데, 그때 그런 일이 세 번 연달아 일어났다. 처음에는 스페인 여자들 무리였는데, 아마도 안톄 패거리에 속할 것이다. 그다음에는 어느 부부였는데, 휴가를 온 이들에게 집을 빌려 주는 사람들인 것 같다. 끝으로 두 중년 남자는 나하고도 안톄하고도 아무 연관성을 찾을 수가 없는 사람들이었다. 그들 모두는 우리를 향해 걸어오다가 나를 바라보더니 찻길을 건너가 반대편에서 가던 길을 계속 갔다. 욜라와 테오는 아무것도 눈치채지 못한 것 같았다.

나의 이런 편집증은 버니의 전화 때문에 생긴 듯했다. 아침 식사를 하는데 전화벨이 울렸다. 월요일이었고, 이틀 후에는 애버딘 호를 타고 대규모 잠수 탐험을 실시할 예정이었다. 명확히 해야 할 문제들이 아직 몇 가지 있기는 했다. 하지만 버니는 다른 이유로 전화를 걸어왔다. 그는 마치 임신부나 암 환자에게 하는 것과 같은 말투로 나에게 어떻게 지내느냐고 물었다. '어떻게 지내?'에서 '지내'를, '하우 아 유?'에서 '아'를 강조했다. 그의 질문이 무엇을 향하는지 알 수가 없어서 나는 아무 말도 하지 않았다. 안테는 꿀을 바른 빵 반 조각을 입 앞에 든 채로 나를 응시했다. 나는 일어나 테라스로 나갔다.

지금 진지하게 얘기하는 거야 하고 버니가 시작했다. 그는 내가 무슨 생각을 하는 것인지 물었다. 앞으로 어떻게 될 것인지 물었다. 내 직업이 걱정되지도 않느냐고 물었다. 부끄럽지도 않느냐고 물었다. 도대체 안테는 그 전부에 관해 무슨 말을 하는지 물었다.

그의 이야기가 나와 욜라를 두고 하는 말임을 파악하기까지 시간이 좀 걸렸다. 원래 나는 버니를 좋아했다. 그는 한번 그렇다고 생각하면 그걸 계속 지키는 사람이었다. 자기 자신을 너무 잘 이해하기 때문에 근거 없이 친절을 베풀지 않는 사람이었다. 그래서 그와 알고 지내는 일은 전혀 복잡하지가 않았다. 대부분의 문제는 사람들이 누군가에게 해를 끼치려고 하기 때문이 아니라 무엇에 관해 이야기해야 할지 모르기 때문에 발생한다고 나는 생각한다. 사람들은 이야기할 주제를 찾지만, 날씨와 일반적인 험담을 제외하면 둘 사이 대화가 중단되지 않도록 해 줄 어떤 것도 찾을 수가 없다. 버니는 달랐다. 그는 우악스러웠고, 말이 별로 없었으며, 그래서 매수할 수가 없었다.

하지만 이날 아침 그는 말을 했고, 나를 절대로 그냥 가만히 내버려 두려 하지 않았다. 그런 그가 신경에 거슬렸다. 그는 나를 프릭

(멍청한 놈) 그리고 덤애스(바보 멍청이)라 불렀고, 잠수부들의 '올바르게 행동하라.'라는 신조를 이야기했다. 이 모든 것을 그는 매우 빠른 속도로 말했다. 내가 전화 통화할 때 영어를 잘 알아듣지 못한다는 것을 그가 알면서도 말이다.

"퍽 오프(꺼져), 버니."라고 말하고 나는 전화를 끊어 버렸다.

버니와의 이 일이 계속 나를 따라다녔다. 버니가 데이브나 다른 누구한테서 무슨 얘기를 들었는지 나는 모른다. 걱정하는 게 아니라 몹시 화가 난 말투였다. 수요일에 내겐 버니, 데이브 그리고 애버딘호가 필요했다. 벌써 몇 달째 그 원정을 준비했고, 새 장비를 구입하는 데 많은 돈을 투자했다. 옆에 지나가는 사람의 목덜미를 움켜쥐고, 다른 사람들 일에 쓸데없이 간섭하면서 무슨 엉뚱한 생각을 하는 거냐고 얼굴에 대고 고함지르고 싶은 마음이 굴뚝같았다. 버니도 그리고 그의 친구들도 나에 관한 거짓말을 퍼뜨리는 일을 그만두어야 한다고 소리치고 싶었다. 그렇게 해서 전쟁이 벌어지는 것 아닌가. 소문을 즐기는 마음 때문에. 타인에 대해 항상 가장 나쁜 것만 생각하고 싶은 마음 때문에. 다시 잠수복을 입었을 때 나는 기뻤다. 네오프렌은 세상을 내 몸으로부터 떨어뜨려 놓는 두꺼운 가죽이 되어 주었다. 앞으로 삼십 분 동안은 내 공기를 다른 인간들과 공유하지 않아도 되어 기뻤다.

치카 해변의 푸에르토델카르멘 앞에서 다시 한 번 잠수한 것은 내가 가진 밑천이 바닥났기 때문이다. 그사이에 욜라와 테오는 모든 잠수 장소를 다 알게 되었다. 꼬치고기, 능성어, 전자리상어는 더 이상 큰 화젯거리가 되지 못했다. 고객에게 거듭해서 놀라움을 선사하는 일은 내가 개인적으로 품은 욕심이었다. 하지만 열흘 이상을 머무는 고객은 얼마 되지 않았고, 하루에 두 번 이상 잠수하는 사람은 거의 없었다. 대서양조차도 볼거리가 한정되어 있었다. 내게도 아이디어가 슬슬 떨어져 갔다. 치카 해변 동쪽으로 절벽 모서리 아래쪽에 동굴이 하나 있었는데, 그곳은 위험하지 않을 정도로 공간이 넉넉했다. 그 동굴을 나는 그들에게 보여 주려고 했다. 그 후 나머지 기간은 보트를 타고 나가 잠수하는 것으로 채워야 할 것이다.

나는 바닥에 바짝 붙어 잠수하면서 몇 초에 한 번씩 몸을 돌려 그 둘을 바라보았고, 그들이 닻줄에 걸리거나 끊어진 채 놓인 낚싯줄에 얽혀 들지 않도록 신경을 썼다. 버니와 함께 때때로 청소해 오긴 했지만, 그럼에도 치카 해변은 섬에서 가장 더러운 장소였다. 우리 왼쪽 방향에서는 라우라가 초보자 그룹을 데리고 흙탕물을 일으키고 있었다. 우리 머리 위에서는 아이들이 발꿈치가 먼저 물에 닿는 자세로 부두에서 뛰어내렸는데, 수면으로 올라오는 잠수부의 머리를 밟을 기세였다. 스노클을 쓴 관광객들은 배를 아래로 하고 헤엄치며 우리를 내려다보았는데, 저녁때까지 그렇게 있다 보면 햇볕으로 인해 등에 어떤 화상을 입게 될 것인지는 전혀 모르고 있었다. 우리 귀에는 모터보트의 덜덜거리는 소리가 계속해서 들려왔다. 그 만(灣)에서 더 깊은 곳으로 가기 위해서는 암초 끝에서 뛰어드는 것이 가장 빠른 방법이었다.

하지만 우리는 그곳까지 가지 않았다. 수심이 채 20미터가 되지 않는 곳에서 나는 그것의 흔적을 발견했다. 그것은 모래 속에 몸을 숨긴 채 누워 있었는데, 길이는 1미터가 넘었고 수컷임이 분명했다. 전기가오리를 보면 항상, 어머니가 크리스마스에 구웠던 눈사람 과자가 떠올랐다. 둥글고 납작한 과자 두 개를 붙여서, 하나는 작고 다른 하나는 켰는데, 눈사람 모양을 만들었다. 하지만 전기가오리는 생명에 위험한 전기 쇼크를 일으킬 수가 있었다.

라우라는 언젠가 그녀의 잠수 그룹에서 눈을 떼지 않으려고 뒷걸음질을 치다가 그만 오리발로 전기가오리를 건드리고 말았던 이야기를 즐겨 들려주곤 했다. 그 물고기는 바닥에서 빠른 속도로 올라와 그녀 코앞에서 휙 한 바퀴 수중 회전을 했고, 그러면서 그녀 팔꿈치에 와 부딪쳤다. 물속에서의 200볼트. 그걸로 반드시 사망에 이르지는 않는다, 의식을 잃지만 않는다면. 라우라는 그때의 느낌을 주먹으로 바로 명치를 내리친 것에 비교했다. 그 당시 머릿속을 스쳐 간 생각들이 아직도 기억난다고 했다. 잠수 초보들에게는 그녀를 구해 줄 능력이 없으니까 절대로 기절해서는 안 된다고 생각했다고 말했다. 당황한 전기가오리가 고객들 중 누군가와 부딪치게 된다면 자신의 면허는 쓰레기통으로 들어갈 수도 있다고 생각했다고 했다. 그리고 이런 생각들을 할 수 있다는 것 자체가 이미 좋은 징조라고 생각했다고 말했다. 그녀는 그룹을 이끌고 수면으로 올라오는 데 성공했다. 그녀가 다시 물속으로 들어갈 상태가 되었다고 느낄 때까지, 나는 두 주 동안 그녀 고객을 맡아 주었다.

나는 손을 들어 욜라와 테오에게 바닥에 무릎을 꿇어 보라고 신호해 보였다. 그리고 한 손으로는 전기가오리를 가리켰고, 다른 한 손으로는 마치 목을 자르듯 내 목을 따라 선을 그어 보였다. 두 사람은 고개를 끄덕였다. 그들은 그 몸짓의 의미를, 즉 치명적이라는 뜻을 이해했던 것이다.

나는 그들을 더 가까이 가게 했고, 족히 1미터는 간격을 두도록 했다. 전기가오리는 원래 공격적이지 않다. 공격당한다고 느낄 때 전기가오리는 자신이 예측할 수 있는 행동반경 안에서 방어를 시도한다. 라우라가 그런 경험을 한 이후로 나는 이 기술을 몇 번 써 보았는데, 항상 성공적이었다. 나는 발에서 오리발을 벗어 두 손으로 움켜쥐고 전기가오리의 등 위쪽 가까이에 대고 몇 번 휘둘렀다. 그 압력으로 인해 생긴 물결이 전기가오리 등에 쌓인 모래를 흩날렸다. 이제 눈사람 모양과 대리석 무늬를 알아볼 수 있었다. 몸체가 매우 창백했다. 나는 몇 번 더 휘둘렀고, 전기가오리를 계속 자극하기 위해 플라스틱 오리발로 꼬리를 건드렸다. 전기가오리가 수중 회전을 하도록 하고 싶었다. 욜라와 테오는 전기가오리를 본 적이 없었다. 진작 보았어야 했을 전기가오리가 수중 회전하는 것은, 그들이 잠수 일지에 기록할 화젯거리가 될 수 있을 것이다. 수면으로 다시 올라가면 나는 그들에게 전류 세기를 설명해 줄 것이고, 라우라의 이야기를 들려줄 것이며, 어쩌면 심지어 그 일이 나 자신한테 직접 일어난 일이라고 주장할지도 모르겠다.

하지만 아무 일도 일어나지 않았다. 전기가오리의 몸은 축 늘어진 채 물의 움직임에 따라 흔들렸다. 마치 커다란 걸레처럼 보였다. 나는 몇 번 더 시도했고, 모닥불에 불을 지피듯 오리발을 흔들었다. 그 물고기는 정말 깊이 잠들었거나 혹은 그저 화를 낼 기분이 아니었다. 마침내 나는 포기하고 오리발을 다시 발에 끼우기 시작했다.

그리고 바로 뒤이어 일어난 일은 아주 단순한 문장으로 다 표현된다. '욜라가 테오를 밀었다.' 그야말로 적절한 순간이었다. 테오가 수중카메라로 그 무심한 물고기를 찍기 위해 몸을 앞으로 숙였던 것이다. 그는 두 손을 몸 앞쪽으로 치켜들었고, 무게 중심이 앞에 놓였다. 카메라와 그 물고기의 등가죽 사이 간격은 0.5미터도 채 되지 않았다. 욜라는 이 자세를 한 테오를 힘껏 밀어 완전히 균형을 잃게 했다. 비록 물의 저항이 움직이는 속도를 늦추기는 했지만, 테오는 몸이 너무나도 빨리 앞으로 넘어지는 바람에 제대로 반응할 수가 없었다. 몸을 돌려 옆으로 비켜나는 대신, 그는 카메라를 놓고 바닥 위에 수평으로 떠 있는 자세를 잡기 위해 두 팔을 펼쳤다. 하지만 바닥에는 전기가오리가 있었다. 테오는 전기가오리와 간격을 유지하고 그것에 닿지 않으려고 필사적으로 팔을 휘저었다. 그에게 손을 건네기에 나는 너무 멀리 떨어져 있었고, 그래서 그가 떨어지는 방향을 바꾸려고 그의 허벅지를 발로 찼다. 그 시도가 성공할 수도 있을 것 같았다. 하지만 같은 순간 전기가오리는 이 모든 것이 너무 지나치다고 느꼈다. 축 늘어져 있던 물고기가 부르르 떨더니 팽팽해지면서 힘을 뭉치는 것이었다.

그런데 전기가오리가 속으로 무슨 생각을 했는지 누가 알겠는가. 전기가오리는 테오에게 강한 전기 충격을 주는 대신, 도망치기로 결심한 것이다. 지느러미를 몇 번 세차게 휘저어 그 자리를 떠나 버렸다. 10미터 정도를 헤엄쳐 가더니 드디어 귀찮은 것에서 벗어나 안전하다고 느끼고는 바닥에 내려앉아 납작한 몸의 가장자리를 움직여 등 위로 모래를 퍼 올렸다. 테오는 전기가오리가 있던 곳 바닥에 팔다리를 모두 짚은 채 무릎을 꿇었다. 그가 거칠게 헐떡이는 바람에 공기 방울이 그의 머리 위로 기둥을 만들며 올라갔다. 그가 독단적으로 잠수를 중단하고 물 위로 올라가기 시작했을 때, 나는 그런 그를 전혀 말릴 수가 없었다.

우리가 육지에 이르게 되면, 내가 무슨 말을 혹은 무슨 행동을 해야 좋을지 알 수가 없었다. 논리 정연한 생각 대신 온갖 장면들이 내 머릿속을 빠르게 지나쳐 갔다. 욜라와 함께 저 위 해안 산책로의 의자에 앉아서 그녀 발꿈치에 박힌 성게 가시를 빼 주었던 장면. 그녀가 비바람이 치는 어두운 파마라의 가파른 절벽 끝에서 테오와 몸싸움했던 장면. 그 모든 것이 이미 너무나도 오래전 일처럼 느껴져서 의아한 채로 나는 도대체 우리가 얼마나 많은 시간을 함께 보냈는지 생각해 보았다. 우리가 배영으로 육지를 향해 헤엄치고 있는 현재를 파악해 보려고 해도, 그 장면 역시 이미 하나의 기억으로 여겨진다는 사실만 확인할 수 있을 뿐이었다. 마치 현재란 과거를 더욱 또렷하게 돌아보는 것에 다름 아닌 것처럼.

심하게 혼내는 것이 가장 좋겠다는 계획도, 욜라와 테오를 완전히 쫓아내 버려야겠다는 확고한 결심도 별 도움이 되지 않았을 것이다. 왜냐하면 우리가 부두로 향하는 미끄러운 계단을 기어 올라갔을 때 일어난 일은 미리 준비할 수 있는 것이 아니었기 때문이다. 그런 일은 예견할 수가 없는 것이었기 때문이다. 무거운 공기통 때문에 몸을 앞으로 굽히고, 물이 뚝뚝 떨어지는 고무 잠수복을 입은 채 우리는 해안 산책로의 휴가객들 사이를 빠져나와 마침내 차에 이르렀다. 욜라의 몸 전체가 덜덜 떨렸다. 창피해서도 아니었고, 흥분해서도 아니었으며, 추워서 그런 것도 결코 아니었다. 분노가 치밀어서였다. 공기통을 내려놓고, 오리발을 바닥에 던지고, 잠수 마스크를 목에서 떼어 내자마자 그녀는 나에게 달려들었다.

"그런 짓을 하다니 미쳤어?" 그녀가 손으로 목 위를 확 긋는 동작을 했다. "그 물고기가 살아 있는데도?"

"그건." 나 역시 손으로 목을 긋는 동작을 했다. "치명상을 입힐 수 있는 물고기였다고."

그녀는 기가 막혀 나를 뚫어져라 바라보았다.

"그렇게 위험한데도 당신은 모래를 일으켜 우리가 그 물고기를 볼 수 있도록 한 거잖아, 안 그래?"

"난 그 물고기를 깨우려 했던 거야, 당신들한테 그 물고기가 수중 회전하는 것을 보여 주려고."

"우리 바로 앞에서?"

"처음 해 보는 게 아니었어, 욜라."

"그 물고기는 창백했고, 시체처럼 축 늘어져 있었어. 난 그게 죽었다고 생각했다니까!" 그녀는 목 위를 긋는 내 동작을 다시 한 번 반복했다. "테오가 죽을 수도 있었다고."

"왜냐하면 당신이 그를 밀었으니까."라고 나는 소리쳤다.

"아냐!" 그녀는 팔짱을 낀 채 바로 내 앞에 서 있었는데, 꽉 끼는 네오프렌 속에 든 가슴이 마치 플라스틱 안에 든 것 같은 모양이었다. 어쩌면 그녀는 전혀 화가 나지 않은 것일지도 모른다는 생각이 잠시 들었다. 그저 재미로 이러는 것이라는 생각이.

"왜냐하면 당신이 미리 약속하지도 않았던 신호를 썼으니까."라고 그녀가 말했다. "약속한 수신호만 써야 한다는 얘길 이미 들어 봤겠지? 안전상의 이유로 말이야? 그게 바로 당신이 그렇게나 중요하게 생각하는 '올바르게 행동하라.'라는 신조에 속하는 거잖아!"

슬슬 그녀 말투가 신경에 거슬렸다.

"그 손짓은 일반적으로 누구나 이해할 수 있는 거야."

"그건 사람들이 봤을 때 일반적으로 누구나 이해할 수 있는 게 아니었다고."

"당신이 테오를 밀었잖아!"

"창끝을 내게 돌리려고 하지 마. 당신 책임이야. 당신의 의사소통에 문제가 있었으니 그 책임도 오직 당신한테만 있는 거야. 테오에게 무슨 일이라도 일어났더라면, 당신이 그에 대한 책임을 져야만 했다고."

그녀는 돌아서서 테오에게 갔다. 테오는 차에 기댄 채 담배에 불을 붙였다. 그는 마치 아무 상관도 없는 구경꾼처럼 보였고, 이 장면이 어떻게 이어질지 호기심에 차서 편안하게 기다렸다. 내게도 우리가 서 있는 보도(步道)가 마치 무대처럼 여겨졌다. 결코 좋은 느낌이 아니었다.

"미안해, 테오." 그녀가 그의 뺨을 쓰다듬었다. 마치 그가 넘어져 무릎을 다친 사내애라도 되는 것처럼. "멍청한 농담거리 정도가 될 거라 생각했어. 테오와 죽은 물고기라니. 하하."

"괜찮아."라고 테오는 말했고 담배를 한 모금 빨며 욜라에게서 눈을 떼지 않았다.

"스벤 실수야. 그에게 따져."

그녀가 어깨 너머로 나를 향해 마지막으로 야멸찬 눈길을 던지더니 의기양양하게 폭스바겐 미니버스를 돌아 내 시야에서 사라졌다. 등장과 퇴장을 위해 그것 말고 다른 방법은 가능하지 않았다.

바로 그 순간에 나는 욜라가 어떤 게임을 벌이고 있는지 파악했어야 했다. 이미 그녀가 힌트들은 충분히 주었는데 말이다. 욜라는 로테의 전기 외에도 잠수와 수중 세계에 관해 수많은 전문 서적들을 읽었다. 하필이면 그런 그녀가 전기가오리가 어떻게 생겼는지 몰랐고, 나의 경고 신호가 무엇을 의미하는지 몰랐다고? 그리고 내가 그 가오리를 자극하려고 했을 때, 그때 그녀가, 뭐라고? 내가 죽은 물고기를 가지고 논다고 생각했다고? 나의 과제는 욜라 행동 속에서 어떤 체계를 인식하는 것이었을지도 모른다. 사람들은 법률가들이 구조를 파악하는 육감을 지녔다고들 말한다. 하지만 난 법률가가 아니라 잠수 강사일 뿐이었다. 두 사람에게 작별 인사를 고하고 그곳을 떠나 버리는 대신, 나는 욜라 말이 완전히 틀린 것도 아니라는 결론을 내렸다. 만약 테오가 가오리와 부딪쳐 치명적인 사고를 당했더라면, 나는 과실치사로 고소당했을지도 모를 일이다. 어쩌면 심지어 살인으로 고소당했을지도 모를 일이다. 그리고 그 동기는 명백했을 것이다. 섬에 사는 주민 반이 증인석에 앉아 이른바 나와 욜라 사이의 연애 사건에 관해 진술하게 되었다면 말이다.

그 후 우리는 헤어져 하루를 마저 보냈다. 테오와 욜라는 좀 더 시내에 머물다가 나중에 식사를 한 후 택시를 타고 라호라로 돌아오겠다고 했다. 저녁 시간을 비워 주니 나야 고마웠다. 나는 폭스바겐 미니버스를 몰아 화산 지대를 지나갔고, 혼자 차를 타고 가니 즐거웠다.

지나간 시간의 자기 자신을 비난하는 일은 쉽다. 도대체 얼마나 멍청했고, 얼마나 사태 파악을 제대로 못 했단 말인가. 돌이켜 볼 때에야 비로소 그 유형이 드러난다. 비록 어떤 설명도 찾을 수 없기는 하지만. 그래서 모든 것을 제대로 하려는 우리 시도는 다들 알다시피 항상 이미 너무 늦은 일이 된다.

욜라의 일기, 열째 날. 11월 21일 월요일. 오후.

내게는 남은 시간이 많지 않다. 언제라도 그가 돌아올 수 있다. 나는 치즈 케이크와 필터에 내린 커피를 앞에 두고 독일 관광객들 사이에 앉아 있다. 15시 32분, 분더바 카페에. 한 시간 전 테오는 또 다시 나를 죽이려 했다. 범죄소설의 서두처럼 들리겠지만 범죄소설이 아니다. 어쩌면 당장 도와 달라고 소리치는 게 좋을지도 모른다. 당신이 이 수기를 발견하신다면, 바로 경찰에 알려 주세요! 욜란테 폰 팔렌이라는 어떤 여자가 체류하는 곳에 대해 문의해 주세요. 그녀가 사라졌나요? 그녀에게 무슨 일이라도 생겼나요? 경찰한테 사고가 아니라고 말해 주세요! 테오도르 하스트라는 작가를 심문해야 합니다. 하지만 그가 진실을 왜곡하는 데 진정한 대가라는 점을 잊지 말아야 해요. 그게 그의 직업이니까요.

그가 불쌍한 스벤을 얼마나 몰염치하게 공격했던가! 그는 수신호를 잘못 해석했고, 그 물고기를 죽은 것으로 여겼다고 했다. 죽은 물고기와 여배우라니, 하하. 나를 전기가오리한테 밀어 버리기로 결심하기 전에 벌써 미리 그런 이야기를 준비해 두었는지 궁금하다. 혹은 그런 이야기를 즉석에서 지어낼 정도로 그가 천재적이란 말인가? 스벤이 우리와의 계약을 깨겠다고 나와도 할 말이 없는 상황인데 오히려 테오가 스벤을 고소하겠다고 위협한다. 그의 파렴치함은 계속된다. 결국 스벤은 진짜로 자신에게 모든 일에 대한 책임이 있다고 생각했다.

지금 노인네는 자동 현금 인출기를 찾고 있다. 내 계좌에서 꽤 많은 돈을 인출해 내게 서닉을 사 주려는 것이다. 실패로 돌아간 그런 살인 시도는 축하받아야 하니까. 아마도 그는 나를 죽일 생각까지는 없었을 것이다. 사람들은 예쁜 장난감을 일부러 망가뜨리지는 않는 법이다. 그저 장난감이 얼마나 잘 참아 낼 수 있는지 알려는 것뿐이다. 장난감이 해저에서 어떻게 200볼트짜리 춤을 추는지 보려는 것이다. 어떻게 눈이 돌아가고, 발작적으로 경련을 일으키고, 물을 들이켜고, 의식을 잃는지 보려는 것이다. 얼마나 재미있겠는가.

그는 자기가 나를 밀치는 걸 스벤이 보지 못할 거라고 생각했을까? 혹은 심지어 스벤이 보기를 노렸던 것일까? 어쩌면 문제는 내가 아닐지도 모른다. 어쩌면 일종의 자살을 의도하고 있는 건지도 모른다. 테오가 거실 창문 바로 앞에서 나를 두들겨 패고, 스벤 눈앞에서 나를 그 치명적인 물고기한테 밀어 버리는 일은 어쩌면 스벤을 도발하기 위한 것일지도 모른다. 그래서 스벤에게는 다음번 잠수할 때 복수를 위해 그 노인네를 절벽에서 밀어 버리는 것 외에 선택의 여지가 없을 때까지. 테오는 충분히 영리하니까 스벤같이 노련한 잠수부에게는 사고를 위장하는 것이 틀림없이 쉬운 일임을 잘 안다. 흔적도 없이. 증인도 없이. 만약 그렇다면 나는 장난감보다도, 도구보다도 더 못한 존재일 것이다. 그저 일종의 미끼. 쥐덫 안에 놓인 치즈 케이크 한 조각.

미쳐 버릴 것 같다. 더 이상 아무것도 느껴지지 않는다. 그 대신 내 몸이 끊임없이 일한다. 스벤과 이야기를 나누려고 했다는 것이 기억난다. 그가 나를 구해 주어야 한다고 말하려 했다. 하지만 갑자기 스벤이 나에게 초현실적으로 여겨지는 것이었다. 종이로 만들어진 납작한 인물. 마치 내가 그를 만들어 낸 것처럼. 어떻게 자기 자신이 만든 인물을 통해 구원된단 말인가! 경찰에서 당신 진술이 끝나면, 그 내용을 내게 좀 알려 주세요. 그리고 해안 경비대와 이야기하는 걸 잊지 마세요. 그들은 그 여배우의 혹은 그 작가의 시체를 찾아 대서양을 샅샅이 뒤져야만 합니다. 어쩌면 심지어 두 사람 모두의 시체일 수도 있어요. 수심 40미터에 이르기까지 샅샅이 뒤져야만 합니다.

15

모래밭에 가까이 갈 때 벌써 나는 안테가 집에 없다는 것을 알 수 있었다. 그동안 그녀에게 내 차가 일단 들어오고 난 다음 대문을 닫으라고 그렇게 얘기했건만 아무 소용 없었다. 집에 돌아오면 늘 나는 대문을 열기 위해 차에서 내려야 했다. 이 문제로 여러 번 엄청나게 짜증을 냈었다. 그런데 이날 오후에는 그와 반대로 대문이 열려 있어 실망스러웠다. 안테가 집에 없다는 것을 의미하니까. 그녀와 함께 저녁을 보내겠다는 생각으로 나는 기분이 좋았었다. 식사를 하고, 이야기를 나누고. 지나간 날들과 다가올 날들에 관해 이야기하고. 식당을 비추는 등불 아래에서 머리를 맞댄 채 은밀하게 이야기를 나누고. 마치 내가 어느 겨울 차가운 독일 거리에 서서 불이 켜진 창문을 통해 이런 광경을 관찰하는 것만 같은 느낌이었다.

토드가 짖는 소리가 나지 않으니까 정적이 흘러 집이 웅웅 울렸다. 안테가 오후에 시내로 나가 쇼핑하고 친구들을 만나고 혹은 휴가객을 위한 아파트를 살펴보는 것은 사실 전혀 이상할 게 없는 일이었다. 이상한 것은 다만, 그녀가 평소 같으면 전화해서 내가 뭘 하고 있는지 물어보았을 거라는 점이었다. 그녀는 자신이 잠수 장소에 들러 새로 채운 공기통이나 뜨거운 수프를 가져다주어야 하는지 물어보았을 것이다. 저녁에 처리할 일이 없을 때면 우리는 가끔씩 분더바 카페에서 커피를 마시고 치즈 케이크를 먹기로 약속하기도 했다. 혹은 토드와 함께 해안 산책로를 따라 걸었다. 욜라와 테오가 섬에 온 이후 얼마나 많은 것이 변해 버렸는지가 갑자기 분명해졌다.

나는 허리가 잘록한 에스프레소 주전자를 전기레인지 위에 올려놓았고, 큰 유리잔에 레모네이드를 가득 채웠다. '조금 예쁘게 하자.'는 여성적인 기교를 표현하는 말인데, 나는 여자는 아니지만 바로 그 말대로 해 보려고 결심했다. 거실 소파 옆에 흩어져 있는, 테오의 단편이 적힌 종이들을 모아 순서대로 정렬했다. 커피와 레모네이드를 테라스로 가져갔고, 얼음 조각을 담은 용기를 준비해 두었으며, 눕는 의자를 그늘 속으로 밀어 넣었다.

두 시간 후 나는 안테한테 전화를 걸었다. 음성 사서함으로 연결되었다. 혹시 전파가 닿지 않는 곳에 있을까 해서 몇 분 간격으로 세 번을 더 걸었다.

나는 테오 글을 애써 겨우 끝까지 읽어 냈다. 마지막에 이르러서는 타자기 글자체에 대해 엄청난 반감이 들었다. 마치 표현이 담고 있는 내용이 종이 위에 번진 것 같았다. 그래서 내 손가락이 거기에 닿아 더러워질 수 있을 것만 같았다.

사람이 살지 않는 이웃 건물들의 평평한 지붕 뒤로 해가 넘어갔다. 안테는 문학에 대해 잘 알았다. 이야기 하나 속에 얼마나 많은 진짜 삶이 숨겨져 있는지 그녀에게 물어보고 싶었다. 끔찍한 것을 아주 세세하게 묘사하는 작가라면 그런 것에 대해 실제로도 잘 아는 게 틀림없는지 물어보고 싶었다. 테오가 왜 나에게 이 이야기를 읽어 보라고 주었는지 이해가 되지 않았다. 이 이야기를 읽고 내게 생긴 감정은 결코 다시는 그를 보고 싶지 않다는 것이었다. 글을 읽는 동안 버니에게 전화를 걸어 욜라와 테오를 맡아 줄 수 있는지 묻고 싶었던 적이 한두 번이 아니었다. 하지만 고객한테서 돈은 나중에 받는 것이 나의 원칙이었고, 그래서 나는 욜라와 테오에게서 아직까지 단 한 푼도 받지 못했다. 지금 계약을 깨게 된다면, 내가 빈손으로 물러나게 될 것은 거의 확실했다. 안톄와 나는 1만 4000유로가 급하게 필요했다. 그 때문에 나는 그녀와 이야기하고 싶었다. 저딴 걸 쓴 인간은 내쫓아 버리는 편이 낫지 않을지 그녀에게 묻고 싶었다. 그러면 그녀는 지금 농담하느냐는 듯 나를 바라볼 것이다. '당신 인생에서 최고의 계약을 깨 버리겠다고? 당신 고객이 서로 잘 지내지 못하는 두 사람에 관한 이야기를 썼다는 이유만으로? 당신은 한 번도 못 들어 본 거야? 문학이 결코 기분 좋은 것들만 다루지 않는다는 사실을, 설사 섬에서라고 하더라도. 당신은 마치 어둠 속에서 잔인한 영화를 보며 무서워 떠는 어린애처럼 행동하네.' 그녀가 이렇게 말해 주는 걸 듣는다면 이 고약한 감정이 사라질지도 모를 텐데.

또다시 음성 사서함. 안톄가 전화기를 꺼 두는 일은 결코 없다. 그녀 전화기는 항상 충전되어 있고, 사용 가능하다. 연락이 닿는다는 것은 그녀에게 존재 확인 같은 일이다. 마치 어떤 물리학자들이 아무도 달을 쳐다보지 않는다면 달은 존재하지 않는다고 믿는 것처럼, 안톄는 더 이상 전화가 걸려 오지 않는 사람은 사라진 거라고 믿었다. 그녀가 전화를 받지 않았다는 것이 사실로 여겨지지 않았다. 또다시 음성 사서함. 나는 더 이상 전화를 걸지 않기로 결심했다. 다행스럽게도 나는 상대방에게 뭔가 나쁜 일이 일어났으리라고 당장 생각해 버리는 사람이 아니었다. 그저 확률이 어떻게 되는지만 유념하면 된다. 자동차 사고가 일어났을 확률은 휴대 전화를 잃어버렸거나 벨 소리를 못 들었을 확률보다 훨씬 낮다. 안테의 경우도 그러하다. 그런데 그녀에 관해 물어보려면 누구에게 전화를 걸어야 하는지 내가 전혀 모른다는 사실을 갑자기 깨달았다. 나는 전화번호는 둘째 치고, 그녀 친구들 대부분의 이름조차 알지 못한다. 스페인어로 전화 통화하는 것이 내게는 불가능한 일이라는 점은 제쳐 두더라도 말이다. 버니는 그녀와 아무 관련이 없었고, 게다가 우리한테 도대체 무슨 일이 있는 거냐고 당장 되물어 올 것이었다. 독일에 사는 그녀 부모와 나는 연락하지 않고 지냈다. 더욱이 이제 겨우 8시밖에 되지 않았다.

기이한 불안감에 나는 집 안을 돌아다녔다. 속이 좀 안 좋은 것 같기도 했다. 배가 고픈 걸 수도 있었지만, 뭘 좀 먹어야겠다는 마음은 들지가 않았다. 테오의 이야기가 마치 갈고리처럼 내 머릿속에 걸려 있었다. 그가 서두에서 자신의 두 인물로 하여금 산책을 나가게 했을 때 배경이 되는 일몰조차 뭔가 불길한 기운을 담고 있었다. 마치 하늘에서 거대한 물질이 폭발한 듯 핏빛으로 물든 구름들이 배열되었다. 내려앉고 있는 어둠은 은폐 장치였다. 갈매기의 울부짖음은 비웃음의 사운드트랙이었다. 여자 인물이 욜라와 동일하지 않다는 점은 나 같은 문학의 문외한조차도 파악할 수 있었다. 그 인물 이름도 욜라가 아니었다. 하지만 다른 한편으로 그 인물은 욜라와 많은 점을 공유했다. 특히 어두운 아름다움이 그러했다. 예측 불가능하다는 점도 똑같았다. 내가 왜 문학을 좋아하지 않는지 이유를 알 것 같았다. 법학과 마찬가지로 문학 역시 판단을 내리는 예술이다. 작가는 최고 재판관처럼 행동하고, 사태를 확인하며, 마지막에 판결을 내린다. 형벌을 받아야 하는지 혹은 무죄인지. 법정 소송과는 달리 문학에서는 상고 가능성이 전혀 없다.

나는 뭘 찾기라도 하는 것처럼 거실을 서성거렸다. 사방에 놓인 물건들은, 마치 집이 아닌 어떤 낯선 장소에서 보게 된 것처럼, 한 번도 본 적 없는 것만 같았다. 이제는 정신을 좀 차려야 했다.

부엌에서 나는 달걀 세 개에 마기[36]를 넣어 휘저어 섞었고, 거기에 적셔 먹을 빵 한 조각을 크게 떼어 냈으며, 그 모든 것을 작업실로 들고 갔다. 기분 전환을 위해 욜라의 시리즈를 한두 편 볼 생각이었다. 그러다가 피곤해지는 데 성공하면, 안테가 없는 틈을 타 다시 침대에서 잠을 잘 수 있을 것이다.

나는 놓치는 부분이 없도록 그 시리즈를 벨라 슈바이크가 처음 등장하는 부분부터 차례대로 훑어보았다. 「위아래로」 시리즈를 찾아 589회를 클릭하고 시작 단추를 눌렀을 때, 그 녀석이 내 눈에 띄었다. 그 녀석은 마우스 패드에서 몇 센티미터 떨어진 곳에 등을 대고, 고도의 기술을 발휘하는 빨판이 달린 연약한 네 다리를 허공으로 향한 채 누워 있었다. 마치 '봐라, 죽었다.'라는 메시지라도 전하는 것처럼. 나는 벌떡 일어나 소리쳤다. 에밀. 그 작은 몸의 냉기에 내 손이 델 것만 같았다. 나는 에밀을 검지로 여러 번 찔러 보았고,

36) 즉석식품이나 가공 양념 등을 생산하는 회사의 이름이자 상표.

따뜻하게 해 주려 시도했으며, 에밀을 뒤집어 늘 앉곤 했던 내 팔뚝 위에 올려놓았다. 에밀은 다시 책상 위로 떨어졌다. 이젠 고무와 같은 물질에 불과했다. 방에서 어쩐지 화학물질 냄새가 나는 것 같았다. 살충제 냄새인 듯했다.

친구를 변기에 버리는 일과 파충류를 땅에 묻고 장례를 치러 주는 일 중 어느 쪽이 부조리한지 한참 생각에 빠져 있을 때 벨이 울렸다. 흥분해서 짖어 대는 토드가 없으니 방들이 가구가 없는 것처럼 울렸고, 그래서 내가 지금 집에 있지 않은 것처럼 느껴졌다. 안톄는 열쇠를 가지고 있었고, 그녀가 집에 온 것이라면 이런저런 소음들이 더 많이 났을 것이다. 다시 벨이 울렸다. 짧게 세 번, 길게 세 번, 짧게 세 번.[37] 모스 부호를 잘 아는 누군가였다. 이 힌트가 없었어도 나는 밖에 누가 온 건지 이미 알았을 것이다.

내가 문을 열자 그녀는 내 품 안으로 뛰어들었다. 그녀 마스카라가 얼굴 위로 얼룩져 내린 것이 바로 내 눈에 띄었다. 아까 오후에 그녀는 화장을 하지 않았는데. 그녀 어깨가 들썩였다. 그녀는 나를 꼭 껴안았다. 흐느낌에 맞추어 그녀 몸 전체가 같이 떨렸다. 나는 그녀를 품에 안고 그녀 머리칼에 얼굴을 묻었다. 우리는 인사말조차 건네지 않았다. 그녀 냄새를 맡는 동안 내게는 모든 것이 상관없어진 느낌이었다. 전기가오리, 안톄, 테오의 이야기, 도마뱀붙이. 나는 더 이상 깊이 생각할 필요가 없었고, 더 이상 아무것도 원할 필요가 없었다. 그녀가 눈물을 흘리며 들려주는 이야기를 나는 거의 이해하지 못했다.

---

37) 모스 부호로 SOS를 의미한다.

테오와 그녀는 해가 질 무렵 해안 산책로를 걸었다고 했다. 갑자기 저 멀리 물결을 거슬러 헤엄치려 애쓰는 사람이 그들 눈에 들어왔다. 테오가 말리지 않았더라면, 욜라는 일단 물속으로 뛰어들고 보았을 것이다. 해안 경비대를 발견할 때까지 그들은 한참 동안 어쩔 줄 몰라 하며 이리저리 뛰어다녔다. 그사이 해안 산책로에는 벌써 많은 인파가 몰려들었고, 해안 경찰의 보트가 출동했으며, 다른 섬에서 헬리콥터가 오고 있었다. 헤엄치던 사람은 시체로 발견되고 말았다고 했다. 순간적으로 내 머릿속에는 자전거를 타다 차에 치인 사람에 관해 이야기하기 위해 흐느끼며 전 남자 친구를 찾아갔던 벨라 슈바이크가 스쳐 지나갔다.

나는 욜라 머리칼을 쓰다듬으며 섬에서는 관광객들이 더러 죽기도 했다고 이야기해 주었다. 익사하기도 했고, 자전거에서 떨어지기도 했고, 패러글라이딩을 하다가 절벽에 부딪히기도 했고, 혹은 취한 채 길 위에서 끝장이 나기도 했다. 인명 구조와 관련된 산업은 여가 활동을 하다가 희생된 사람들을 처리하느라 바빴다. 헬리콥터, 보트, 병원…….

그렇게 내가 무슨 말을 계속 이어 갔는지는 모르겠지만 어쨌든 내 이야기는 이미 한참 전에 멈추었던 것 같다. 어느새 나는 다시 거실 소파 위에 있었고, 내 품에는 욜라가 있었다. 그녀 머리칼이 마치 검은 커튼처럼 드리웠고, 그 뒤에서 우리는 키스를 했다. 내 마음속에 평온함이 퍼져 갔다. 마치 드디어 목적지에 도착한 것처럼. 지난날들의 긴장은 내게서 떨어져 나갔다. 더 이상은 투쟁도, 의심도, 혼란도 없었다. 내 손은 욜라에게서 마치 집에서와 같이 편안함을 느꼈다. 그녀의 어떤 것도 낯설지가 않았다. 우리를 중심으로 방이 돌았고, 집과 섬 그리고 세상 전체가 그렇게 돌았다. 우주가 자신의 중심을 발견했고, 그 중심을 둘러싸고 확장했으며, 또 언젠가는 붕괴하게 될 것이다.

안톄가 그곳에 들어와 서 있을 때까지. 나는 그녀 차 소리도, 열쇠 소리도 듣지 못했다. 토드가 욜라를 향해 으르렁거렸다. 나는 아무런 반응도 하지 못했다. 그냥 앉아서 눈만 깜박였다. 마치 안톄의 등장이 우리를 무자비하게 비추는 눈부신 불빛이라도 되는 것처럼. 반라의 여자 고객을 품에 안은 잠수 강사, 반려자에 의해 현장에서 발각되다.

"그래."라고 안톄가 말했다. "일이 이렇게 될 수도 있네."

욜라는 의무감으로 내 무릎에서 벌떡 일어나 나에게서 떨어진 후 시선을 내리깔고 옷매무새를 매만졌다. 비록 일이 제대로 시작되기 전이었지만, 나는 그 일에 대해 더 이상 아무런 욕구도 느끼지 않았다. 더 이상 욜라에게 손을 대지 않고, 더 이상 그녀 냄새를 맡지 않게 되자마자, 그녀가 다시 벨라 슈바이크처럼 보이는 것이었다. 바닥을 내려다보며 머리카락 속에 얼굴을 숨기고 자꾸만 티셔츠를 매만지는 모습이 그러했다. 어쩌면 자기 자신을 연기하는 일을 그만둘 수 없다는 것이 배우들에게 내려진 저주일지도 모른다.

3미터 떨어져 서 있는 안톄는 자기 자신과 도저히 거부할 수 없을 정도로 일치했다. 그녀는 떨고 있었다. 나는 초조함을 느꼈다. 그렇게 오랫동안 어디 있었어, 급하게 당신과 해야만 하는 얘기가 있었는데, 당신한테 몇 가지 물어보려고 했는데. 부탁인데, 우리 여기 이 쓸데없는 짓거리는 그만두고 저녁을 좀 먹을 수 있을까. 램프가 따뜻한 불빛을 비추는 탁자 위에 포도주 한 잔을 놓고 말이야. 지금

이 상황에 대해서는 아무런 할 말도 없었다. 내가 또다시 망상에게 기습당했던 것이다. 욜라는 자신의 전공에 있어서는 대가였다. 이제 나는 기꺼이 내 일상으로 돌아가고 싶었다. 비록 당장 가능하지 않을 것임을 나도 물론 알았지만. 누군가는 말을 꺼내야 할 것 같아서 나는 내가 유일하게 관심을 가진 질문을 던졌다.

"왜 에밀을 죽였어?"

이 질문은 지금까지 내가 알지 못했던 또 다른 안톄를 작동시키는 스위치를 누른 듯 작용했다. 그녀는 소리를 지르지 않았다. 심지어 상당히 조용하게 말했는데, 하지만 그녀 목소리에는 날카로움이 배어 있어서 어떤 큰 소리보다도 더 또렷하게 들렸다.

"사실 나는 이걸 그냥 그대로 놔두려고 했어. 여기 이게."라고 말하며 그녀는 팔을 들어 나와 집 그리고 그녀 자신을 포함하는 원을 그렸다. "내게는 당신의 유치한 연애질보다 더 중요하거든. 하지만 굴욕을 당하고 있지는 않겠어. 당신이 애인을 여기까지 불러들인 건 정말 파렴치한 짓이야."

"욜라는 내 애인이 아냐."라고 나는 말했다.

그녀 목소리에 배어 있던 날카로움은 증오로 바뀌었다.

"어쩌면."이라고 안톄가 말했다. "내가 지난 세월 동안 당신을 너무 편하게 해 준 걸지도 몰라. 당신이 거듭해서 자신만의 세계로 되돌아가고, 현실 감각을 잃어버리는데도 난 그걸 용인했어. 결국은 모든 게 내 탓일 수도 있지."

그녀 말은 진짜로 거슬렸다. 내가 아는 안톄가 아니었다. 그녀는 첫 번째 토드와 함께 어린 시절 내 방의 바닥에 누워서 젤리를 먹던 소녀 같지가 않았다. 마치 검사 같았다. 게다가 나는 그녀가 에밀 때문에 양심의 가책을 받고 있다는 것을 알게 되었다. 결정적인 질문에 대답하지 않고 그 대신 다른 죄를 들추어내는 것은 범죄자들이 전형적으로 보이는 반응이다. 나는 그 일에 대해 완전히 해결 볼 때까지는 토론 따위나 할 기분이 아니었다. 더 이상 저녁도 먹고 싶지 않았다. 그저 침대로 가서, 이불을 머리 위까지 뒤집어쓰고, 스무 시간 동안 자고 싶었다. 그러고 나면 모든 게 정상이 되어 있을 것이다. 정상이란 사람이 삶에 대해 요구할 수 있는 최소한의 것이다. 하지만 안테는 아직 끝나지 않았다. 그녀는 생각에 잠겨 나를 바라보았고, 마치 어떤 결정을 내려야 하는 것처럼 망설였다. 그러더니 마침내 그 이야기가 나왔다.

"우리 모든 문제를 이참에 한 번에 다 처리해 버리자."라고 안테가 말했다. "내게도 애인이 있어. 그의 이름은 리카르도야. 우리는 일 년 전부터 알고 지냈어."

나는 멍하니 그녀를 바라보았다.

"그럼 비긴 거지."라고 말하면서 그녀는 고통스럽게 미소 지었다. "어쩌면 새로운 시작을 위한 유일한 기회일지도 몰라." 그녀가 얼굴에 붙은 머리칼을 쓸어내리고 깊게 숨을 쉬었다. "난 당신을 사랑해, 스벤. 당신과 달리 나는 아무런 문제 없이 이 말을 할 수 있어. 리카르도와의 일은 순전히 섹스하고만 연관된 거야. 사실 당신은 가끔씩만 관계를 가지잖아. 나같이 젊은 여자한테는 섹스가 큰 역할을 하거든."

그녀가 다가와 손을 뻗었을 때, 나는 그 손을 피했다.

"겁내지 마."라고 그녀가 말했다. "난 항상 당신을 지켜 주려고 조심했어. 그걸 아는 사람은 아무도 없어. 어쨌든 우린 스페인에 있는 거니까. 발렌티나와 루이자만 그 내막을 알아. 때때로 휴가객들 숙소 문제로 도움이 필요했으니까."

나는 리카르도라는 사람을 알지 못했다. 나는 그녀가 거짓말을 하고 있다고 확신했고, 바로 그 점이 내 마음을 아프게 했다. 나에게 상처를 준 것은, 내게 상처를 입히겠다는 그녀의 의지였다. 그녀는 그 목적에 너무나도 필사적으로 매달리고 있어서, 우리 둘 모두에게 모욕적인 잘못된 이야기가 지금 아무렇지도 않은 것이었다.

"당신이 지금 여기서 나가 주었으면 해."라고 나는 말했다.

그녀는 소리 없이 울기 시작했고, 그러면서 고개를 끄덕였다. 그녀가 침실에서 이것저것 가방에 채워 넣는 동안 나는 욜라가 없음을 알아차렸다. 안테가 이야기를 늘어놓는 동안 그녀는 허공으로 사라졌나 보다. 어쨌든 언제 그녀가 가 버렸는지 기억나지 않았다.

안테가 거실로 돌아왔다. 그녀는 거실 한가운데에 서서 어떻게 작별해야 할지 몰라 망설였다. 일어나 그녀를 껴안고 좋은 말 몇 마디를 해 주고 싶은 마음이 들기는 했다. 하지만 나는 그냥 소파에 앉아 있었다. 텅 빈 머리와 무거운 다리로는 움직일 수가 없었다. 어느 순간인지 안테는 돌아서서 가 버렸다. 복도에 깔린 타일 위를 걸어가는 토드 발소리가 들렸다. 문이 닫히는 소리와 시트로엥이 출발하는 소리가 들렸다. 모터 소리가 멀어져 갔다. 그에 이어 찾아든 정적은 내가 상상했던 것과는 달랐다. 기운을 차리는 데 별로 도움이 되지 않았다.

욜라의 일기, 열한째 날. 11월 22일 화요일. 아침.

삶이란 기이할 수도 있다. 한순간 완전히 악몽이 되었다가 다음 순간 너무나도 아름다워진다. 아버지는 말하곤 했다. “얘야, 절대로 잊지 마라, 네가 여자라는 걸. 네가 불결해진다면 그건 호르몬 때문이다.” 어머니는 말하곤 했다. “네가 어떻게 지내는지가 아니라 네가 어떻게 보이는지 물어봐라.” 테오는 말하곤 했다. “당신이 잘 지내지 못하는 이유는 단 하나, 내가 양심의 가책을 받기를 원하기 때문이지.”

스벤은 말했다. “그 녀석은 내가 죽여 버리겠어.” 그보다 앞서 이런 말도 했다. “모두 다 잘될 거야.” 그는 이 두 가지를 모두 진지하게 말하는 것 같았다.

살인자 스벤이라, 상상조차 되지 않는다. 그사이에 사실 내게는 상상하지 못할 것이라고는 없게 되었는데도 말이다. 내가 그냥 해안 산책로에 산책을 가기만 하면, 누군가가 죽는다. 바다 저 멀리에 생긴 작은 얼룩. 그런 순간에 사람이 생각하는 것은 얼마나 비정상적인지. 물에 뛰어들려고 할 때, 나는 그저 내가 수영을 잘하고, 해낼 수 있다는 것만 생각한다. 그런 영웅적 행동은 독일에서도 방송을 타게 되리라고만 생각한다. 그리고 결국은 나에게 로테 역할이 주어질 수밖에 없으리라는 생각만 한다. 벌써 눈앞에 선하다. 서가에는 베를린 영화제의 은곰상이 놓여 있으며, 촛불을 밝히고 음악이 흐르는 집에 내가 앉아 있는 모습이. 휴대 전화는 꺼져 있다. 연락이 닿지 않는 사치를 누릴 자격이 있기 때문이다. 나는 포도주를 마시며 책상 위에 쌓인 시나리오들 중 하나를 읽는다.

하지만 노인네가 나를 말렸다. 우리가 인명 구조대원을 찾아다니는 동안, 그는 아마 그 광경이 좋은 이야깃거리가 되겠다고 생각했을 것이다. 저 멀리에서 한 사람이 목숨을 걸고 파도와 싸우는 동안, 절망한 관광객 두 명이 해변을 내달린다. 극단적이고 잔인하다. 키치가 될 위험은 없다. 누군가가 죽으면, 그것은 항상 예술이다.

한 시간 후 우리는 해안 산책로에 서 있다. 다른 구경꾼들과 좀 떨어져서. 우리는 헤엄치던 사람의 몸이 들것에 실려 헬리콥터로 옮겨지는 것을 지켜보았다. 많은 것을 볼 수는 없었다. 사람들이 그를 덮개로 완전히 씌워 버렸다. 남자인지 여자인지조차 알 수가 없었다. 덮어 놓은 시체를 보는 일이 내게는 아무렇지도 않았다. 나는 장례식에서도 울지 않는다. 할머니, 할아버지, 루카스 삼촌, 미리암 숙모. 팔렌 가문에는 사람도 많고, 술꾼도 많다. 난 항상 아무렇지도 않았다. 우리가 죽는 것은 누구나 다 아는 사실인데 뭣 때문에 난리를 치는가? 죽음을 대할 때면 모두들 마치 죽음이란 게 존재하지 않는 것처럼 행동한다. 사랑을 대할 때면 정반대다.

하지만 헬리콥터가 뜨고, 관광객들이 고개를 움츠리고, 노인네가 나를 껴안아 주었을 때, 나는 갑자기 내가 무엇을 해야 하는지 알게 되었다. 그것을 깨닫기 위해 나는 이 섬에 와야만 했던 것 같다. 스벤을 알게 되어야만 했던 것 같다. 누군가가 익사하는 것을 보아야만 했던 것 같다. 사람에게 목숨은 하나다. 아버지는 항상 이 말을 했는데, 그러면서 그가 말하고자 했던 건 돈을 벌 때는 그 누구도 봐주어서는 안 된다는 것이었다. 나는 떠나가는 헬리콥터의 뒤를 바라보며 테오가 없는 삶을 살기로 결심했다. 나 혼자서는 해낼 수가 없으니 스벤이 나를 도와줄 것이다. 나흘밖에 남지 않았다. 휴가가 끝나기 전에 우리 관계가 명확해져야만 한다. 나는 스벤에게 결정을 강요해야만 한다. 노인네가 내게 무슨 짓을 할지 스벤에게 이야기해 주어야만 한다. 그러면 과연 스벤이 나와의 일을 진지하게 생각하는지 드러날 것이다.

테오는 술집에 들렀다 가겠다고 하고, 나는 혼자 택시를 잡는다. 안테 차가 집 앞에 서 있지 않다. 이건 징표다. 나는 당장 그 집 벨을 누른다. 스벤이 문을 열고, 나를 끌어당겨 껴안는다. 나는 그를 밀어낸다. 내 생각이 바뀌기 전에 가능한 빨리 그에게 이야기하고 싶다.

소파 탁자 위에 구겨진 종이가 몇 장 놓여 있다. 그 글자체를 나는 바로 알아본다. 테오의 오래된 여행용 타자기의 글자체이다. 휴가 중에 갑자기 뭔가 생각이 떠오를 경우를 위해 그는 그 타자기를 항상 가지고 다닌다. 그 타자기는 지독하게 시끄럽다. 내가 혼자 잠수하러 갔을 때 그가 그 타자기를 사용했음이 틀림없다. 몰래. 나에게는 계속해서 글쓰기의 위기에 관해 늘어놓았으면서. 그 이야기는 나에 관한 것임에 틀림없다. 테오는 여자에 관해 쓰기를 좋아한다. 그는 그 여자들을 롤라, 노라 혹은 요자라고 이름 붙이고, 그녀들 마음속에 있는 어두운 고문실에 빛을 비추고, 그녀들이 남자 희생자들을 어떻게 없애 버리는지를 즐기듯 묘사한다. 아마도 그 이야기는 스벤을 위해 일부러 쓴 것 같다. '네가 어떤 일에 끼어든 것인지 알 수 있도록'이 제목일지도 모르겠다. 하지만 그 텍스트가 효과를 발휘한 것처럼 보이지는 않는다. 스벤은 여전히 나와 이야기를 나눈다. 더 정확하게 표현하자면, 그는 내 이야기를 귀 기울여 듣는다. 나는 말을 황급히 쏟아 낸다. 눈물이 내 얼굴을 타고 흐른다. 말하고자 하는 욕구가 너무나도 컸던 것이 틀림없나. 내가 누군가에게 그 이야기를 하는 것은 처음이다. 표현할 말을 찾지 못해 자주 말이 막힌다. 사람들은 뭐라고 말하지, 남근 혹은 페니스, 보지 혹은 질, 똥구멍 혹은 항문? 내가 무슨 이야기를 하든, 틀림없이 끔찍하게 들릴 것이다. 나 스스로에게도 경악스럽다. 마치 그 이야기를 하는 동안 처음으로 그 일을 진짜 경험하는 것만 같다. 마치 모든 것이 스벤 귀 앞에서 부동의 현실이 되는 것만 같다.

스벤이 말한다. "모두 다 잘될 거야." 이어서 또 말한다. "그 녀석은 내가 죽여 버릴 거야." 그 한 가지가 다른 하나의 결과가 아닐까 나는 생각해 본다. 물론 그는 테오를 죽이지 않을 것이다. 그건 우리 둘 다 안다. 나는 스벤 무릎에 앉아 있다. 그는 나를 꼭 붙들고, 요람을 태우듯 흔들어 주고, 키스하고, 나를 보호하고, 다시금 나 자신을 추스르도록 해 준다. 그리고 안톄가 들어온다. 스벤은 스스로를 변호하기 위한 어떤 시도도 하지 않는다. 아마도 이미 오래전에 결심한 일인 것 같다. 그저 마지막 계기가 필요했던 것뿐이다. 정확하게 나라는 계기가.

안톄가 이야기하는 동안 나는 그곳에서 나온다. 내가 불편해서가 아니라 그녀를 존중해서이다. 나중에 개 짖는 소리와 안톄 차가 떠나가는 소리가 들린다. 하지만 나는 탁자에 앉아 계속해서 어둠 속을 응시한다. 오늘 밤에는 스벤을 혼자 있도록 두는 편이 나을 것 같다. 비록 내 마음속 모든 것이 스벤을 찾아 소리를 질러 대지만. 노인네가 집에 오고, 곧바로 침대에 쓰러진다. 남은 밤을 나는 바닷가에서 보낸다.

담홍색 하늘을 바라보며 그것이 내 미래를 약속하는 것인지 혹은 나를 조롱하는 것인지 생각해 본다. 삼십 분이 지나면 스벤은 폭스바겐 미니버스를 타고 모래밭 위에 나타나 큰 소리로 유쾌하게 "좋은 아침."을 외칠 것이다. 마치 모든 아침이 좋은 아침인 것처럼. 그리고 오늘 아침은 특히 좋은 아침이다. 노인네가 나를 찾지 않았다. 어쩌면 그는 자다가 죽었을지도 모른다. 우리 모두의 마음에 드는 일을 해 주려고 말이다. 바다는 마치 다른 생각에라도 빠진 듯 평소보다 더 평화롭다. 자연의 원소들이 이토록 분명하게 무심함을 과시하니 어쩐지 내 마음이 편안해진다. 네가 하고 싶은 대로 해 하고 하늘과 절벽 그리고 대양이 말한다. 우린 관심 없어. 벌써 얼마나 많은 이들이 그렇게 앉아 스스로를 뭔가 특별한 존재로 여겼을 것 같니? 우리는 아무렇지도 않아. 너희들은 여기저기 버둥거리며 기어다니고, 비명을 지르고, 그다음엔 사라져 버리지, 한 사람 한 사람 차례대로. 너희들에겐 파국이 일어나도, 뒤에 남는 건 하나도 없어. 반면에 우리에게 파국이 일어나면 때때로 섬이 무너지기도 하지. 좀 심각한 일이기는 하지만 그렇다고 아주 심각한 일은 아니야. 섬 하나가 어떻게 되든 누가 관심이나 있겠니?

이러한 무심함에 직면했을 때 가장 영리한 행동은 그냥 기뻐하는 일이다. 행복해하는 일이다. 스벤과 나는 이제 한 쌍이다. 그게 정확하게 무엇을 의미하는지는 반드시 드러날 것이다.

16

2011년 11월 22일 화요일. 숫자 2와 1로 이루어진 날. 북북서 방향으로부터 불어오는 바람은 시속 12킬로미터를 넘지 않고 있다. 낮 최고기온은 24도일 것으로 예상된다.

그러니까 전형적인 11월 아침이다. 나는 복서 팬츠 차림으로 테라스에 서서 커피 한 잔을 마시며 습한 냉기와 썩은 양배추 냄새를 생각했다. 한낮이 되도록 들판 바닥에 머물러 있던 안개. 그 안개가 재킷 아래로 축축하게 기어들어 와, 걸어갈 때면 허벅지 피부에서 감각이 없어진다. 제대로 환해지기도 전에 해가 저 버렸던 날들이 생각났다. 바람도, 바다도, 하늘도 없었다. 아무것도 들리지 않는 정적과 그 뒤의 고속도로 굉음. 아직도 둥근 갈색 열매 몇 개가 매달려 있는 사과나무들의 실루엣. 손을 잡고 있는 부모님의 실루엣. 신발과 헤어스타일 때문에 어머니가 아버지보다 더 커 보인다. 무릎 높이에는 계속해서 움직이며 추위라고는 전혀 모르는 뭔가가 있다. 가족이 산책에 나서 행복해 어쩔 줄 모르는 토드 1세다. "춥지만 아름다워."라고 어머니는 말하곤 했다. 이 안개 속 어딘가에는 빛나는 금발에 아직 키가 울타리 말뚝보다 크지 않은 안톄도 있었다. 여름에 대한 기억과 가을에 대한 명확한 지식과 습한 겨울에 대한 전망 그리고 아직 너무나도 멀리 있는 봄에 대한 추상적 희망이 있었다. 해(年)와 시간이 있었다. 내가 섬에서 하필이면 라인탈의 나쁜 날씨를 그리워하게 될 거라고 십사 년 전 누군가가 내게 말했더라면, 나는 그에게 미쳤다고 했을 것이다.

이날 아침 나는 미지근한 바람 속에서 커피를 마시며 영하 3도를 그리워했다. 찻잔 위로 모락모락 피어오르는 김을 그리워했다. 스웨터를 입을 가능성을 그리워했다. 커다란 침대 속에서 나는 정말이지 푹 잤다. 깊이 그리고 꿈도 꾸지 않고. 영혼을 깨끗하게 씻어 내고 새로운 시작을 약속하는 잠이었다. 잠에서 깨어날 때 라디오 소리와 설거지 소리 그리고 개 발자국 소리는 들리지 않았고, 집 안에 깔린 정적은 나에게 겨울을 상기시켰다.

일 년에 두 번, 안톄는 가족을 방문하기 위해 혼자 독일에 갔다. 그 시간이 나에게는 휴가였다. 비록 일하면서 저녁이면 잠수복을 빨아야 하는 번거로움이 내 몫으로 남았지만. 그녀의 존재가 평소에 나에게 고통스러웠다는 의미는 아니다. 하지만 그녀의 부재는 공간을 열어 주었다. 나는 확장되었다. 나중에는 무엇에 관한 것이었는지도 모른 채 많은 생각들을 했다. 일주일 후 나 자신이 확장되고, 실컷 생각하고 그리고 삶이 다시 즐거워진 것에 기뻐할 때까지.

카사 라야에 불이 켜졌다. 나는 테오가 비틀거리며 거실로 가는 것을 보았다. 도구들의 용도가 무엇인지 기억나지 않는 사람처럼, 그는 주방 싱크대 앞에 가만히 서 있었다. 그러더니 에스프레소 주전자에 물을 채우고, 그 주전자를 불 위에 올려놓았다. 냉장고에서 병을 꺼내더니 병째 마셨다. 주스인지 포도주인지 알 수가 없었다. 섬에서는 원래 주스를 병으로 팔지 않는다. 그는 오른손으로 머리를 긁적였고, 왼손을 뒤쪽 파자마 바지 속으로 집어넣었다. 숟가락으로 뭔가를 먹었는데, 아마도 올리브거나 캐비어였을 것이다. 그는 빈 잔 하나를 내렸다. 커피를 부었고, 우유를 팩째로 맛보다가 바로 싱크대에 뱉었다. 섬에서는 상온 장기 보관용 우유만 사야 한다는 걸 안톄가 그들에게 말해 주지 않았나? 그 외 다른 우유는 냉장고에 보관하더라도 금방 상했다. 그는 블랙커피를 들고 욕실로 갔다.

미래를 상상하면 모순적인 그림들이 그려졌다. 나는 안톄가 돌아올 것이라 확신했다. 어쨌든 그녀는 이곳에 살고 있으니까. 그녀는 일주일 이상 집을 떠난 적이 없었다. 그녀 없이 일주일 이상 잠수 강습을 운영하는 것은 불가능했다. 그녀는 틀림없이 친구 집에서 지내고 있을 것이고, 나를 혼내 주기 위해 며칠 동안 그 리카르도 연극을 계속할 것이다. 그러다 어느 날 저녁이면 그녀는 갑자기 다시 와 있을 것이다. 그런데 이런 그림들과 동시에 아침에 더블베드에서 잠이 깨어, 옆에 누워 자는 욜라를 쳐다보는 나 자신이 보이기도 했다. 욕조에 누워 있는 안톄가 보였고, 거울 앞에 서 있는 욜라가 보였다. 안톄가 아침 식사를 준비하는 동안 욜라는 식탁 위에 상을 차렸다. 안톄가 고객들에게 메일을 쓰는 동안 욜라가 계산서를 분류하는 게 보였다. 창문 앞에는 눈이 내렸다.

고개를 저으며 나는 다시 집 안으로 들어왔다. 그 도마뱀붙이를 아직 처리하지 못했다. 나는 키친타월 한 장을 가지고 와서 에밀의 작고 차가운 몸을 잡은 다음 욕실로 들고 가 변기에 던져 넣었다.

물을 내렸는데 에밀이 내려가질 않았다. 나는 종이로 에밀을 덮고, 다시 물을 내렸고, 기다렸고, 다시 물을 내렸다. 마침내 에밀이 사라질 때까지.

그 둘은 문 앞에 서 있었다. 나는 둘 중 한 사람만 나올 것이라 예상했었다. 항상 아침이면 그랬듯이, 내가 차를 모래밭 위로 후진해 들어가는 동안, 그들은 카사로 올라가는 계단에서 기다렸다. 욜라는 아랫단이 나풀거리는 빨간 원피스를 입고 있었는데, 내가 본 적이 없는 옷이었다. 테오는 아직 잠이 덜 깬 것처럼 보였다. 나는 차에서 내려 욜라에게로 가 그녀 허리에 손을 올리고 그녀 입에 키스했다. 내가 왜 그런 행동을 했는지 알 수 없었다. 계획했던 것이 아니었다. 그런 행동을 하면서도 느낌이 좋지는 않았다.

"어머나."라고 욜라가 말했다.

테오는 그런 우리를 못 본 척했고, 고개를 살짝 끄덕이며 약간 웃음을 지었다.

밤새 어떤 안전장치가 타 버린 것이 틀림없었다. 나는 그냥 멈출 수가 없었다. 차 안에서 옆자리의 욜라를 바라보며 검지로 그녀 뺨을 쓰다듬었다. 그녀 무릎 위에 한 손을 올려놓았다. 그녀는 행복해 하는 것 같았지만 약간은 혼란스러워 보이기도 했다. 그녀는 원피스 안에 브래지어를 하지 않았다. 잠수할 장소에 도착하여 원피스를 벗고 잠수복을 입기 위해 그녀가 테오와 나에게서 등을 돌렸을 때, 깍지를 낀 내 두 손에 힘이 들어갔다. 마치 너무나도 많은 기능이 있는 새 장난감을 만져 보아서는 안 되는 사내아이와 같은 느낌이었다. 테오가 갑자기 테크니컬 다이빙에 관해 많은 질문을 던졌다. 그때서야 비로소 내일이 내가 몇 달 동안 기다려 왔던 그날이라는 사실이 다시금 떠올랐다. 수심 100미터에서 맞이하는 나의 마흔 번째 생일. 그 난파선은, 원래 이름이 무엇이었든지 상관없이, 내 이름을 따서 불리게 될 것이다. 몇 가지 더 준비해야 하는 것들이 있었다. 공기통을 채우고, 장비를 체크하고, 잠수 과정에 대한 계획을 최종적으로 꼼꼼하게 다 점검해야 했다. 내일 예정된 탐험은 내가 이미 경험했거나 행했던 것과는 전혀 다른 것 같았다. 하지만 이렇게 전혀 다른 것이라고 계속 생각해서는 안 되었다. 완전한 집중이 필요했다. 내일 탐험에 신경을 쏟은 채 어느 정도는 건성으로 테오의 질문에 대답해 주었다. 나는 헬륨은 압력이 높으면 마취 효과가 없기 때문에 수심 100미터에서 헬륨 혼합기체를 호흡하는 것이라고 테오에게 설명해 주면서, 약간 떨어져서 서 있는 욜라를 바라보았다. 그녀는 내 눈길에 고개를 살짝 갸우뚱하는 것으로 응답했다. 그녀는 나를 마치 어느 방에다 놓을지 아직 정확하게 알지 못하는 가구를 보듯 바라보았다.

욜라 그리고 안톄와 관련하여 몇 가지 결정을 급하게 내려야 한다는 생각이 났고, 그러면서 바로 기분이 나빠졌다. 그러나 그런 결정은 운명에 맡기는 게 가장 낫다는 생각이 들면서 기분이 나아졌다. 이상적인 기체의 열역학적 상태방정식은 기체 원자들 사이의 영향력을 고려하지 않기 때문에 헬륨을 사용할 때는 반데르발스 모델을 이용하도록 권장된다고 나는 말했다. 다른 사람들이 모두에게 그러하듯 내게도 논리의 법칙을 따를 권리가 있다고 생각했다. 이는 만약 테오, 안톄, 안톄 친구들, 버니가, 그러니까 만약 섬 전체가 나와 욜라가 사귄다는 것을 이미 전제로 삼는다면, 그렇게 사귀는 것이 논리적이라는 의미이다. 이 생각이 내 마음에 들었다. 이성을 잃어버리지 않으려는 자는 생각과 현실이 서로 일치하도록 주의해야 한다. 사람들은 보통 이상을 현실에 맞춘다. 하지만 가끔은 그 반대가 더 간단할 수도 있다. 욜라와 진짜로 사귀게 되면 안테의 비난에 담긴 부당함 때문에 생긴 고통은 없어질 것이다. 그렇게 되면 이미 비난받은 일에 대해 나중에라도 그 근거가 만들어지는 것이고, 나는 다시 협상 테이블로 돌아가는 것이다. 어차피 아무도 나를 믿지 않기 때문에 아무것도 해명할 수가 없다는 느낌은 끝내자. 머릿속에서 나는 안테한테 보낼 문자를 생각해 보았다. "방금 욜라와 잤어. 네가 나를 더 이상 거짓말쟁이로 간주하지 않아도 되도록." 그러면 안테는 일단 이 말이 의미하는 걸 스스로 이겨 내야 할 것이다.

욜라는 생각에 잠겨 나를 바라보았다. 그녀는 내가 무슨 생각을 하는지 아는 것처럼 보였다. 나는 미소를 지었다. 그녀가 미소를 지었다. 나는 웃음을 터뜨렸다. 그녀가 고개를 저었다. 마치 내 머릿속에서 읽어 낸 것을 믿을 수가 없다는 듯. 이제 정신을 좀 차리겠니 하고 그녀 눈길이 말하는 것 같았다. 그녀 정도 등급의 여자가 그토록 집요하게 한 남자를 얻으려고 애쓰는 것은 기적에 가까웠고, 그 기적 같은 일을 그녀가 지난 며칠 동안 나에게 시도했던 것이다.

나의 헬륨 강의는 도중에 중단되었고, 볼츠만 상수와 샤를의 법칙은 어쩌다보니 거론되지도 못했다. 테오는 불만스러워 보였다.

"좋아."라고 나는 말했다. "잠수하러 가자."

"야회복 있어?" 세 시간 후 자동차 안에서 욜라가 나에게 물었다. 나는 없다고 대답했다.

"그럼 깨끗한 청바지와 하얀 셔츠면 틀림없이 충분할 거야."라고 그녀가 말했다. "하지만 긴팔이라야 해!"

그녀는 나에게 어디에 함께 갈 건지 물어보지도 않았다.

"도싯 호에서 열리는 만찬."이라고 테오가 설명했다. "7시부터 식전 음료 시간이 시작되지."

잠깐 동안 나는 안테가 저녁 식사로 무엇을 준비하는지 생각해 보다가 그녀가 떠나고 없다는 사실을 떠올렸다. 파티에 대한 나의 거부감은 이 경우 중요하지가 않았다. 토요일은 이들이 떠나는 날이었다. 그때까지 남은 시간을 어떻게든 사용해야 했다. 나는 폭스바겐 미니버스를 운전해 열린 대문을 통과하여 단숨에 마당까지 들어갔다.

"내 집에 같이 들어갈래?" 나는 가능한 한 건성인 것처럼 욜라 쪽에 대고 물었다. 테오가 웃음을 터뜨렸고 차에서 내렸다. 욜라는 검지를 뻗어 내 코를 가볍게 밀쳤고, 마찬가지로 내렸다. 둘러멘 스포츠 가방을 흔들며 그녀는 카사 라야로 건너갔고, 집 안으로 사라졌다.

테오가 나에게 등을 돌린 채 대문과 모래밭 사이, 독일 마을에서라면 보도가 있을 곳에 멈춰 섰다. 그가 몸을 돌렸을 때 그의 입술에는 담배가 물려 있었다. 그는 울고 있었다. 기이한 장면이었다. 늙은 얼굴의 마흔두 살 남자, 타들어 가는 담배, 눈물. 안테가 좋아하는 영화들에 나오는 장면 같았다.

"우리가 커서 언젠가 이런 사람이 된다는 걸."이라고 테오가 말했다. "그런 걸 우리는 어렸을 땐 상상도 하지 않았지."

최근에 들은 그의 오만한 연설이 아직 내 귀에 울렸다. "당신이 그녀와 난리 치며 붙어먹는 걸 나는 용인해 준다. 그저 안 했다고 부인하는 일만은 그만해라." 내 어머니라면 이렇게 말했을 것이다. "넌 그 사람들이 원하는 대로 다 해 줄 수가 없어." 이 순간 나는 테오가 역겨웠다. 그는 담배를 피우고 흐느끼기만 한 것이 아니라 그러면서 미소까지 지었다.

"한번 상상해 봐."라고 그가 말했다. "익사한 사람을 보고도 그녀는 아무렇지도 않았어. 거의 재미있어하는 것처럼 보였다니까."

그는 담배를 든 손으로 얼굴을 훔쳐 냈다. 다른 손으로는 마치 나에게 어떤 애도를 표할 수밖에 없다는 듯 유감의 손짓을 했다. 그가 사람을 놀라게 하는 데 정통하다는 사실은 부인할 수가 없었다. 그는 더 이상 뒤돌아보지 않고 모래밭을 건너 카사 라야로 들어갔다.

•

욜라는 광택이 없는 은백색 원피스를 입고 있었는데, 마치 액체처럼 아른거리는 그 옷은 매우 작은 움직임 하나에도 반응했다. 짙은 색 머리칼은 땋아서 화관처럼 머리에 둘렀다. 그녀는 숨이 멎을 듯 아름다웠다. 그녀는 일부러 우리가 십오 분 늦게 도착하도록 했다. 트랩에서 그녀는 내 팔을 잡았다. 우리가 나타나자 배 위에서는 대화가 중단되었다. 테오가 우리 뒤를 따랐다. 내가 입은 청바지가 창피했다.

그 순간을 나는 결코 잊지 못할 것이다. 연회복 차림인 엄청나게 뚱뚱한 비트만이, 마치 내가 뗏목 위에 서 있는 그에게 호화 요트를 능숙하게 조종해 다가가는 것처럼, 놀라서 우리를 바라보았다. 욜라 덕분에 내 청바지는 갑자기 더 이상 아무런 문제가 되지 않았다. 오히려 노련한 한 수가 되었다.

남자 양복을 입고 1920년대 헤어스타일을 한 젊은 여자가 식전 음료로 아페롤 스프리츠를 나누어 주었다. 그게 뭐냐는 나의 질문에 웃음이 터져 나왔다. 어느 동독 밴드의 보컬리스트는 맥주를 주문했다. 내 왼쪽에는 운동화를 신고 후드 스웨터를 입은 젊은 흑인이 서 있었는데, 그는 계속해서 히죽거렸다. 나는 그에게 섬이 마음에 드는지 물었다. 그는 독일어도, 영어도, 스페인어도 알아듣지 못했다. 프랑스어는 내가 할 줄 몰랐다.

우리는 후갑판에 빙 둘러서 있었다. 도싯 호는 하늘을 향해 사방으로 빛을 발했다. 여기서 뭔가 벌어진다는 것을 모로코에서도 틀림없이 볼 수 있을 것이다. 비트만이 배 안 구경을 허락해 준 몇몇 아이들은 갑판 위를 내달렸다. 그 아이들의 부모들은 구경하고 싶은 마음은 간절했지만 어쩔 도리 없이 그냥 부두에 서 있었다. 우리는 별이 뜬 하늘과, 도싯 호의 희뿌연 빛 뒤에서 그 하늘이 어떻게 보이는지를 관찰했고, "웅장한" 혹은 "충격적인" 같은 표현들을 번갈아 가며 썼다. 욜라는 60세쯤 되어 보이는 키 큰 남자와 인사를 나누었다. 그의 이름은 얀코프스키였고, 비트만은 그를 독일의 가장 중요한 문학 비평가들 중 한 사람이라고 소개했다. 테오 옆에는 화려한 색 숄을 두른 여인이 서 있었는데, 비트만 말에 따르면 쾰른 극장의 스타 연출가였다. 그 외에도 머리를 감지도 않은 유명한 사진작가와 맥주를 든 유명한 동독 가수가 있었다. 젊은 흑인은 부르키나파소 출신 예술가였는데, 비닐 봉투를 붙여 콜라주를 만들며, 몇 주 전에 함부르크의 갤러리에서 전시회를 열었다고 했다.

"욜라 팔렌과 테오 하스트는 제가 꼭 소개하지 않아도 되겠고." 라고 비트만이 말했다. "그리고 이분은……."

"제 개인 운동 트레이너예요."라고 말하며 욜라는 나에게 잔을 들어 건배해 보였다.

욜라 말이 내게는 난처했고, 그래서 나는 그냥 같이 웃어 버렸다.

"여러분들께서 이 자리를 함께해 주셔서 정말 멋집니다."라고 비트만이 우레와도 같이 큰 소리로 말했고, 모든 잔들이 한가운데로 모아졌다. "예술과 문화를 위하여!"

"예술과 문화를 위하여!"라고 외치는 사람들의 목소리가 하늘로 울려 퍼졌다. 서로를 얼마나 잘 알고, 서로를 얼마나 좋아하는지 전혀 상관없이, 그들이 일종의 동맹을 맺고 있다는 것을 나는 감지했다. 그리고 나는 그 동맹에 속하지 않는 인물이었다. 박물관에 가 본 것이 언제인지 생각조차 나지 않았다. 책도 읽지 않고, 음악도 듣지 않고, 영화도 거의 보지 않고, 연극은 전혀 보러 가지 않고, 섬의 예술가가 남긴 유작들도 결코 참을 수가 없었다. 이런 이유로 나는 스스로를 낮추고, 가능한 한 기가 죽어 있을 수밖에 없는 것 같았다.

예술은 항상 당신이 없는 곳에 있어 하고 언젠가 안톄가 말했다. 그녀는 그 말을 비난으로 했지만, 나는 그 말을 칭찬으로 해석했었다. 어쩌면 사람은 자연과 예술, 그 둘 중 하나만을 사랑할 수 있나 보다. 자연은 관찰자를 필요로 하지 않는다. 자연은 모든 관점에서 스스로 기능한다. 나는 1920년대 차림을 한 젊은 여인의 쟁반에서 아페롤을 또 한 잔 집어 들었다.

"나는 지금 당신을 전혀 못 알아볼 뻔했습니다."라고 얀코프스키가 테오에게 말했다. "당신 책에 있는 사진이 아마도 좀 오래된 건가 봅니다."

"그 책만큼 오래되었겠지요."라고 욜라가 매혹적인 미소를 지으며 말했다.

“언제쯤이면 우리가 당신의 새 책을 읽게 될까요?”라고 야코프스키가 물었다.

“저는 꽤 큰 프로젝트를 작업하고 있습니다.”라고 테오가 말했다. “사회소설인데, 그게…….”

“근사한데요.”라고 야코프스키가 말했다.

“그는 단편들을 쓰고 있어요.”라고 내가 이의를 제기했다.

“투슈??!”[38]라고 소리치며 욜라가 나에게 악수해 왔다. 야코프스키가 웃었다.

“단편들이라.”라고 말하며 야코프스키는 내게 눈을 찡긋했다. “뭐, 그럼.”

테오가 이를 꽉 무느라 생긴 턱 근육이 보였다. 방금 내가 옳은 일을 한 것인지 알 수가 없었다. 나는 잔을 비웠다. 비트만은 아이들을 배에서 쫓아냈고, 식사하러 가자고 청했다.

아래로 내려가는 계단에서 나는 당연한 일인 것처럼 고상한 척하면서 욜라가 먼저 가도록 배려했는데, 그렇게 행동하는 나 자신이 스스로에게도 의외였다. 안테는 사람들이 문을 열어 잡아 주면 신경에 거슬린다는 반응을 보이는 여자들에 속했다. 욜라는 왕비처럼 고개를 숙여 감사를 표했고, 원피스 자락을 걷어 올린 채 가파른 계단을 내려갔다. 착 달라붙는 천 아래에서 그녀의 허벅지 근육이 어떻게 움직이는지가 다 드러났다. 운동선수 다리 같았다. 나는 위쪽에서 예술 작품처럼 땋아 놓은 그녀 머리칼을 내려다보았다. 그냥 돌

---

38) ‘적중’ 혹은 ‘명중’이라는 뜻의 프랑스어. 여기에서는 ‘제대로 한 방 먹였다.’라는 의미로 해석된다.

아서서 집으로 달려가고 싶은 충동이 거의 거부할 수 없을 정도로 강렬하게 일어났다. 내 뒤로는 다른 손님들이 계단을 향해 밀려들었다. 모든 것이 의지다 하고 나는 생각했다. 정작 그 문장을 통해 내가 하고 싶은 말이 무엇인지도 모르는 채. 한 사람씩 차례로 우리는 도싯 호의 선복(船腹)으로 내려갔다.

아래에서 우리를 기다리는 것은 과거였다. 복원 기술자들은 도싯 호 내부를 원본에 충실하게 1920년대 상태로 옮겨 놓았다. 벽에는 벚나무로 짠 판을 대었다. 소파와 의자는 크림색 가죽으로 씌워져 있었다. 모든 문손잡이와 벽에 달린 등 그리고 서랍 손잡이는 광택을 낸 놋쇠로 만들어졌다. 천장에 걸린 커다란 등에는 식탁 위에 놓아둔 촛불들이 비쳤다. 식기대 위쪽으로는 '빅 파이브'의 유화 한 점이 걸려 있었다. 1920년대의 가장 큰 범선 다섯 척이 경조 대회에 참가한 모습을 그린 것인데, 그 다섯 범선 중에 도싯 호가 있었다. 샘록, 웨스트워드, 브리타니아. 다섯 번째 스쿠너의 이름은 떠오르지 않았다. 욜라라면 분명히 바로 그 이름을 말했을 것이다.

1920년대 스타일의 젊은 여인이 둘로 늘어났다. 그들은 둘이서 손님들 사이를 비집고 이리저리 돌아다니며 모에 에 샹동 샴페인을 나누어 주었다. 아홉 명이 서 있으니 살롱이 실제로 얼마나 작은지 드러났다. 우리는 미니 축제 홀에서 미니 사교를 벌이고 있었다. 소음 수위가 올라갔다. 유리잔이 쨍그랑거렸다. 샴페인 맛은 뛰어났다. 그 여인들이 빈 잔을 다시 채워 주었다. 욜라는 웃을 때면 내 팔뚝을 꼭 붙들었고, 나는 마치 웨이터처럼 팔을 굽혀 주었다. 공간의 열기는 그녀 몸에서 나오는 것 같았다. 비트만이 우리에게 이젠 좀 착석하자고 청했다. 자리는 마음대로 선택할 수 있었다. 우리는 앉았다. 나의 왼쪽에는 욜라가, 나의 오른쪽에는 계속해서 그 프랑스 흑인이 있었다. 테오는 식탁 뒤쪽 끝에 앉게 되었다. 욜라와 멀리 떨어진 곳에. 이제는 내 것이 된 그녀. 그래, 바로 그 생각을 나는 했다. '그녀는 내 것이다.' 나는 의자를 뒤로 밀었고, 그녀 의자 등받이 위에 팔을 올려놓았으며, 전혀 공감하지 못하는 농담에 큰 소리로 웃어 주었다.

가리비로 만든 카르파초와 라임 토마토 마리네이드를 곁들인 황새치 요리.

사진작가는 전채를 먹는 데 채 이 분도 필요로 하지 않았다. 그는 입에 묻은 마리네이드를 닦았고, 유럽 위기를 통해 빈부 격차가 더 커지게 될 것이라고 말했다. 비트만은 우리가 마시는 리슬링이 모젤 강가에 있는 어느 친한 친구의 포도 농장에서 온 것이라고, 그곳에서는 고집 센 이들이 동맹해서 다리 건설에 완강하게 저항하고 있다고 이야기해 주었다. 민중이 스스로를 재정치화하는 중이지 하고 스타 연출가가 끼어들었다. 맥주를 마셔 가리비를 아래로 삼켜 내리는 중인 가수에게 얀코프스키는 왜 옛 동독 지역에 그토록 많은 나치들이 존재하느냐고 물었다. 흑인 청년은 욜라와 프랑스어로 즐겁게 대화를 나누었는데, 그 둘은 서로의 이야기를 좀 더 잘 알아듣기 위해 내 쪽으로 몸을 굽히고 있었다. 스타 연출가는 그녀의 새로운 작품에 관해 말했다. 그 작품에서는 배우들이 창녀, 마약중독자, 노숙자를 연기했는데, 이를 위해 그들은 수 주 동안 창녀들, 마약중독자들, 노숙자들과 이야기를 나누었다고 한다. 그녀는 빠른 속도로 말했고, "진정성"이라는 단어를 자주 사용했다. 누가 그 작품을 썼으며, 무엇에 관한 작품인지를 내가 물어보았을 때, 얀코프스키는 갑자기 웃음을 터뜨렸다. 그는 손바닥으로 탁자를 탕 하고 치며 소리쳤다. "당신은 없어서는 안 될 존재입니다, 스벤!" 얀코프스키는 처음부터 나를 좋아했다. 연출가의 대답은 시끄러운 소음에 묻혀 들리지 않았다. 테오는 탁자를 가로질러 나를 응시했는데, 그 눈빛은 뭐라 해석하기가 힘들었다. 그 저녁은 점점 더 잘 지나갔다. 욜라 입에서 나오는 프랑스어는 마치 시작도 끝도 없는 노래처럼 들렸다.

바닷가재 소스에 든 검정색 누들 요리.

사진작가는 셔츠에 소스가 튀었고, 재정 위기가 일어난 이후 자본주의는 결정적으로 종말을 맞이하고 있다고 말했다. 가수는 자신의 밴드가 옛 동독에서 체제 전환이 일어날 때부터 벌써 극우주의에 반대하는 프로젝트를 지지해 왔다고 이야기했다. 얀코프스키는 이 이야기에는 건성으로 고개를 끄덕이면서 실물경제를 찬양하는 비트만의 이야기를 경청했다.

"아아, 라르스."라고 좀 물러나 있던 연출가가 크게 말했다. "언제나 당신이 해내는 걸 보면 정말 놀라워요." 그녀가 말하고자 했던 건 상승하는 매상고가 아니라 문화 및 정치의 담론과 그 결합에 관한 어떤 것이었다. 재정 관리는 포커 게임의 형이상학이라고 테오가 큰 소리로 말했다. 모습이 똑같은 젊은 두 여인은 리슬링 포도주병을 팔에 낀 채 지치지도 않고 탁자 주위를 돌아다녔다. 그들 관자놀이에 붙은 물결 모양 머리칼은 조금도 흐트러지지 않았다.

얇게 썰어 깔아 놓은 오이 위에 깨 튀김옷을 입혀 튀겨 낸 대하 그리고 파파야로 만든 타타르 요리.

나는 더 이상 제대로 귀 기울여 듣지 않았다. 이 사람들이 지금 아프리카 앞바다를 항해하고 있지 않다면 살고 있을 독일을 생각했다. 그들이 어떻게 느낄지 나는 알고 있었다. 날마다 그들은 은행 위기, 재정 위기, 기후 위기, 에너지 위기, 교육 위기, 유로 위기, 연금 위기, 근동 위기 사이에 자신들의 개인적 위기를 함께 넣어 두어야 하는 과제에 직면해 있었다. 저녁마다 8시가 되면 그들은 십오 분 동안 서구 세계의 다가오는 몰락과 씨름했고, 더불어 이 몰락을 막을 수 없는 정치가들의 무능함과도 함께 씨름했다.[39] 그러는 동안에도 그들은 매우 개인적이면서 약간은 창피한 소망에 매달렸는데, 그 소망이란 그럼에도 결국은 모든 게 지금과 같이 머물렀으면 좋겠다는 것이었다. 그대로 계속되다. 그들 삶 전체가 그저 그대로 계속되는 것들로 이루어진다. 시간, 날, 과제를 하나씩 체크해 가는 것. 그대로 계속되다가는 미래가 파국이 실현되는 장소가 될 것 같다 하더라도, 그들은 끈질기게 현재라는 참호를 통해 투쟁한다. 승리에 대한 믿음은 상실한 채 오직 자기 자신이 살아남는 일에만 관심이 있는 군인들이다. 그들은 탈영하지 않는다. 어디로 가야 할지 모르니까. 어디로 가든 아무런 차이가 없는 세상에서 망명이란 존재하지 않는다.

나는 둘러앉은 사람들을 바라보았다. 점점 더 더워졌다. 알코올과 촛불이 작은 살롱을 달구었다. 뺨이 달아오르는 것을 느꼈다. 셔츠가 등에 달라붙었다. 파파야로 만든 타타르를 먹는 것이 두려웠다. 모든 얼굴이 웃고 있었는데, 그건 내가 이미 욜라에게서 본 얼굴이었다. 입을 지나칠 정도로 크게 벌린 채 웃는 얼굴. 말할 때도 모두가 욜라 같았다. 유리잔과 촛대를 넘어뜨릴 것만 같이 크게 몸짓

39) 저녁 8시에 정규 뉴스가 시작되어 십오 분 동안 진행된다.

하며 말했다. 연민이 밀려와 나를 사로잡았고, 내 마음을 뒤집어 놓더니 흘러가 버렸는데, 그 뒤에는 식탁에 앉은 사람들에 대해 모래처럼 깔깔한 느낌만이 남았다.

"포도주를 쓰다듬을 수 없다니 유감이군."이라고 테오가 큰 소리로 말했다. 내가 다른 이들을 유심히 훑어보는 내내 그는 나를 관찰했다. 우리 시선이 자꾸만 마주쳤다. 그는 놀라울 정도로 태연했다. 토요일에는 욜라를 데리고 독일로 돌아갈 것이라 완전히 확신하는 듯했다. 내가 그렇게 하도록 내버려 두지 않을 것이다. 어디 두고 보자 생각하며 나는 테오에게 잔을 들어 보였다. 그도 자기 잔을 들었고, 나에게 살짝 고개를 끄덕여 보였다. 욜라는 거의 손도 대지 않은 접시를 되돌려 주었는데, 아무도 그걸 갖고 뭐라 하지 않았다.

근대 잎으로 싸서 만 연어를 넣은 샐러리 크림수프 요리.

그 저녁은 빛, 열기, 소음으로 이루어진 그림으로 변했다. 내 기억 속에서 대화는 큰 음악 소리에 묻혀 버린다. 어떤 클래식 음악이었는데, 누군가의 9번인가 그랬던 것 같긴 한데, 도대체 어떤 곡이 연주되었는지 확실하지가 않다. 1920년대 스타일 여자들이 내 빈 잔을 채워 줄 때 나는 사양하지 않았다. 욜라가 가까이 있다는 사실이 나를 취하게 했다. 그녀는 자꾸만 내게로 손을 뻗어 내 어깨에, 내 팔에, 내 허벅지에 올려놓았다. 그녀는 내게 기댔고, 나는 그녀 머리에서 향기를 맡았다. 그녀가 내 귀에 대고 속삭였고, 나는 그녀 숨결을 느꼈다. 그녀 입술은 갈라져 거칠었고, 포도주의 암적색이 묻어 있었다. 눈에는 마스카라가 번져 그늘이 졌다. 그녀가 웃는 동안 그녀 손가락은 내 셔츠 안으로 파고들었다. 유감이군, 여자는 마실 수가 없으니 하고 나는 생각했다. 그 순간 나는 한 인간을 이토록 사랑했던 적은 없었다고 생각했다. 식탁에 앉은 다른 이들에 대한 나의 연민 또한 욜라에 대한 나의 넘치는 사랑으로부터 우러나왔다. 동독 가수와 맥주에 대한 그의 믿음, 연출가의 날카로운 고독, 자신의 무상함에 대한 얀코프스키의 비극적 감정, 자기 안에 갇혀 버린 아프리카인, 태연함을 연기하는 테오, 단백질 바로 벼락출세한 비트만. 그들 모두가 함께 나의 감정을 위한 배출구가 되어 주었다. 나의 애정이 그들 위로 흘러내려 그들을 결혼식 하객들로 만들었다. 욜라와 나의 결혼을 축하하기 위해 특별히 독일에서 그 먼 길을 온 하객들. 이 사람들이 있어서 비로소 우리는 한 쌍이 되었고, 그 점에 대해 나는 그들에게 고마워해야 했다. 그들 모두가 나에게는 눈물이 날 정도로 감동적이었다. 욜라와 나는 감동으로 눈물을 흘렸다, 스스로를 위해 그리고 우리 둘 모두를 위해. 나는 팔로 그녀를 감싸 안았는데, 그녀는 내가 그렇게 하도록 그냥 내버려 두었다. 대하를 먹고 난 후부터 나는 욜라의 향수에 반응해 반쯤 발기한 상태를 식탁보 아래에 감추고 있었다. 무슨 일이 다가올지 나는 알았다. 나의 침대에, 나의 부엌에, 나의 컴퓨터 앞에, 나의 거실에 있는 욜라가 눈에 선했고, 섬사람이 되어 샌들을 신고 반바지를 입고 있는 욜라가 눈에 선했고, 그녀가 고객들과 이야기하고, 잠수 강습을 운영하는 나를 보조해 주는 모습이 눈에 선했다. 내가 따로 잠수 강사로 교육해 놓은 욜라. 날이 갈수록 달이 갈수록 독일로부터 회복되고, 작은 소리로 웃고, 몸짓이 적어지고, 점점 더 아름다워지는 욜라. 그녀는 직업을 포기하지 않고 그저 일을 줄이기만 했기 때문에 나는 때때로 그녀가 독일로 갈 때 동행하고, 건물 지붕들이 내려다보이는 베를린 집에 살면서 저녁이면 행사에 참석한다. 그녀는 이 반짝거리는 원피스를 입고 있고, 나는 그녀 옆에 있다, 오늘 저녁과 똑같이. 영화 시사회, 텔레비전 시상식. 그녀는 무대 위에서 조명을 받으며 서 있고, 나는 조용히 바라본다. 사람들이 곁눈질로 나를 쳐다본다. 우리 사진을 찍는다. 나는 아무 말 없이 미소를 짓고, 때때로 욜라가 내 손을 꼭 잡는다. 돌아오는 비행기 안에서 그녀는 우리가 만났던 사람들 흉내를 내고, 다른 승객들이 우리 때문에 불만을 토로할 때까지 웃어 댄다. 사람들이 자신을 알아보지 못하도록 매우 큰 선글라스를 낀 욜라가 착륙 후 작은 소리로 "집에 온 걸 환영해."라고 말한다. 어느 아침 그녀는 침대에 있는 내게로 커피를 가져다준다. 그리고 오랫동안 나를 바라본 후 말한다, 아이를 가졌다고. 심지어 그것까지도 나는 상상이 된다.

접시에 살짝 구운 강낭콩을 깔고, 여러 생선들을 채워 넣은 문어를 그 위에 올린 요리.

나는 깜짝 놀라 혼자만의 생각에서 빠져나왔다. 그사이 무엇인가가 변했다. 불빛, 우리를 둘러싼 소음, 손님들 외양. 나의 감각은 가장 예민한 상태인 것 같았고, 매우 섬세한 진동도 지각해 냈다. 비트만이 "그 이베테"에 관한 이야기를 꺼냈을 때, 나는 뭔가 문제가 있다는 것을 알았다. 아니, 더 정확하게 표현하자면, 곧 뭔가 문제가 있을 것임을 알았다.

이베테는 참으로 사랑스러운 사람이라고 비트만은 말했다. 그녀를 이미 오랫동안 알고 지냈다고 했다. 전설적인 미모. 그리고 물론 대단한 연기자. 그럼에도 이웃집 상냥한 소녀와도 같은 모습은 항상 변함이 없다고 했다.

내 옆에 앉은 욜라의 몸이 갑자기 약간 똑바로 서는 것 같았다.

비트만 목소리를 중심으로 주변 소음의 수위가 낮아지는 것 같았고, 그래서 나는 그의 목소리를 분명하게 알아들을 수 있었다. 음악이 연주되고 있었다면, 그 소리도 멈추었다. 모두가 귀를 기울였다.

이베테는 예전에 이미 도싯 호를 타고 함께 항해한 적이 있으며, 이번에도 기꺼이 함께하고 싶었다고 했다. 이제 해양 전문가가 되는 그녀에게 딱 어울리는 일이었을 것이라 했다.

"뱃멀미를 하는데."라고 연출가가 큰 소리로 말했다.

"뱃멀미를 하지."라고 비트만이 그 말을 확인해 주었다.

"계속 '뱃멀미'라는 말을 쓰는 건 좀 그만하지."라고 얀코프스키가 말했다.

"내 약을 준다니까 안 먹겠다고 하더니."라고 사진작가가 큰 소리로 말했다.

"제발 좀! 약이 아니라 생강이었잖아!"라고 얀코프스키가 소리쳤다.

모두가 배에서 일어났던 어떤 일을 두고 웃음을 터뜨렸다. 사람들을 다시 원래 주제로 되돌아오도록 한 것은 테오였다.

그가 물었다. "이베테가 왜 이번에는 함께할 수 없었습니까?"

도싯 호에 탄 사람들 모두가 이미 그 대답을 아는 게 분명했다. 테오 또한 그 대답을 아는 것처럼 보였다. 추측컨대 비트만이 그에게 이베테가 현재 무슨 일 때문에 바쁜지 이야기해 주었던 것 같다. 테오는 그저 그 일이 다시 한 번 공개적으로 거론되도록 하려던 것뿐이었다. 그는 그 질문을 던지면서 비트만이 아닌 욜라를 응시했다. 그의 얼굴에서는 벌써 기쁨이 빛을 발했다. 그는 마치 애써 웃음을 꾹 참는 사람처럼 보였다. 내 곁에서 욜라가 경직되는 것이 느껴졌다. 마치 그녀 몸이 생명에 위협적인 공격을 받는 것처럼.

"이베테는 지금 홍해에 있어요."라고 비트만이 말했다. "아름다운 곳이죠. 그곳에서 우리는 몇 년 전 이 전설적인 여행을 했는데, 도중에 그만 거센 폭풍우를 맞닥뜨렸지요. 모두가 피부까지 젖어 버렸고, 우리가 마침내 후르가다의 새 정박지에 닿았을 때 보리스와 틸이 속옷 차림으로 배에서 뛰어내렸고……."

"이베테가 홍해에서 도대체 뭘 하고 있습니까?"라고 테오가 참지 못하고 물었다. 그는 입을 비죽이며 웃었다. 더 이상 자제하고 싶은 마음이 없는 것처럼 보였다. 나는 욜라 몸이 떨리기 시작한 것 같은 인상을 받았다.

"그녀는 새로 맡은 역할을 준비하고 있어요."라고 비트만이 말했다. 비트만도 이제는 욜라를 바라보았다. "당신은 분명히 이미 오래전에 그 얘길 들었겠지? 당신 아버지를 통해서?"

욜라는 아무 반응도 보이지 않았다. 그녀는 포도주 잔을 향해 손을 뻗었다가 중간에 마음이 달라졌는지 그냥 내려놓았다.

"어떤 역할인가요?"라고 테오가 물었다.

"여자 잠수부의 삶에 관한 영화를 찍고 있지." 비트만은 계속해서 욜라를 향해 말했다. 그는 그녀가 이 분야에 정통한 사람으로서 그러한 새로운 소식에는 관심이 있을 거라 전제했다. "지금 그 이름이 생각나지 않는군."

"로테 하스."라고 테오가 말했다.

"그런 것 같기도 하군요."

비트만은 여전히 아무것도 눈치채지 못했다. 비트만과 아프리카인을 제외하고 나머지 사람들은 모두 숟가락을 접시에 내려놓았고,

시체처럼 창백해진 욜라를 응시했다.

"하지만 그 일은 공식적으로 기자회견을 할 때까지 우리끼리만 알고 있어야 합니다. 나는 이베테가 바로 그 일 때문에 이 여행을 거절했다는 것만 알 뿐입니다. 그렇지 않았다면 그녀는 카사블랑카에서 이 배에 올라탔을 텐데 말입니다."

"그 역할, 바로 그것 때문에 우리가 여기 온 것 아닌가, 자기?"라고 물으며 테오가 욜라 쪽으로 몸을 돌렸다. 나는 테오가 쓴 "그것 때문에"라는 단어를 말하는 사람을 한 번도 본 적이 없었다.[40] "그것 때문에 당신이 이 잠수 훈련을 받는 거지?"

"하지만 캐스팅은……." 욜라가 헛기침했다. "캐스팅은 다음다음 주나 되어서야 있을 텐데?"

말끝에서 그녀 목소리가 가라앉아 들리지 않았다. 나는 그녀에게 감탄했다. 그녀는 마치 원형경기장에 선 황소처럼 스스로를 통제하기 위해 싸웠다. 테오가 또 한 번 창으로 찔렀다.

"당신은 반드시 그 해저 소녀가 되려고 하지 않았나?"

"내부 관계자들만 아는 정보인데."라고 비트만이 말했다. "그들은 그 영화를 반드시 이베테와 찍겠다고 내부적으로 결정했습니다."

"당신이 말하지 않았나?" 테오가 다시 웃기 시작했다. "당신이 말하지 않았나, 그게 당신에게는 마지막 기회라고?"

"욜라……." 비트만이 당황해서 바라보았다. "그 역할을 얻어 내고 싶었다고 말하지는 말아 줘."

---

40) '그것 때문에'라는 의미로 테오는 derentwegen을 사용하고 있는데, 이것은 옛날 표현이므로 흔히 들을 수 있는 단어가 아니다.

"그렇지 않으면 당신이 그 빌어먹을 시리즈에서 결코 벗어나지 못할 테니까?" 테오는 만족감에 손바닥으로 탁자를 탕 하고 쳤다. "그렇지 않으면 진지하게 여겨질 수 있는 여배우가 결코 될 수 없을 테니까? 방송국 장삿속에서 늙어 가는 창녀가 될 뿐이니까, 몇 년만 지나면 더 이상 아무도 기억하지 못하는 그런 늙은 창녀 말이야?"

욜라가 졌다. 테오와의 싸움에서, 그 모임에 참석한 사람들과의 싸움에서, 특히 자기 자신과의 싸움에서. 그녀 목구멍에서 색색거리는 소리가 새어 나왔다. 그녀는 벌떡 일어나 살롱을 빠져나와 가파른 계단을 올라갔다. 그녀를 뒤따라가려고 몸을 반쯤 일으켰을 때 내 시선이 테오를 향했다. 그는 웃음을 멈추더니 눈썹을 치킨 채 고개를 저었다. '그러지 마.'라는 의미였다. 그는 그녀를 나보다 더 잘 알았다. 나는 다시 의자에 털썩 앉았다. 다시 웃음을 이어 가느라 흉곽이 들썩이는 동안에도 그는 계속해서 나를 응시했다. '자, 어땠어?'라고 그의 눈길이 묻는 것 같았다. '넌 새 여자 친구를 전혀 도울 수 없었지? 빌어먹을 애송이 녀석.'

모두들 침묵을 지키는데 아프리카인이 고개를 좌우로 돌렸다.

"왓 이즈?(뭡니까?)"라고 그가 물었다.

"유감이군." 오랫동안 침묵을 지키던 비트만이 말했다.

"그녀는 이겨 낼 겁니다."라고 야코프스키가 말했다.

"난 그러지 못할 거라고 생각해요."라고 테오가 말했다.

"후식 먹을까요?"라고 비트만이 물었다.

끓인 바닐라 생크림에 곁들인 피스타치오와 적포도주 젤리.

디저트 접시가 내 앞에 놓였을 때 나는 더 이상 견딜 수가 없었다. 실례한다는 말을 중얼거리고 식탁을 떠났다. 수납판에 올라갔을 때 전화벨이 울렸다. 나는 틀림없이 욜라일 거라고 생각했고 전화를 받았다. 버니였다. 그는 영어로, 그것도 꽤나 빨리 말했다. 나의 오른쪽 귀에는 이해할 수 없는 말이 폭풍처럼 지나쳐 갔고, 그중에 간간이 뭔가 이해할 수 있는 소리가 나오기도 했다. 몇몇 단어들만. "퍽" "데이브" "애버딘". 그리고 "크레이지"라는 말도 두 번 알아들었다.

"버니."라고 나는 말했다. "와츠 더 매터?(뭐가 문제야?)"

"유 캔 해브 더 퍼킹 보트. 벗 돈트 에버 애스크 미 어게인.(그 빌어먹을 보트는 써도 돼. 하지만 다시는 나한테 부탁하지 마.)"

"파든?(뭐라고?)"

"안트 유 리스닝, 맨? 유 캔 테이크 디 애버딘 투머로 모닝. 벗 포겟 어바웃 어스! 데이브 — 이즈 — 낫 — 커밍 — 앤드 — 니더 — 앰 — 아이, 언더스탠트? 이츠 더 래스트 팅 아윌 두 포유. 유브 로스트 유어 퍼킹 마인드.(안 들려? 내일 애버딘 호를 가져가도 좋다고. 하지만 우리는 없던 일로 해! 데이브는 — 가지 — 않을 거고 — 나도 — 가지 — 않을 거야, 알겠어? 이게 내가 널 위해 할 수 있는 마지막 일이야. 제기랄, 넌 제정신이 아냐.)"

"벗, 버니, 와이 원트…….(하지만 버니, 왜 안 …….)"

대화는 중단되었다. 버니가 전화를 끊어 버렸다. 다시 걸어 보았지만 그는 받지 않았다. 나는 갑판으로 가는 마지막 계단을 올라섰고, 돛대 옆에 서서 허공을 뚫어져라 바라보았다. 허공 끝에 난간이 있었고, 그 난간에 욜라가 기대 서서 나를 응시했다. 그녀 역시 손에 전화기를 들고 있었는데, 환하게 켜진 전화기 화면을 들어 나에게 보여 주었다. 잠깐 동안 나는 버니가 탐험을 망치려고 그녀에게도 전화했을지 모른다고 착각했다.

"아버지에게서 온 문자야."라고 욜라가 말했다. "비트만 말이 맞았어. 슈타들러가 그 역할을 맡는대."

끝났다 하고 나는 생각했다. 몇 주에 걸친 준비는 허사가 되었다. 데이브와 버니를 대신할 사람을 그렇게 빨리 구할 수는 없을 것이다. 그리고 12월이 되면 겨울 조류가 밀려와 난파선에 이르기란 불가능했다. 프로젝트 전체가 단번에 끝장나 버렸다. 다음으로 연기한다고 해도 프로젝트가 실현될 것 같지는 않았다. 앞으로 무슨 일이 일어날지 어떻게 안단 말인가. 다음 주에 무슨 일이 있을지 어떻게 안단 말인가. 내 삶이 조각조각 해체되는 것처럼 느껴졌다. 내 마흔 번째 생일을, 수심 100미터에서 내 인생 전반부와 개인적으로 작별하기를 몇 달 동안이나 상상해 왔었다. 이를 포기할 수밖에 없다는 것은 모든 게 흔들리게 됨을 의미했다. 왜 버니가 일을 코앞에 두고 이토록 갑작스럽게 안 하겠다고 하는지 전혀 알 수가 없었다. 내가 아는 건, 더 이상 아무것도 믿을 수 없다는 사실뿐이었다.

욜라는 휴대 전화를 치웠다. 우리는 난간에 나란히 기대 섰고, 밤하늘 가장자리와 맞닿은 방파제를 바라보았다. 사방에서 찬 바람이 우리를 향해 불어왔다. 나는 내 상의를 벗어 욜라 어깨에 걸쳐 주려다가 상의를 입고 오지 않았음을 깨달았다. 저녁 식사를 하는 중간에 그 옷을 벗어서 의자 등받이에 걸쳐 둔 게 분명했다. 모든 것이 비현실적으로 여겨졌다. 도싯 호는 그냥 배가 아니었다. 독일 일부가 항해 중인 배였다. 그리고 내 느낌이 바로 그랬다. 독일적인 느낌이었다. 과도한 요구를 당하고, 갈피를 못 잡고, 세상이 혐오스럽고.

"무슨 일이야?"라고 욜라가 물었다.

나는 버니의 전화에 대해 그녀에게 이야기했고, 그녀는 쓴웃음을 지었다.

"사람들이 우리에게서 생존 기반을 빼앗아 버린 것 같네. 어쩌면 내가 당신보다 좀 더 심각할지도 몰라. 난 결코 안전하지 않은 상황이니까."

자기 자신이 불행한데도 다른 이의 불행을 인정해 줄 줄 아는 사람은 많지가 않다. 한동안 우리는 아무 말 없이 바다를 바라보았다. 그러고 나서 그 문제의 오 분이 시작되었다. 나는 지난 몇 주 동안 자꾸만 거듭해서 되짚어 생각에 몰두했다. 그토록 짧은 시간을 그토록 오랫동안 후회해 본 적은 결코 없었다. 욜라가 내 팔을 붙잡았고, 내 얼굴을 들여다보며 말했다. "우리 내일 그거 하자."

나는 그녀가 무슨 말을 하는지 곧바로 파악하지 못했고, 그저 그녀 미소가 일으킨 효과만을 감지했다. 내가 갑판에 올라온 것은 그녀를 위로하기 위해서였다는 생각이 다시 떠올랐다. 그녀와 함께 그녀 삶의 깨어진 파편들을 다시 모으고, 그것으로 새 삶을 만들기 위해 올라온 것이었다. 나는 그녀를 안았다. 그 순간부터 모든 결정은 내 몸이 알아서 내렸다. 그녀를 위로하듯 쓰다듬는 대신 나는 그녀를 꼭 끌어안고 그녀 목에 키스했다. 그녀는 계속해서 나를 바라보기 위해 나를 몸에서 밀쳐 냈다.

"당신은 당신의 난파선으로 잠수하는 거야. 테오와 내가 애버딘호를 조종하고."

내 팔이 다시 그녀를 포획했다. 이제 내 몸은 자신의 요구를 관철시키려 했다. 손가락 아래에서 원피스가 미끄러졌지만 아무것도 입지 않은 것과 마찬가지였다. 그녀 냄새는 나를 아래쪽으로 끌어당기며 빙빙 돌아가는 소용돌이였다. 내가 언제 그녀에게 데이브의 범선 이름이 애버딘이라고 말해 준 적이 있었나 하는 의문이 머릿속에 떠올랐다가 금방 사라져 버렸다.

"전부 다 빌어먹을." 욜라가 몸을 돌렸다. 하지만 몸을 빼지는 않았다. "쇼를 하는 데는 대가인 그 빌어먹을 노인네. 악마 같으니." 그녀가 킥킥거렸다. "악마. 그가 바로 악마야. 그 이상도 그 이하도 아니지."

나는 맥락을 놓쳐 버렸다. 그녀가 무엇에 관해 이야기하는지 더 이상 알 수가 없었다. 나랑 무슨 상관인가. 그 순간 내 관심 밖에 있는 건 아주 많았다. 나에게 더 이상 존재하지 않는 것들. 밤. 배. 바람. 과거와 미래. 마치 지워진 것 같았다. 나는 욜라 원피스를 허리까지 끌어 올렸고, 그녀를, 반을 밀고 반은 들고 가듯 해서, 이물의 갑판 위로 데리고 갔다. 거기에는 목재로 만들어진 궤짝이 두 개 놓여 있었다.

"몇 시에 출발이야?"

나는 동작을 멈추었다. 그녀는 등을 쫙 폈다. 내게서 대답을 기대하는 것이 분명했다.

"뭐 말이야?"

"탐험."

"탐험 따윈 집어치워."라고 나는 말했다.

"안 돼!" 욜라가 고개를 세게 젓는 바람에 예술적으로 땋아 올린 머리칼에서 한 가닥이 빠져나왔다. "우린 집어치우지 않을 거야! 로테 하스는 나에게 끝장이 나 버렸고, 그건 더 이상 어쩔 수가 없어. 하지만 당신의 잠수 탐험, 그건 실행할 거야. 이제서야 제대로. 알아듣겠어?" 그녀 목소리가 커졌다. "나는…… 우리는 끝장이 나도록 가만히 당하고만 있지는 않을 거야!"

그녀가 진지하다는 것이 서서히 분명해졌다.

"내일 함께할 팀이 없어."라고 나는 말했다.

"테오와 내가 당신 팀이야."

나는 손을 떨구었다.

"그건 안 돼, 욜라. 그런 일을 하려면 경험이 필요해."

"난 걷기도 전에 벌써 배를 몰았어. 그런 조각배가 내게 문제가 될 거라 생각해?"

"그 난파선은 저 멀리 몇 킬로미터 밖에 있어. 그런 탐험을 할 때 내 목숨은 배를 모는 승무원 손에 달렸다고."

"그런데도 방금 당신을 궁지에 내몬 그런 얼간이를 더 신뢰한다는 거야? 나보다 더?"

욜라 손가락이 내 머리칼을 파고들었다. 바람이 불고 있음에도 그녀 손은 놀랄 만큼 따뜻했다. 그녀 얼굴이 다가왔다. 눈, 코, 입술, 모든 것이 클로즈업되었다. 이런 장면을 벌써 한 번 경험했다는 느낌이 번개처럼 번뜩 스쳐 지나갔다.

"팀은 계속해서 바다 표면을 관찰해야만 해."라고 나는 말했다. "바람을 읽어야만 하고. 조류를 해석해야만 한다고."

원피스는 여전히 허리까지 올려진 채로 이제 욜라는 궤짝 뚜껑 위에 앉아 있었다. 그녀는 몸을 약간 뒤로 젖혔고, 무릎으로 내 허리 왼쪽과 오른쪽을 감쌌다. 그녀의 은색 팬티가 반짝거렸다. 나는 두 손가락을 팬티 가장자리 속으로 밀어 넣었고, 팬티 천을 살짝 치켜들었다.

"나한테는 너무나도 쉬운 연습이지."라고 욜라가 말했다.

그녀는 말라 있었다. 나는 아무 생각도 나지 않았다. 은색 천을 완전히 옆으로 젖히고, 무릎을 꿇고, 혀로 주름진 피부를 나누었다. 그녀 손은 내 귀에 놓여 있었다. 이제 그걸 하게 될 것이다. 그걸 해야만 한다. 그것 때문에 안테가 나를 떠났다. 그것 때문에 섬 전체가 나를 삐딱하게 보았다. 어차피 운명이라면 이미 오래전에 전제로 행해졌어야 할 일을 나중에 슬쩍 밀어 넣어 채우는 것도 유효할 거다. 누구에게나 논리에 대한 권리가 있는 법이다. 욜라 손이 마치 으깨버리려는 듯 힘을 주어 내 머리를 잡았다.

"우리 데려갈 거지, 스벤?"

나는 일어나 그녀에게 키스했다. 자신이 어떤 맛이 나는지 그녀에게 알려 주고 싶었다.

"탐험 말이야, 스벤!"

그녀는 원피스 아래에 브래지어를 하고 있지 않았다. 내 입술은 천 아래에 있는 그녀 유두를 힘들이지 않고 찾아냈다. 나는 한 손으로 그녀 꼬리뼈가 있는 부분을 받쳤으며, 다른 손으로 내 바지의 단추를 끄르고 지퍼를 열었다.

"우리 셋이서 내일 함께 힘을 합치는 거지?"

"그래."라고 나는 말했다.

"진짜로, 스벤!"

"그래, 빌어먹을."

"약속하는 거지? 맹세하는 거지?"

"그래."

그녀를 기대게 할 만한 게 그녀 등 뒤에 아무것도 없었다. 그녀가 궤짝에서 떨어지지 않도록 하기 위해서는 내가 그녀를 단단히 붙들고 있을 수밖에 없겠다고 생각했다. 하지만 내가 이 생각을 끝냈을 때, 그녀는 이미 2미터나 멀리 떨어져 서 있었다. 원피스는 발목뼈까지 매끄럽게 내려와 있었다. 그녀는 완벽해 보였다. 풀어진 머리가닥과 가슴에 남겨진 얼룩을 제외하고는.

"이리 와."라고 나는 바보같이 말했다.

그녀는 열린 바지 밖으로 솟은 내 페니스를 쳐다보았다.

"우리 좀 쉬는 게 좋겠어."라고 그녀가 말했다.

"제발."

"시계 좀 봐."

너무나 혼란스러운 상태에서 나는 그녀가 시키는 대로 했다. 2시 10분이었다.

"생일 축하해, 스벤."

그녀가 다시 나에게 다가와 키스했다. 그녀 손가락이 순간적으로 내 배에 와 닿는 것이 느껴졌다.

"내 말 믿어, 내일은 멋진 날이 될 거야. 당신의 잠수 모험부터 먼저 하고, 못다 한 나머지 일은 그다음에 하자."

그녀의 구두 굽 소리가 트랩 선판 위에서 크게 울려 퍼졌다. 육지에 내려간 그녀는 몸을 돌렸다.

"언제나처럼 8시 출발이야?"

"6시."라고 나는 말했다. "우리에게는 밀물이 필요해."

"잘 자."

"기다려."라고 나는 소리쳤다. "같이 집에 가."

그녀는 나에게 손으로 키스를 보내고는 부두를 따라 걸어갔다.

몇 미터를 더 간 곳에 택시 한 대가 기다리고 있었다. 택시가 마침 우연히 그곳에 정차해 있을 수는 없는 노릇이었다. 누군가가 택시를 부른 것이 틀림없었다. 나는 빨간색 미등이 항구 산책로 위를 천천히 달려 늘어선 가게들 끝에서 왼쪽으로 꺾어 들어 오르막길에서 속력을 내 사라질 때까지 한참 동안 바라보았다. 내 머릿속에는 그 어떤 생각의 흔적조차 존재하지 않았다. 나는 옷매무새를 다듬었고, 상의를 챙기고 테오를 데려가기 위해 갑판 아래로 내려갔다.

욜라의 일기, 열두째 날. 11월 23일 수요일. 새벽 1시.

작은 상처들은 고통스럽다. 맨발이 욕실과 침실 사이의 빌어먹을 모서리에 부딪힌다. 건축가가 취중에 검사하느라 이 모서리를 못 보고 넘어간 것이다. 소파 탁자에 정강이를 부딪힌다. 지난번에 부딪혀 뼈가 움푹 들어간 바로 그 자리다. 자동차 좌석의 쿠션에 손톱 반이 뜯겨 나간다. 이 모든 것은 미칠 만큼 아프다. 몸 전체가 마치 지휘자 없는 오케스트라처럼 음악을 연주한다. 눈앞에서 반짝이는 점들이 춤을 춘다. 그러고는 증오가 찾아들어 속삭인다. 넌 그 차를 폭파해 버리고 싶은 거야. 그 소파 탁자를 박살 내 버리고 싶은 거야. 그 빌어먹을 모서리와 같이 집을 통째로 불태워 버리고 싶은 거야. 넌 살인도 할 각오가 되었을 걸. 복수로 말이야.

총을 맞게 되면 상황은 전혀 다르다. 아무런 저항 없이 몸은 첫 번째 총알을 맞이한다. 그런 다음 두 번째와 세 번째 총알도. 탕, 탕,

탕. 그 금속 조각들이 힘들이지 않고 몸속으로 파고들어 어딘가에 박힌다. 고통이 없다. 너는 약간 놀라 스스로를 내려다본다. 피가 번지고 너의 배가 따뜻해진다. 전혀 불쾌하지 않다. 죽음이 그토록 쉬울 수도 있다. 어쩌면 너는 살인자의 얼굴 생김새를 기억하려 해 본다. 그는 제대로 명중시켰다는 사실에 기뻐서 한 번 더 그리고 다시 한 번 더 방아쇠를 당긴다. 정말이지 그렇게까지 할 필요가 없는데도. 네가 죽는 것을 다른 이들도 모두 보았는지 궁금해서 그는 그 자리에 앉아 있는 사람들을 둘러본다. 그가 그 광경을 지켜봐 준 사람들에게 고개 숙여 감사의 인사라도 하는 게 아닌가라는 생각이 네 머릿속을 스쳐 지나간다. 그는 자신의 관객을 신중하게 선택했다. 이런 사람들은 누군가가 비참하게 죽어 가는 것을 기꺼이 즐긴다. 남이 잘못되는 것을 좋아하는 마음을 감추기 위해 그들은 당황한 듯 생선이 담긴 접시를 들여다본다. 혹시 박수를 치게 될까 봐 손을 경건하게 깍지 낀다. 너는 몸을 돌려 달린다. 마지막 힘을 다해서. 마침내 네가 쓰러지고 마는 것까지 보는 재미를 그들에게 허락하지 않으려고. 살인자가 웃는다. 그는 만족감에 손으로 탁자를 탕 하고 친다. 너의 머릿속에서 그의 목소리가 들린다. 자, 이 정도면 네 마음에 드니. 넌 내 급소를 찌르겠다고 생각했겠지. 결국은 내가 이기는 거야. 그걸 명심해. 더러운 창녀야.

나는 이제 한밤중에 범주용 요트의 갑판에 서서 고통을 기다렸다. 헛수고였다. 증오도 없었고, 분노도 없었고, 복수에 대한 욕구도 없었다. 그토록 오랫동안 나를 살아 있게 해 주었던 로테조차도 갑자기 내게 아무런 상관이 없어져 버렸다. 나는 그저 열기를 식혀 주는 바람만을 느꼈고, 앞으로 어떻게 될 것인지 스스로에게 물었다.

토요일에 비행기에 오르고, 나를 베를린 집에 매장해 버리고, 아주 서서히 썩어 가고, 그러는 동안 그 노인네의 얼굴을 한 벌레들이 썩어 가는 나를 먹고 살아간다? 말도 안 되는 생각이다. 하지만 어떻게 새로운 삶을 시작해야 할지도 모르기는 마찬가지다. 나는 더 이상 막판에 몰린 정도가 아니라 이미 그것을 넘어선 상태였다.

계단에서 발자국 소리가 들렸을 때, 나는 테오가 오는 것이라 생각했다. 사과하기 위해서. 달리 표현하자면, 자신이 유발한 상해를 가까이에서 꼼꼼하게 평가하기 위해서. 하지만 스벤이었다. 처음에는 그를 돌려보내고 싶었다. 나에게 가장 쓸모없는 것이 서툰 위로였다. 하지만 스벤은 갑판에 이르기도 전에 벌써 지껄여 댔다. 내게로 왔고, 내 이마를 응시했고, 이야기를 했다. 내 어깨에 손을 올렸고, 나를 쥐고 흔들었고, 이야기를 했다. 어느 순간 나는 깨달았다. 그가 나를 위로하려는 것이 전혀 아님을. 애초부터 위로할 생각 따위는 없었다. 문제는 내가 아니었다. 문제는 잠수 탐험이었다. 그 전설과도 같은 난파선 조사였다. 수심 100미터에서 벌일 그의 개인적인 생일 파티였다. 자신이 알 수 없는 어떤 이유로 버니와 데이브가 갑자기 탐사에 참여하기를 거부했기 때문에 그 생일파티가 열릴 수 없게 되었다. 그에게는 세상에서 가장 큰 사고로 받아들여질 수밖에 없는 일이었다. 그는 내가 그의 탐험을 도와줄 수 있는지 물었다. 그의 팀을 대체해 줄 수 있는지 물었다. 그 노인네와 함께. 하필이면!

너무나도 어이가 없어서 나는 이성적인 대답을 해 주었다. 좋은 아이디어가 아니라고 생각한다고. 테오에게도 그리고 나에게도 그런 일에 필요한 경험이 없다고. 잠수를 연기하는 것이 좋겠다고.

하지만 연기는 고려할 여지조차 없다고 했다. 겨울, 조류, 바람.

전체 계획을 세우는 것. 그리고 그의 생일. 몇 주 몇 달 동안 그는 이 하루를 향해 일했단다. 이러저러하게 많은 돈을 투자했다고 말했다. 그리고 나더러 걷기도 전에 이미 배를 몰지 않았느냐고 했다. 나는 그에게 누구보다 그 자신이 가장 잘 아는 사실을 이야기했다. 그 난파선이 해안으로부터 몇 킬로미터 떨어진 곳에 있고, 이 프로젝트에서 그의 목숨은 보트 승무원 손에 달렸다는 사실을. 하지만 그는 포기하지 않았다. 그는 방금 약속을 퇴짜 놓아 버린 두 스코틀랜드 얼간이들보다 나를 더 신뢰한다고 말했다. 나 또한 그들처럼 그를 지금 궁지에 내버려 두려는 것인지 물었다. 그리고 처음부터 다시 반복되었다. 계획을 세우는 것, 조류, 그의 생일. 내일 새벽이 아니면 결코 하지 못할 거라고. 해야만 한다고. 반드시. 그는 나에게 애원했다. 제발, 제발, 제발. 마치 사내아이처럼. 빛나는 눈, 붉은 뺨.

그가 마구 말을 쏟아 내는 동안 나는 그가 방금 식탁에서 일어났던 일을 이해하지 못하는 건 아닌가 의문이 들었다. 혹은 그는 그냥 그 일에는 관심이 없는 게 아닌가 의문이 들었다. 사람이 정말이지 그토록 이기적일 수 있단 말인가. 그가 소위 사랑한다는 여자의 영혼이 완전히 파괴된 일보다 실패로 돌아갈 잠수를 더 중요하게 여길 정도로. 나는 더 이상 아무 말도 하지 않았고, 그냥 귀 기울여 들었다. 그 정도로 고집불통일 수 있다는 게 놀랍기만 했다. 실패로 돌아갈 잠수를 마치 자연재해나 되는 것처럼 심각하게 여기다니.

그가 무엇을 생각하는지 서서히 알게 될 때까지는 그랬다. 그의 생각은 너무나도 영리했고, 너무나도 공감이 갔고, 감동적일 정도로 옳았기 때문에 나는 거의 눈물을 흘릴 뻔했다. 그는 자기 자신을 위해서 그 탐험을 하려는 것이 아니었다. 나를 위해서였다. 그는 로테나 테오에 관해 이야기하는 게 아무 도움이 되지 않음을 바로 알아차렸던 것이다. 혹은 내 빌어먹을 삶이 빌어먹을 폐허 속에 있다는 이야기를 하는 게 아무 도움이 되지 않음을 알아차렸던 것이다. 그는 나의 관심을 다른 곳으로 돌리려고 했다. 참다운 것에 집중할 가능성을 나에게 주고자 했다. 물, 바람 그리고 배에 집중할 가능성을. 그가 이해하고, 좋은 영향을 준다고 아는 어떤 것에 집중할 가능성을 말이다. 그는 내가 투쟁하기를 원했다. 누군가에게 쓸모가 있고, 도움이 되어야만 하는 사람이 나라고 말했다. 그가 직접 버니에게 약속을 철회했다고 했다. 버니에게 문자를 보내 자신은 애버딘 호만 필요하다고 설명했단다. 승무원 없이. 그는 나와 함께 가기를 원했으니까. 내가 정말로 할 수 있는 일, 그런데 거의 하지 않는 일, 그러니까 배의 진로를 유지하는 일을 나에게 상기시켜 주기 위해서였다.

갑자기 나는 바다 냄새를 맡았고, 도싯 호의 가벼운 움직임을 느꼈다. 나는 다시 살아 있었다. 모든 고통과 함께. 하지만 또한 기쁨도 함께. 나는 스벤을 향해 살아가고 있었다. 그를 향하여. 마치 사랑이 하나의 방향인 것처럼. 나는 그를 안았다. 쏟아지던 말들이 뚝 멈추었다. 나는 함께 갈 것이라고, 멋진 탐험이 될 것이라고 말했다.

그가 말했다. "테오도 필요해." 나는 말했다. "그럼 테오도 함께 가." 그가 말했다. "테오가 중요해. 테오 없이는 안 돼." 나는 말했다. "걱정 마. 그는 갈 거야." 그가 물었다. "약속할 수 있어?" 나는 약속했다. 스벤은 다시 한 번 약속을 확인받았다. 테오와 나, 우리 둘 다. 내일 아침 6시 카사 라야 앞에서. 출항 준비가 된 상태로. 스벤은 이 단어들 하나하나를 강조했다. 마치 은행을 털기라도 하는 것처럼. 나는 그에게 입을 맞추었다. 그가 내 머리를 쓰다듬었다. 나는 더 이상 미래를 생각하고 싶지 않았다. 토요일도 전혀 생각하고 싶지 않았다. 그저 지금과 내일만 생각하고 싶었다. 그다음 그가 시간이 늦었다고 말했다. 나더러 택시를 타고 집에 가서 몸을 좀 뉘어야 한다고 말했다. 그가 테오를 집에 데려올 것이라고 했다. 우리 모두 적어도 몇 시간은 잠을 자야 한다고 했다.

잠을 자기가 힘들었다. 아직 더 깊이 생각해 보아야 할 것과 써두어야 할 것들이 너무나 많았다. 하지만 스벤 말이 옳았다. 우리에게는 잠이 필요하다. 집 앞에 폭스바겐 미니버스가 온 것 같다. 테오가 들어온다면 불은 꺼져 있어야만 한다. 이제 그만해야겠다.

17

“귀여워라.”라고 말하며 욜라가 갑판으로 뛰어올랐다.

애버딘 호는 어선을 개조한 것으로, 9미터 길이에 작은 선실 하나, 침실 두 개가 있었고, 모든 것은 목재로 되어 있었다. 1960년대 디젤 엔진, 75마력, 6노트. 내가 차에서 공기통을 내리는 동안 욜라는 어둠 속에서 배의 운전대를 검사했다. 폭스바겐 미니버스의 전조등이 부두를 밝혔다. 사방에 사람이라곤 우리뿐이었다. 루비콘 항구는 아직 잠들어 있었다. 여기에서는 푸에르토칼레로에서처럼 호화 요트는 찾아볼 수 없었다. 그 대신 작은 휴가 보트나 가족 보트, 안락한 범선들이 있었다. 이곳은 밤의 마지막 평온함 속에 놓인 물 위에 뜬 캠핑장이었다. 좁고 길쭉한 곶 뒤쪽으로 가느다란 줄 모양 여명이 나타났다.

“레이더와 무선 통신 장치만 있어?”

나는 이동 통신 기기들이 든 주머니를 그녀에게 건네주었다. 음향 탐지기, GPS, 항로 관제 지도. 그녀는 만족해서 고개를 끄덕였고 설치를 시작했다. 나는 잠수복, 지삭,[41] 또 다른 부품들이 든 상자를 끌고 왔다. 테오는 약간 옆으로 떨어져 의자에 앉았고, 알코올을 증발시키는 일에 몰두했다.

"여기서 남서쪽으로 4킬로미터가 조금 못 되지? 그러니까 대략 북쪽 29, 서쪽 14?"

욜라는 뛰어났다. 매우 뛰어났다. 난파선은 북위 28도 50분 33.8초 그리고 서경 13도 51분 8초에 놓여 있었다. 나는 그녀에게 정확한 데이터를 알려 주었고, 긴장이 풀리는 것을 느낄 수 있었다. 욜라는 청바지와 체크무늬 셔츠를 입고 있었고, 마치 매일 애버딘 호를 타고 대서양을 항해한 것처럼 자신감에 차서 움직였다. 그녀의 능력을 믿을 수 있을 것 같았다. 테오는 다른 방향을 바라보았고, 세 번째 담배에 불을 붙였다.

이날을 묘사하기가 힘이 든다. 나의 기억은 잘 짜인 한 편의 영화가 아니라 개별적인 그림들, 조각의 반은 빠져 버린 퍼즐을 보여 준다. 지금에서야 비로소 세부적인 사항들 각각이 제자리에 짜 맞춰지는 것 같다. 피들러 씨, 우리가 낡은 어선의 마력에 관심이 있다고 정말 생각하시는 겁니까? 2011년 11월 23일 아침에 당신이 팔렌 부인에게서 어떤 인상을 받았는지가 더 중요한 것 같지 않습니까? 당신이 제기하는 것은 매우 중대한 문제입니다, 피들러 씨! 당신을 믿을 수 있는 기회를 우리에게 주세요! 팔렌 부인이 어쩐지 평소와는 달랐습니까? 우울해 보였습니까? 공격적이었습니까? 히스테릭했습

41) 돛대를 지탱하는 밧줄.

니까? 자, 피들러 씨, 몇 가지 개념들은 그래도 떠오르시겠지요. 그렇게까지 힘든 일은 아니지 않습니까!

하지만 그렇게까지 힘든 일이 맞다. 욜라는 늘 "달랐다." 매일 "달랐다." 그녀에게 "평소에"란 없었다. 이날 아침 뭔가 눈에 띄는 게 없었는지, 그다음에 일어났던 일을 알 수 있거나 혹은 적어도 예감할 수는 없었는지 나 자신에게 정직하게 물어본다 해도, 나의 대답은 분명하게 "아니다."이다. 어쩌면 내가 충분히 주의를 기울이지 않았을 수도 있다. 예정된 잠수에 너무나도 많이 집중했을 수도 있다. 벌써 다섯 번이나 체크했던 장비를 분류하는 데 집중했을 수도 있다. 어쨌든 내가 받은 인상은 그녀가 우울하지도 공격적이지도 않았다는 것이다. 어쩌면 약간 너무 기분이 좋아 보이기는 한 것 같다. 도싯 호에서의 사건이 없었다면 기분이 좋아 보이는 것이 이상한 일은 아니었을 것이다. 물론 그 일을 다시 되짚어 보니 그렇다는 말이다. 실제로 그녀는 기분이 좋아 표정이 환했다. 그녀는 우리의 모험에 대해 기뻐하는 것처럼 보였다. 애버딘 호가 그녀에게 좋은 영향을 끼치는 게 매우 분명해 보였다. 애버딘 호로 인해 그녀가 마침내 자신의 진정한 삶의 공간을 발견한 것처럼 보였다. 그리고 청바지와 작업용 셔츠를 입은 그녀가 내 마음에 들었다. 사실 야회복을 입은 것보다 훨씬 더 마음에 들었다.

내비게이션 설치가 끝나자마자 욜라는 땅으로 뛰어내렸으며, 의자에 앉아 있는 테오를 잡아당겼고, 그의 얼굴에 대고 「항해는 재미있어」라는 노래를 불러 주었다. 그는 타 내려간 담배를 창백한 입술 사이에 꼭 문 채 투덜거리며 출발을 준비했다. 지난 밤 나는 그의 얘기를 경청하는 이들로부터 그를 떼어 내는 데 꼬박 한 시간이 필요했다. 그는 욜라의 패배를 반복해서 이야기하는 데 지치지도 않는 모양이었다. 그녀가 몇 주째 로테 하스의 역할을 준비해 왔다고. 책을 읽고, 잠수 강습을 신청했다고. 심지어 그 여자 사진을 침대 머리맡 벽에 붙여 놓았다고. 그녀가 자신의 미래, 자신의 행복 그리고 자기 자신 전부를 로테를 연기하는 데다 걸었다고. 그런데 이제 와서 이베테 슈타들러라니. 테오는 자신이 얼마나 창피한 행동을 하는지 알아차리지 못했다. 혹은 창피하든지 말든지 그에게는 아무 상관이 없었다. 그는 욜라가 끝난 거라고 자꾸만 말했다. 거만함과 자존심의 끝. 이제부터 그녀는 서서히 진행되는 그녀의 몰락과 함께 살아 줄 각오가 된 사람이 있다면 그저 감사할 수밖에 없을 것이라 했다. 의미도 없이 날마다 늙어 가는 그런 몰락 말이다. 테오 자신은 그럴 각오가 되었다고 했다. 폰 데어 팔렌 부인의 쇠락를 관찰하고 기록하는 것보다 더 멋진 일은 상상할 수가 없다고 했다. 쇠락이 수십 년에 걸쳐 일어난다면 가장 좋겠다고 했다. 더 더디고 더 고통스러울수록 그만큼 더 좋을 것이라 했다. 마지막에는 이 모든 것을 가지고 한 세기에 걸친 장편소설을 쓸 것이라 했다. 위엄을 상실한 시대에 대한, 천 장이나 되는 은유를 쓰겠다고 했다. 그 분량과 의미에 있어서는 『부덴브로크 가의 사람들』[42]만이 비교가 될 수 있을 것이라 했다. 오늘 저녁이 욜라의 끝이고, 그와 함께 비극적 명작의 시작이라고 했다. 테오는 광기에 사로잡혀 말을 해 댔다. 그러다가 언제쯤인가 나는 그의 겨드랑이 아래에 손을 넣어 그를 끌어당겨 의

42) 토마스 만이 쓴 장편소설로, 부덴브로크 가문의 4대에 걸친 이야기를 다룬다.

자에서 빼냈다. 가파른 계단에서 나는 그를 받치기보다는 거의 들고 나르다시피 해서 데리고 올라왔다. 죽은 사람과 취한 사람은 무겁다, 물속에 있지 않는 한.

"자, 노인네."라고 욜라가 소리쳤다. "당신이야말로 소풍을 즐겨야겠어. 당신한테는 남은 시간이 더 이상 많지가 않거든."

나는 이 말을 그가 술 담배를 하는 것에 대한 농담이라고 여겼지만, 테오는 말 의미 그대로 받아들이는 것 같았다.

"무슨 뜻이야?"라고 그가 물었다. "무엇을 위한 시간 말인데?"

그들은 부두 안벽 끝에서 마주 보고 서 있었다. 옆으로는 심연을 두고 약간 비틀거리며 서 있네, 그들이 가장 좋아하는 배치로군이라고 나는 생각했다.

"배를 타기 위한 시간."이라고 욜라가 말했다. "토요일이면 당신은 돌아가니까."

"당신은 안 가고?"

몇 초 동안 우리는 욜라를 응시했다. 마치 운명에 관한 마지막 말이 적힌 신탁이 막 예언되려는 것처럼. 그녀가 토요일 낮에 비행장에서 허공으로 사라진다면 어떨지 갑자기 내 머릿속에서 분명하게 상상이 되었다. 지금은 아직 내 옆에 있지만, 바로 다음 순간 사라져 버린다면. 마치 그녀가 여기 있었던 적이 전혀 없는 것처럼.

욜라가 바람에 코를 박더니 자신의 의견을 말했다.

"11노트 북풍. 이상적인 조건이야. 아주 깨끗한 오리 연못이네."

그녀가 우리의 눈길을 알아차리고 웃었다. 갑판 위로 다시 뛰어올라 오더니 내 장비들이 모두 실렸는지 확인하고 디젤 엔진에 시동을 걸었다. 몇 분 후 우리는 방파제 끝에 이르렀고, 드넓은 바다를 향해 통통거리며 나아갔다. 이웃 섬을 향해 가는 첫 나룻배가 동쪽으로 좀 떨어진 곳에 보였다. 테오는 뱃머리에 앉아 있었고, 북풍이 원기를 북돋워 주기를 기다렸다. 욜라는 운전대를 잡았다. 그녀에게는 더 이상 지시를 내릴 필요가 없어 보였다. 나는 항로를 유지하는 일을 그녀에게 넘겼고, 잠수 준비를 시작했다. 배를 타고 가는 데는 한 시간 조금 넘게 걸릴 텐데, 소변 콘돔을 착용하는 데만 벌써 몇 분이 필요했다. 나는 운전대에 등을 기대고 앉아 수영복 바지를 아래로 내렸고 천천히 주물러 적당한 각도가 나올 정도로 빳빳하게 만들었다. 콘돔을 끼고, 접착테이프를 장착할 때 나는 극도로 조심했다. 콘돔이 미끄러져 내리면, 잠수하는 시간 동안 건식 잠수복 안에 소변을 보는 수밖에 없다. 다른 한편으로 나는 홍해에서 어느 숙련된 잠수부가 너무 꽉 조인 테이프 때문에 수뇨관이 압착되어 괴로워하는 것을 본 적이 있었다. 수심 80미터에서 그 고통은 엄청난 것이었다. 빨리 수면으로 올라오는 것은 선택 사항이 아니었다. 절대로. 수심 80미터에서도 그렇고, 심지어 수심 100미터에서라면 말할 것도 없다. 공병대에 있을 때 나의 교관은 이렇게 말했다. "저 아래에서 네 머리 위에는 유리와도 같은 천장이 있을 것이다. 발생한 문제를 아래에서 해결하지 못하면 그 문제는 결코 해결될 수 없다." 예상치도 못한 문제에 직면했던 사람들에 관한 이야기를 나는 충분히 알았다. 대부분의 경우 무엇이 잘못되었던 것인지 알아낼 수조차 없었다. 그래서 나는 차라리 모든 세부 사항들을 스무 번이나 점검했고, 그 덕분에 살아서 다시 위로 올라왔던 것이다.

나는 속에 껴입는 옷과 건식 잠수복을 입었다. 소변 배출기 밸브에 연결된 호스를 부착했다. 오리발, 마스크, 장갑, 헬멧, 납 주머니,

전등과 예비 전등, 배터리, 칼, 카메라, 감압 부표, 릴,[43] 비닐 봉투, 다이빙 컴퓨터를 점검했다. 난간에 기대앉아 앞으로 몸을 숙인 상태에서 호흡했다. 음주의 여파가 이제 느껴졌다. 약간 어지러웠고, 관자놀이 뒤쪽이 깨질 듯했다. 정상적인 상황이라면, 남은 술기운은 잠수를 취소해야 할 이유가 되었을 것이다. 하지만 이건 정상적인 상황이 아니었다. 이건, 뭔지 나도 모르겠다. 자기를 주장하려는 필사적 시도. 나는 억지로 집중하려고 애썼다. 잠수하기 전 마지막 시간이 전체 탐험에서 가장 중요했다. 나는 내 안으로 시선을 돌려 공기를 어떻게 쓸 것인지에 대한 계획의 모든 사항들을 다시 한 번 점검했고, 모든 개별적인 취급 방법을 머릿속에 그려 보았다. 나의 긴장이 욜라와 테오에게도 전해지는 것 같았다. 그들은 굳게 침묵했다. 애버딘 호가 1미터씩 전진해 갈수록 갑판 위 긴장은 점점 더 커졌다. 테오조차도 서서히 정신을 차리는 것처럼 보였다. 그는 가늘게 뜬 눈으로 대서양을 바라보지 않을 때면, 나를 주의 깊게 쳐다보았다. 나는 그의 눈길을 견뎌 내려고 하지 않았다. 나는 이날만큼은 그를 위해 일하는 사람이 아니라는 사실을 즐겼다. 그가 속으로 무슨 생각을 하는가라는 질문보다 더 중요한 일을 생각해도 되는 날이었다.

디젤 엔진의 소리와 회전수가 줄어들었고, 이물에 부딪치는 파도의 규칙적인 소리가 낮아지더니 멈추었다. 나는 욜라가 있는 좁은 운전석으로 가서 GPS를 보았다. 그녀는 좌표를 정확하게 맞추었고, 게다가 닻을 내리기에 가장 좋은 자리를 벌써 찾아 놓았다. 음

43) 거리 측정, 수색, 인양 등에 사용되는 안전 장비.

향 측심기는 배 아래 해저가 불룩 올라와 있음을 보여 주었다. 난파선은 약간 더 동쪽으로 수심 107미터에 놓여 있었다. 초음파 탐지기로 그 윤곽을 분명하게 인식할 수 있었다. 나는 욜라 등에 손을 올려놓았다. 내가 그녀를 얼마나 자랑스럽게 생각하는지 그녀가 알 수 있도록. 그녀는 좁은 틈을 비집고 나를 지나가 닻을 내릴 준비를 했다. 항구를 떠나온 후로 다들 단 한 마디도 하지 않았다. 이 순간 나는 탐험이 아무런 마찰 없이 진행될 것이라 믿어 의심치 않았다. 테오는 잠수가 진행되는 세 시간 동안 수면을 잘 바라보다가 내 부표를 발견하는 것 말고는 더 이상 할 일이 없었다. 그를 신뢰할 수 없다고 여긴다면, 욜라가 그의 일을 함께 해낼 것이다. 그녀가 한쪽으로는 계기들을 바라보고, 다른 쪽으로는 대서양을 바라보면 될 것이다. 버니와 데이브도 잘했지만, 배에 관한 한 욜라가 그 둘을 합친 것보다 명백하게 더 나았다.

그다음 십 분을 나는 70킬로그램짜리 장비를 몸에 붙은 안전 고리와 연결하는 데 썼다. 특히 상이한 혼합기체가 든 공기통 여섯 개는 무게가 몇 톤이나 나가는 것처럼 무거웠다. 방수 처리되어 꽉 막힌 잠수복을 입은 채 나는 마치 열병 환자처럼 땀을 쏟았다. 가장 힘든 일은 완전히 복장을 다 갖춘 채 흔들리는 보트에서 몸을 일으키고, 배 뒤쪽으로 걸어가고, 오리발을 착용하는 것이었다. 욜라가 오케이 신호를 보냈고, 나 역시 같은 신호로 답했다. 이제 완전한 침묵 속에서 등을 뒤로 하고 물속으로 뛰어드는 데 아무 문제도 없었다. 그런데 테오가 자신이 몰두하던 생각에서 생긴 질문을 해결하고자 했다. 그는 마지막 순간 내가 물에 뛰어드는 것을 막기 위해 내 손목을 잡았다.

"우리가 보트를 타고 사라져 버리면, 당신은 죽는 건가?"

"거의 그렇다고 봐야지."라고 나는 말했다.

테오는 내 손을 놓아주었고, 목숨을 거는 일을 업적으로 인정이라도 하는 듯 고개를 끄덕였다. 나는 등이 물을 향하게 한 채 뒤로 떨어졌다. 물에 닿기 전 욜라 목소리가 들린 것만 같았다. "생일 축하해, 스벤."

나의 마흔 번째 생일. 학교를 다니던 시절에 이런 스티커가 있었다. '조심해, 오늘 나머지 삶이 시작된다.' 처음이자 유일하게 그 진부한 문구가 들어맞는 것처럼 여겨졌다. 다만 이 문구가 하나의 약속인지 혹은 위협인지를 지시해 줄 부제(副題)는 없었다.

물속에 들어가자마자 친숙한 정적이 나를 엄습했다. 공기통의 무게가 사라졌다. 내 아래로는 단단한 바닥도 없었고, 자유낙하도 없었으며, 그 대신 액체의 삼차원이 펼쳐져 있었는데, 그곳에서 나는 어느 방향으로든 마음대로 가로질러 갈 수 있었다. 파도는 치지 않았고, 시야는 최상이었다. 나는 닻줄을 붙잡고 거침없이 하강했다. 곧 조류 속에 들어섰고, 내 몸은 마치 바람에 날리는 깃발처럼 수평으로 밧줄에 매달렸다. 수심 60미터에서 바닥난 기체를 교체하기 위해 처음으로 잠깐 정지했다. 뒤이어 곧 난파선이 시야에 들어왔다. 해저의 영원하고 희미한 어둠 속에 놓인 거대한 그림자.

특별한 경험이 될 것이라고는 이미 예상하고 있었다. 그럼에도 불구하고 나 자신이 보인 반응은 스스로에게도 놀라울 정도였다. 1미터씩 난파선을 향해 아래로 내려갈 때마다 내 손은 점점 더 강하게 떨리기 시작했다. 몸 전체의 털이 곤두서는 것만 같았다. 내 아래에 놓인 유령선은 길이가 축구경기장 정도였고, 두 동강이 나 있었다. 떨어져 나간 뱃머리는 선체로부터 어느 정도 떨어진 채 놓여 있었다. 배의 가운데 부분은, 꺾인 채 선교 위로 쓰러진 기중기에 이르기까지 잘 보존되어 있었다. 선미의 기중기는 아직도 똑바로 서 있었고, 증기선 전체도 마찬가지였다. 나는 난파선에 내 이름을 붙여주었다. 이 피들러 호는 마치 미래에 수행할 비밀 임무를 기다리기 위해 어떤 강력한 힘에 의해 여기 내려져 놓인 것처럼 보였다. 만약 내가 추측한 대로 이 배가 2차 세계 대전 당시에 가라앉았다면, 대략 칠십 년 동안 이 배를 본 사람은 하나도 없을 것이다. 저 아래 갑판에서 한때는 남자들이 살았고, 일했고, 노래 불렀고, 싸웠고, 생각했고, 느꼈고, 결국은 모두가 함께 배를 탄 채 가라앉았을 것이다. 과거란 그 자체가 이미 묘지와도 같은 성격을 지닌다. 나는 이제는 묘지가 되어 버린, 수수께끼와도 같은 과거 위에서 부유하고 있었다. 물고기 외에는 누구도 이 죽은 자들을 신경 쓰지 않았다. 어쩌면 이들은 오늘날까지 실종자로 간주되고 있을지도 모른다. 어쩌면 어딘가에 이제는 성인이 된 손자들이 살고 있고, 그들은 자신들의 할아버지가 전쟁이 한창일 때 미국으로 몰래 도망가서 할머니와 두 어린 자식을 버려두었다고 믿을지도 모른다.

피들러 호에서 가장 인상적인 것은 의심할 여지 없이, 좀 떨어진 채 우뚝 솟은 거대한 굴뚝이었다. 나는 닻줄을 놓고 헤엄쳐 건너가 굴뚝을 따라 마저 하강해야겠다고 결심했다. 난파선의 크기가 엄청났고, 조류가 강했기 때문에 나는 밧줄을 다시 찾을 수 있도록 주의해야만 했다. 닻이 물결을 타고 바닥 위에서 이리저리 끌리는 게 틀림없는 듯했다. 그런 것치고는 시야가 기대보다 더 좋았다. 나는 밧줄을 놓았고, 오리발을 세차게 저으며 조류를 거슬러 갔고, 카메라를 켰다. 그렇게 애쓴 보람이 있었다. 소 한 마리도 삼킬 정도로 충분히 큰 구멍이 아래에 보였다. 엄청난 정어리 떼가 마치 옷감처럼 유연하게, 마치 단 하나의 의지로 움직이는 존재처럼 굴뚝을 빙 둘러 날쌔게 헤엄쳤다. 내가 다가가자 나를 중심으로 오목한 모양을 만드는가 싶더니 곧 굴뚝을 중심으로 다시 연결되었다. 한 층 아래에서는 꼬치고기가 큰 무리를 이루고 있었는데, 사냥을 하기에는 배가 너무 부른 모양이었다. 나는 셔터를 눌렀다. 이 사진을 보면 섬 전체가 나를 부러워하게 될 것이다.

나는 하강의 마지막 단계를 신속하게 실행했다. 이제부터는 시간이 쏜살같이 흐를 것이다. 이 깊이에서 이십 분 이상을 보낼 수는 없었는데, 특히 엄청난 탐사 대상을 고려할 때 이십 분은 눈 깜짝할 사이나 마찬가지였다. 나는 주머니에서 비닐 봉투를 꺼내 기체를 채우고는 위로 올려 보냈다. 비닐 봉투는 마치 분주하게 움직이는 해파리처럼 빙글빙글 돌았고, 내가 호흡하느라 생긴 여러 크기의 물방울들과 경쟁하며 위로 올라갔다. 곧장 수면을 향하여. 욜라는 그것을 보고 '모든 것이 정상이다, 난 아래에 있다.'라고 해석할 것이다.

그러고서 나는 헤엄치기 시작했다. 조류를 거슬러서, 하지만 유유히. 왜냐하면 물속에서 서두르다가는 공기와 힘 그리고 신경을 소모할 뿐이기 때문이었다. 조개, 해면, 산호로 뒤덮였고, 드문드문 성게와 불가사리도 장식처럼 붙어 있는 매우 높은 강철 벽을 따라 헤엄쳤다. 그것들은 살아 있고 숨을 쉬며 늘 배가 고픈 옷과 같았고, 철 조각은 그 옷에 가려 조금도 드러나지 않았다. 꼬치고기들이 지루하다는 듯 나를 관찰했다. 나는 다리를 힘껏 저어야만 하는 반면에, 그 물고기들은 조류 속에서 거의 꼼짝 않고 가만히 있었다.

후갑판, 최상부 갑판 그리고 선교 갑판이 보였다. 구명보트는 모두 본래 자리에 그대로 붙어 있었다. 모든 일이 너무나도 빨리 일어났었나 보다. 나는 신호를 보낼 때 쓰는 지삭, 모스 신호를 보내는 전등, 무선 전신 탑을 관찰했는데, 모든 세세한 부분들에 이르기까지 조개와 산호초 들이 우거져 뒤덮고 있었다. 창피하게도 실수로 난간에서 작은 석산호 하나를 그만 부러뜨리고 말았다. 난처해하며 나는 난파선 여기저기를 마치 거대한 거미줄처럼 덮고 있는 버려진 어망에 걸리지 않으려 주의했다. 측벽에 난 구멍을 통해 기계실을 들여다보았다. 마치 찢겨 나간 몸체처럼 떨어져서 놓인 뱃머리에 이르렀다. 부러진 자리는 엄청나게 큰 상처가 벌어져 있는 것만 같았다. 추측컨대 석탄을 적재했고, 영국에서 만들어진 배가 아닐까 싶었다. 어쩌면 1920년대의 황금기에 만들어진 상선인데 나중에 연합군이 사용하게 되었을지도 모르겠다. 선박의 종 혹은 조선소 표찰을 찾기 위해, 기계실의 모델 표찰을 찾기 위해, 선박 회사의 문장(紋章)이 그려진 도자기나 식기를 찾기 위해, 통신 시설과 나침반 시설의 제조 회사 표시를 찾기 위해, 나는 피들러 호의 비밀이 풀릴 때까지 여러 번 이곳으로 다시 와야만 할 것이다.

닻줄로 돌아갈 시간이 되었다. 내 감각을 지나치게 혹사시켰다는 느낌도 슬슬 들었다. 너무나도 많은 인상들이었다. 나는 그것들을 더 이상 소화하지 못한 채 그저 기록해 놓기만 했다. 닻을 내릴 때 필요한 도구들, 적재 기둥, 환기 장치의 윗부분, 갑판실. 수천 마리 정어리 떼가 재미로 나를 따라다녔다. 배의 추진기가 다시 한 번 나의 관심을 끌었다. 날개 네 개가 달린, 지름 5미터짜리 청동 프로펠러였다. 왼쪽으로 확 꺾인 방향타가 어쩌면 모든 이야기를 다 말해 줄 수 있을 것만 같았다. 그리고 나는 그 이야기를 너무나도 듣고 싶었다. 자유롭게 숨을 쉴 수 있도록 바닥에 앉아 내게서 아가미가 자라나게 하고 싶었다. 장비들을 내려놓고 선장실에 들어가 보고 싶었다. 꼬치고기들은 틀림없이 반대하지 않을 것이다. 모두를 위해 자리는 충분하니까. 난파선은 거주 시설처럼 거대했다. 나는 여기에 자리 잡고 살 수도 있을 것이다. 어쨌든 나는 물속에서의 삶이 어떻게 돌아가는지 아니까. 지난 몇십 분 동안, 며칠 만에 처음으로 욜라도, 안톄도, 테오도 생각하지 않았다는 사실이 문득 떠올랐다. 물속에서는 그 정도까지도 가능했던 것이다. 욜라와 테오는 독일을, 따라서 전쟁을 섬으로 가지고 왔는데, 그 전쟁은 내 것이 아니었다. 그것은 나와 아무 상관이 없었다. 그럼에도 그들은 나를 전투원으로 만들었다. 저 위에는 내가 달아날 장소가 더 이상 없었다. 섬 전체가 전쟁터였다. 더 이상 개입하지 않는다는 것은 불가능했다. 내 삶의 공간은 마치 멸종되어 가는 종(種)처럼 말살되었다. 여기 아래에서만 나는 아직 존재할 수 있었다. 여기서는 아무 문제도 없었다. 내가 직접 발견한 행성 피들러 호. 아무도 나를 쫓아올 수 없는 나라. 장비를 내려놓기만 하면 된다, 아가미로 호흡하고 그리고…….

나는 닻줄에 이르렀다. 이십이 분이 지났고, 가장 깊은 곳을 측정하니 수심 109미터였다. 좋지는 않았지만 나쁘지도 않았다. 아마도 내가 배의 추진기에서 잠시 그만 시간을 잊어버렸던 것 같다. 나의 호흡이 빨라졌다. 이걸 해결해야만 했다. 지금부터는 성경에 나오는 오래된 규칙이 중요했다. '돌아서지 말라, 돌아보지 말라.' 난파선에는 더 이상 관심이 없었다. 이제 내게는 오직 계기들만이 있을 뿐이었고, 나는 그것들의 도움을 받아 수심과 시간과 기체 혼합이라는 요소들을 완벽하게 조합해야만 했다.

나는 두 손으로 번갈아 줄을 잡으며 닻줄을 따라 올라갔다. 조류 속에서 밧줄 가운데 부분이 처져 있어 처음에는 약간 더 빨리, 그러고는 상승 속도를 넘어서지 않도록 약간 더 천천히 올라갔다. 75미터 지점에서 첫 번째로 휴식을 취했고, 기체를 교체했으며, 이 분을 더 머물렀는데, 잠수 컴퓨터는 쳐다보지 않았다. 계기판 숫자를 계속해서 검토하는 것은 완전한 집중을 요구하는 일이었기 때문이다. 일 분에 3미터씩 올라가서 45미터 지점에 이르렀고, 그곳에서 기체를 교체하며 오 분만 휴식을 취했다. 휴식 시간을 조금씩 더 늘리면서 계속해서 21미터 지점까지 갔다. 그곳에서 나는 이십 분을 기다려야만 했고, 조류가 세졌다는 것을 처음으로 알아차렸다. 닻줄을 꽉 움켜쥐고 있느라 팔과 손이 벌써 아팠다. 통증을 알아차리자마자 단 일 초도 더 이상 단단히 매달려 있을 수가 없을 것만 같았다. 한 손으로 주머니에서 계류 밧줄을 끄집어냈고, 그것으로 내 몸을 닻줄에 잡아맸다. 그리고 깊은 생각에 잠기는 일 없이 상승과 휴식을 반복하며 또 삼십 분을 흘려보냈다. 그리고 처음으로 위를 올려다보았다. 비스듬하게 위쪽으로 애버딘 호의 타원형 선체가 있었다. 그걸 보니 마음이 놓였다. 내 마음의 일부분은, 나를 데리고 온 배가 사라졌을지도 모른다고 남몰래 생각했던 것임에 틀림없다. 욜라가 실제로 저 위에 있으리라고 상상하기가 힘들었던 것이다. 그녀를 보고, 그녀에게 피들러 호와의 만남에 관해 이야기하겠다는 소망에 가슴이 아렸다. 하지만 그와 동시에 나는 내가 경험한 것을 그녀에게 절대로 진실하게 이야기해 주지는 못할 것이라는 점에 실망감을 느꼈다. 왜냐하면 그 경험을 표현하기에 적합한 말들이 없기 때문이었다. 저기 아래 영원한 어둠 속에 놓인 세계, 잠자는 유령선, 과거와 대양과 죽음으로 이루어진 무자비한 차원. 그 모든 것이 내 머릿속에 갇혀 있었다. 나 이외에 누구도 이 그림들을 보지 못했다. 언젠가 나와 함께 저 아래로 내려가는 데 필요한 능력을 키우기 위해서는 욜라를 혹독하게 훈련시켜야만 할 것이다. 그녀라면 어쩌면 일이 년 안에 그 정도의 능력을 키울 수 있을지도 모른다. 그러면 우리는 영원히 동일한 기억을 공유하게 될 것이다. 피들러 호가 우리를 결혼시킬 것이다.

위에서 끌어당기는 힘과 아래에서 끌어당기는 힘이 똑같았다. 내 아래에는 어둠이, 내 위에는 빛이 있었다. 생각할 수 있는 모든 대립들 사이의 경계가 바로 나를 통과해 그어졌다. 밝음과 어둠, 위와 아래, 어제와 내일, 삶과 죽음 사이에 내가 있었다. 나의 장비들이 어느 방향으로 언제 움직여야 하는지 말해 주었다. 위쪽으로 그리고 바로 지금. 나는 계류 밧줄의 고리를 풀었고, 중간중간 사 분에서 십삼 분 정도 휴식을 취해 가며 15미터를 더 올라갔다.

수면 아래 6미터 지점에는 유리같이 투명한 덮개가 펼쳐져 있었다. 내 머리 바로 위에 애버딘 호의 선체가 있는데, 팔을 뻗으면 닿을 것만 같이 그렇게 가까이 있는데, 나는 그곳에서 순수 산소와 바텀 가스[44]를 번갈아 호흡하며 한 시간 동안 참고 견뎌야만 했다. 내 아래에는 끝 모를 푸른색 유리 같은, 대서양의 물 덩어리가 있었고, 그 가장 위쪽에 내가 있었다. 발 바로 아래에서 심연으로 사라져 보이지 않는 닻줄을 제외하고는 손이나 눈이 머무를 곳은 하나도 없

44) 최대 수심에서 호흡하는 기체이며, 일반적으로 다이빙 전반에 걸쳐 사용된다.

었다. 이제는 모든 것이 나를 위로 잡아당겼고, 더 이상 아래로 잡아당기는 힘은 없었다. 나는 물 밖으로 나가고 싶었다. 이야기하고 싶었다. 숨을 쉬고 싶었다. 젖은 몸을 말리고 싶었다. 평정심을 잃지 않기 위해서는 가능한 한 위를 쳐다보지 않는 것이 중요했다.

십 분이 채 흐르지 않았을 때 크게 첨벙하는 소리가 들렸다. 뭔가 무거운 것이 물에 빠졌음에 틀림없었다. 나는 고개를 들어 수면을 올려다보았다. 보트 옆에서 사람이 헤엄치고 있었다.

지금 그들이 모든 걸 망치는구나 하고 나는 생각했다. 신중하게 세운 계획, 약속, 나의 신뢰를. 탐험 정신을. 그들이 지루해졌기 때문에. 혹은 너무 더워서. 내가 여기 아래에서 일을 마무리 짓는 동안, 그들이 자기 위치를 떠나 수영이라도 좀 하겠다고 결심했기 때문에. 나는 실망감에 한순간 숨이 막혔다. 지금까지는 모든 것이 그토록 잘, 그래, 완벽하게 진행되었는데. 내가 욜라를 이 정도로 잘못 판단했다는 것이 믿기지 않았다. 그녀는 이 탐험에 함께할 수 있게 해 달라고 나에게 애원했었다. 그녀는 나의 파트너, 그러니까 내가 100퍼센트 신뢰할 수 있는 사람이 되고자 했었다. 그게 아니었단 말인가? 하지만 나는 지칠 대로 지친 나의 이성이 이상한 추론을 하고 있음을 깨달았다. 내가 확실히 아는 건, 저 위에서 저렇게 잠깐 수영하는 일이 내가 좋아하고 소중하게 여기는 모든 것에 대한 공격이라는 점뿐이었다.

그런데 물속에서 헤엄치는 몸이 둘이 아니라 하나라는 것이 눈에 띄었다. 그리고 그 몸은 헤엄치는 게 아니었다. 가라앉고 있었다.

기억 속에서 그 몸이 나를 향해 유유히 떠내려오는 것이 보인다.

사실은 돌처럼 가라앉고 있었다. 그런데도 마치 내게는 깊이 생각해 볼 시간이 무한히 많았던 것처럼 여겨진다. 욜라구나 하고 나는 생각했다. 그녀에게 무슨 일이 일어났다. 더 정확하게 말하자면, 지금 그 일이 일어났구나 하고 나는 생각했다. 마치 그녀가 무슨 일을 당하는 게 이미 확정되어 있었던 것처럼.

역광을 받은 그 몸은 어두운 얼룩처럼 보였고, 그 얼룩은 다가오면서 점점 더 커졌다. 몸 윤곽이 물결에 따라 흔들렸다. 이 사람은 당장 수면 위로 되돌아가야만 했다. 나는 벌써 닻줄을 놓아 버렸다. 만약 계류 밧줄에 나를 묶어 놓지 않았더라면 그냥 위로 헤엄쳐 갔을 것이다. 그 기회를 틈타 이성이 본능에게 고함을 쳤다. '지금 있는 곳에 그대로 있어!'

내가 지금 물 위로 올라간다면, 질소가 기포로 변하면서 나는 죽을 수도 있었다. 구토, 호흡 곤란, 팔다리 마비. 어쩌면 바로 의식을 잃고, 귀에서는 피가 흘러나올지도 몰랐다. 게다가 나는 애버딘 호에서 어떤 일이 일어났는지 알지 못했다. 욜라는 헤엄치는 동작을 하지 않았다. 그녀가 머리를 부딪히고는 배에서 바다로 떨어진 것일까? 하지만 그렇다면 테오는 왜 전혀 구조하려고 시도하지 않는 것일까? 남은 술기운 때문에 정신이 몽롱해서 자고 있는 것일까? 나는 다른 생각을 해 보았다. 테오와 욜라가 다시 한 번 싸웠다고 생각해 보았다. 그가 그녀를 때려눕혔고, 물속에 던졌다고 생각해 보았다. 혹은 그녀가 몸싸움을 할 때 다쳤고, 난간 너머로 추락하고 말았을 것이라 생각해 보았다. 확실한 것은 테오가 지금 이 순간 그녀가 익사하도록 고의로 내버려 두고 있다는 사실이었다. 만약 의식을 잃은 욜라와 함께 물 위로 올라간다면, 나는 격분한 그에게 공격당하는 위험을 무릅써야 할지도 몰랐다. 혹은 그가 보트에 시동을 걸고 그냥 가 버릴지도 몰랐다. 비록 그토록 공격적으로 나오지는 않더라도, 그가 나를 가까운 감압 챔버[45]로 데려가기 위해 모든 방법을 다 써 볼 것이라고 믿을 수는 없었다. 내가 그렇게 오래 살아 있을 수 있는가라는 문제는 둘째 치더라도. '문제는 여기 아래에서 해결한다. 그렇지 않으면 그 문제는 전혀 해결될 수 없다.'

그 몸이 물속으로 떨어진 순간부터 내가 계류 밧줄의 고리를 푼 순간까지는 사실 아주 짧은 시간이었다. 나는 그 몸을 잡을 수 있는 방향으로 헤엄쳐 가면서 위쪽으로는 올라가지 않도록 주의했다. 가라앉고 있는 그 몸과 나는 수심 6미터 그리고 약간 좌현 쪽에 해당하는 지점에서 만났다. 나는 두 손을 뻗어 옷을 붙잡았고, 내 몸이 약간 앞쪽으로 끌려갔다. 나는 발을 힘차게 저어 한 손을 쓰지 않아도 물에 떠 있기에 지장이 없도록 했고, 추가된 무게에 맞추어 그 손으로 부력 재킷에 공기를 불어넣었다. 누운 자세로 헤엄치면서 나는 의식을 잃은 그 남자를 닻줄로 끌고 갔다. 그 사람은 남자였다. 나는 한 손으로 그의 가슴을 끌어안았고, 다른 손으로는 계류 밧줄로 나를 다시 닻줄에 가능한 한 단단히 붙잡아 매었다. 나에게 잠수를 가르친 강사는 항상 말했다. "테크니컬 다이빙은 모든 것을 한 손으로 처리하는 기술이다. 쳐다보지 않고도."

시간은 속도와 방향을 변화시켰다. 지금까지는 그 사건들이 마치 슬로모션처럼 내 곁을 지나쳐 갔다면, 이제는 광속으로 나를 향해 질주해 온다. 기억 속에서 소용돌이가 보이고, 그 한가운데에서 나

---

45) 산소를 집중적으로 공급하여 몸속에 축적된 질소를 빼내는 장치.

는 살기 위해 투쟁한다. 눈을 감고 입은 반쯤 벌린 얼굴이 내 앞에 있다. 물에 빠진 자의 얼굴이다. 시체에서 볼 수 있는 그런 얼굴이다. 테오 얼굴이다. 욜라 얼굴이 아니다.

1992년부터 1995년까지 나는 방학의 상당 기간을 구조 잠수부로 활동하며 보냈다. 그래서 익사가 어떻게 진행되는지 알고 있었다. 1단계에서 희생자는 자신의 움직임을 제대로 통제하지 못하고, 급하게 공기를 들이마시면서 물도 함께 삼킨다. 2단계에서는 반사작용으로 후두개(喉頭蓋)가 닫힌다. 테오를 구할 가망은 바로 여기에 있었다. 내 눈으로 보기에, 그는 이미 기절한 상태에서 물속으로 떨어졌고, 그래서 1단계를 건너뛰었다. 아마도 폐에 물이 들어가지 않은 건조 익사의 경우일 것이다. 기도에 찬 물을 빼내는 것은 육지에서라 할지라도 힘든 일이었다. 익사 위험에 처한 사람을 물속에서 구해 내는 것에 관해서 나는 한 번도 들어 본 적이 없었다. 하지만 아마도 테오는 이삼 분이 더 지나면 경련과 호흡 정지가 뒤따르게 될 단계에 있는 것 같았다. 만약 이 생각이 맞는다면 소생술이 필요하지 않을 것이고, 산소만 주입하면 호흡 반사를 다시 일으킬 수 있을 것이다.

이런 생각을 내가 한 것은 아니었다. 그냥 아는 것이었다. 생각할 시간은 없었다. 나는 이미 트라이믹스[46]로 바꾼 지가 한참 되었고, 산소만 든 호흡기를 테오에게 주기 위해 손에 쥐었다. 우리 둘 모두에게 가장 위험한 일은 정신이 든 테오가 공황에 빠지는 것이었다. 물에 빠진 사람이 자신을 구하러 온 사람을 죽음에 이르게 하는 것

46) 헬륨, 산소, 질소의 혼합기체이며, 심해 잠수를 할 때 사용된다.

은 드문 일이 아니다. 하지만 우리가 수심 6미터에서 한 밧줄에 매달려 있는 상황이라 나 자신을 보호하는 일에 대해서는 생각할 여지가 없었다. 사고를 당한 사람에게서 거리를 유지한다는 것은 가능하지가 않았다. 내가 끌어안고 있어야지만 테오가 가라앉는 것을 막을 수 있었다. 만약 그가 닥치는 대로 팔을 휘두르기 시작한다면 공기 공급 장치가 내게서 그만 떨어져 나가 버릴 수도 있었다. 공황에 빠져 내게 매달리고, 내 장비를 망가뜨리고, 나를 꼼짝달싹 못하게 만들 수도 있었다. 물에 빠진 사람은 초인적인 힘을 지닌다. 물에 빠진 사람은 귀상어보다 더 위험하다.

바로 그 순간 그 일이 일어났다. 아주 짧은 그 순간은 지난 십사년 사이에 내가 어떤 사람이 되었는지를 나에게 보여 주었다.

나는 망설였다.

누구를 위해서 혹은 무엇을 위해서 내 목숨을 걸려고 하는지 생각했다. 내가 가지고 싶어 하는 여자에게 테러를 가한 남자를 위해서였다. 그는 그녀를 자신의 소유물로 간주하기 때문에 결코 그녀를 풀어 주지 않을 것이다. 그는 제대로 된 직업도 없고, 누구에게도 쓸모가 없었다. 그는 기회가 있을 때마다 삶에 넌더리가 난다고 강조했다. 나는 그저 개입하지 않기만 하면 됐다. 테오를 놓아 버리고, 그가 말없이 저 깊은 곳으로 사라지는 동안 외면하기만 하면 됐다. 아무도 그의 죽음을 나와 연관시키지 않을 것이다.

그저 아주 짧은 순간이었지만, 나는 망설였다.

그러고는 테오 이 사이로 호흡기를 밀어 넣었다. 가능한 한 물이 들어가지 않도록 입이 닿는 부분에 그의 입술을 밀착시켜 주었다. 그의 코를 막고, 공기 주입기를 작동했다. 공기 방울이 소용돌이쳤다. 주입기의 압력이 테오 폐 속으로 산소를 펌프질해 넣었다. 갑자기 그가 눈을 크게 떴다. 소금물 속에서 그가 많은 것을 볼 수는 없었다. 그저 내가 자신을 끌어안고 있다는 것, 차가운 물, 곧 죽을지도 모른다는 것만을 감지했다. 그는 손톱이 파고들 것처럼 세게 내 팔뚝을 잡았고, 물고기처럼 빠르게 주위를 살폈다. 공격을 받게 될 경우에 대비해 나는 가능한 한 내 공기 공급 호스를 보호하려고 감쌌다.

하지만 테오는 공격해 오지 않았다. 살을 에는 듯한 바닷물에도 불구하고 그는 아주 가까운 거리에서 가만히 내 얼굴을 응시했다. 그의 머리는 공기 방울이 일으키는 소용돌이에 휘감겨 있었다. 그의 폐가 아주 거칠게 펌프질해 대서, 숨을 들이마시는지 내쉬는지 거의 분간이 되지 않았다. 나를 응시하는 그의 눈길은 우리 둘의 본래 관계를 작동시키는 핵심 자극처럼 작용했다. 우리는 잠수를 가르치고 배우는 사람들이었다. 나의 수강생이 긴급조치로 마련한 호흡기에 매달려 과도하게 호흡하고 있었다. 그는 나를 응시했는데, 마치 아무것도 할 줄 모르는 젖먹이가 어머니를 사랑하듯이 나를 사랑하기 때문이었다. 나는 테오가 나에게 주의를 돌리도록 그의 팔뚝을 몇 번에 걸쳐 힘주어 잡았다. 그의 눈꺼풀이 바르르 떨렸다. 그의 뇌 한 부분이 나에게 집중하려고 시도했고, 나는 칭찬하듯 머리를 끄덕였다. '잘하고 있어.' 나는 한 손을 천천히 입으로부터 내뻗는 동작을 했다. '숨을 내쉰다. 기다린다.' 손을 다시 입술로 가져갔다. '숨을 들이쉰다. 천천히.' 나는 그를 가리키고 그 동작을 반복했다. '숨을 내쉰다. 들이쉰다.' 조금 지나자 그가 함께했다. 그의 호흡이 느려졌다. 우리는 같이 리듬을 맞추었다. 갑자기 그의 몸에 긴장이 풀렸다.

그가 축 늘어지는 바람에 나는 그를 더 꽉 붙들어야만 했다. 우리가 해냈다. 그는 내가 그의 몸을 돌리도록 내버려 두었다. 나는 뒤쪽에서 그를 더 잘 잡고 있을 수 있었다. 그의 등이 들썩이는 것을 나는 느꼈다. 그는 울고 있었다. 서둘러 나는 그의 몸을 더듬었다. 그를 무자비하게 바다 아래쪽으로 끌어내리는 원인이 그의 바지 주머니에 들어 있었다. 내가 예비로 준비해 둔 납 조각들이었다. 나는 그 무거운 납 조각들을 빼냈고, 그것들은 물속 깊은 곳을 향해 질주했다. 나는 테오가 신발과 바지를 벗도록 도와주었다. 그것들은 천천히 부유하며 우리 아래 어둠 속으로 사라졌다.

그 후 테오를 붙들고 있는 것은 쉬운 일이었다. 나는 벨트에서 여분으로 가져온 마스크를 풀어 그에게 씌우고 똑바로 자리를 잡아 주었다. 테오는 고개를 뒤로 젖히고, 마스크에서 물을 빼내기 위해 코로 공기를 불어 냈다. 이제 그도 내가 그를 보는 것처럼 나를 잘 볼 수 있게 되었다. 그는 손을 들어 오케이 신호를 만들어 보이면서 미소를 지었다. 그의 입술은 추위로 새파랬다. 그의 신호에 답하면서 나도 마찬가지로 울고 싶어졌다. 비록 그가 한심한 놈일지는 모르지만, 그의 씩씩함은 놀라울 정도였다. 우리가 왜 물 위로 올라가지 않는지 그는 결코 묻지 않았다. 예전에 내가 했던 설명을 주의 깊게 들었던 것이 분명했다.

그 후 삼십 분 동안 우리는 서로 다른 기체들을 이것저것 교체하고, 공기가 얼마나 남았나 재차 검사하고, 테오의 저체온증을 막아 줄 체조를 함께했다. 우리는 무릎을 굽히고, 손목과 어깨를 돌리고, 함께 작은 원을 그리며 닻줄 주위를 헤엄쳤다. 마치 탯줄에 연결된 것처럼 같은 호흡 장치를 통해 연결된 채.

내가 아무런 위험 없이 그 깊이를 벗어나도 될 만큼 감압 시간이 지났을 때, 나는 위로 올라가자고 신호했다. 나는 다시 테오를 뒤쪽에서 끌어안았고, 우리가 더 이상 애버딘 호 아래에 있지 않게 될 때까지 그를 데리고 옆으로 이동했다. 배와 어느 정도 안전거리를 둔 상태에서 우리는 천천히 위로 올라갔다. 공기는 따뜻했고 달콤한 맛이었다. 테오는 헐떡거리기 시작했다. 이제야 비로소 자신이 어디에 있고 무슨 일이 일어난 건지 파악한 것 같았다. 논리적인 규칙에 따르자면 그는 죽을 수밖에 없었을 것이다. 어쩌면 그는 자신이 이미 저세상으로 갔는데, 그곳이 이 세상과 혼돈될 정도로 비슷하다고 착각했을지도 모른다.

욜라는 배 뒷부분에 서 있었고, 흥분한 채 손짓을 했다.

"빌어먹을! 왜 감압 부표를 올려 보내지 않았어? 내가 얼마나 걱정했는지 알아?"

그녀가 제정신이 아닐지도 모른다는 생각이 들었다. 하지만 그런 걸 물어볼 시간은 없었다. 나는 지시를 내렸다. 테오를 애버딘 호 갑판으로 데려갔다. 그의 손을 사다리 세로대에 묶었다. 그는 몸을 일으킬 수 있는 상태가 아니었다. 나는 욜라에게 그를 붙잡고 있어야만 한다고 설명했고, 마치 젖은 자루와도 같은 테오가 갑판 위로 올려질 때까지 아래쪽에서 밀었다. 마지막 남은 힘이 그에게서 사라졌고, 그는 마치 죽은 것처럼 누워 있었다. 서둘러 나는 물속에서 그에게 주었던 잠수 마스크, 잠수 모자, 장갑을 벗겨 냈다. 나는 욜라에게 그의 젖은 셔츠를 벗기라고 지시했고, 그다음엔 수건, 절연 담요, 산소 가방을 가져오라고 시켰다. 그녀는 내 말에 따랐다. 테오는 그저 죽은 것처럼 누워 있는 것이 아니라 죽은 것처럼 보이기도 했다.

그의 피부는 노란 왁스 같았고, 감은 눈은 눈구멍 깊이 쑥 들어가 있었다. 입술, 손, 발은 끔찍할 정도로 파랬다. 왼쪽 귀 옆 머리카락 사이로 피가 가늘게 흘러내렸다. 상처 부위를 더듬어 보니 많이 부어 있었다. 물속에서는 그 상처를 알아차리지 못했다. 발작 기침이 일어날지도 모르니까 그의 몸을 절대로 움직여서는 안 된다는 생각이 들었다. 나는 그의 몸을 돌려 옆으로 안정되게 누였고, 그의 입에서 소금물이 왈칵 쏟아져 나왔다. 욜라가 가방을 가지고 왔고, 나는 산소 공급 장치를 테오 입술 안으로 눌러 넣어 주었다.

"출발해."라고 나는 말했다.

"그는 자살하려고 했어."라고 그녀가 말했다.

마치 내가 이 대답을 요구하는 질문이라도 한 것처럼. 역겨움에 내 입 모양이 일그러졌다. 자살하는 사람이 납 덩어리를 주머니에 채워 넣었을지는 몰라도 저 아래 디젤 엔진 옆에 놓아두었던, 물 펌프에 쓰는 커다란 펜치로 자신의 머리를 내려치지는 않았을 것이다.

"몰아!"라고 나는 그녀에게 소리쳤다. "최대한 빨리 배를 몰라고!"

그녀는 잠시 머뭇거리더니 몸을 돌려 운전대로 달려갔다. 시동이 걸렸다. 6노트가 그때보다 더 느렸던 적은 없었다. 나는 테오를 담요로 감고, 산소를 공급하고, 그의 사지를 주물렀다. 그를 잠시 혼자 두어도 되겠다는 확신이 생겼을 때, 나는 욜라 옆 운전석으로 밀고 들어가 무선 통신을 쳤다. 휴대 전화에 통신망이 잡혔을 때 병원에 전화를 걸었다. 그들은 헬리콥터를 보내기로 약속했다.

그 이후의 항해는 끝나지 않을 것만 같이 여겨졌다. 살아 있다는 징후를 더 이상 보이지 않는 테오 곁에 무릎을 꿇고 있는 동안, 그가 물속에서 얼마나 정상적으로 보였는지가 자꾸만 생각났다. 정말이지 침착했고, 긴장하지도 않았다. 마치 아무 문제가 없는 상태인 것처럼.

해안 경비대가 우리 곁에서 조디악 보트의 속도를 늦추었을 때에야 비로소 나는 그들이 온 것을 알아차렸다. 우리는 육지로부터 아직 2킬로미터나 떨어져 있었다. 욜라가 모터를 껐다. 갑자기 애버딘 호가 사람으로 가득 찼다. 이 상황이 나에게는 견디기가 힘들었다. 나는 구조대의 손을 강하게 뿌리쳤다. 심지어 구조대가 테오에게 접근하는 걸 막았던 것 같기도 하다. "노 토카르! 노 세 데베 모베르!" '건드리지 마. 움직이게 하지 마.'를 스페인어로 말하는 나 자신의 목소리가 내 귓속에서 날카롭게 울렸다. 누군가가 나를 옆으로 밀쳤다. 그들은 테오를 들것에 올렸고, 그를 들어 올려 난간 너머로 넘겼다. 욜라가 뒤따라갔다. 구조대 중 한 사람이 내 팔을 붙잡고 나도 마찬가지로 배에서 데려가려고 했다. 나는 그를 향해 주먹을 휘둘렀다. 애버딘 호. 난 이 배를 여기 밖에 내버려 두어서는 안 되었다. 스페인 사람들이 서로 빠르게 몇 마디를 주고받았고 나를 가리켰으며 고개를 저었다. "위 비 백 히어!(다시 이리로 올게요!)"라고 그들 중 하나가 소리쳤다. 배 밖에 장착된 모터가 요란한 소리를 냈고, 조디악 보트는 그곳으로부터 쏜살같이 내달리며 하얀 거품의 흔적을 뒤에 남겼다.

갑자기 혼자였다. 나는 그 정적을 즐겼다. 인간도 없고, 새도 없었다. 약간의 바람과 물결 소리. 조디악 보트가 멀리 육지를 향해 질주해 가는 동안 모터 소리가 점점 멀어졌다. 나는 애버딘 호를 다시 움직이기 위한 준비를 하지 않았다. 그냥 거기 서 있었다. 여전히 잠수복을 입은 채로. 내 머리카락조차 아직 젖어 있었다. 땀이 나는 건지 한기가 드는 건지 알 수 없었다. '지금' 그리고 '여기'라는 것이 마치 1000바 압력처럼 내 호흡을 앗아 갔다. 마치 내가 대서양의 가장 깊은 곳에 있는 것 같았다. 플라야블랑카에서 헬리콥터 한 대가 떠올랐다. 그 헬리콥터가 욜라와 테오와 관련해 내가 마지막으로 본 것이었다.

18

그녀는 그것을 반드시 발견될 수밖에 없도록 그렇게 숨겨 놓았다. 일부러 그 자리에 두었다는 인상을 줄 만큼 눈에 뜨이도록 놓아두지는 않았다. 하지만 섬의 어느 멍청한 경감이 그 증거물을 못 보고 지나칠 만큼 잘 숨겨 놓지도 않았다.

잠수 탐험 다음 날에 대해 기억나는 것은 거의 없다. 그 목요일 전체가 마치 지워져 버린 것 같다. 어쩌면 하루 종일 잠만 잤을지도 모른다. 혹은 창가에서 하루 종일을 보냈을지도 모른다. 초점을 잃은 눈으로 밖을 바라보며, 나를 둘러싼 이해할 수 없는 공허함에 마비된 채. 그리고 금요일에는 아침도 먹지 않고 진공청소기와 양동이로 무장한 채 집 밖으로 달려 나갔다. 마치 카사 라야에서 마지막 청소를 하는 일에 내 목숨이라도 달린 것처럼. 평소대로라면 그것은 안테의 일이었을 것이다. 그녀라면 토요일에 욜라와 테오가 떠나자마자 새 손님을 받기 위해 청소를 했을 것이고, 그동안 나는 다음 고객이 도착하는 일요일이 되기 전에, 하루의 휴가를 스스로에게 베풀었을 것이다. 하지만 이제 안테는 더 이상 없었고, 나는 사흘 동안 할 일이 없었다. 일요일은 감히 생각할 엄두도 내지 못했다. '마르틴 그리고 낸시'라고 쓰인 팻말을 들고 공항에서 기다린다는 것이 내게는 완전히 말도 안 되는 일처럼 여겨졌다. 그런 생각은 더 이상 존재하지 않는 세상에나 속하는 것이었다.

카사 라야에 들어서자 헉하고 숨이 막혔다. 그들은 아직도 그곳에 있었다. 바닷가에 가기 위해 그저 잠시 그 집을 비운 것이었다. 어쨌든 그들의 물건들은 그렇게 주장하고 있었다. 모든 것들이 여기저기 놓여 있었고, 마치 그들 손길이 아직 그대로 미치는 것만 같았다. 바닥에 떨어진 옷가지들. 욕실에 놓인 칫솔. 식탁 위에 펼쳐진 책. 찻잔 바닥에서 말라 버린 커피 찌꺼기만이 시간이 흘렀음을 말해 주었다.

한동안 나는 어디부터 시작해야 할지 모른 채 서성거렸다. 정돈되지 않은 이부자리. 서둘러 먹다 남긴 아침 식사. 샤워 커튼의 봉 위에 걸쳐진 욜라의 비키니. 나는 정리와 청소에는 자신이 없었다. 게다가 그 어떤 것에도 손을 댈 마음이 도저히 생기지가 않았다. 거기 있는 물건들이 내게는 유령 열차에서 가지고 온 소품들처럼 여겨졌다.

하지만 바로 다음 순간, 마비된 듯 아무것도 할 수 없을 것만 같던 내가 열렬하게 일하기 시작했다. 여기저기 널브러진 옷가지들을 쏜살같이 모아 세탁기에 집어넣었다. 옷장을 비우고, 물건들을 신중하게 가려서 두 여행 가방에 나눠 넣었다. 로테 사진을 조심스럽게 벽에서 떼어 냈다. 욕실에서는 여행용 화장품 가방을 정리했는데, 무엇이 욜라 것이고 무엇이 테오 것인지 단 일 초도 고민하지 않았다. 그것들은 단번에 저절로 분류가 되었다. 설거지를 했고, 침대보를 벗겨 냈으며, 욕실 장에서 빨아 놓은 침대보를 가지고 와 새것으로 바꿔 놓으려고 했다. 이를 위해 나는 커다란 더블 매트리스를 들어 올렸는데 거기에 그것이 놓여 있었다. 매트리스 아래, 나무로 만든 받침대 위에. 검은색 공책 한 권.

그게 무엇인지 나는 바로 알아차렸다. 날짜가 기록되어 있었다. 손으로 직접 쓴 것이었다. 몇 장이 찢겨져 나갔다가 다시 붙여져 있었다. 나는 아무 데나 펼쳐서 읽기 시작했다.

"로테라면 어떻게 했을까? 내가 몸을 일으키려고 하자 그는 손으로 내 목을 누른다. 나는 놓으라고 말한다. 그는 자기 것을 내 입 안으로 밀어 넣으려고 한다. 나는 이를 꽉 문다. 그가 내 후두를 누른다. 내 입술이 벌어지고, 나는 가쁜 숨을 쉰다."

마치 손가락이 불에 데기라도 한 것처럼 나는 공책을 떨어뜨리고 말았다. 그리고 그것을 다시 주워 탁자 위에 놓았다. 온 집 안을 진공청소기로 청소하고, 걸레질하고, 욕실을 닦고, 이부자리를 정돈하고, 여행 가방 두 개를 다 쌌을 때에도 그 검정색 공책은 여전히 그 자리에 놓여 있었다. 섬의 경감이었다면 환호성을 터뜨렸을 것이다. 이 습득물은 바로 그를 위한 것이었다. 이 세상에서 그 공책을 손에 넣지 말아야 할 단 한 사람이 있다면, 그건 바로 나였다.

욜라는 더 이상 카사에 돌아오지 않게 되리라는 것을 미리 예상했음에 틀림없다. 특히 내가 더 이상 이곳으로 돌아오지 않게 되리라고 그녀는 확실하게 가정했다. 계획했던 대로 테오가 익사했다면, 추측건대 그녀는 내가 애버딘 호 갑판으로 올라오기를 기다렸다가 그 물 펌프 펜치로 나를 내려쳤을 것이다. 그녀는 내 잠수복을 벗기고, 어쩌면 몇몇 싸운 흔적들을 준비해 놓고, 그다음에 무선으로 경찰에 알렸을 것이다. 도와주세요, 내 반려자가 살해됐어요! 살인자는 내 곁에 누워 있어요! 북위 29, 서경 14, 빨리 와 주세요! 나는 바다 위에서 바로 체포되고, 조사를 위해 경찰서로 끌려갔을 것이다. 욜라는 증인으로 함께 갔을 것이다. 나는 완전히 제정신이 아니었을 테고, 그녀는 잘 준비되어 있었을 것이다. 그녀의 진술은 이미 잘 생각해 놓은 것이고, 내 진술보다 더 설득력이 있었을 것이다. 지난 열흘 동안 서로를 뼛속까지 증오하게 된 두 경쟁자가 한 배에 올라타 싸움에 휘말렸다. 그중 한 사람에게는 학대를 당했고, 다른 사람과는 새로운 삶을 시작하려고 하는 한 여자가 그 둘 사이에 있었다. 그 파국을 막기에 그녀는 너무 약했다. 욜라는 나를 죄인으로 모는 대신 눈물을 흘리며 나를 변호해 주었을 것이다. 경악과 걱정 사이에서 완벽하게 균형을 잡으며. 아마도 유창한 스페인어로. 모든 게 제 책임이에요, 세뇨르 코미사리오.[47] 피들러 씨는 그저 나를 지키려던 것뿐이에요. 그는 더 이상은 어떻게 해 볼 도리가 없었어요. 저도 그랬고요. 그에게 그런 이야기를 결코 하지 말았어야 했는데. 당신이 사랑하는 여자가 다른 남자에게 두들겨 맞는다면 당신은 어떻게 하시겠어요? 제발 한번 상상해 보세요! 당신이라면 어떻게 하시겠어요?

나는 구류 상태가 되었을 것이다. 그 정신 나간 경감은 몰래 나에게 존경심을 표했을지도 모를 일이다, 남자 대 남자로. 이어서 그는 욜라의 진술을 검토하기 시작했을 것이다. 섬에 사는 사람 반에

---

47) 스페인어로 경감님.

게 우리 관계에 대해 물어보고 다녔을 것이다. 그는 그 전날 저녁의 끔찍한 싸움과 관련하여 도싯 호의 손님들을 증인으로 신문했을 것이다. 잠수부를 보내 수심 100미터에서 테오를 찾도록 했을 것이고, 어쩌면 심지어 조류가 흐름에도 불구하고 시체가 발견되었을지도 모른다. 머리에 부상을 입고, 주머니에는 잠수 납덩어리가 가득 찬 채로. 그들은 내 집과 특히 카사를 샅샅이 수색했을 것이다. 그리고 마침내 여봐란듯이 숨겨진 일기를 발견했을 것이다. 독일은 범인 인도 신청을 했을 것이다. 그곳에서 나에 대한 소송이 진행되었을 것이다.

지난 몇 주 동안 나는 마치 홀린 것처럼 거듭해서 욜라의 계획을 차례차례 머릿속에 떠올려 보았다. 그 전체 규모. 치밀함. 삶이 마치 범죄소설처럼 돌아간다는 확신에 의거해 깊이 생각하고 하나하나 실천에 옮긴, 그 어떤 약점도 용서하지 않는 대단한 냉정함. 물론 사람들은 병적인 이성만이 그런 철저하게 사악한 짓을 저지를 수 있다고 믿을지도 모른다. 하지만 욜라는 미치지 않았다. 그러니 정반대 결론이 나온다. 그녀가 한 짓은 정상이라는 결론. 아마도 통계적으로는 일반적인 경우가 아니겠지만, 그럼에도 그녀가 한 짓은 평범한 인간이 할 수 있는 행위의 스펙트럼에 속한다. 비록 질적으로는 평범하지 않은 행위이기는 하지만.

나는 버니에게 전화를 걸었다. 셀 수 없을 정도로 많이. 그는 처음에는 전화를 그냥 끊어 버렸고, 그다음에는 대화하기를 거부했다. 마침내 그가 나와 이야기할 용의를 보였을 때, 나는 그에게 왜 그날 밤 탐험에 참가하기를 거절했는지 물어보았다. 그러자 그의 입장에서는 오히려 거절한 것은 내 쪽이었다는 사실이 드러났다. 배는 필요하지만 욜라와 테오랑 함께 탐험을 하고 싶기 때문에 승무원은 필요 없다는 문자를 나로부터 받았다고 했다. 그에게는 미친 생각이나 마찬가지로 여겨졌다고 했다.

내 휴대 전화로 보낸 문자라니, 욜라 일기에 적힌 그대로였다. 나는 보낸 메시지 함에서 그 문자를 발견했다. 영어 실력이 엉망인 내가 썼다고 하기에는 영어 표현이 너무나도 유창해서 정말 내가 쓴 문자가 맞는지 잠시 동안 생각해 보았다. 욜라는 도싯 호에서 그날 저녁 내내 내 옆에 앉아 있었다. 거의 몸의 반을 내 무릎 위에 걸치듯 했다. 그러니 당연히 그녀는 내 전화기에 손을 댈 수 있었던 것이다. 그녀의 천재성에 나는 감탄할 수밖에 없었다. 납치된 사람은 그 상황을 어떻게든 정리하기 위해 스스로를 납치범과 동일시한다고 한다. 어쩌면 나는 견딜 수가 없는 것을 어떻게든 극복하기 위해 욜라를 천재적이라고 간주할 수밖에 없는 건지도 모른다.

그녀를 동정해 보려고 했다. 테오의 폭행에 관한 그녀 묘사가 그저 아주 작은 부분만 사실이라 하더라도 그녀는 이 지상에서 지옥을 경험했을 것이다. 변호사라면, 오랫동안 잔인하고 조직적으로 고통을 당한 여자는 계속해서 심리적 예외 상태에 처해 있게 된다고 논거를 댔을 것이다. 배심원들과 판사들에게서 동정심을 불러일으키고, 정상을 참작해 주길 주장했을 것이다. 하지만 욜라에게는 정상을 참작해 줄 필요가 없다. 그녀는 피고가 아니다. 나는 그녀를 동정하고 싶은 마음이 들지 않는다. 그런데 마찬가지로 그녀를 증오할 수도 없다. 나를 평생 동안 감옥에서 썩게 만들 용의가 그녀에게 있었음에도 말이다. 그렇다고 그녀를 증오하는 대신 사랑한다는 것 역시 물론 부조리하다. 어떤 감정을 느껴야 하는지 알 수 없을 때 남게 되는 건 아마도 매혹일 것이다.

그녀는 이미 그 계획을 세우고 섬에 왔던 것일까? 혹은 여기에서 비로소 그런 계획을 품었던 것일까? 만약 그렇다면 언제? 처음에는 그저 일종의 유희였다가 어느 순간 확 진지하게 바뀌어 버렸던 것인가? 도싯 호에서 테오가 보인 태도 때문에 최후의 결정을 내린 것일까? 아니면 이 모든 일이 내가 말라 해변에서 그녀와 섹스하기를 거부했기 때문에 시작되었던 것일까? 그사이 나는 그 일기를 너무나도 자주 읽어 몇몇 단락은 외울 수도 있을 정도가 되었다.

토요일 아침, 나는 폭스바겐 미니버스를 길 위에 세워 놓고 카사로 건너가 여행 가방 두 개를 가지고 나왔다. 테오와 욜라가 예약한 베를린행 귀국 비행기가 몇 시에 출발하는지 나는 알고 있었다. 그들의 티켓과 신분증이 내 셔츠 주머니 안에 들어 있었다. 마치 유령을 공항으로 실어 나르는 것만 같았다. '모든 것이 의지다.'라는 문구를 지나갈 때, 나는 고개를 오른쪽으로 돌렸다. 조수석은 진짜로 비어 있었다.

살인이 시도되었던 그날 똑같은 구간을 지나 병원으로 차를 몰았던 일이 생각났다. 나는 매우 서둘러 애버딘 호를 정박소에 다시 가져다 놓았고, 적어도 비싼 장비들을 차에다 옮겨 싣는 일까지는 겨우 처리했다. 미친 사람처럼 섬을 가로질러 질주해 간 다음 병원 접수대에서 기다렸다. 거의 영원처럼 느껴지는 시간이 흐른 뒤 병원에서는 테오도르 하스트라는 사람이 두 시간 좀 더 전에 이송되어 왔다고 확인해 주었다. 친척이냐는 질문에 나는 멍청하게도 "아니요."라고 대답했다. 병원에서는 그의 상태에 대해서는 아무것도 모른다고 했다. 친척도 아닌 나는 의사와 면담도 불가능했다. 욜란테 폰 팔렌이라는 여자가 함께 있었는지는 알아낼 수 없었다. 어쨌든 그런 이름의 여자 환자는 기록되어 있지 않았다. 욜라 번호로 전화를 걸었을 때 착신음이 울렸다. 하지만 그녀는 통화 거부 단추를 눌렀다. 그 후 그녀 휴대 전화는 전원이 꺼져 버렸다. 테오 전화기 역시 수신 불가 상태였다.

로비에는 목욕 가운을 입고 실내화를 신은 사람들이 왔다 갔다 걸어 다니며 호기심에 차서 나를 바라보았다. 나는 삼십 분마다 접수대로 다시 가서 테오의 상태에 대한 질문을 반복했다. 대답은 똑같았다. 정확한 것은 알지 못하며, 나를 위로 올라가게 해 줄 수도 없다고 했다. 내가 할 수 있는 일은 폰 팔렌 부인이 언젠가 접수 홀로 오기를 기다리는 것뿐이라고 했다. 많은 환자 친척들이 그러하듯, 어쩌면 그녀도 자동판매기에서 커피를 뽑으러 올지도 모르니까. 그러면 내가 그녀와 이야기할 수 있을 것이라 했다.

밖은 어두워졌다. 접수대의 여자는 수위로 바뀌었다. 그는 작은 텔레비전을 켰고, 보온병을 꺼내 놓았다. 나는 자동판매기에서 커피를 뽑았다. 로비는 사람 하나 없이 텅 비었다. 아주 조용했다. 나는 높은 유리 벽을 쳐다보았다. 유리 벽 뒤로는 섬의 수도에서 나오는 불빛이 깜박거렸고, 유리 벽 앞에는 야자수와 선인장이 서 있었다. 나는 기이한 평화를 느꼈다. 내 머리 위에서는 사람들이 잠을 자고 있었다. 그들 중 몇몇은 과연 이 밤을 넘길 수 있을지 알 수 없는 사람들이었다. 나는 긴 의자 위에 몸을 누였다. 납같이 무거운 피로 속에서도 편안한 느낌이었다.

잠에서 깼을 때 수위가 있던 자리에는 젊은 간호사가 앉아 있었다. 텔레비전은 꺼졌고, 보온병은 사라졌다. 밖에서는 동이 트고 있었다. 내가 가서 문의하자 그 젊은 여자는 바로 전화기를 쥐고, 친절하게 미소를 짓고, 질문을 하고, 수화기를 통해 빠른 스페인어로 밀려드는 대답에 귀를 기울였다. 통화를 끝낸 다음 그녀는 나에게 영어로 테오도르 하스트가 이미 지난밤에 인근 섬의 중앙 병원으로 옮겨졌다고 설명해 주었다. 그녀가 들은 바로는, 그가 몇 가지 최종 검사를 받은 후 그곳에서 바로 독일로 가게 될 것이라고, 아마도 오전 중에 출발하게 될 것이라고 했다.

나는 그녀에게 고맙다고 말했고, 차를 타고 집으로 갔다. 테오 상태는 그러니까 안정된 것임에 틀림없었다. 머리에 가해진 타격, 반(半)의식 상태, 그 후 차가운 물속에서 보낸 한 시간. 이 모든 것은 심각한 저체온증을 동반하며 신진대사 장애를 일으키기에 충분했다. 그로 인해 죽을 수도 있었다. 만약 도움을 받지 못했다면 말이다. 하지만 테오는 도움을 받았고, 고비를 넘겼으며, 곧 다시 회복될 것이다. 독일에서. 테오와 욜라를 두 번 다시 보지 않게 될 것임을, 그들이 정말이지 허공으로 사라져 버렸음을 나는 그들의 가방을 공항으로 싣고 갈 때에야 비로소 실감했다.

탑승 수속을 담당하는 여직원은 일을 쉽게 처리해 주지 않았고, 무슨 일이 일어난 것인지 자꾸만 설명하게 했다. 잠수 도중 사고가 발생했다고 말했다. 환자가 비행기로 수송되어 독일로 돌아갔다고 말했다. 그녀는 티켓에 있는 이름을 신분증과 여러 번 대조했다. 마침내 그녀가 고개를 끄덕였다. 그 짐이 베를린 주소로 배달될 것이라고 약속했다. 우리는 티켓과 신분증을 가방의 서류 칸에 밀어 넣었다. 벨트컨베이어 위에 올려진 가방이 덜컥거리다가 고무 커튼 뒤로, 공항 한가운데로 사라지는 것을 나는 지켜보았다.

저녁에 나는 포도주 한 병을 꺼내 들고 테라스에 나가 앉았고, 욜라의 일기를 단숨에 쭉 읽어 내려갔다. 그다음 나는 공포가 무엇인지를 경험했다. 잠들지 못한 채 몇 시간 동안이나 침대에 누워 기다렸다. 시끄러운 모터 소리를, 자동차 문이 쾅 하고 닫히는 소리를, 테오도르 하스트에 대한 살인 모의로 체포한다는 거친 목소리를. 아침이 되어서야, 이미 사흘이 지났고 그사이에 아무도 나를 찾아오지 않았다는 사실이 떠올랐다.

정오 무렵 나는 새 고객을 마중하기 위해 다시 공항으로 갔다. 의무감에서가 아니라 그일 외에는 무엇을 해야 좋을지 몰랐기 때문이다. 차를 타고 가며 곧바로 나는 평소에 잠수 강습 운영을 도와주던 보조원이 갑작스럽게 병이 나서 잠수 이외의 기타 사항들에 문제가 있을 수도 있다고 그들에게 얘기했다. 낸시와 마르틴은 그리 개의치 않는 것처럼 보였다. 관광객들 대부분이 그러하듯, 이들도 휴가 기분에 젖어 있었고, 세상 그 어떤 것이 잠수에 대한 그들의 기쁨을 망쳐 놓을 수도 있다는 생각은 하지 않는 것처럼 보였다. 그들은 카사 라야에 마음을 빼앗겼다.

화요일에는 랠프가 합류했는데, 그는 벌써 몇 년째 나를 방문한 단골 고객이자 능숙한 잠수부였다. 금요일부터는 아이들이 있는 가족이 잠수를 배워 보겠다고 왔고, 그래서 나는 2교대 근무를 해야만 했다. 나는 잠수 이외 사항들에 문제가 있을 것이라 그들 모두에게 경고했다. 하지만 그런 문제는 일어나지 않았다. 저녁이면 나는 가능한 한 일찍 집으로 가 공기통을 채웠고 장비를 모두 다 씻었다. 이메일에 답장을 보냈고 부기를 처리했다. 나는 밤늦게까지 일했다.

주말이 지난 후 내 계좌에 1만 4000유로가 입금되어 있는 걸 발견했다. 입금 내역에는 "로테 하스 캐스팅으로 인한 잠수 교육"이라고 나와 있었다. 웹 사이트가 보안상 이유로 나를 로그아웃시킬 때까지 나는 그 기재된 내용을 뚫어져라 바라보았다.

계속해서 나는 욜라와 그녀의 계획을 생각했다. 거듭해서 그 일기장을 펼쳐 보았다. 욜라를 감탄하기에까지 이르자 공포가 잠잠해졌다. 한번은 그녀의 휴대 전화 번호로 전화를 걸었다. 그 번호는 더 이상 존재하지 않았다. 전화를 끊었을 때 나는 마치 마라톤을 하고 난 후처럼 땀에 완전히 젖어 있었다. 「위아래로」의 새 시리즈가 계획 중임을 욜라의 페이스북에서 알게 되었다. 테오에 관해서는 아무런 소식도 접할 수 없었다.

아무 일도 일어나지 않은 채 크리스마스가 지나갔다. 그해 마지막 날에도 고객이 있었고, 나는 한밤중이 되기 직전에야 잠자리에 들었다. 새해는 2012년이었다. 여느 숫자와 다를 바 없는 숫자였다. 새해 첫날 아침 나는 식사를 마친 후에도 한동안 그대로 앉아 있었다. 독일을 떠나 섬에서의 삶을 시작한 이후 정확하게 십사 년이 흘렀다. 십사 년. 상상할 수도 없는 기간이다. 살인이 시도되었던 그날이, 더 정확하게 말하자면, 그날의 아주 특정한 순간이 생각났다. 그리고 갑자기 고마운 감정이 흘러넘쳤다. 갑자기 그 순간이 내 삶에서 가장 중요한 순간으로 여겨졌다. 나는 망설였고, 의식을 잃고 물에 빠진 테오 얼굴을 쳐다보았고, 욜라를 생각했다. 그러고는 결정을 내렸다. 나는 테오를 심연으로 가라앉게 두지 않았고, 그의 생명을 구했다. 그 결정에 대한 고마움에 내 눈에서는 눈물이 흘렀다. 나는 빈 커피 잔을 앞에 두고 앉아서 울었다. 그 후 심호흡을 했다. 뭔가가 변했다. 나는 그저 그때의 망설임을 다시 생각하기만 하면 되었다. 그러면 내가 다른 사람이 되었음을 느낄 수가 있었다. 왜 내가 십사 년 동안 '개입하지 않다'라는 개념을 그토록 매력적이라 여겼는지 더 이상 이해할 수 없었다. 그건 추한 개념이었다. 잠수하러 가기 위해 차에 올라탔을 때, 내 상태는 더 좋아졌다. 근본적으로.

1월은 늘 그랬듯이 불황이었다. 누가 새해가 되자마자 벌써 휴가를 보내러 오겠는가. 몇몇 연금생활자들, 싱글들 그리고 프리랜서들뿐이었다. 새해 들어 첫 번째 토요일에 여자 고객이 혼자서 여행을 왔다. 그녀 이름은 카탸였다. 그녀는 형사사건을 담당하는 변호사였으며, 살인이나 고살(故殺) 혹은 강간과 같은 중범죄가 전문이었다. 우리는 처음부터 서로 잘 맞았다. 첫째 날 저녁에 나는 그녀를 식사에 초대했다. 두 번째 날 저녁에 우리는 잠자리를 함께했다. 그녀는 마흔 살이 넘었고, 그에 걸맞게 욕망이 넘쳤다. 그녀는 나의 페니스를 오랫동안 빨았다. 그러다가 마침내 내 위로 올라가 마치 능숙한 직업 기수처럼 결승선을 향해 나를 몰았다. 세 번째 날 저녁에 우리는 계약서에 서명을 했다. 그 계약서에는 그녀가 비밀 엄수 의무를 지키기로 하고, 사례비는 어드밴스트 오픈 워터 다이버 비용과 나이트록스 인증서로 갈음한다는 내용이 들어 있었다.

나는 그녀에게 모든 이야기를 들려주었다. 말하는 동안 흐느끼지 않기 위해 스스로를 다잡아야만 했다. 이제야 비로소 지난 몇 주 동안 내가 얼마나 지쳐 버렸는지 깨달았다. 침묵. 기다림. 질문들. 더 이상은 견딜 수가 없었던 것이다. 나는 카탸에게 자세히 말해 주었다. 욜라의 계획이 내 머릿속을 끝도 없이 맴돌고, 도대체 무슨 일이 일어났던 것인가라는 질문을 도저히 떨쳐 낼 수 없으며, 내 광기가 마음속으로부터 나를 점점 더 잠식해 가고 있음을. 그녀는 자신은 변호사이지 정신과 의사가 아니라고, 내가 정신 차리고 기운을 내야 한다고 말했다. 나는 그녀에게 일기를 주었다. 그녀는 마치 건성으로 일기장을 넘기는 것처럼 보일 정도로 빠르게 읽어 냈다. 다 읽고 나자 그녀는 고개를 들어 바라보았다.

"이중에 뭐가 맞는 거야?"

"처음에는 많이, 중간에는 조금 그리고 끝에는 전혀 맞지 않아." 라고 나는 말했다.

그녀가 미소를 지었다. "당신들 둘 중 하나는 천재적이야."

"무슨 의미지?"라고 나는 물었다. "혹시 나를 안 믿는 거야?"

"당신을 믿어 달라고 나와 계약한 건 아니잖아. 당신이 뭘 해야 하는지 말해 달라고 계약한 거지."

그러고서 카탸는 내게 이 보고서를 작성하라고 충고해 주었다. 또 무슨 일이 닥칠지는 모르는 법이니까. 왜 테오는 애버딘 호 갑판 위에서 일어났던 일에 관해 지금까지 입을 닫고 있을까? 어쩌면 그는 욜라와 화해했을지도 모른다. 어쩌면 그가 그녀를 협박하고 있을지도 모른다. 혹은 그가 공개적으로 스캔들이 일어나는 것을 두려워하는지도 모른다. 하지만 살인은 공소 시효가 소멸되지 않는다. 나와는 완전히 무관한 어떤 사건 때문에 테오가 고소를 할지도 모르는 일이다. 그러면 욜라는 인간들이 쓰는 모든 말들 중에 가장 오래된 말로 자신을 변호할 것이다. "내가 안 그랬어요." 그녀는 테오가 살인 누명을 씌워 자신을 파괴하려는 것이라고, 애버딘 호에서 실패로 돌아간 공격의 진짜 범인은 스벤 피들러라고 주장할 것이다.

그 후에는 진술 대 진술이 맞서게 된다고 카탸는 말했다. 욜라의 말 대 테오의 말. 세상 사람들과 판사의 공감을 얻는 쪽은 욜라일 것임이 거의 확실하다고 했다. 살인 모의 자체에 대해서는 증인이 없고, 그 증거를 확인하기에는 너무 늦었다고 했다. 바로 이 지점에서 그 일기장이 영향을 미치게 된다고 했다. 정확하게 욜라가 계획했던 그대로. 그 일기장은 최종 결정을 내리기에 적합한, 저울의 지침(指針)이 된다. 물론 내가 그 공책을 없애 버리고, 그런 공책은 결코 존재하지 않았다고 주장할 수도 있을 것이라 했다. 그러나 만약 욜라가 복사본을 마련해 둘 정도로 영리하다면, 나를 변호하기 위한 모든 시도는 더 이상 필요하지 않을 것이라고 했다. 그런 거짓말은 감옥으로 가는 무료 입장권이나 마찬가지라고 했다.

카탸의 이와 같은 말은 내가 느끼는 공포의 내용을 정확하게 진술한 것이었다. 그녀는 나에게 가능한 한 빨리 수기를 작성하라고 권했다. 욜라의 일기에 담긴 기록에 반대되는 나의 버전을 한 단락씩 써 두라고 했다. 그렇지 않으면 기억은 금방 자기 자신만의 이야기를 써 가기 시작할 것이라 했다. 인간의 기억보다 더 부패하기 쉬운 것은 없다고 했다. 처음에는 사건의 세부 사항들이 불분명해지고, 그다음에는 사건 자체가 불분명해진다고 했다.

"어쩌면."이라고 카탸가 말했다. "언젠가는 심지어 당신도 당신이 아닌 욜라가 진실을 말한다고 믿게 될지도 몰라."

그러면서 그녀는 비꼬는 듯 미소를 지었다. 변호사로서 그녀는 아마도 자신의 의뢰인이 거짓말을 한다는 데에 너무 익숙한 것 같았다. 고마운 마음에 나는 그녀와 두 번을 더 잤다. 그다음 그녀는 떠났고, 변호사 활동을 인가받은 지방법원이 있는 뉘른베르크로 돌아갔다.

당장 그다음 날 나는 전화기를 붙들고 모든 고객에게 강습 취소를 통고했다. 웹에 있는 홈페이지에 들어가 관계자들에게 잠수 강습 중단을 전하는 이메일 자동응답을 설정했다. 전 재산을 팔아 버리는 데 겨우 며칠밖에 걸리지 않았다. 태국에 있는 한 동료가 그곳에서 기반을 잡으려 계획하는 누군가를 안다고 했다. 나는 컨테이너에 짐을 실어 보냈다. 그 이후로 나는 반쯤 텅 비어 버린 공간에 앉아 있다. 내게는 시간이 생겼다. 밖에는 화산 비탈 위에 얇게 덮인 녹색층이 보인다. 섬에 봄이 오는 것이다. 뉴스에서는 유로 위기, 대통령직의 위기, 시리아 위기 등이 언급된다. 마치 시간이 멈춘 것만 같다. 마치 아무것도, 전혀 아무것도 변한 게 없는 것 같다.

가끔씩 나는 장을 보러 갔다가 안테를 만난다. 그녀는 좋아 보인다. 리카르도와 그녀는 티나호에 작은 집을 한 채 마련할까 생각 중이다. 쇼핑 카트에 묶인 채 기다리고 있는 토드는 나를 모르는 사람 대하듯 한다. 최근에는 분더바 카페 입구에서 우연히 버니를 만났다. 그는 나에게 안테의 임신을 축하해 주었고, 내가 당황하자 웃음을 터뜨렸다. 그다음 우리는 기록을 깼다. 그는 자기 인생에서 가장 길고 논리적인 텍스트를 말했고, 나는 일 분당 그토록 많은 영어 단어를 알아들은 적이 이전에는 한 번도 없었다.

이 고비를 빠져나오겠다는 착각을 해서는 안 된다고 그가 나에게 말했다. 무슨 일이 일어났는지 다들 알고 있으며, 아무도 그 일이 사고라고 믿지 않기 때문이라고 했다. 그러니 비록 내가 지금 물건들을 모두 싸서 비겁한 개처럼 몰래 도망친다 하더라도, 어떤 식으로

든 조만간에 뿌린 대로 거두게 될 것이라는 점은 명심하라고 했다. 사람들은 서로 관계를 맺고 있고, 서로 연결되어 있으며, 그러니 내가 이 세상 어디에서도 기반을 잡지 못하도록 할 것이라 했다. 잠수 강사로서 기반을 잡는 것은 절대로 안 된다고 했다. 나는 고객들에게는 위험이고, 스포츠에 있어서는 치욕이라고 했다. 달리 표현하자면, 그는 내가 섬을 떠나는 날을 기쁜 마음으로 맞이할 것이며, 그런 사람이 자신만은 아니라고, 그냥 알고나 있으라고 했다.

낙원으로부터의 추방. 그에 대해 뭐라 대꾸할 말이 없었다. 그래서 나는 땅딸막한 체구에, 닷새 동안 깎지 않은 수염에, 날씨에 단련된 다정한 스코틀랜드인의 얼굴을 한 그를 그냥 내버려 두고 돌아섰다. 추방 따위는 내게 아무렇지도 않았다. 버니 따위도 내게는 아무렇지도 않았다. 그가 어떤 얼간이인지 더 일찍 깨달았어야 했는데.

저녁에 나는 안테한테 전화를 걸어 축하해 주었다. 그녀는 울기 시작했다. 나의 아이를 갖기를 항상 소망했었다고 그녀는 말했다. 리카르도가 잘해 주기는 하지만, 자신은 단 한 사람만을, 그러니까 나만을 사랑했다고 말했다. 나는 내 목소리가 가능한 한 기뻐하는 것처럼 들리도록 신경을 썼다. 임신이 그녀에게 정말 잘 어울리는 일이라고 말해 주었다. 결국은 모든 일이 잘될 것이라고 해 주었다. 그녀가 부모님을 방문하게 되면 우리가 독일에서 볼 수 있을지도 모른다고 말해 주었다. 안테는 여전히 약간 훌쩍거렸고, 자꾸만 "아, 스벤."이라고 말했다. 하지만 그 말은 절망에 빠졌다기보다는 슬픔에 찬 것처럼 들렸다.

글쓰기를 끝낸 지금, 기다리기 힘들어진다. 하루 종일 뭘 해야 할지 모를 때도 자주 있다. 나는 비행기를 타는 대신, 얼마 되지 않는 내 물건들과 함께 컨테이너선을 타고 독일로 가기로 결심했다. 함부르크까지 가는 데 십사 일이 걸리고, 다음 주초에 출발한다. 독일로 건너가는 것이 기쁘다. 어떻게 내가 이 섬을 뭔가 특별한 곳이라 여길 수 있었는지 더 이상 이해할 수 없다. 이 섬 역시 다른 모든 장소와 다를 바가 없다. 전쟁은 지리적 현상이 아니다.

오늘 아침 나는 구글에서 욜라 이름을 검색했고, 가십을 다루는 어느 잡지의 웹 사이트에 들어갔다. "욜라 팔렌: 작가와 꿈의 결혼식을!"이라는 제목이 있었다. 그 아래에 그녀와 테오의 사진이 있었다. 그들은 카메라에 대고 경쟁하듯 환하게 웃었다. 욜라는 도싯 호에서 보냈던 그 저녁과 같은 헤어스타일, 즉 짙은 색 머리를 땋아 화환처럼 올린 모양을 했다. 테오는 내가 지금까지 한 번도 본 적이 없는 안경을 쓰고 있었다. 그 짧은 기사는 '벨라 슈바이크'가 작가인 테오도르 하스트와의 약혼을 발표했다고 전했다. 들리는 이야기에 따르면, 그들은 북극에서 결혼하기 위해 북극 유람선 여행을 할 것이라고 했다.

바로 이어서 나는 휴가객을 위한 집을 전문으로 다루는 부동산 중개 사이트를 찾아 들어갔고, 카사 라야와 레시덴시아를 싼 가격에 내 놓았다. 왜 그런지는 모르겠지만, 나는 파도 부딪치는 소리를 더 이상 견딜 수가 없다.

옮긴이의 말

작가 율리 체는 1974년 독일 본에서 태어났다. 1996년 단편소설로 등단하였고, 2001년 첫 장편소설 『독수리와 천사』를 출간하여 세간의 주목을 받기 시작하였다. 이후 2013년까지 소설, 드라마, 수필 등 다양한 장르를 넘나드는 스무여 편의 저서들이 출판되었다. 작가로서의 이력이 아직 이십 년도 되지 못하는, 곧 마흔 살이 되는 그녀가 현재까지 수상한 상만 열일곱 개에 이른다. 화려한 수상 경력이 모든 것을 말해 주지는 않지만, 적어도 그녀의 작품이 일반 독자 및 평단에 불러일으킨 지대한 관심에 대한 증거는 될 수 있을 것이다.

창작 활동 하나만으로도 꽉 채워질 듯한 율리 체의 삶에는 문학 외에 또 다른 중심 축들이 공존한다. 그녀는 법학을 전공하였고, 왕성한 저작 활동 중이던 2010년에 국제법 분야에서 박사 학위를 받았다. 작가로서의 예민한 감각과 섬세한 언어, 법학도로서의 전문적 지식과 예리한 논리로 무장한 채 율리 체는 문학이라는 유토피아에 틀어박혀 있기를 거부하고, 현장을 누비며 세상을 향해 거침없이 자신의 목소리를 낸다. 발칸반도의 위기에 관해 알고 싶으면 보스니아로 달려갔고, 소르비아인들의 문제에 관해 알고 싶으면 바우젠으로 달려갔다. 잡지와 신문 그리고 방송을 통해 유로 위기, 유럽연합, 저작권법, 인권 문제 등에 관하여 자신의 견해를 적극적으로 피력했다. 2013년에는 동료 작가들과 함께 국가 감시 시스템과 관련하여 수상에게 공개서한을 보내기도 했다.

통일 이후 독일 문단에서는 전반적으로 정치, 사회적 거대 담론은 점점 더 축소되어 왔다. 많은 작가들이 사적인 영역으로, 개인적 심리 탐구로, 내면으로, 자아로 관심을 돌리는 상황에서 율리 체가 보여 주는 궤적을 보면, 마치 과거에 존재했던 참여적 작가의 유형이 다시 등장한 듯하다.

그런데 2012년 출간된 장편소설 『잠수 한계 시간』은 얼핏 보기에는 율리 체의 이러한 참여적 면모와 거리가 먼 작품인 것처럼 여겨진다. 왜냐하면 작가 스스로가 심리 스릴러라고 소개한 이 작품에서는 정치사회적 문제가 아니라 한 커플의 가학피학적 성애 그리고 삼각관계를 중심으로 한 성욕과 애증과 살인 같은 자극적 소재가 전격적으로 다루어지고, 작가는 인간의 동물적이고 속물적이고 이기적이고 비열한 속내를 파내서 독자의 눈앞에 들이미는 일에 집중하고 있는 것처럼 보이기 때문이다.

* * *

작품 주인공이자 일인칭 서술자인 스벤 피들러는 십사 년째 스페인의 어느 섬에서 잠수 강습을 하며 살아가는 독일인이다. 2011

년 11월 12일, 욜라와 테오라는 한 쌍의 커플이 두 주 동안 스벤에게 잠수를 배우며 휴가를 보내겠다고 온다. 다른 고객은 받지 않고 오직 자신들만을 전담하여 스물네 시간 돌봐 주는 것을 전제로 이들은 스벤에게 1만 4000유로라는 거금을 제시한다. 이 계약을 받아들이는 것을 시작으로 스벤은 자신도 모르는 사이에 서서히 욜라의 살인모의에 얽혀 들어가게 된다.

욜라는 귀족 가문 출신 여배우다. 부유한 집안에서 태어났고 외모가 빼어나다. 그녀보다 열두 살 많은 동거남 테오는 지적이고 점잖아 보이는 작가이다. 겉으로만 봤을 때는 누구에게나 부러움의 대상이 될 만한 이 커플의 실상은 정작 지옥 그 자체다. 완벽하게만 보이는 욜라는 무심한 부모에게 상처 받았고, 자신의 힘으로 이룩해 놓은 것이 없다는 콤플렉스에 시달린다. 단 한 편의 소설만을 출간한 채 이른바 창작의 위기에 빠진 테오는 욜라에게 빌붙어 살아간다. 작가의 위대함을 강조하고, 서너 권 분량에 이르는 거대한 프로젝트를 구상 중이라고 떠벌리는 것은 제대로 된 작품을 더 이상 써내지 못하는 자격지심의 표출에 다름 아니다.

황폐하기 그지없는 내면을 지닌 이 두 사람이 서로 상대에게 가하는 폭력은 점점 더 극단을 향해 치닫는다. 욜라는 테오에게 끊임없이 언어 테러를 가하고, 잠수 강사 스벤을 유혹하여 테오를 노골적으로 도발한다. 그런 욜라에게 테오는 물리적 폭력을 서슴지 않는다. 욜라를 가운데 두고 테오와 스벤은 경쟁 구도를 형성하고, 이들의 삼각관계에 대해 섬사람 모두가 관객이자 증인이 된다. 그리고 스벤이 수심 100미터의 난파선에 잠수해 내려가는 기회를 이용하여 욜라는 물 펌프 펜치로 테오의 머리를 내리쳐 기절시키고, 기절한 테오를 바다로 던져 넣는다. 잠수를 마무리하던 스벤이 테오를 구해 물 위로 데리고 나온 덕분에 테오는 목숨을 건진다. 병원에서 환자 수송 비행기로 곧장 독일로 떠난 테오와 욜라의 짐을 정리하다가 스벤은 욜라가 쓴 일기장을 발견한다. 그녀의 일기장은 만약 테오가 죽었더라면 그 살인자는 스벤일 수밖에 없다고 강하게 암시하고 있었다. 그제야 스벤은 자신이 도대체 어떤 일에 얽혀들었던 것인지 깨닫고, 욜라의 치밀함에 충격을 받는다.

작가는 이 세 중심인물들 사이에 형성되는 긴장과 갈등과 애증과 욕망을 묘사하는 데 탁월한 솜씨를 발휘한다. 이성적인 것을 넘어 냉소적이기까지 한 스벤은 욜라의 유혹에 넘어가면서 남의 여자를 탐하는 자신을 합리화하고, 욜라를 통해 세간의 부러움을 받고자하는 허영심을 품는다. 스벤은 테오를 한심하게 여기지만, 욜라를 통해 빛나고자 하는 스벤 역시 또 하나의 테오에 지나지 않는다. 단 한 편의 소설과 욜라 외에는 아무것도 내세울 것이 없는 중년 남자 테오는 자존심에 상처를 입고 초라해지는 것을 가장 견딜 수 없어한다. 바로 이렇게 테오가 가장 견딜 수 없어 하는 언행들로 욜라는 테오에게 거듭해서 비수를 꽂는다. 테오의 창작 불능과 성 불능을 비난하고, 다른 남자들과 관계를 맺으며 테오를 배신한다. 그리고 비트만의 선상 만찬에서 테오는 자신이 받은 모든 모욕을 단 한 번에 되갚는다. 사람들이 보는 앞에서 욜라가 비참함의 나락으로 떨어지도록 유도하는 테오에게서 점점 더 고조되는 광적인 통쾌함에 대한 묘사는 마치 눈으로 보는 듯 선명하다. 이 순간 부들부들 떨리는 몸으로 모든 것을 참아 내야만 했던 욜라의 머릿속에서는 테오에 대한 살인 선고가 최종적으로 내려졌을지도 모를 일이다.

* * *

스토리 대부분은 일인칭 서술자인 스벤에 의해 서술되고, 따라서 독자는 자연스럽게 스벤의 관점을 통해 전체 사건 진행을 관찰한다. 스벤이 주는 정보들을 받아들이고, 스벤에게 공감하고, 스벤의 판단을 지지하게 된다.

그런데 중간중간 등장하는 욜라의 일기는 스벤과는 다른 관점에서 사건을 서술한다. 처음에 그녀의 일기는 스토리를 보충하기 위한 장치라고 여겨진다. 왜냐하면 스벤으로서는 알 수 없는 욜라와 테오 사이의 갈등이나 화해 시도, 욜라의 속마음 등이 일기에 나타나 있기 때문이다. 그러나 욜라의 일기는 갈수록 스벤의 이야기와 점점 다른 내용들, 심지어 상반되는 내용들을 담고 있다. 스벤은 이 일기가 자신에게 살인 누명을 씌우려는 의도에서 거짓을 말하고 있다고 주장한다.

두 가지 상이한 이야기들 중에 독자에게 더 설득력 있게 느껴지는 쪽은 스벤의 이야기다. 왜냐하면 우선 욜라는 서술자로서 독자에게 믿음을 주기에는 문제가 많은 인물이기 때문이다. 그녀는 테오가 있음에도 스벤을 유혹한다. 안테를 무식한 여자로 무시하는 기색도 역력하다. 어릴 때부터 부모에게 따뜻한 정을 못 느끼고 성장했으니 성격에 결함이 있을 것도 같고, 테오와의 관계에서도 결코 좋은 인상을 주는 인물이 못된다. 나아가 서술 형식 자체를 고려해 볼 때도 독자의 신뢰를 얻는 것은 스벤의 이야기다. 스벤은 수기 형식의 보고서를 쓰고, 욜라는 일기라는 지극히 사적이고 감정적인 기록을 남긴다. 객관적이라는 인상을 주기에는 수기 형식 보고서가 유리하다. 또한 전체 사건과 정황에 대해 더 포괄적인 시각에서 더 많은 분량을 다루고 있는 것은 스벤의 수기다. 욜라의 일기는 짧은 분량 속에 사건의 단면들만을 거론할 뿐이다. 그리고 가장 결정적으로 스벤이 테오의 목숨을 구한다고 되어 있다. 따라서 자연스럽게 서술자로서 독자의 신뢰를 얻는 인물은 스벤이 된다.

그럼에도 불구하고 욜라의 일기는 스벤의 서술을 전적으로 신뢰할 수 없도록 만든다. 욜라의 일기에는 테오에 대한 증오만이 아니라 사랑과 연민 또한 드러나 있다. 애증이라는 대립적 감정 속에서 그녀가 테오를 죽이겠다고 단호한 결심을 하게 되었다면, 가장 결정적인 계기는 도싯호에서의 사건일 것이다. 그런데 바로 여기에서 스벤의 진술에 논리적 틈이 생긴다. 왜냐하면 욜라는 사람들이 자신을 주목하는 상태에서 테오에게 비참한 모욕을 당한 후 곧 바로 갑판 위로 올라갔고, 따라서 그 사이에 스벤의 휴대전화를 몰래 꺼내 버니에게 문자를 보내기는 사실상 불가능했을 것이기 때문이다. 이미 만찬에 올 때 욜라가 살인을 결심했었다고 생각해 볼 수도 있겠지만, 도싯호가 도착한 후부터 욜라와 테오의 관계가 섬에 온 이후로 가장 좋았다는 사실을 고려한다면 이러한 생각 역시 설득력을 잃는다. 또한 스벤은 곧바로 욜라를 뒤따라 갑판 위로 올라가려다가 테오가 눈짓으로 말리는 바람에 잠시 그 자리에 더 머물렀고, 그 사이에 욜라는 아마도 택시를 불렀을 것이다. 욜라의 상처를 다독이며 그녀의 마음을 온전히 차지할 수 있는 기회인데, 그런 기회를 하필이면 자신과 연적 관계에 있는 테오가 말린다고, 테오가 욜라를 더 잘 안다는 이유만으로 과연 스벤이 망설였을까?

스벤의 관점으로 바라보면 욜라가 살인을 모의했고, 스벤은 억울한 희생양이 될 뻔했다. 욜라의 일기는 스벤에게 누명을 씌우기 위해 조작된 증거물이 된다. 그러나 욜라의 관점으로 이 이야기를 바라보면, 욜라의 일기가 발견된 후에 작성된 스벤의 수기가 스벤에게 유리한 이야기를 기록한 것일 수도 있다. 스벤이 과연 욜라의 살인 모의에 관해 전혀 몰랐던 것일까? 살인에 가담하고자 했다가 마지막에 마음이 바뀌어 테오를 살린 것은 아닐까? 욜라가 주장하고, 테오와 섬사람 모두가 굳게 믿는 것처럼, 스벤은 이미 말라 해변에서 욜라와 섹스를 했던 것이 아닐까? 사람들이 이미 다 그렇게 믿고 있다면 전제로 일어났어야 할 일을 나중에라도 행하는 것이 논리적이라고 스벤은 주장한다. 그러나 욜라의 관점에서 주장하자면, 스벤 외에는 모두가 일어났다고 믿는 일이라면, 그게 사실이라고 믿는 것이 논리적으로 훨씬 간단한 일일 수도 있다.

작품에는 다음과 같은 말이 나온다. "진실을 말하지 않았다고 해서 거짓말을 한 것은 아니다."(97쪽) 이는 "거짓말을 하지 않았다고 해서 진실을 말한 것은 아니다."로 변형될 수도 있다. 스벤의 수기와 욜라의 일기, 이렇게 이중 관점을 동시에 제시하는 작품 속에서 진실과 거짓은 그리 간단하게 구분될 수는 없을 듯하다. 스벤과 욜라, 누가 진실을 말하고 있는가? 혹은 어디에서 어디까지가 진실인가? 이중 관점을 통해 제시된 두 가지 버전의 진실, 그 진위를 판가름할 마지막 심급은 독자가 된다.

* * *

그런데 이러한 살인 이야기에 '잠수 한계 시간'이라는 제목이 붙은 이유는 무엇일까? 물론 스벤이 잠수 강사이고, 욜라와 테오가 잠수를 배우러 왔으며, 사건들이 잠수를 중심으로 벌어지고, 스벤이 테오의 목숨을 살릴 수 있었던 것도 잠수와 관계가 있다. 그러나 여기서 잠수가, 살인 사건이라는 소재가 펼쳐지는 중요한 장치라는 것은 인정되지만, 살인 사건의 본질적 의미를 담지하여 제목으로까지 사용될 장치로 여겨지지는 않는다. 그렇다면 이 작품에서 잠수는 욜라와 테오를 중심으로 한 살인 사건이 아니라 뭔가 다른 차원에서 중요한 의미를 내포하는 것은 아닐까? 작가 율리 체는 잠수를 통해 뭔가 다른 것을 말하고 싶었던 것은 아닐까?

주인공 스벤은 독일에서 아버지가 의사인 유복한 집안에서 태어났다. 그의 집 정원사와 파출부였던 안테의 부모와 안테에 대한 스벤의 감정에는 사회적, 경제적 지위의 차이에서 비롯된 우월감이 배어 나온다. 대학에 진학하여 법학을 전공할 때에도 스벤에게 법학은 열정이나 정의감에서 꼭 배우고 싶은 학문이 아니라 자신이 다른 학생들보다 더 뛰어남을 확인받고, 후에 사회로 진출하여 더 나은 지위를 확보하는 수단이었다. 그런데 브룬스베르크가 몽테스키외의 철자라는 비본질적이고도 비열한 평가 방식으로 스벤을 길들이려고 시도하자 스벤은 독일의 평가 시스템으로부터 벗어나겠다고 결심한다.

"서로에 관해 평가를 내리는 일이 나는 아주 싫었다. 그건 중독이다. 저주이다. 누구도 피해갈 수 없는, 서로에 관해 내린 평가로 이루어진 그물망 속에서 살아가는 삶을 더 이상 견딜 수 없었기 때문에 나는 독일을 떠났다. 평가를 내리는 자와 평가를 받는 자가 영원한 전쟁 상태에 있고, 각자가 상황에 따라 이 두 가지 중 한 역할을 수행한다."(44쪽)

독일이라는 전쟁터로부터 도피하여, 부모와도 친지와도 친구들과도 인연을 끊은 채 스벤은 스페인의 어느 섬에 정착하여 잠수 강사로 살아간다. 새로 정착한 섬에서도 그가 맺는 관계는 피상적이기만 하다. 평가를 혐오하는 스벤은 '개입하지 않다'라는 원칙을 지키며 살아간다. '개입하지 않다'는 단순히 남의 일에 끼어들지 않는다는 의미일 뿐만 아니라 다른 사람들에게는 꼭 필요한 것 이상의 관심을 두지 않는다는 뜻이기도 하다. 함께 사는 안테의 친구들 이름이나 연락처도 모르고, 그나마 알고 지내는 버니나 라우라와도 직업상 관계를 유지하는 정도다. 가까이 지내는 섬사람은 아예 없다. 심지어 안테조차도 스벤에게는 '싸게 사서 들여놓은, 폐기 처분해야 할 이유가 없어 아직 버리지 않은 실용적인 옷장'(113쪽)에 불과하다. 이러한 스벤을 테오는 "최고의 개인주의자"(131쪽)라고 비꼰다.

스벤이 이렇게 독일이라는 전쟁터에서 도피하여 다른 사람들과 관계를 끊은 채 혹은 최소한의 관계만 유지한 채 작은 섬에서 철저하게 개인주의자로 살아가는 삶이 바로 '잠수'에 비유될 수 있다. 개입하지도 않고, 개입당하지도 않으면서 혼자만의 낙원 속에 고립되어 살아가는 삶이 세상으로부터 그리고 다른 사람들로부터 '잠수'해서 살아가는 삶이다.

그러나 스벤이 모르는 사실이 두 가지 있다.

첫째, '잠수'에 '한계 시간'이 있다는 사실이다. 이 작품의 독일어 원제인 Nullzeit는 우리말로 '무감압 잠수 한계 시간'이라고 번역될 수 있다. 작품 속에서 스벤은 이 단어를 "수면 위로 바로 돌아가더라도 건강에 해를 입지 않으면서 특정한 수심에서 잠수할 수 있는 시간"(52쪽)이라고 설명한다. 즉, 감압 등의 별 다른 절차 없이 최대한 잠수할 수 있는 시간이 바로 '잠수 한계 시간'이다. 이러한 '잠수 한계 시간'은 작품 속에서 실제 잠수와 도피로서의 '잠수'라는 이중적 층위에서 모두 확인된다.

수심 100미터까지 잠수해 들어간 스벤은 그곳에 놓인 난파선에 매료되어 지상으로 올라오고 싶지 않다고 느낀다.

> "자유롭게 숨을 쉴 수 있도록 바닥에 앉아 내게서 아가미가 자라나게 하고 싶었다. 장비들을 내려놓고 선장실에 들어가 보고 싶었다. (……) 내가 직접 발견한 행성 피들러 호. 아무도 나를 쫓아올 수 없는 나라. 장비를 내려놓기만 하면 된다, 아가미로 호흡하고 그리고 …….."(263쪽)

그러나 장비를 내려놓는다고 아가미가 자라지는 않을 것임을, 그러한 일은 자살이나 마찬가지임을 스벤은 누구보다 잘 안다. 아가미가 자라나야 영원한 잠수가 가능하다는 말은 결국 영원한 잠수는 불가능하다는 의미이다. 수중에 머물 수 있는 시간이 경과하자마자 스벤은 난파선을 단 한 번도 돌아보지 않고 곧장 물 위로 올라오는 일에 온 신경을 집중한다.

독일로부터 도피해 간 '잠수'에도 한계 시간이 다가온다. 11월 22

일, 낮 최고기온이 24도일 것으로 예상되는 아침에 스벤은 테라스에 나가 미지근한 바람 속에 커피를 마시면서 독일의 습한 냉기와 양배추 냄새를 떠올리고, 독일의 영하 3도를, 찻잔 위로 모락모락 피어오르는 김을, 스웨터를 그리워한다. 섬에서 보내는 '잠수' 시간도 그 한계에 다다르고, 이제는 독일로 돌아갈 때가 가까워 오는 것이다. 아가미가 자랄 정도로 완전히 다른 존재가 되지 않는 이상 섬에서의 영원한 '잠수'는 불가능하다. 스벤에게는 섬에서 '잠수'하는 데 쓸 공기가 떨어져 가고, 살기 위해서는 다시 독일의 공기가 필요해진다.

둘째, "전쟁은 지리적 현상이 아니다."(293쪽)라는 사실이다. 평가의 전쟁을 벌이고 있는 독일로부터 도피하여 섬으로 왔지만, 그 섬 역시 평가의 전쟁으로부터 자유로운 곳은 아니었다. 스벤이 아무리 '개입하지 않다'라는 원칙을 세우고, 다른 이들에 대한 관심을 끊는다 하더라도, 어떤 식으로든 그리고 어떤 일에든 얽혀 들어가게 되어 있다. 스벤이 달아나고 싶었던 '전쟁'은 지리적 공간이 변한다고 없어지는 문제가 아니기 때문에 '잠수'가 결코 문제의 해결이 되지 못한다. 그렇다면 스벤이 비판하는 '전쟁'이라는 문제는 어떻게 해결되어야 하는 것일까? 아마도 그 대답은 스벤의 공병대 교관의 말로 대신할 수 있을 것이다. "발생한 문제를 아래에서 해결하지 못하면 그 문제는 결코 해결될 수 없다."(268쪽) 스벤이 주장하는 전쟁을 해결하고 싶다면, 그 전쟁이 벌어지는 곳에서 그 전쟁과 맞서야한다. 그렇지 않으면 그 전쟁은 결코 해결될 수 없다.

작가 율리 체는 이 작품에서 단순히 살인을 중심으로 한 스릴러만을 다루고 있는 것이 아니다. '잠수'라는 메타포를 통해 그녀는 사회를 변화시키는 일에 관한 메시지를 독자에게 전한다. 이 메시지는 스벤의 다음과 같은 고백에 압축되어 있다.

> "나는 망설였고, 의식을 잃고 물에 빠진 테오 얼굴을 쳐다보았고, 욜라를 생각했다. 그러고는 결정을 내렸다. 나는 테오를 심연으로 가라앉게 두지 않았고, 그의 생명을 구했다. 그 결정에 대한 고마움에 내 눈에서는 눈물이 흘렀다. (……) 왜 내가 십사 년 동안 '개입하지 않다'는 개념을 그토록 매력적이라 여겼는지 더 이상 이해할 수 없었다. 그건 추한 개념이었다."(287~288쪽)

스벤이 개입하지 않았다면 테오는 물속으로 가라앉았을 것이다. 개입했기 때문에 스벤은 테오의 생명을 구할 수 있었다. 개입하지 않는 것, 외면하는 것, 달리 표현하자면 '잠수'하는 것, '개인주의자'가 되는 것은 사람을 죽도록 내버려두는 일이다. 옳고 그름을 판단하여 적극적으로 개입하는 것이 다른 이의 생명을 구하는 일이다. '잠수'하지 말 것, 외면하지 말 것, 사회적 변화를 위해 개입하기를 주저하지 말 것, 바로 이것이 작가 율리 체가 이 작품을 통해 독자에게 던지는 또 하나의 메시지일 것이다.

2014년 6월

남정애

옮긴이 **남정애** 서울대학교 독어독문학과를 졸업하고, 동 대학원에서 「잉에보르크 바흐만의 『말리나』에 나타난 여성 소외」로 석사 학위를 받았다. 독일 뮌헨 대학교에서 독문학을 전공하였고 「Das Religiöse und die Revolution bei Hugo von Hofmannsthal(후고 폰 호프만스탈에게 있어 종교적인 것과 혁명)」로 박사 학위를 받았다. 현재 숭실대학교 독어독문학과 교수로 재직하고 있다.

모던 클래식 068

잠수 한계 시간

1판 1쇄 찍음 2014년 6월 20일
1판 1쇄 펴냄 2014년 6월 27일

지은이 율리 체
옮긴이 남정애
발행인 박근섭·박상준
편집인 장은수
펴낸곳 (주)민음사

출판등록 1966. 5. 19. 제16-490호
주소 (135-887) 서울특별시 강남구 도산대로1길 62(신사동)
강남출판문화센터 5층
대표전화 515-2000 | 팩시밀리 515-2007
홈페이지 www.minumsa.com

한국어 판 © (주)민음사, 2014. Printed in Seoul, Korea

ISBN 978-89-374-9068-2 (04800)
978-89-374-9000-2 (세트)

민음사

모던 클래식

모던 클래식

001·002 내 이름은 빨강 오르한 파묵 · 이난아 옮김 노벨 문학상 수상 작가

003 나를 보내지 마 가즈오 이시구로 · 김남주 옮김 부커 상 수상 작가 | 《타임》 선정 100대 영문소설 | 전미도서협회 알렉스 상

004 엄청나게 시끄럽고 믿을 수 없게 가까운 조너선 사프란 포어 · 송은주 옮김 《뉴요커》 선정 미국 문단을 이끌 젊은 작가 20인

005 키친 요시모토 바나나 · 김난주 옮김 이즈미 교카 상

006 핏빛 자오선 코맥 매카시 · 김시현 옮김 퓰리처 상 수상 작가 | 《타임》 선정 100대 영문소설

007 달콤한 내세 러셀 뱅크스 · 박아람 옮김

008·009 마교 사전 한소공 · 심규호, 유소영 옮김 《아주주간》 선정 20세기 중국소설 100선

010 오렌지만이 과일은 아니다 지넷 윈터슨 · 김은정 옮김 휘트브레드 상

011 심플 스토리 잉고 슐체 · 노선정 옮김 베를린 문학상

012 아름다운 나날 플뢰르 이애기 · 김은정 옮김 바구타 상

013·014 태양은 노랗게 타오른다 치마만다 응고지 아디치에 · 김옥수 옮김 오렌지 상 | 《뉴요커》 선정 미국 문단을 이끌 젊은 작가 20인

015·016 고양이 눈 마거릿 애트우드 · 차은정 옮김 부커 상 수상 작가

017 덕 시티 레나 안데르손 · 홍재웅 옮김

018 솔뮤직 러버스 온리 야마다 에이미 · 양억관 옮김 나오키 상

019 어느 도시 아가씨의 아주 우아한 시골 생활 레이철 커스크 · 김소연 옮김 서머싯 몸 상

020·021 하얀 이빨 제이디 스미스 · 김은정 옮김 《타임》 선정 100대 영문소설

022 가출 에벌린 라우 · 안명희 옮김

023·024 허영의 불꽃 톰 울프 · 이은정 옮김 《모던 라이브러리》 선정 20세기 100대 영문소설

025·026 돈 혹은 한 남자의 자살 노트 마틴 에이미스 · 김현우 옮김 《타임》 선정 100대 영문소설

027·028 순수 박물관 오르한 파묵 · 이난아 옮김 노벨 문학상 수상 작가

029 넌 동물이야, 비스코비츠! 알레산드로 보파 · 이승수 옮김

030 기적을 말하는 사람이 없다면 존 맥그리거 · 이수영 옮김 서머싯 몸 상

031·032 시간의 경계에 선 여자 마지 피어시 · 변용란 옮김 아서 C. 클락 상 수상 작가

033 세상의 마지막 밤 로랑 고데 · 이현희 옮김 공쿠르 상 수상 작가

034 남아 있는 나날 가즈오 이시구로 · 송은경 옮김 부커 상

035 거리의 법칙 러셀 뱅크스 · 안명희 옮김

036 녹턴 가즈오 이시구로 · 김남주 옮김 부커 상 수상 작가

037 너무나 많은 시작 존 맥그리거 · 이수영 옮김

038 형사 실프와 평행 우주의 인생들 율리 체 · 이재금, 이준서 옮김 독일 서적상 수상 작가 | 토마스 만 상 수상 작가

039 프라이드 그린 토마토 패니 플래그 · 김후자 옮김 《페미니스타》 선정 20세기 100대 영문소설

040 대기 불안정과 그 밖의 슬픈 기상 현상들 리브카 갈첸 · 민승남 옮김 《뉴요커》 선정 미국 문단을 이끌 젊은 작가 20인

041 명예 다니엘 켈만 · 임정희 옮김 토마스 만 상 수상 작가

042 모두 다 예쁜 말들 코맥 매카시 · 김시현 옮김 퓰리처 상 수상 작가 | 전미 도서상

043 국경을 넘어 코맥 매카시 · 김시현 옮김 퓰리처 상 수상 작가

044 · 045 도둑 신부 마거릿 애트우드 · 이은선 옮김 부커 상 수상 작가

046 알리스 유디트 헤르만 · 이용숙 옮김 프리드리히 횔덜린 상

047 브래드쇼 가족 변주곡 레이철 커스크 · 김현우 옮김

048 처녀들, 자살하다 제프리 유제니디스 · 이화연 옮김 퓰리처 상 수상 작가

049 이란의 검열과 사랑 이야기 샤리아르 만다니푸르 · 김이선 옮김 《뉴요커》 선정 올해의 책

050 그레이트 하우스 니콜 크라우스 · 김현우 옮김 《뉴요커》 선정 미국 문단을 이끌 젊은 작가 20인

051 숨통 치마만다 응고지 아디치에 · 황가한 옮김 《뉴요커》 선정 미국 문단을 이끌 젊은 작가 20인

052 맛 뮈리엘 바르베리 · 홍서연 옮김 바쿠스 상

053 · 054 위로받지 못한 사람들 가즈오 이시구로 · 김석희 옮김 부커 상 수상 작가 | 첼튼햄 상

055 인생은 짧고 욕망은 끝이 없다 파트리크 라페르 · 이현희 옮김 페미나 상

056 개들조차도 존 맥그리거 · 이수영 옮김

057 아담과 에블린 잉고 슐체 · 노선정 옮김

058 개구리 모옌 · 심규호, 유소영 옮김 노벨 문학상 수상 작가

059 몬테코어 요나스 하센 케미리 · 홍재웅 옮김

060 주저하는 근본주의자 모신 하미드 · 왕은철 옮김

061 창백한 언덕 풍경 가즈오 이시구로 · 김남주 옮김 부커 상 수상 작가

062 구원 자크 스트라우스 · 서창렬 옮김

063 헛된 기다림 나딤 아슬람 · 한정아 옮김

064 카운슬러 코맥 매카시 · 김시현 옮김 퓰리처 상 수상 작가

065 어떤 소송 율리 체 · 장수미 옮김 독일 서적상 수상 작가 | 토마스 만 상 수상 작가

066 · 067 검은 책 오르한 파묵 · 이난아 옮김 노벨 문학상 수상 작가

068 잠수 한계 시간 율리 체 · 남정애 옮김 독일 서적상 수상 작가 | 토마스 만 상 수상 작가